Mi sombría Vanessa

Una novela

KATE ELIZABETH RUSSELL

 HarperCollins *Español*

Título original: *My Dark Vanessa*
Publicado por HarperCollins Publishers, Nueva York 2019

PRIMERA EDICIÓN

Editor: Edward Benitez
Traducción: Yalimal Vidal Pérez y Eric Levit Mora

Este libro ha sido debidamente catalogado en la Biblioteca del Congreso de los Estados Unidos.

ISBN 978-0-06-296450-2

20 21 22 23 24 LSC 10 9 8 7 6 5 4 3 2 1

Me crié en Maine y allí fui educada. Primero, en una escuela privada (a media pensión) durante noveno y décimo grado, hasta que la dejé por razones personales, y luego en la universidad. Debido a las similitudes entre esos hechos generales y ciertos elementos ficticios de Mi sombría Vanessa, *soy consciente de que los lectores que estén algo familiarizados con mis antecedentes pueden llegar a la errónea conclusión de que estoy contando mi versión secreta de estos hechos. No es así: esta es una obra de ficción y tanto los personajes como los lugares son completamente imaginarios.*

Cualquiera que haya seguido las noticias durante los últimos años, habrá visto reportajes que evocan lo que se narra en esta novela, que a su vez he transformado con mi imaginación. He introducido otras influencias, como la teoría crítica del trauma, la cultura pop, los inicios del movimiento posfeminista y mis propios sentimientos encontrados respecto a Lolita. *Todo eso forma parte del proceso habitual de la escritura de ficción. Vale la pena, no obstante, recalcar que la novela no debería considerarse como una adaptación de ningún suceso real. Más allá de las semejanzas mencionadas anteriormente, esta no es mi historia personal, tampoco la de mis profesores ni de nadie que conozca.*

Para todas las Dolores Haze y las Vanessa Wye de la vida real, cuyas historias aún no han sido escuchadas, creídas, ni entendidas.

2017

Me preparo para ir a trabajar. La publicación lleva colgada ocho horas. Me cepillo el pelo y actualizo la página. Hasta ahora, la publicación ha sido compartida 224 veces y recibido 875 «me gusta». Me pongo mi traje de lana negro y actualizo la página otra vez. Busco mis zapatos bajos color negro debajo del sofá. Vuelvo a actualizarla. Me coloco mi credencial dorada en la solapa y actualizo la página de nuevo. Cada vez que clico, aumenta la cifra y se multiplican los comentarios:

Eres tan fuerte
Eres tan valiente
¿Qué clase de monstruo podría hacerle eso a una niña?

Leo el último mensaje de texto que le envié a Strane hace cuatro horas: ¿Estás bien...? Aún no ha respondido. Ni siquiera lo ha leído. Tecleo otro: Estoy aquí si quieres hablar, pero me lo pienso mejor y lo borro. Envío, en su lugar, una línea de signos de interrogación. Espero unos minutos e intento llamarlo, pero me salta el buzón de voz, así que me guardo el teléfono en el bolsillo y salgo del apartamento, dando un portazo. No es necesario esforzarse tanto. Él se metió en este lío. Es su problema, no el mío.

Al llegar al trabajo, me siento en el vestíbulo de conserjería del hotel y aconsejo a los huéspedes sobre qué visitar y dónde comer. Se termina la temporada alta y los últimos turistas vienen a contemplar el follaje de Maine antes de que llegue el invierno. Sonrío decididamente a pesar de mi preocupación y le reservo una mesa a una pareja que celebra su primer aniversario. Me ocupo de que haya una botella de champán en su habitación esperándolos a su regreso; no forma parte de mi trabajo, pero hago el esfuerzo porque me ayuda a ganarme una buena propina. Pido un coche para que lleve a una familia a la terminal de vuelos privados. Uno de los huéspedes es un hombre que, por motivos de trabajo, se aloja en el hotel todos los lunes en semanas alternas. Me da tres camisas sucias y me pregunta si pueden estar listas para el día siguiente.

—Me aseguraré de que sí. —le digo.

El hombre me guiña el ojo y sonríe.

—Eres la mejor, Vanessa.

A la hora del descanso, me siento en uno de los cubículos vacíos de la oficina trasera. Clavo los ojos en la pantalla del teléfono mientras me como un sándwich que sobró de un *catering* del día anterior. Revisar la publicación de Facebook se ha convertido en una obsesión: no puedo evitar que mis dedos se muevan o que mis ojos se desplacen a través de la pantalla, observando cómo aumentan los «me gusta» y los «compartir». *Eres tan valiente, sigue contando tu verdad, te creemos.* De hecho, mientras leo, tres puntos parpadean: alguien está escribiendo un comentario ahora mismo. Después, como por arte de magia, aparece otro mensaje de ánimo y apoyo que me hace dejar el teléfono en la mesa y tirar el resto de sándwich rancio a la basura. Estoy a punto de regresar al vestíbulo cuando mi teléfono empieza a vibrar: LLAMADA ENTRANTE JACOB STRANE. Me río al contestar, aliviada de saber que está vivo y de que me está llamando.

—¿Estás bien?

Se hace un silencio y me quedo helada. Fijo la mirada en la ventana que da hacia la Plaza de los Monumentos donde están los *food trucks* y el mercadillo orgánico.

Estamos a principios de octubre, en pleno otoño, la época en que todo Portland parece una página del catálogo de L. L. Bean: es tiempo de zapallos, calabacines y jarras de sidra de manzana. Una mujer atraviesa la plaza vestida con una blusa de franela a cuadros y botas de lluvia, sonriéndole al bebé que lleva colgado del pecho.

—¿Strane? —pregunto.

Suspira.

—Supongo que ya lo viste.

—Sí —le digo—. Lo vi.

No le pregunto nada, pero me da una explicación de todos modos. Me cuenta que la escuela está iniciando una investigación y que se espera lo peor. Asume que lo obligarán a dimitir. Duda de que llegue a terminar el año escolar. Quizá ni siquiera siga en su puesto para cuando comiencen las vacaciones de Navidad. Me impacta tanto escuchar su voz que me cuesta seguirle el hilo a la conversación. Han pasado meses desde la última vez que hablamos. Cuando me consumía el pánico tras haber muerto mi padre de un infarto. Y le dije a Strane que yo no podía seguir con eso. Otro súbito brote de conciencia que había empezado a consumirme tras años de errores, rupturas y ataques de nervios. Como si ser «buena» pudiera arreglar, retroactivamente, todo lo que he arruinado.

—Pero ya te investigaron mientras ella era tu alumna.

—Están revisando la investigación. Han vuelto a entrevistar a todo el mundo

—Si determinaron que no hiciste nada malo entonces, ¿por qué cambian de opinión ahora?

—¿Has visto las noticias últimamente? —pregunta—. Vivimos en otra época.

Me gustaría decirle que está siendo melodramático, que todo irá bien siempre y cuando sea inocente, pero sé que tiene razón. Algo ha ido ganando impulso durante las últimas semanas: una oleada de mujeres acusando a hombres de haberlas acosado o de haber abusado sexualmente de ellas. La mayoría de las denuncias han sido contra famosos (músicos, políticos, estrellas de cine), pero también se ha denunciado a hombres menos conocidos. Independientemente de su contexto, todos los acusados siguen los mismos pasos. Primero, lo niegan todo. Después, cuando es evidente que las acusaciones no desaparecerán, renuncian, desacreditados, a sus puestos de trabajo y hacen pública una disculpa sin llegar a admitir culpabilidad. Después, el paso final: se callan y desaparecen. Ha sido asombroso ver cómo el proceso se repite días tras día y caen tan fácilmente y a diario cientos de hombres.

—No debería haber ningún problema —le digo—. Todo lo que escribió es mentira.

Puedo escuchar cómo Strane respira hondo y el aire silba entre sus dientes.

—No estoy seguro de que esté mintiendo, estrictamente hablando —dice.

—Pero apenas la tocaste. En esa publicación dice que la agrediste sexualmente.

—Agresión —se burla—. Una agresión puede ser cualquier cosa, de la misma manera que «maltrato» puede significar agarrar a alguien por la muñeca o darle una palmada en el hombro. Es un término legal vacío.

Miro a través de la ventana hacia el mercadillo: observo a la gente deambulando y las bandadas de gaviotas. Una vendedora destapa una olla metálica liberando una nube de vapor y saca dos tamales.

—¿Sabes? Me envió un mensaje la semana pasada.

Una pausa.

—Ah, ¿sí?

—Quería saber si yo también iba a declarar. Probablemente pensó que tendría más credibilidad si me involucraba a mí también en el asunto. —Strane no dice nada—. No le contesté, obviamente.

—Claro —dice—. Por supuesto.

—Pensé que lo decía pero que no se atrevería a hacerlo. —Me inclino hacia delante y presiono la frente contra la ventana—. No pasará nada. Sabes lo que pienso al respecto.

Strane exhala, liberando toda su tensión. Me puedo imaginar la sonrisa de alivio en su rostro, las arrugas en sus ojos.

—Eso es todo lo que necesitaba escuchar —dice.

De vuelta en la recepción, abro Facebook y escribo «Taylor Birch» en la barra de búsqueda. Su perfil llena la pantalla. Miro las escasas publicaciones públicas entre las que llevo años curioseando: sus fotos, sus novedades y, ahora, arriba del todo, la publicación sobre Strane.

Esto es muy esperanzador.
Me asombra tu fortaleza.
Sigue compartiendo tu verdad, Taylor.

Cuando Strane y yo nos conocimos, yo tenía quince y él cuarenta y dos. Nos separaban casi perfectamente treinta años. Así es como describía entonces la diferencia de edad. Perfecta. Me encantaba la matemática del asunto. Que su edad fuera tres veces la mía. Me imaginaba que encajaba tres veces dentro de él: una de mí acurrucada alrededor de su cerebro, otra alrededor de su corazón y la tercera convertida en líquido que corre por sus venas.

Según él, en Browick había romances entre estudiantes y profesores de vez en cuando, pero nunca había tenido uno porque, antes de conocerme, nunca lo había deseado. Fui la primera alumna que le recordó que existía la posibilidad. Algo en mí hacía que valiera la pena el riesgo. Mi encanto lo sedujo.

No tenía que ver con mi edad. Lo que más lo atrajo fue mi mente. Me dijo que tenía una inteligencia emocional de nivel superlativo y un talento prodigioso para escribir. Que conmigo podía hablar y que podía confiar en mí. Me dijo que en mi más recóndito interior habitaba un sombrío romanticismo. El mismo sombrío romanticismo que él reconocía dentro de sí. Nadie había sabido entender aquella parte sombría de sí mismo hasta que llegué yo.

—Qué mala suerte tengo —dijo—. Cuando por fin encuentro a mi alma gemela, tiene quince años.

—Si quieres hablar de mala suerte —le contesté—, imagina lo que es tener quince años y que tu alma gemela sea un viejo.

Escudriñó mi rostro para asegurarse de que bromeaba. Y así era, claro. No quería relacionarme con los chicos de mi edad. No me gustaban su caspa y su acné, ni lo crueles que eran clasificando a las chicas por sus características físicas en una escala del uno al diez. No estaba hecha para ellos. Me encantaba lo cauteloso que Strane había aprendido a ser con la edad, la manera en que me cortejaba poco a poco. Comparaba mi cabello con el color de las hojas de arce, me regalaba libros de poesía de Emily, Edna y Sylvia. Empecé a verme a través de sus ojos: una niña que desde las cenizas se levanta, con su cabello rojo y se lo come como aire. Me amaba tanto que, a veces, cuando yo ya había salido del aula, se sentaba en mi silla y apoyaba la cabeza en la mesa en la que había estado, intentando inhalar lo que quedaba de mí. Y todo esto sucedió incluso antes de que nos besáramos. Fue cuidadoso conmigo. Se esforzó mucho por ser bueno.

Es fácil señalar el momento preciso en el que todo empezó. El instante en que entré en su soleada aula y sentí cómo sus ojos bebían de mí por primera vez. Lo que es difícil es determinar cuándo terminó, si es que realmente terminó. Me

parece que lo dejamos cuando yo tenía veintidós años. Me
dijo que necesitaba arreglar sus asuntos y que no podía vivir
una vida digna mientras me tuviese cerca. Sin embargo, durante la última década, ha habido llamadas en mitad de la
noche para revivir el pasado y reabrir la herida que ninguno
de los dos ha querido dejar cicatrizar.

Supongo que seré la persona a la que acuda dentro de
diez o quince años, cuando su cuerpo comience a debilitarse.
Aparentemente, así terminará nuestra historia de amor: yo
dejándolo todo, dispuesta a lo que sea, como un perro fiel,
mientras él toma, toma y toma de mí.

Salgo del trabajo a las once. Camino por las calles vacías del
centro de la ciudad, contando como una pequeña victoria
cada cuadra que voy dejando atrás sin mirar la publicación
de Taylor. Sigo sin mirar el teléfono al llegar al apartamento.
Cuelgo mi uniforme de trabajo, me desmaquillo, fumo hierba
en la cama y apago la luz. Autocontrol.

Pero, en la oscuridad, siento que algo cambia dentro de
mí cuando la sábana se desliza por mis piernas. De repente
tengo la necesidad de tranquilizarme, de escucharlo decir
claramente que por supuesto no hizo lo que esa chica cuenta.
Necesito que me vuelva a decir que esa chica miente, que era
una mentirosa hace diez años y que lo sigue siendo ahora,
seducida por el canto de sirena del victimismo.

Responde al primer tono, como si hubiera estado esperando mi llamada.

—Vanessa.

—Lo siento. Sé que es tarde. —Pero vacilo. No sé cómo
pedirle lo que quiero. Ha pasado tanto tiempo desde la última vez que hicimos esto. Mis ojos recorren el cuarto oscuro,
observando el contorno de la puerta entreabierta del armario, la sombra de la luz de la farola en el techo. En la cocina,

el refrigerador zumba y el grifo gotea. Me lo debe. Por mi silencio. Por mi lealtad.

—Lo haré rápido —le digo—. Sólo unos minutos.

Oigo el roce de las sábanas cuando se incorpora en la cama y mueve el teléfono de una oreja a otra y, por un momento, creo que está a punto de decirme que no. Pero luego, casi en un susurro que me cala los huesos, empieza a contarme cómo era yo: *Vanessa, eras joven y derrochabas belleza. Eras una adolescente erótica, tan llena de vida... era aterrador.*

Me pongo boca abajo y acomodo una almohada entre mis piernas. Le pido que me regale un recuerdo, uno en el que pueda dejarme ir. Se mantiene callado mientras repasa las escenas de su memoria.

—En la oficina detrás del aula —dice—. En pleno invierno. Tú, tumbada en el sofá. Toda tu piel erizada.

Cierro los ojos y me transporto a su oficina: las paredes blancas, el suelo de madera resplandeciente, la mesa con trabajos sin calificar, un sofá incómodo, un radiador siseante y una única ventana, octogonal, con el vidrio color espuma de mar. Solía mirarla mientras él me daba placer, me sentía sumergida bajo el agua, con el cuerpo ingrávido, dando vueltas, sin importarme dónde estaba la superficie.

—Te estaba besando, con la cabeza entre tus piernas. Haciéndote hervir. —Deja escapar una risa suave—. Así es como solías pedirlo: «Hazme hervir». Esas frases divertidas que se te ocurrían. Eras tan tímida, odiabas hablar de todo aquello, sólo querías que siguiera adelante. ¿Lo recuerdas?

No lo recuerdo exactamente. Muchos de mis recuerdos de entonces están difusos e incompletos. Necesito que llene los huecos, aunque a veces la chica a la que describe suena como una desconocida.

—Te costaba no hacer ruido. Solías morderte para mantener la boca cerrada. Recuerdo que una vez te mordiste el labio inferior con tanta fuerza que comenzaste a sangrar, pero no me dejaste parar.

Presiono mi cara contra el colchón, me froto contra la almohada mientras sus palabras inundan mi cerebro, sacándome de la cama hacia un pasado donde tengo quince años y estoy desnuda de la cintura para abajo, tendida en el sofá de su oficina, temblando, ardiendo, mientras se arrodilla entre mis piernas y me mira fijamente a la cara. *Dios mío, Vanessa, tu labio*, dice. *Estás sangrando*. Niego con la cabeza y hundo los dedos en el sofá. Estoy bien. Termina.

—Eras insaciable —dice Strane—. Aquel cuerpecito firme.

Respiro hondo por la nariz cuando llego al orgasmo y me pregunta si recuerdo cómo me sentía. Sí, sí, sí. Lo recuerdo. Las emociones son lo único que conservo. Las cosas que me hizo y cómo siempre hacía que mi cuerpo se retorciera y le rogara más.

He estado yendo a la consulta de Ruby durante los últimos ocho meses. Desde que mi padre murió. Al principio fue una terapia de duelo, pero mutó en conversaciones sobre mi madre, mi exnovio y sobre lo atrapada que me siento en mi trabajo. Lo atrapada que me siento en general. Es un capricho. Incluso con el descuento que me ha hecho Ruby: ¡cincuenta dólares semanales sólo para que alguien me escuche!

Su oficina está a un par de cuadras del hotel. Una habitación tenuemente iluminada con dos sillones, un sofá y mesas auxiliares con cajas de pañuelos. Las ventanas miran hacia la bahía de Casco: las gaviotas revolotean por encima de los muelles de pesca, los barcos petroleros se mueven lentamente y autobuses turísticos anfibios graznan cuando se hunden en el agua y se transforman de autobús a barco. Ruby es mayor que yo, mayor como una hermana mayor, no mayor como una mamá, con el pelo muy rubio y ropa al estilo *hippie*. Me encantan sus zuecos de tacón de madera, el clac, clac, clac que hacen mientras cruza la oficina.

—¡Vanessa!

También me encanta la forma en que dice mi nombre cuando abre la puerta, como si se sintiese aliviada de que fuese yo en lugar de cualquier otra persona.

Esa semana hablamos sobre la perspectiva de mi viaje a casa durante las próximas vacaciones. Las primeras sin papá. Me preocupa que mi madre esté deprimida, pero no sé cómo abordar el tema. Ruby y yo ideamos un plan. Juntas, pensamos en diferentes escenarios posibles, considerando las reacciones y respuestas de mamá si le sugiero buscar ayuda.

—Mientras lo abordes con empatía —dice Ruby—, creo que todo irá bien. Se llevan bien. Pueden enfrentarse a hablar de asuntos difíciles.

¿Llevarnos bien? ¿Mi madre y yo? No le llevo la contraria, pero no estoy de acuerdo. Me sorprende la facilidad con la que engaño a la gente casi sin querer.

Consigo no revisar las notificaciones de Facebook hasta el final de la sesión, hasta que Ruby saca su teléfono para anotar nuestra próxima cita en el calendario. Al levantar la vista, se da cuenta de que estoy deslizando furiosamente el dedo por la pantalla de mi teléfono y me pregunta si hay alguna noticia importante.

—No me digas —dice ella—. Han descubierto a otro acosador.

Levanto la mirada de la pantalla, paralizada.

—No se acaba nunca, ¿no te parece? —Sonríe melancólicamente—. No hay escapatoria.

Empieza a hablar sobre el último caso mediático descubierto: el de un director de cine que hizo su carrera a base de películas sobre mujeres que eran víctimas de abusos. Aparentemente, entre bastidores, aprovechaba para exhibirse sexualmente ante las jóvenes actrices y las presionaba para que le practicaran sexo oral.

—¿Quién se hubiera imaginado que ese tipo era un violador? —pregunta Ruby, sarcásticamente—. Sus películas son toda la prueba que necesitamos. Estos hombres se esconden a plena vista.

—Sólo porque los dejamos —le digo—. Todo el mundo mira para otro lado.

Asiente.

—Tienes toda la razón.

Es emocionante hablar así. Coquetear con el peligro.

—No sé qué pensar de todas las mujeres que trabajaron con él una y otra vez —le digo—. ¿No tenían ningún respeto por sí mismas?

—Bueno, no puedes culpar a las mujeres —dice Ruby. No la contradigo y le doy mi cheque.

En casa, fumo hierba y me quedo dormida en el sofá con todas las luces encendidas. A las siete de la mañana, mi teléfono vibra contra el suelo de madera y trastabillo hasta él. Un mensaje de mamá. Hola, cariño. Estoy pensando en ti.

Miro la pantalla mientras intento descifrar cuánto sabe. La publicación de Taylor en Facebook lleva ya tres días subida y, aunque mamá no es amiga de nadie de Browick, la han compartido muchísimo. Además, últimamente se pasa todo el día en Facebook, dándole a «me gusta», compartiendo publicaciones y peleándose con *trolls* conservadores. Podría haberla visto perfectamente.

Cierro el mensaje y abro Facebook: lleva 2.300 «compartir» y 7.900 «me gusta». Anoche, Taylor publicó un estado que decía:

CREAN A LAS MUJERES.

2000

Al girar hacia la carretera de dos carriles que nos lleva a No-
rumbega, mamá dice:

—Quiero que salgas de tu zona de confort este año.

Es el inicio de mi segundo año de la escuela secundaria,
el día en que nos mudamos a los dormitorios, y es su última
oportunidad para obligarme a prometerle cosas antes de que
Browick me absorba por completo y su acceso a mí se limite
a llamadas y a las vacaciones escolares. El año pasado, estaba
preocupada porque me desmadrara en el internado, así que
me hizo prometerle que no bebería ni me acostaría con nadie. Este año, quiere que le prometa que haré nuevos amigos,
lo cual me parece aún más insultante, hasta cruel. Han pasado cinco meses desde que me peleé con Jenny, pero la herida
sigue abierta. Sólo con oírle decir «nuevos amigos» se me
retuerce el estómago; la idea misma me parece una traición.

—Es sólo que no quiero que estés sola en tu habitación día
y noche —dice—. ¿Tan malo te parece?

—Si estuviera en casa, estaría sentada sola todo el día en
mi habitación.

—Pero no vas a estar en casa. ¿De eso se trata, no? Recuerdo que dijiste algo sobre el «tejido social» cuando nos
convenciste de que te dejáramos estudiar aquí.

Presiono mi cuerpo contra el asiento del pasajero, deseando hundirme enteramente en él para no tener que escucharla usar mis propias palabras contra mí. Empecé mi
campaña para convencer a mis padres de que me dejaran

asistir a Browick el día en que un representante de la escuela vino a mi clase de octavo grado. Nos puso un video
que mostraba un campus inmaculado, bañado por una luz
dorada. Acto seguido, preparé una lista con veinte puntos
titulada: «Razones por las que Browick es mejor que la escuela pública». Uno de los puntos era el «tejido social» de la
escuela, junto con el alto índice de aceptación a la universidad entre los graduados, la cantidad de cursos avanzados
ofrecidos... En fin, cosas que saqué del folleto. Al final, sólo
necesité contar con dos razones para convencer a mis padres:
obtuve una beca, así que enviarme allí no les costaría dinero,
y el tiroteo en Columbine. Pasamos días viendo las noticias
en CNN. Aquellos videos que pasaban una y otra vez de los
niños corriendo para salvarse. Cuando dije, «Lo que pasó en
Columbine jamás pasaría en Browick» mis padres intercam-
biaron miradas como si les hubiese leído la mente.

—Has estado decaída todo el verano —dice mamá—.
Ahora es el momento de sacudirte eso de encima y seguir
adelante con tu vida.

Murmuro que eso no es cierto, pero sé que tiene razón.
Si no estaba atontada frente al televisor, estaba tendida en
la hamaca con los auriculares puestos, escuchando canciones
que me aseguraban una buena llorera. Mamá dice que pa-
sarte el día enfrascada en tus sentimientos no es vida, que
siempre habrá algo por lo que enojarse y que el secreto de
una vida feliz es no dejarse arrastrar por la negatividad. Ella
no entiende cuán satisfactoria puede ser la tristeza; las horas
que pasé meciéndome en la hamaca al son de Fiona Apple
me hacen sentir más que feliz.

En el coche, cierro los ojos.

—Ojalá papá hubiera venido con nosotras para que no me
hablaras así.

—Te diría lo mismo que yo.

—Sí, pero lo diría amablemente.

Incluso con los ojos cerrados, puedo ver todo el paisaje tras las ventanas. Sólo es mi segundo año en Browick, pero ya hemos hecho este trayecto al menos diez veces. Hay granjas lecheras y las estribaciones montañosas del oeste de Maine; tiendas que anuncian que tienen cebo para pescadores y cerveza fría y casas con los tejados combados; jardines llenos de restos de coches oxidados en jardines traseros de hierba alta y flores amarillas. Cuando llegas a Norumbega, todo se transforma: el centro del pueblo es perfecto con su panadería, librería, restaurante italiano, biblioteca pública y el campus de Browick en lo alto, con sus resplandecientes tablillas blancas y ladrillos.

Mamá dirige el coche hacia la entrada principal. El gran letrero de ESCUELA BROWICK está rodeado de globos blancos y granates para celebrar el día de mudanza; las estrechas calles del campus están llenas de coches y camionetas atiborradas, estacionadas de cualquier manera. Los padres y estudiantes nuevos deambulan, contemplando los edificios. Mamá se encorva sobre el volante y el ambiente se tensa mientras el coche avanza, se detiene y avanza de nuevo.

—Eres una chica inteligente e interesante —dice—. Deberías tener un grupo grande de amigos. No te obsesiones y pases todo el tiempo con una sola persona.

Sé que sus palabras son más duras de lo que pretende, pero aun así le respondo bruscamente:

—Jenny no era cualquiera. Era mi compañera de cuarto. —Lo pronuncio como si el significado de esa relación fuese obvio, su confusa cercanía, la forma en que, a veces, el mundo palidece más allá de las paredes de la habitación compartida, pero mamá no lo entiende. Ella nunca convivió en un dormitorio, no fue a la universidad, y mucho menos a un internado.

—Compañera de cuarto o no —dice—, podrías haber tenido más amigos. Enfocarse en una sola persona no es saludable, eso es todo lo que quiero decir.

La fila de coches se divide frente a nosotras a medida que nos acercamos al prado que hay en el centro del campus. Mamá pone el intermitente de la izquierda, después el de la derecha.

—¿Hacia dónde se supone que voy?

Suspiro y señalo hacia la izquierda.

Gould es un dormitorio pequeño. En realidad, sólo una casa con ocho habitaciones y un apartamento individual para el supervisor. El año pasado, saqué un buen número en la lotería del alojamiento, así que pude elegir un cuarto individual, algo inusual para una estudiante de segundo año. Mamá y yo tuvimos que hacer cuatro viajes para terminar la mudanza: dos maletas llenas de ropa, una caja de libros, almohadas y sábanas de repuesto, un edredón que ella misma confeccionó con mis camisetas de cuando era pequeña y un ventilador de pie que configuramos para oscilar desde el centro del cuarto.

Mientras desempacamos, miramos pasar a los demás por la puerta entreabierta: padres, estudiantes y el hermano menor de alguien que corre por el pasillo hasta que se tropieza y empieza a llorar. Mamá decide ir al baño y la oigo decir «hola» con su tono de falsa cordialidad; la otra madre le corresponde el saludo. Dejo de acomodar los libros en el estante que hay sobre mi escritorio para escuchar la conversación. Entorno los ojos e intento distinguir a quién corresponde la voz: es la Sra. Murphy, la mamá de Jenny.

Mamá regresa a la habitación y cierra la puerta.

—Empieza a subir el volumen ahí fuera —dice.

Mientras coloco los libros en el estante, pregunto:

—¿Esa era la madre de Jenny?

—Mmmm, sí.

—¿Viste a Jenny?

Mamá asiente, pero no da más detalles. Pasamos unos minutos desempacando en silencio. Mientras hacemos la cama y ajustamos la sábana bajera sobre el colchón de rayas, digo:

—Francamente, me da lástima.

Me gusta cómo suena lo que sale de mi boca pero, por supuesto, es mentira. Justo anoche me pasé una hora escudriñándome frente al espejo de mi habitación, tratando de verme como lo haría Jenny, preguntándome si notaría mis nuevas mechas cortesía de Sun In y los nuevos aros que llevo en las orejas.

Mamá no dice nada mientras saca el edredón de una bolsa de plástico. Sé que está preocupada de que dé un paso atrás y termine con el corazón roto de nuevo.

—Aunque ella intentara ser mi amiga ahora —le digo—, yo no perdería el tiempo.

Mamá sonríe débilmente, alisando la colcha sobre la cama.

—¿Sigue saliendo con ese chico? —Se refiere a Tom Hudson, su novio, el causante de nuestra pelea. Me encojo de hombros como si no supiera la respuesta, aunque sí que la sé. Claro que sí. Me pasé todo el verano revisando el perfil de AOL de Jenny y su estado nunca cambió de «En una relación». Siguen juntos.

Antes de irse, mamá me da cuatro billetes de veinte y me obliga a prometerle que la llamaré todos los domingos.

—Nada de olvidarte —me ordena—. Y vendrás a casa para el cumpleaños de papá. —Me abraza tan fuerte que me duelen los huesos.

—No puedo respirar.

—Perdón, perdón. —Se pone las gafas de sol para ocultar sus ojos humedecidos. Al salir del dormitorio, me señala con un dedo—. Sé buena contigo misma. Y haz muchos amigos.

Me despido con la mano.

—Sí, sí, sí. —La miro caminar por el pasillo y desaparecer por la escalera desde el umbral de mi puerta. Ya se ha ido. Desde ahí mismo, oigo las voces de dos personas que se acercan: la risa cómplice entre madre e hija. Me escondo en mi cuarto tan pronto aparecen Jenny y su madre. Les echo

un breve vistazo, lo suficiente para alcanzar a ver que Jenny
lleva el cabello más corto y un vestido que recuerdo haber
visto colgado en su armario todo el año pasado sin habérselo
puesto nunca.

Estirada en la cama, dejo que mis ojos vaguen por la
habitación. Escucho las despedidas en el pasillo, los resoplos y
los llantos silenciosos. Recuerdo que, hace un año, cuando me
mudé al dormitorio de estudiantes de primer año, me quedé
despierta hasta tarde la primera noche con Jenny mientras
escuchábamos a los Smiths y Bikini Kill, bandas de las que
nunca había oído hablar, pero que fingía conocer porque
tenía miedo de parecer una ignorante, una pueblerina. Pensaba que si decía la verdad, no le caería bien. Durante esos
primeros días en Browick, escribí en mi diario: *Lo que más
me gusta de estar aquí es conocer a gente como Jenny. ¡Ella es
tan COOL y al pasar tiempo con ella aprendo a serlo también!*
Pero, desde entonces, he arrancado y tirado esas páginas. Mi
rostro ardía de vergüenza sólo de verlas.

La supervisora de la residencia Gould es la Srta. Thompson,
la nueva profesora de Español, recién salida de la universidad. Durante la primera reunión nocturna en la sala común,
nos trae marcadores de colores y platos de papel para que
hagamos etiquetas con nuestros nombres para las puertas de
nuestros cuartos. Las otras chicas del dormitorio son alumnas
de último año; Jenny y yo somos las únicas de segundo. Nos
sentamos en extremos opuestos de la mesa, dándonos mucho
espacio. El cabello castaño y ondulado de Jenny cae sobre
sus mejillas mientras se inclina para preparar su etiqueta. Se
pone de pie para descansar y cambiar de marcadores: sus ojos
pasan sobre mí como si no existiera.

—Antes de regresar a su cuarto, asegúrense de tomar
uno de estos —dice la Srta. Thompson. Abre una bolsa de

plástico con ambas manos. Al principio creo que son dulces, pero son silbatos plateados.

—Es probable que nunca necesiten usarlos —dice—, pero es bueno tener uno, por si acaso.

—¿Para qué íbamos a necesitar un silbato? —pregunta Jenny.

—Oh, ya sabes, es sólo una medida de precaución. —Su sonrisa es tan exagerada que percibo su incomodidad.

—Pero no nos los dieron el año pasado.

—Es por si intentan violarte. —dice Deanna Perkins—. Silbas para que se detenga. —Se lleva el silbato hasta sus labios y sopla con fuerza. El sonido retumba por el pasillo. Suena tan satisfactoriamente alto que todas tenemos que hacerlo.

La Srta. Thompson intenta hablar por encima del estruendo.

—Bueno, bueno —se ríe—. Supongo que es bueno asegurarse de que funcionan.

—¿Esto de verdad detendría a un violador? —pregunta Jenny.

—Nada puede detener a un violador —dice Lucy Summers.

—Eso no es cierto —dice la Srta. Thompson—. Y no son «silbatos antiviolación». Son una medida general de seguridad. Si alguna vez se sienten incómodas en el campus, silban.

—¿Los chicos van a recibir silbatos? —pregunto.

Lucy y Deanna ponen los ojos en blanco.

—¿Para qué necesitarían un silbato? —pregunta Deanna—. Usa la cabeza. —Esto hace reír a Jenny, como si Lucy y Deanna no le estuvieran poniendo los ojos en blanco a ella también.

Hoy es el primer día de clase y todas las ventanas de los edificios del campus están abiertas de par en par y los estacionamientos para empleados están totalmente llenos. A la hora del desayuno, me tomo un té negro sentada en la punta de una larga mesa estilo Shaker. Un nudo demasiado grande en el estómago me impide comer. Mis ojos ven todo lo que ocurre en ese comedor de techos altos como una catedral, aprendiéndose todas las nuevas caras y percibiendo los cambios en aquellas que ya conocía. Me fijo en que Margo Atherton se peina hacia la izquierda para ocultar su ojo bizco y que Jeremy Rice se roba un plátano del comedor cada mañana. Incluso antes de que Tom Hudson empezara a salir con Jenny, antes de que hubiera una razón para interesarme en cualquier cosa que hiciera, me había fijado en la rotación precisa de camisetas de bandas musicales que llevaba bajo su camisa de botones. Esta habilidad que tengo para ver tanto en los demás cuando estoy segura de que ellos ni me miran es aterradora e incontrolable.

El discurso de inauguración se celebra después del desayuno, a primer ahora, y es básicamente una charla para motivarnos en el nuevo año escolar. Al entrar en fila al auditorio, todo es madera cálida y cortinas de terciopelo rojo; hileras de sillas bañadas por la luz del sol. Durante los primeros minutos de la reunión, mientras la directora, la Sra. Giles, repasa el reglamento con su entrecano recogido tras las orejas y el gorjeo de su voz temblorosa extendiéndose por la sala, todo el mundo tiene un aspecto pulcro y descansado. Pero, para cuando termina y sale del escenario, el aire se ha vuelto sofocante y el sudor empieza a perlar nuestras frentes. Alguien se queja en la fila de atrás:

—¿Cuánto tiempo va a durar esto?

La Sra. Antonova le lanza una mirada fulminante por encima del hombro. A mi lado, Anna Shapiro se abanica la cara con sus propias manos. Una brisa se cuela por las ventanas entreabiertas y agita levemente el dobladillo inferior de las cortinas de terciopelo.

Entonces, cruza el escenario el Sr. Strane, el jefe del Departamento de Inglés, un profesor que reconozco, pero con el que nunca he tenido clase, ni conversado. Tiene el cabello negro y ondulado, una barba negra y unas gafas cuyos cristales reflejan un brillo que impide ver sus ojos. Sin embargo, lo primero que noto sobre él —lo primero que cualquiera debe notar— es su tamaño. No es gordo, sino grande, ancho: es tan alto que sus hombros se encorvan como si su cuerpo quisiera disculparse por ocupar tanto espacio.

Cuando se sitúa frente al podio, tiene que estirar el micrófono al máximo hacia él. El sol se refleja en sus lentes mientras empieza a hablar. Meto la mano en mi mochila y reviso mi horario de clases: mi última clase del día es Literatura Norteamericana Avanzada con el Sr. Strane.

—Esta mañana veo ante mí a un grupo de jóvenes que van camino de lograr grandes cosas.

Sus palabras resuenan en los altavoces. Lo pronuncia todo tan claramente que el efecto es casi incómodo: largas vocales y duras consonantes que suenan como una canción de cuna que te adormece sólo para despertarte de golpe. Lo que dice se reduce a los mismos clichés de siempre: *apunta hacia las estrellas, a quién le importa si no aciertas de pleno, puede que alcances la luna,* pero es un buen orador y, de alguna manera, logra que sus palabras parezcan profundas.

—Este año académico, propónganse esforzarse continuamente en ser la mejor versión posible de ustedes mismos —dice—. Tengan como objetivo hacer de Browick un lugar mejor. Dejen su huella. —Después, mete la mano en su bolsillo trasero, saca un pañuelo rojo y lo usa para secarse la frente, revelando una mancha de sudor oscura bajo su axila.

—He sido profesor en Browick durante quince años —dice— y durante esos quince años he presenciado innumerables actos de valor por parte de los estudiantes de esta escuela.

Me muevo en mi asiento, consciente del sudor que empieza a acumularse en la parte de atrás de mis rodillas y en los pliegues de mis codos, e intento imaginar lo que quiere decir con actos de valor.

Mi horario de clases de este semestre es: Francés Avanzado, Biología Avanzada, Historia Mundial Avanzada, Geometría (para los poco dotados para las matemáticas; de hecho, la Sra. Antonova lo llama «Geometría para tontos»), una optativa llamada Política Estadounidense y Medios de Comunicación en la que vemos la cadena CNN y hablamos sobre las próximas elecciones presidenciales y Literatura Norteamericana Avanzada. El primer día, voy de un lado para otro del campus, de clase en clase, lastrada por el peso de los libros: el aumento de tareas de noveno a décimo grado es palpable de inmediato. A medida que avanza el día y los profesores advierten sobre los desafíos que se avecinan, las tareas, los exámenes y el ritmo acelerado, e incluso vertiginoso, —porque esta no es una escuela ordinaria y no somos jóvenes ordinarios; como jóvenes excepcionales, deberíamos dar la bienvenida a las dificultades y prosperar gracias a ellas— el agotamiento comienza a asentarse en mí. Ya al mediodía, me cuesta mantener la cabeza erguida, así que, en lugar de comer a la hora del descanso, me escabullo de nuevo hacia Gould, me acurruco en la cama y lloro. Si esto va a ser tan difícil, ¿para qué molestarse? No debería ser tan pesimista, sobre todo si se trata del primer día. Esto me lleva a preguntarme, para empezar, ¿qué estoy haciendo en Browick? ¿Por qué me dieron una beca? ¿Por qué pensaron que era lo suficientemente inteligente como para venir aquí? Es una espiral por la que he descendido anteriormente y donde siempre llego a la misma conclusión: que algo no está bien, que tengo un defecto inherente que se manifiesta como pereza y miedo al trabajo duro. Además, casi nadie más en Browick parece tener tantas dificultades como yo. Van de clase en clase conociendo la respuesta a cada pregunta, siempre preparados. Hacen que parezca fácil.

Lo primero que noto al llegar a la clase de Literatura, la última del día, es que el Sr. Strane se ha cambiado la camisa que llevaba durante el discurso de inauguración. Está al frente del aula apoyado contra una pizarra, con los brazos cruzados sobre el pecho: parece incluso más grande de lo que aparentaba en el escenario. Somos diez alumnos en la clase, incluidos Jenny y Tom. La mirada del Sr. Strane nos persigue mientras entramos al aula, como si nos estuviera estudiando. Cuando Jenny entra, ya estoy sentada en la mesa, a un par de asientos de Tom. Su rostro se ilumina al verla y la invita a sentarse en la silla vacía que hay entre nosotros. No está al tanto: no sabe por qué eso es impensable. Jenny sujeta los tirantes de su mochila y esboza una sonrisa.

—Vamos a sentarnos en este lado —dice refiriéndose al lado opuesto, lejos de mí—. Ahí se está mejor.

Sus ojos pasan sobre mí tal y como hicieron en la reunión del dormitorio. Me parece una tontería esforzarnos tanto en fingir que nunca fuimos amigas.

Cuando suena el timbre para indicar el comienzo de la clase, el Sr. Strane no se mueve. Espera a que hagamos silencio antes de hablar.

—Supongo que todos se conocen —dice—, pero yo no los conozco a todos.

Se desplaza hacia la cabecera de la mesa y nos señala al azar para preguntarnos nuestros nombres y de dónde somos. A algunos de nosotros nos pregunta otras cosas: ¿Tenemos hermanos? ¿Cuál es el lugar más lejano al que hemos viajado? Si pudiéramos elegir un nombre nuevo, ¿cuál sería? Le pregunta a Jenny a qué edad se enamoró por primera vez y se sonroja hasta la raíz del cabello. Tom, que está sentado a su lado, también se ruboriza.

Cuando me toca presentarme, digo:

—Vanessa Wye, y no acabo de ser de ninguna parte.

—Vanessa Wye que no termina de ser de ninguna parte. —dice el Sr. Strane, sentándose de nuevo en su silla

Me río nerviosa al escuchar lo tontas que suenan mis palabras dichas por otra persona.

—Quiero decir: es un lugar, pero no termina de ser un pueblo. No tiene nombre. Lo llaman Municipio Veintinueve.

—¿Está aquí en Maine? ¿En la carretera del este? —pregunta—. Sé exactamente dónde es. Está cerca de un lago que tiene un nombre encantador, Whale... algo.

Parpadeo, sorprendida.

—Whalesback. Vivimos justo al lado. Somos los únicos que viven allí todo el año. —Mientras hablo, siento una extraña punzada en el corazón. Casi nunca me siento nostálgica en Browick, pero quizá es porque nadie sabe de dónde soy.

—¡No me digas! —El Sr. Strane se queda pensando—. ¿Y ahí no te sientes sola a veces?

Me quedo estupefacta por un momento. La pregunta es tan directa como un corte indoloro cuya herida fuera sorprendentemente limpia. A pesar de que *sola* no sea la palabra que habría elegido para describir lo que se siente al vivir en el bosque, escuchar al Sr. Strane decirlo me hace pensar que debe ser verdad, que quizá siempre ha sido así, y me siento avergonzada, de repente, imaginando que llevo la soledad plasmada en mi frente. Es tan evidente que un profesor sólo necesita echarme un vistazo para saber que soy una persona solitaria. Logro decir:

—Quizá sí, a veces —pero el Sr. Strane ya ha pasado página y le está preguntando a Greg Akers cómo fue trasladarse de Chicago a las estribaciones del oeste de Maine.

Una vez que nos hemos presentado, el Sr. Strane declara que su clase será la más difícil que cursemos este año.

—La mayoría de los estudiantes piensa que soy el profesor más duro de todo Browick —declara—. Algunos me han dicho que soy más estricto que sus profesores universitarios. Tamborilea con los dedos sobre la mesa mientras deja que procesemos la seriedad de lo que acaba de decir. Después, camina hacia la pizarra, toma un trozo de tiza y comienza a escribir. Por encima del hombro, dice:

—Ya deberían estar tomando notas.

Nos abalanzamos sobre nuestras libretas mientras se lanza en una disertación sobre Henry Wadsworth Longfellow y el poema «El canto de Hiawatha», del cual nunca he oído hablar. No puedo ser la única, pero cuando nos pregunta si estamos familiarizados con él, todos asentimos: nadie quiere parecer estúpido.

Mientras habla, mi mirada recorre el aula. Su estructura es la misma que en las demás del edificio de Humanidades: suelos de madera, una pared con estanterías empotradas, pizarras verdes y una larga mesa rectangular. Sin embargo, su aula es acogedora y cómoda. Hay una alfombra con una marca de desgaste en el centro, un gran escritorio de roble iluminado por una lámpara de banquero de cristales verdes, una cafetera y una taza con el sello de Harvard sobre un archivador. El olor a hierba recién cortada y el sonido de un motor de coche al encenderse se cuelan por la ventana abierta. El Sr. Strane escribe un verso de Longfellow con tanta intensidad que la tiza se deshace en su mano. En un momento dado, se detiene, se gira hacia nosotros y nos dice:

—Si sólo fueran a aprender una cosa en mi clase, que sea esta: el mundo se compone de una infinidad de historias entrecruzadas, cada una de ellas válida y cierta. —Me esfuerzo para escribir lo que dice, palabra por palabra.

Cinco minutos antes del final del periodo, el Sr. Strane

detiene repentinamente su lección. Deja caer las manos a sus costados y se relajan los hombros. Abandona la pizarra, se sienta en la mesa de seminario, se frota el rostro y suspira profundamente. Después, con voz cansada, dice:

—El primer día es interminable.

Alrededor de la mesa, esperamos sin saber qué hacer mientras nuestros bolígrafos todavía sobrevuelan las libretas. Separa las manos de la cara.

—Seré honesto con ustedes —dice—. Estoy jodidamente agotado.

Al otro lado de la mesa, Jenny se ríe, sorprendida. Los profesores bromean de vez en cuando durante las clases, pero nunca había escuchado a uno decir malas palabras. Jamás se me había ocurrido que un profesor pudiera hablar así.

—¿Les molesta si uso este tipo de lenguaje? —pregunta—. Supongo que debería haberles pedido permiso previamente. —Da una palmada, sarcásticamente sincero—. Si mis palabras floridas ofenden realmente a alguien, que hable ahora o calle para siempre.

Por supuesto, nadie dice nada.

***

Las primeras semanas pasan deprisa, una sucesión de clases, desayunos de té negro, comidas de sándwiches con mantequilla de maní, horas de estudio en la biblioteca y noches de televisión en la sala común de Gould. Me castigan por faltar a una reunión del dormitorio, pero convenzo a la Srta. Thompson de que me deje pasear a su perro en lugar de sentarme con ella en la sala de estudio durante una hora, algo que no nos apetece a ninguna de las dos. Paso casi todas las mañanas terminando mis tareas a última hora, justo antes de que empiecen las clases, porque no importa cuánto lo intente, siempre estoy al límite, a punto de quedarme atrás. Los profesores insisten en que es algo que debería ser capaz de solucionar; que soy inteligente, pero que estoy desconcentrada y desmotivada. Formas amables de llamarme perezosa.

En cuestión de días después de la mudanza, mi habitación se convierte en una amalgama de ropa, papeles sueltos y tazas de té a medio tomar. No encuentro la agenda que se supone que debería ayudarme a estar al día, pero era de esperar: siempre lo pierdo todo. Casi todas las semanas abro la puerta de mi habitación y encuentro mis llaves colgando del pomo, dejadas ahí por alguien que las habrá encontrado en el baño, en el aula o en el comedor. No soy capaz de seguirle el ritmo a nada: los libros de texto terminan atrapados entre la cama y la pared y las tareas destrozadas en el fondo de mi mochila. Los profesores se exasperan con mis entregas arrugadas y me recuerdan los puntos que me quitarán por la mala presentación.

—¡Necesitas un sistema de organización! —exclama mi profesor de Historia Avanzada mientras busco frenéticamente dentro de mi libro los apuntes del día anterior—. Sólo estamos en la segunda semana del curso. ¿Cómo es posible que ya estés tan perdida? —Que finalmente encuentre los apuntes no quita que tenga razón. Soy descuidada, un síntoma de debilidad, un grave defecto de carácter.

En Browick, cada profesor y los alumnos a los que hace de tutor cenan juntos una vez al mes. Es costumbre que sea en sus casas, pero mi tutora, la Sra. Antonova, nunca nos invita.

—Hay que tener límites —nos dice—. No todos los profesores están de acuerdo conmigo. Ningún problema. Dejan entrar a los alumnos en sus vidas. Y está bien. Pero yo no. Podemos salir a algún lugar, cenar, hablar un poco y luego irnos cada uno a su casa. Límites.

En nuestra primera reunión del año, nos lleva al restaurante italiano del centro del pueblo. Me concentro enrollando los *linguini* alrededor de mi tenedor mientras la Sra. Antonova me advierte de que mi falta de organización es el tema en que más insisten mis profesores. Intento no sonar demasiado cínica cuando digo que procuraré mejorar. Va por turnos dándonos consejos y transmitiéndonos a cada uno las observaciones de nuestros profesores. Soy la única que tiene problemas de organización, pero no soy la peor: Kyle Guinn no ha entregado ninguna de las tareas en dos de sus clases, una falta grave. Mientras la Sra. Antonova lee los comentarios sobre Kyle, bajamos la vista hacia nuestros platos de pasta, aliviados de no estar tan mal como él. Al final de la cena, una vez terminada la comida, la Sra. Antonova nos ofrece una bandeja de rosquillas caseras rellenas de cereza.

—Son *pampushky* —dice—. Ucranianas, como mi madre.

Al salir del restaurante y dirigirnos hacia la colina del campus, la Sra. Antonova comienza a caminar a mi lado:

—Se me olvidó decirte, Vanessa, que deberías apuntarte a alguna actividad extraescolar este año. Quizá a más de una. Piensa en tus solicitudes universitarias. Ahora mismo tu expediente está algo flojo—. Empieza a sugerirme cosas y asiento. Sé que necesito esforzarme más y lo he intentado: la semana pasada fui a la reunión del club de francés, pero me fui corriendo cuando vi que sus miembros van a las reuniones con pequeñas boinas negras.

—¿Qué te parece el club de escritura creativa? —me dice—. Encajarías bien allí con tu poesía.

Yo también lo he pensado. El club de escritura creativa publica una revista literaria y, el año pasado, la leí de principio a fin para comparar mis poemas con los que estaban publicados. Intenté ser objetiva al decidir cuáles eran mejores.

—Sí, quizá —le digo.

Coloca su mano en mi hombro.

—Piénsatelo —dice—. El Sr. Strane es el tutor este año y es un experto en el tema.

Se da la vuelta y da unas palmadas mientras grita algo en ruso a los rezagados, lo que, por alguna razón, resulta más efectivo que gritar en inglés.

El club de escritura creativa tiene un solo miembro más, Jesse Ly: un estudiante de tercer año, lo más cercano que tenemos en Browick a un gótico, del que dicen que es gay. Entro en el aula y lo veo sentado en la mesa frente a una pila de papeles, con sus botas militares apoyadas sobre una silla y con un bolígrafo detrás de la oreja. Me mira, pero no dice nada. Dudo que sepa siquiera cómo me llamo.

El Sr. Strane, sin embargo, salta desde detrás de su escritorio y atraviesa el aula hacia mí.

—¿Has venido para el club? —pregunta.

Abro la boca, dubitativa. Si hubiera sabido que sólo habría otra persona, no hubiese ido. Quiero dar marcha atrás de inmediato, pero el Sr. Strane está demasiado contento. Me estrecha la mano y dice:

—El número de inscritos aumentará un cien por cien —y siento que es demasiado tarde para cambiar de opinión.

Me lleva hasta la mesa, se sienta a mi lado y explica que la pila de papeles son propuestas para la revista literaria.

—Todo esto son trabajos de los estudiantes —dice—. Intenta no fijarte en los autores. Lee cada uno cuidadosamente hasta el final, antes de tomar una decisión. —Me dice que debo escribir mis comentarios en los márgenes y después asignarle un número del uno al cinco: un uno representa un «no» rotundo y un cinco un «sí» definitivo.

Sin levantar la vista, Jesse dice:

—Yo he estado dejando mis marcas. Es lo que hicimos el año pasado. —Señala los papeles que ya ha revisado. Cada esquina superior derecha tiene una diminuta marca, un símbolo de menos o un símbolo de más. El Sr. Strane enarca las cejas, evidentemente molesto, pero Jesse no se da cuenta. Sus ojos están fijos en el poema que está leyendo.

—Cualquier método que decidan utilizar me parecerá bien —dice el Sr. Strane. Me sonríe, guiña el ojo y me da una palmadita en el hombro al levantarse.

Con el Sr. Strane sentado de nuevo en su escritorio al otro lado del aula, agarro uno de los manuscritos de la pila, un cuento titulado «El peor día de su vida» de Zoe Green. Zoe estaba en mi clase de Álgebra el año pasado. Se sentaba detrás de mí y se echaba a reír cada vez que Seth McLeod me llamaba «La Gran Roja» como si fuera la cosa más ingeniosa que había oído nunca. Niego con la cabeza e intento mantenerme imparcial. Precisamente por eso, el Sr. Strane ha dicho que no miráramos los nombres.

Su cuento va sobre una niña que está en la sala de espera de un hospital cuando su abuela muere... y me aburro tras leer el primer párrafo. Jesse ve que estoy contando cuántas páginas quedan y me dice en voz baja:

—No tienes que leerlo entero si es malo. Yo edité la revista el año pasado cuando la Sra. Bloom era la tutora y no le importaba.

Mis ojos se dirigen hacia el escritorio del Sr. Strane, inclinado sobre su propia pila de papeles. Me encojo de hombros y digo:

—Seguiré leyéndolo. Está bien.

Jesse echa un vistazo a la página que tengo entre manos.

—¿Zoe Green? ¿Esa no es la chica a la que le dio un ataque de nervios durante el debate del año pasado?

Sí, lo era: a Zoe le pidieron que argumentara a favor de la pena de muerte y rompió a llorar durante la última ronda cuando su oponente, Jackson Kelly, la llamó racista e inmoral, lo cual no habría sido tan malo si él no fuera afroamericano. Después de que Jackson fuera declarado el ganador del torneo, Zoe dijo que se había sentido personalmente atacada por su refutación, que iba en contra de todas las reglas del debate. A raíz de ello, terminaron compartiendo el primer lugar, lo cual era absurdo y todos lo sabíamos.

Jesse se inclina hacia delante y me quita el cuento de Zoe de las manos, marca un «menos» en la esquina derecha, y lo arroja a la pila de los «no».

—*Voilà* —dice.

Jesse y yo leemos durante el resto de la hora mientras el Sr. Strane califica trabajos en su escritorio, saliendo de vez en cuando para hacer fotocopias o buscar agua para la cafetera. En un momento dado, pela una naranja y el aroma inunda el salón. Cuando se acaba la hora, me preparo para salir y el Sr. Strane pregunta si asistiré a la próxima reunión.

—No estoy segura —le digo—. Todavía estoy probando diferentes clubes.

Sonríe y espera que Jesse abandone el aula antes de decir:

—Supongo que esto no tiene mucho que ofrecerte socialmente hablando.

—Oh, eso no es un problema —le digo—. No soy muy sociable que se diga.

—¿Y eso?

—No lo sé. Supongo que es porque no tengo muchos amigos.

Asiente, pensativo.

—Entiendo lo que dices. A mí también me gusta estar solo.

Mi primer impulso es decir que no, que no me gusta estar sola, pero quizá tiene razón. Quizá soy solitaria por elección y prefiero estar sola conmigo misma.

—Bueno, solía ser la mejor amiga de Jenny Murphy —le digo—. La de la clase de Inglés. —Las palabras se desbordan de mi boca y me toman por sorpresa. Es la primera vez que le cuento tantas cosas a un profesor, sobre todo a un hombre, pero la forma en que me mira, con una sonrisa tierna y la barbilla apoyada en su mano, me da ganas de hablar, de exhibirme.

—Ah —dice—. La pequeña reina del Nilo. —Tras fruncir el ceño, confundida, me explica que se refiere a su corte de pelo, que la hace parecerse a Cleopatra; lo dice y siento una punzada de algo en el estómago, algo parecido a celos, pero peor.

—No creo que el peinado le quede *tan* bien —le digo.

El Sr. Strane sonríe.

—Así que solían ser amigas. ¿Qué pasó?

—Empezó a salir con Tom Hudson.

Reflexiona por un momento.

—El chico de las patillas.

Asiento y pienso en cómo los profesores deben reconocernos y catalogarnos. Me pregunto qué pensaría si alguien mencionara a Vanessa Wye. La chica pelirroja. Esa chica que siempre está sola.

—Así que te traicionaron —dice, refiriéndose a Jenny.

Hasta entonces no lo había visto así y se me acelera el pulso sólo de pensarlo. Sufrí. No es que yo la haya ahuyentado por ser excesivamente emocional, o por apegarme demasiado. No, me agraviaron.

Se pone de pie, camina hacia la pizarra, y empieza a borrar las notas de la clase anterior.

—¿Y qué te ha llevado a probar el club? ¿Un espacio en blanco en tu CV?

Asiento; parece que puedo ser honesta con él.

—La Sra. Antonova me dijo que lo intentara. Aunque me gusta escribir, de verdad.

—¿Qué escribes?

—Poemas, sobre todo. Aunque tampoco es que sean buenos.

El Sr. Strane sonríe por encima del hombro de una manera tan amable como condescendiente.

—Me gustaría leer algo tuyo.

Mi cerebro capta la manera en la que habla, como si las cosas que escribo fueran dignas de ser tomadas en serio.

—Claro —le digo—. Si de verdad lo quiere.

—Sí, quiero —dice—. No te lo pediría si no quisiera.

Me sonrojo. Según mi madre, el peor de mis hábitos es que evado los cumplidos con autodesprecio. Tengo que aprender a aceptar los elogios. Todo se reduce, según ella, a tener o carecer de autoestima.

El Sr. Strane coloca el borrador en el anaquel de la pizarra y me observa a través del aula. Se mete las manos en los bolsillos y me mira de arriba abajo.

—Bonito vestido —dice—. Me gusta tu estilo.

Susurro un «gracias», de puros modales tan inculcados que son un acto reflejo, y bajo la vista hacia mi vestido. Es un vestido-jersey color verde monte, con un corte vagamente en forma de A, pero principalmente recto, que termina algo por encima de mis rodillas. No está a la moda; sólo lo uso porque me gusta el contraste que tiene con mi cabello. Es extraño que un hombre de mediana edad se fije en cómo visten las chicas. Mi papá apenas sabe distinguir entre una falda y un vestido.

El Sr. Strane vuelve a la pizarra y comienza a borrar de nuevo a pesar de que ya está limpia. Casi parece avergonzado, y una parte de mí quiere darle las gracias, esta vez de verdad. *Muchas gracias*, podría decirle. *Nunca me habían dicho eso antes.* Espero a que se dé la vuelta, pero sigue deslizando el borrador de un lado a otro, líneas borrosas sobre un campo verde.

De repente, cuando me dirijo hacia la puerta, me dice:

—Espero volver a verte el jueves.

—Oh. Claro —le digo—, aquí estaré.

Así que vuelvo el jueves, y luego el martes siguiente, y el siguiente jueves. Me convierto en una integrante oficial del club. Jesse y yo tardamos más de lo esperado en terminar de elegir los textos para la revista literaria, más que nada porque soy tan indecisa que siempre doy marcha atrás y cambio mi veredicto varias veces. En cambio, el juicio de Jesse es rápido y despiadado: su bolígrafo surca las páginas. Cuando le pregunto cómo lo hace, me dice que debería ser capaz de ver si algo es bueno o malo desde la primera línea. Uno de esos jueves, el Sr. Strane desaparece en la oficina trasera y regresa con un montón de números pasados de la revista para que entendamos cómo se supone que debe quedar. Jesse fue el editor el año pasado, por lo que ya debe de saberlo. Hojeo una de ellas y veo el nombre de Jesse en el índice bajo «ficción».

—Oye, ¡eres tú! —le digo.

Al mirarlo, gruñe y dice:

—No lo leas delante de mí, por favor.

—¿Por qué no? —Echo un vistazo a la primera página.

—Porque no quiero que lo hagas.

Guardo la revista en mi mochila y me olvido de ella hasta después de la cena, cuando estoy sumida en una incomprensible tarea de Geometría, con ganas de una distracción. Saco la revista y busco el cuento, lo leo dos veces. Es bueno, realmente bueno, mejor que cualquiera de las propuestas que hemos recibido para la revista. Cuando intento decírselo durante la próxima reunión del club, me interrumpe:

—Escribir ya no es lo mío —dice.

En otra ocasión, el Sr. Strane nos enseña cómo usar el nuevo *software* para maquetar la revista. Jesse y yo nos sentamos uno al lado del otro frente al ordenador con el Sr. Strane de pie a nuestras espaldas, observando y corrigiéndonos. Cuando cometo un error, se agacha y mueve el ratón por mí, con una mano tan grande que cubre la mía por completo. Su caricia calienta mi cuerpo. Cuando cometo otro error, lo vuelve a hacer, pero esta vez me aprieta un poco la mano, como asegurándome que lo acabaría entendiendo. No hace lo mismo, sin embargo, con Jesse, ni siquiera cuando cierra sin querer el documento sin haberlo guardado y el Sr. Strane tiene que volver a explicar los pasos desde el principio.

Llegan los últimos días de septiembre y, durante una semana, el clima es perfecto, soleado y fresco. Cada mañana, las hojas están más brillantes, convirtiendo las montañas alrededor de Norumbega en una explosión de color. El campus se parece al que mostraba el folleto con el que me obsesioné cuando rellenaba mi solicitud para Browick —los estudiantes llevan suéteres, el césped es de un verde resplandeciente y el atardecer enciende el brillo de las fachadas de madera blanca—. Debería disfrutarlo, pero este clima me vuelve intranquila y me aterroriza. Después de las clases, soy incapaz de quedarme quieta, desplazándome de la biblioteca al área común de Gould, hasta mi dormitorio y de vuelta a la biblioteca. Esté donde esté, quiero estar en otro sitio.

Una tarde, recorro el campus tres veces, insatisfecha con todos los lugares que pruebo —la biblioteca es muy oscura, mi desordenada habitación es demasiado deprimente, y todos los demás lugares están llenos de alumnos estudiando en grupos, lo cual sólo acentúa el hecho de que estoy sola, siempre sola—, hasta que me obligo a detenerme en el área de césped detrás del edificio de Humanidades. *Cálmate, respira.*

Me apoyo contra el arce solitario, que suelo mirar durante las clases de Inglés, y me toco las mejillas calientes con el dorso de la mano. Estoy tan alterada que estoy sudando, y estamos a sólo diez grados.

Aquí se está bien, pienso. *Trabaja aquí y cálmate.*

Me siento con la espalda contra el árbol y meto la mano en mi mochila. Toco el libro de Geometría, pero elijo en su lugar mi libreta, pensando que me sentiría mucho mejor si trabajo primero en un poema. Pero, cuando abro la libreta y releo lo último que escribí —un par de estrofas sobre una chica que está atrapada en una isla y que invita a los marineros a acercarse a la orilla—, me doy cuenta de que son malas: torpes, inconexas, prácticamente incoherentes. Y yo creí que eran versos buenos. ¿Cómo es posible? Son descaradamente malos. Puede que todos mis poemas lo sean. Me hago un ovillo y entierro los párpados en las palmas de mis manos hasta que percibo unos pasos que se acercan; hojas que crujen y ramas que se parten. Miro hacia arriba y una imponente silueta me tapa el sol.

—¡Buenas! —dice.

Me cubro los ojos: es el Sr. Strane. Su expresión cambia cuando se fija en mi rostro, en mi mirada enrojecida.

—Te pasa algo —dice.

Lo miro y asiento. No parece que mentir vaya a servirme de nada.

—¿Prefieres que te deje tranquila? —pregunta.

Dudo, pero luego niego con la cabeza.

Se sienta en el suelo, a mi lado, dejando apenas un metro entre nosotros. Tiene las piernas estiradas, el contorno de sus rodillas visible debajo del pantalón. Fija la vista en mí. Me mira mientras me limpio las lágrimas.

—No quisiera imponerte mi compañía. Te vi desde aquella ventana y pensé en venir a saludarte. —Señala detrás de nosotros al edificio de Humanidades—. ¿Puedo preguntarte qué te ocurre?

Respiro hondo buscando las palabras, pero tras un momento, niego con la cabeza.

—Es demasiado para explicar —le digo. Porque se trata de algo más allá de que mi poema sea malo, o de no poder elegir un lugar para estudiar sin terminar agotada. Es un sentimiento más oscuro, el miedo a que haya algo defectuoso en mí y que no tenga remedio.

Asumo que el Sr. Strane lo dejará correr. En su lugar, espera como esperaría la respuesta a una pregunta difícil en clase. *Claro que parece demasiado complicado de explicar, Vanessa. Así es como deben hacerte sentir las preguntas difíciles.*

Tomando aire, digo:

—Esta época del año me vuelve loca. Como si se me estuviera acabando el tiempo, o algo así. Como si estuviera desperdiciando mi vida.

El Sr. Strane parpadea. Me doy cuenta de que esto no es lo que esperaba oír.

—¿Desperdiciando tu vida? —repite.

—Sé que no tiene sentido.

—No, sí lo tiene. Tiene todo el sentido. —Echa la cabeza hacia atrás y la apoya en sus manos—. ¿Sabes? Si tuvieras mi edad, te diría que esto suena al principio de una crisis de mediana edad.

Sonríe y, sin proponérmelo, mi expresión refleja la suya. Él sonríe, yo sonrío.

—Parecía que estabas escribiendo —dice—. ¿Qué tal va ese trabajo?

Me encojo de hombros, sin saber qué quiero decir de mi escritura. Me parece que no me corresponde a mí decirlo.

—¿Me enseñas lo que has escrito?

—Ni de broma. —Sujeto mi libreta con fuerza contra mi pecho, y veo en sus ojos un destello de alarma, como si mi gesto repentino lo hubiera asustado. Me calmo y añado—: Es que no está terminado.

—¿Acaso se termina realmente de escribir alguna vez?

Parece una pregunta-trampa. Reflexiono un momento y digo:

—Algunos textos están más acabados que otros.

Sonríe; le gusta mi respuesta.

—¿Tienes algo más acabado que puedas mostrarme?

Aflojo mi agarre sobre la libreta y abro la tapa. La libreta está llena de poemas, la mayoría a medio terminar, y de versos tachados y reescritos. Hojeo las páginas más recientes hasta llegar al que he estado trabajando durante un par de semanas. No está terminado, pero tampoco es terrible. Le entrego la libreta con la esperanza de que no se fije en los garabatos en los márgenes, en la enredadera de flores que se extiende a lo largo del lomo.

Sostiene la libreta con cuidado con ambas manos y el mero hecho de ver aquello, mi libreta entre sus manos, hace que mi cuerpo se estremezca. Nadie había tocado nunca mi libreta, y mucho menos leído algo escrito en ella. Al terminar el poema, dice:

—Mmm. —Espero a una reacción más concreta, que me diga si le parece bueno o no, pero sólo dice—: Lo voy a leer otra vez.

Cuando finalmente levanta la vista, dice:

—Vanessa, es estupendo —exhalo con fuerza y me empiezo a reír—. ¿Cuánto tiempo le dedicaste? —pregunta.

Pensando que es más impresionante parecer un prodigio, decido mentirle y respondo:

—No mucho.

—Dijiste que escribías a menudo. —Me devuelve la libreta.

—Todos los días, por lo general.

—Se nota, tienes mucho talento. Y lo digo como lector, no como profesor.

Estoy tan contenta que me río otra vez y el Sr. Strane sonríe con su sonrisa tierna y condescendiente.

—¿Te parece gracioso? —pregunta.

—No, es que es lo más bonito que nadie haya dicho sobre mi escritura.

—¿En serio? Eso no es nada. Podría decir cosas mucho más bonitas.

—La verdad es que nunca dejo que nadie lea mis... —Casi digo *cosas* pero, en su lugar, utilizo la misma palabra que él—. Mi trabajo.

Se hace un silencio entre nosotros. Vuelve a apoyar la cabeza en sus manos y admira las vistas: el pintoresco centro, el río a lo lejos y las ondulantes colinas. Vuelvo a mirar mi libreta: los ojos fijos en sus páginas sin ver nada. Soy demasiado consciente de su cuerpo junto al mío, de su torso inclinado y de su vientre pegado a la camisa; de sus piernas largas cruzadas en los tobillos y de cómo una de sus perneras se ha subido, revelando unos centímetros de piel justo por encima de su bota. Preocupada de que pueda levantarse e irse, intento pensar en algo que decir para mantenerlo conmigo, pero antes de lograrlo, recoge una hoja de arce roja del suelo, la gira por el tallo, la observa por un momento y luego la sostiene junto a mi cara.

—Fíjate —dice—, es del mismo color que tu cabello.

Me paralizo, literalmente boquiabierta. Sostiene la hoja de arce un instante más, haciendo que sus puntas rocen mi cabello. Después, niega un poco con la cabeza, deja caer su mano y la hoja vuelve al suelo. Se pone de pie, tapando de nuevo el sol, se limpia las manos en los muslos y regresa al edificio de Humanidades sin despedirse.

Cuando lo pierdo de vista, el pánico se apodera de mí, la necesidad de huir. Cierro mi libreta de golpe, agarro mi mochila y me dirijo hacia el dormitorio, pero después me lo pienso mejor y retrocedo para escanear el suelo en busca de la misma hoja que sostuvo junto a mi cabello. Cuando la encuentro, la guardo entre las páginas de mi libreta y atravieso el campus como si estuviera volando, con los pies tocando apenas el suelo. Regreso a mi habitación y recuerdo que me dijo que me había visto desde su ventana. Cierro los ojos horrorizada ante la posibilidad de que, de vuelta en su aula, haya visto que buscaba la hoja.

Vuelvo a casa el fin de semana siguiente para el cumpleaños de papá. Mamá le regala una cachorra labrador amarilla que rescató de un refugio. El propietario la había dado en adopción por tener: «pelaje de escasa pigmentación». Papá la llama *Babe*, como la película sobre el cerdito, porque parece uno con su vientre gordo y nariz rosa. Nuestro último perro murió durante el verano, un pastor alemán de doce años que papá había encontrado en las calles del pueblo, así que esta es la primera vez que tenemos un cachorro. Me enamoro tanto de ella que la llevo a cuestas todo el fin de semana como si fuera una bebé, frotando sus lustrosas patas y oliendo su dulce aliento.

Por la noche, después de que mis padres se han ido a dormir, me paro frente al espejo de mi habitación, estudio mi rostro y cabello e intento verme como me vería el Sr. Strane, como una chica de cabellos color rojo arce que lleva bonitos vestidos y que tiene estilo. Sin embargo, no logro dejar de verme como una niña pálida y pecosa.

Cuando mamá y yo salimos de regreso a Browick, papá se queda en casa con Babe. En el espacio cerrado del coche, mi pecho empieza a latir y siento un inmenso deseo de contar lo sucedido. Pero ¿qué hay para contar? ¿Que me tocó la mano un par de veces y dijo algo sobre mi cabello?

Mientras cruzamos el puente hacia el pueblo, le pregunto con la mayor naturalidad posible:

—¿Te has fijado alguna vez en que mi cabello es del color de las hojas de arce?

Mamá me mira sorprendida.

—Bueno, hay diferentes tipos de arce, y todos cambian de color en el otoño. El de azúcar, el de rayas, el rojo. Y, según cuán al norte te encuentres, hay arce de montaña...

—Déjalo, no he dicho nada.

—¿Desde cuándo te interesan los árboles?

—Estaba hablando de mi cabello, no de los árboles.

Pregunta quién había comparado mi cabello con las hojas de arce, pero no parece sospechar. Lo dice con ternura, como si le pareciera dulce.

—Nadie —le digo.

—Alguien te lo habrá dicho.

—¿No puedo ver algo así sobre mí misma?

Nos detenemos frente a un semáforo en rojo. En la radio, el locutor lee los titulares de última hora.

—Si te lo cuento —le digo—, tienes que prometer no reaccionar de forma exagerada.

—Jamás.

La miro durante un largo rato.

—Promételo.

—Está bien —dice ella—. Te lo prometo.

Respiro hondo.

—Fue un profesor quien me dijo que mi cabello es igual a las hojas rojas de arce. —Me siento tan ligera cuando digo esas palabras que casi suelto una carcajada. Mamá entorna los ojos.

—¿Un profesor? —pregunta.

—Mamá, presta atención a la carretera.

—¿Un hombre?

—¿Qué importa?

—Un profesor no debería andar diciéndote esas cosas. ¿Quién fue?

—¡Mamá!

—Quiero saberlo.

—Prometiste que no exagerarías.

Aprieta los labios, como para intentar calmarse.

—Es raro decirle algo así a una niña de quince años, eso es todo.

Atravesamos el pueblo: pasamos cuadras enteras de mansiones victorianas en mal estado y divididas en apartamentos, el centro vacío, el enorme hospital y la estatua sonriente de Paul Bunyan quien, con su pelo y barba oscuros, se parece un poco al Sr. Strane.

—Sí, fue un hombre. ¿De verdad crees que es tan raro que me haya dicho eso?

—Sí —dice mamá—. Lo creo. ¿Quieres que hable con alguien? Puedo ir y armar un escándalo.

Me la imagino asaltando el edificio de administración, exigiendo hablar con el director. Niego con la cabeza.

—No, no quiero que hagas eso. Fue sólo una cosa que dijo de pasada —le digo—. Nada importante.

Con eso, mamá se relaja un poco.

—¿Quién fue? —pregunta de nuevo—. No haré nada. Sólo quiero saberlo.

—Mi profesor de Historia. —Ni siquiera titubeo al mentir—. El Sr. Sheldon.

—El *Sr. Sheldon*. —Lo pronuncia como si fuera el nombre más estúpido que haya oído en su vida—. De todos modos, no deberías pasar el rato con los profesores. Céntrate en hacer amigos.

Observo el camino que vamos dejando atrás. Podríamos habernos ido por la autopista interestatal, pero mamá se niega, porque dice que es un circuito de carreras lleno de conductores enfadados. Decide ir, en su lugar, por una carretera de dos carriles que hace que nos demoremos el doble en llegar.

—No tengo ningún problema, ¿sabes?

Me mira por encima del hombro y frunce el ceño.

—Prefiero estar sola. Es algo normal. No deberías fastidiarme tanto por eso.

—No te estoy fastidiando —dice, pero ambas sabemos que eso no es cierto. Tras un momento, añade—: Lo siento. Es que me preocupo por ti.

Apenas hablamos durante el resto del viaje y, mientras miro por la ventana, no puedo evitar sentir que he ganado.

Estoy sentada en uno de los escritorios de la biblioteca, con la tarea de Geometría esparcida ante mí. Intento concentrarme, pero mi cerebro se está comportando como una piedra que rebota sobre el agua. O, peor aún, como una única piedra a la que agitan dentro de una lata. Saco mi libreta para anotar el verso que se me ha ocurrido, pero me distrae el poema sobre la chica de la isla en el que todavía estoy trabajando. Cuando levanto la cabeza, ha pasado una hora y mi tarea de Geometría sigue intacta.

Me froto la cara, agarro el lápiz y trato de trabajar, pero a los pocos minutos estoy mirando por la ventana. Las hojas de los árboles brillan ígneas a la luz del atardecer. Unos chicos con camisetas de fútbol y los botines colgados de los hombros regresan de la cancha. Dos niñas cargan sus estuches de violín como mochilas, sus coletas columpiándose rítmicamente a su paso.

Luego veo a la Srta. Thompson y al Sr. Strane caminando juntos hacia el edificio de Humanidades. Andan lentamente, se toman su tiempo: el Sr. Strane con las manos entrelazadas detrás de la espalda; la Srta. Thompson sonríe y se toca la cara. Trato de recordar si los he visto juntos antes e intento decidir si la Srta. Thompson es guapa. Tiene los ojos azules y el cabello negro, una combinación que mi madre siempre ha encontrado vistosa, pero es gordita y su trasero sobresale de su cuerpo como un estante. Es el tipo de cuerpo que me temo acabaré teniendo si no me cuido.

Entorno los ojos para intentar captar más detalles desde la distancia. Están cerca, pero no se tocan. En un momento dado, la Srta. Thompson inclina su cabeza hacia atrás y se ríe. ¿Es gracioso, el Sr. Strane? Nunca me ha hecho reír. Presiono la cara contra la ventana, intento mantenerlos a la vista, pero doblan por una esquina y desaparecen tras las hojas anaranjadas de un roble.

Tomamos los exámenes estandarizados y me va bien, pero no tan bien como a la mayoría de los otros estudiantes de segundo año, que comienzan a recibir folletos de las universidades más prestigiosas en sus buzones. Compro otra agenda para organizarme mejor. Los profesores empiezan a notar mi esfuerzo y se lo transmiten a la Sra. Antonova, quien me regala una lata de caramelos de avellana por el trabajo bien hecho.

En la clase de Literatura, leemos a Walt Whitman y el Sr. Strane nos dice que las personas tienen múltiples dimensiones y están llenas de contradicciones. Empiezo a prestar atención a las formas en que parece contradecirse a sí mismo, como el hecho de que haya estudiado en Harvard, pero cuente anécdotas de haberse criado pobre; la manera en que salpica de obscenidades sus elocuentes discursos y combina sus chaquetas hechas a medida y camisas planchadas con botas de montaña desgastadas. Su estilo de enseñanza también es contradictorio. Hablar durante la clase parece ser algo arriesgado porque si le gusta lo que dices, te aplaudirá y se acercará a la pizarra para desarrollar el comentario brillante que hayas hecho pero, si no le gusta, no te permitirá siquiera terminar. Te interrumpe con un «Bien, suficiente» que te cala hasta los huesos. Me da miedo hablar aunque, a veces, cuando hace una pregunta dirigida a la clase en general, me mira fijamente, como si quisiera saber qué tengo que añadir yo en particular.

Anoto en los márgenes de mis apuntes los detalles que deja entrever sobre sí mismo: se crio en Butte, Montana; antes de ir a Harvard a los dieciocho años, nunca había visto el océano; vive en el centro de Norumbega, frente a la biblioteca pública; no le gustan los perros porque fue atacado por uno cuando era niño. Un martes después del club de escritura creativa, cuando Jesse ya ha salido por la puerta y se aleja por el pasillo, el Sr. Strane me dice que tiene algo para mí. Abre el cajón inferior de su escritorio y saca un libro.

—¿Es para clase? —pregunto.

—No —dice—. Es para ti. —Rodea el escritorio y pone el libro en mis manos: *Ariel* de Sylvia Plath—. ¿La conoces? Niego con la cabeza y le doy la vuelta al libro. Está desgastado y tiene una funda de tela azul. Un trozo de papel sobresale entre las páginas como marcador improvisado.

—Está sobrevalorada —dice Strane—, pero a las jóvenes les encanta.

No sé a qué se refiere con «sobrevalorada», pero no quiero preguntar. Hojeo el libro por encima —destellos de poemas—, y me detengo en la página que está marcada: «Lady Lázaro», el título está en mayúscula y negrita.

—¿Por qué está éste marcado? —pregunto.

—Deja que te lo enseñe.

El Sr. Strane se me acerca y pasa la página. Estar tan cerca de él me hace sentir pequeña; mi cabeza no llega ni a su hombro.

—Aquí. —Señala los versos:

Desde las cenizas
Con mi cabello rojo me levanto
Y me como a los hombres como aire

—Me recordaron a ti —dice. Acto seguido, estira su mano detrás de mí y da un ligero tirón a mi coleta.

Miro el libro fijamente, como si estuviera estudiando el poema, pero las estrofas se desdibujan hasta convertirse en manchas negras sobre páginas amarillas. No sé cómo reaccionar. Siento que debería reírme. Me pregunto si estamos coqueteando, pero no puede ser. Se supone que coquetear es divertido y esto es demasiado tenso como para serlo.

El Sr. Strane me pregunta en voz baja:

—¿Te molesta que me recuerde a ti?

Me humedezco los labios y encojo los hombros.

—No hay problema.

—Porque lo último que quiero es excederme.

«Excederse». No estoy segura de qué quiere decir con eso, pero la forma en que me mira me convence de no hacer preguntas. De repente, parece avergonzado y esperanzado, como si el hecho de que pudiera decirle que me había incomodado fuera a hacerlo llorar.

Así que sonrío y niego con la cabeza.

—No se está excediendo.

Exhala.

—Bien —dice mientras se aleja de mí, de vuelta hacia su escritorio—. Échale un vistazo y dime qué te parece. Quizá te inspire a escribir algún poema.

Salgo del aula y voy directo a Gould. Me meto en la cama y leo *Ariel* de principio a fin. Me gustan los poemas, pero me interesa hasta más averiguar por qué le recordaron a mí y en qué momento ocurrió: ¿aquella tarde de la hoja, tal vez? Cabello color rojo arce. Me pregunto cuánto tiempo tuvo este libro guardado en el cajón de su escritorio y si estuvo esperando para decidir si me lo daría o no. Quizá tuvo que reunir el valor.

Sujeto el trozo de papel que usó para marcar «Lady Lázaro» y escribo en letra cursiva los versos: *Desde las cenizas con mi cabello rojo me levanto.* Luego lo coloco sobre el panel de corcho que tengo sobre mi escritorio. Los adultos son los únicos que dicen cosas simpáticas sobre mi cabello, pero esto es algo más que él siendo simpático. Piensa en mí. Piensa tanto en mí que ciertas cosas le recuerdan a mí. Eso significa algo.

Espero unos días antes de devolverle *Ariel.* Espero hasta el final de la clase, hasta que todos los demás se han ido, para deslizar el libro sobre su escritorio.

—¿Y qué? —Se inclina hacia delante, sobre sus codos, ansiando saber lo que tengo que decir.

Dudo por un momento y arrugo la nariz.

—Es un poco egocéntrica.

Ríe. Ríe de corazón.

—Me parece justo. Y aprecio tu honestidad.

—Pero me ha gustado —le digo—. Especialmente el que usted marcó.

—Eso me pareció. —Se acerca a las estanterías y barre los estantes con la mirada—. Éste —dice, dándome otro libro: Emily Dickinson—. A ver qué te parece.

No espero a devolverle el de Dickinson. Al día siguiente, después de la clase, coloco el libro sobre su escritorio y declaro:

—No me dice nada.

—Estás bromeando.

—Me pareció aburrido.

—¿Aburrido? —Coloca la mano contra su pecho—. Vanessa, me rompes el corazón.

—¡Dijo que apreciaba mi honestidad! —digo riéndome.

—Sí, lo dije —dice—. Sólo que la aprecio más cuando estoy de acuerdo.

El siguiente libro que me da es de Edna St. Vincent Millay, que, según el Sr. Strane, es lo opuesto a aburrido.

—Y era una chica pelirroja de Maine —dice—, como tú.

Llevo sus libros conmigo y los leo siempre que puedo, aprovechando cada minuto libre y cada comida. Empiezo a darme cuenta de que no se trata de si me gustan los libros o no: se trata más bien de darme distintas lentes a través de las que mirarme. Los poemas son pistas que me ayudan a entender por qué está tan interesado y qué es lo que ve en mí.

Su atención me envalentona lo suficiente como para mostrarle borradores de mis poemas cuando me pide leer más trabajos míos, y me los devuelve con críticas. No sólo alabanzas, también sugerencias prácticas para mejorar mi escritura. Marca las palabras de las que yo ya dudaba y escribe: *¿Ésta es la mejor opción?* Hay palabras que tacha por completo y pone: *Puedes hacerlo mejor.* En un poema que escribí de madrugada, después de haberme despertado de un sueño en el que estaba en un lugar que parecía una mezcla entre su aula y mi habitación en Whalesback, escribe: *Vanessa: éste me asusta un poco.*

Últimamente me paso la hora de tutoría en su aula, estudiando en la mesa del seminario mientras él trabaja en su escritorio y las ventanas derraman la luz de octubre sobre nosotros. Otros estudiantes entran de vez en cuando para aclarar dudas, pero casi todo el tiempo sólo estamos él y yo. Me pregunta acerca de mí: quiere saber cómo fue crecer en Whalesback Lake, qué pienso sobre Browick y qué quiero hacer de mayor. Me dice que no tengo límites, que poseo una inteligencia particular, y que ésta no se puede medir con exámenes o calificaciones.

—A veces me preocupo por estudiantes como tú —dice—. Los que vienen de pueblos pequeños y de escuelas decrépitas. Es muy fácil sentirse abrumado y perdido en un lugar como éste. Pero tú lo estás sobrellevando bien, ¿no?

Asiento, pero me pregunto a qué se refiere con «decrépitas». Mi antigua escuela secundaria no estaba tan mal.

—Recuerda —dice—, eres especial. Tienes ese algo que los típicos estudiantes sobresalientes sueñan tener. —Cuando dice «típicos estudiantes sobresalientes», apunta a los asientos vacíos alrededor de la mesa del seminario y pienso en Jenny. Recuerdo su obsesión por las calificaciones, cómo una vez la encontré en nuestra habitación llorando en la cama con sus botas todavía puestas, las sábanas llenas de gravilla y su examen parcial de Precálculo arrugado en el suelo. Había sacado un 88. Le dije *Jenny: ¡no deja de ser una «B»!*, pero eso no hizo nada para consolarla. Simplemente se volteó hacia la pared, ocultando el rostro con las manos mientras lloraba.

Otra tarde, mientras organiza sus lecciones, el Sr. Strane dice de golpe:

—Me pregunto qué pensarán ellos sobre todo el tiempo que pasas conmigo. —No sé a quién se refiere con «ellos»: a otros estudiantes, o a maestros, o quizá se refiera a todos, reduciendo el mundo entero a «ellos».

—Yo no me preocuparía tanto —le digo.

—¿Y eso?

—Porque nadie se da cuenta de nada de lo que hago.

—Eso no es cierto —dice—. Yo me fijo en ti todo el tiempo.

Levanto la vista de mi libreta. Ha dejado de escribir, sus dedos descansan sobre las teclas mientras me observa. Su mirada es tan tierna que mi cuerpo se hiela.

Después de eso, lo imagino observándome, medio dormida mientras desayuno, mientras camino hacia el centro, sola en mi habitación, quitándome el elástico de la coleta y metiéndome en la cama con el último libro que ha elegido para mí. Me imagino cómo me mira pasar las páginas, embelesado con cada paso que doy.

Es el Fin de Semana Familiar, los tres días en que Browick muestra lo mejor de sí. El viernes hay un cóctel sólo para padres, seguido por una cena formal junto a todos los estudiantes en el comedor con platos que no aparecerían en el menú ningún otro día: carne asada, papas sazonadas y tarta de arándanos. Las reuniones de padres y maestros son el sábado antes de la comida, los partidos son por la tarde y los padres que se quedan hasta el domingo van al centro del pueblo por la mañana, ya sea para ir a la iglesia o para el *brunch*. Mis padres fueron a todo el año pasado, incluso a la misa del domingo, pero este año, mamá me dice:

—Vanessa, si volvemos a pasar por todo eso, papá y yo perderemos las ganas de vivir —así que sólo vienen el sábado para las reuniones. Y me parece bien: Browick es mi mundo, no el suyo. Votarían al Partido Republicano antes que poner una de esas pegatinas de MI HIJO ESTUDIA EN BRO-WICK en su coche.

Después de las reuniones, vienen a ver mi habitación. Papá lleva una camisa de franela y una gorra de los Red Sox y mamá intenta compensar con su conjunto de suéter y chaqueta de punto. Papá deambula por la habitación, inspeccionando las estanterías mientras ella se recuesta a mi lado en la cama e intenta tomar mi mano.

—¡Deja ya! —le digo mientras retiro mi mano.

—Entonces, déjame oler tu cuello —dice ella—. He extrañado tu olor.

Levanto los hombros hasta las orejas para alejarla.

—Eres muy rara, mamá —le digo—. Esto no es normal.

—Las pasadas vacaciones de invierno, me preguntó si le podía regalar mi bufanda favorita para que pudiera guardarla en una caja y olerla cuando me extrañara. Este es el tipo de comportamiento que tengo que olvidar de inmediato porque, de lo contrario, me siento tan culpable que no puedo respirar.

Mamá empieza a describir las reuniones y lo único que me interesa saber es qué dijo el Sr. Strane, pero espero hasta que nombre al resto de los profesores porque no quiero despertar sospechas.

Finalmente, dice:

—Tu profesor de Literatura parece un hombre interesante.

—¿Era ese barbudo enorme? —pregunta Papá.

—Sí, el que fue a Harvard —dice ella, alargando la palabra y pronunciándola como lo dirían los locales: *Hah-vahd*. Me pregunto cómo surgió el tema, si el Sr. Strane logró dejar caer el dato durante una conversación, o si mis padres se fijaron en el diploma colgado en la pared detrás de su escritorio.

Mamá dice de nuevo:

—Un hombre muy interesante.

—¿Qué quieres decir con eso? —pregunto—. ¿Qué dijo?

—Dijo que escribiste un buen ensayo la semana pasada.

—¿Y eso es todo?

—¿Debería haber dicho más?

Me muerdo el interior de la mejilla, atormentada por la idea de que hablara de mí como si fuera una estudiante más. *Escribió un buen ensayo la semana pasada.* Quizá eso es todo lo que soy para él.

Mamá dice:

—¿Sabes quién no me causó una buena impresión? Ese profesor de Historia, el Sr. *Sheldon.* —Me lanza una mirada punzante y añade—: Me pareció un verdadero cabrón.

—Jan, ¡por favor! —dice papá. Detesta que diga malas palabras delante de mí.

Me levanto de la cama, abro la puerta del armario y me pongo a ordenar mi ropa con tal de no tener que mirarlos mientras debaten si deben quedarse en el campus para cenar o regresar a casa antes de que oscurezca.

—¿Te parecería mal si no nos quedamos para cenar? —preguntan. Mantengo la mirada en la ropa que tengo colgada y murmuro que no me importa. Mientras me despido con mi brusquedad habitual, trato de no mostrarme irritada ante los ojos humedecidos de mamá.

El viernes antes de la fecha de la entrega de los trabajos sobre Whitman, el Sr. Strane se pasea frente a la mesa de seminario y nos llama al azar para que compartamos nuestras tesis. Hace sus comentarios ahí mismo, calificando nuestras tesis como «está bien, pero necesita trabajo» o «descártala y empieza de cero». La ansiedad nos consume. A Tom Hudson le toca «descártala y empieza de cero» y, por un segundo, creo que se va a poner a llorar. Después, Jenny recibe un «está bien, pero necesita trabajo» y reprime las lágrimas.

Una parte de mí quiere correr hacia ella, abrazarla, y decirle al Sr. Strane que la deje en paz. Cuando llega mi turno, dice que mi tesis está perfecta.

Nos quedan quince minutos de clase después de la sesión de comentarios y el Sr. Strane nos dice que usemos el tiempo que nos queda para mejorar nuestras tesis. Me quedo allí sentada sin saber qué hacer después de que me haya dicho que la mía estaba perfecta. Me llama desde su escritorio, sosteniendo con la mano en alto el poema que le di al principio de la clase, y gesticula para que me acerque.

—Hablemos de esto —dice. Me pongo de pie y la silla rechina justo cuando a Jenny sacude la mano para calmar un calambre y se le cae el lápiz. Por un momento, nuestras miradas se cruzan y siento que me observa mientras camino hacia el escritorio del Sr. Strane.

Me siento a su lado y veo que mi poema no tiene ninguna anotación en los márgenes.

—Acércate un poco más para que podamos hablar discretamente —dice y, antes de que pueda moverme, agarra el respaldo de mi silla con los dedos y la arrastra hasta que quedo a un palmo de él.

Nadie parece preguntarse qué hacemos. Alrededor de la mesa, todas las cabezas se inclinan sobre su trabajo. Es como si ellos estuvieran en un mundo y el Sr. Strane y yo estuviéramos en otro. Usa la palma de la mano para alisar el pliegue del poema por donde yo lo había doblado y empieza a leer. Lo tengo tan cerca que puedo olerlo —café y polvo de tiza— y, mientras lee, observo sus manos, sus uñas mordidas al ras, el vello negro en sus muñecas. Me pregunto por qué me ha propuesto hablar del poema si todavía no lo ha leído. Me pregunto qué pensó de mis padres, si le parecieron unos pueblerinos, papá con su camisa de franela y Mamá apretando el bolso contra su pecho. *Oh, fue usted a Harvard*, debieron decir con admiración.

Señalando la página con la pluma, el Sr. Strane susurra:

—Nessa, quería preguntarte si aquí pretendías sonar *sexy*.

Dirijo la mirada hacia las líneas a las que apunta:

Apacible vientre violeta, agitada en sueños,
Aparta la manta con pies de esmalte astillado,
bostezando para dejar que él se asome dentro de ella.

La pregunta me hace disociarme, como si mi cuerpo estuviera junto a él mientras mi cerebro regresa a mi lugar en la mesa. Nunca nadie me había llamado *sexy* y sólo mis padres me llaman Nessa. ¿Me llamarían así durante la reunión con el Sr. Strane? Quizá tomó nota del apodo y se lo apropió.

¿Pretendía sonar *sexy*?

—No lo sé.

Se aleja de mí; un movimiento sutil que no me pasa por alto. Y me dice:

—No quisiera incomodarte.

Me doy cuenta de que me está poniendo a prueba. Quiere ver cómo reacciono a la palabra *sexy*. Si respondo que sí, no paso la prueba. Así que niego con la cabeza.

—No, no estoy avergonzada.

Sigue leyendo, escribe un signo de exclamación junto a otra línea y susurra, más para sí mismo que para mí:

—Esto es encantador.

En algún lugar del pasillo, se oye un portazo. En la mesa, Geoff Anters hace crujir los nudillos uno por uno y Jenny frota su goma de borrar de un lado a otro sobre una tesis que no mejora. Mis ojos a la deriva ven algo rojo a través de la ventana. Entorno la vista y veo un globo con el cordel atrapado en la rama desnuda de un arce. Flota, y la brisa lo golpea contra hojas y corteza. ¿De dónde puede haber salido un globo? Lo miro fijamente por lo que parece ser una eternidad, tan concentrada que olvido parpadear.

Entonces, la rodilla del Sr. Strane me toca el muslo desnudo, justo debajo del dobladillo de mi falda. Mantiene los ojos fijos en el poema y sigue los versos con la punta de la pluma. Su rodilla descansa contra mí. Me congelo como un animal ante los faros de un coche. En la mesa, cuento nueve cabezas gachas y reflexivas. Por la ventana, un globo rojo cuelga flácido del miembro de un árbol.

Al principio, asumo que no se da cuenta, que piensa que mi pierna es el escritorio o el lateral de la silla. Espero a que se dé cuenta de dónde ha colocado la rodilla, susurre una breve disculpa y se retire, pero su rodilla sigue recostada contra mí. Cuando trato se separarme educadamente, se mueve conmigo.

—Creo que nos parecemos mucho, Nessa —susurra—. Puedo decir por la forma en que escribes que eres una romántica melancólica como yo. Te gusta la oscuridad.

Protegido por el escritorio, alarga el brazo y me acaricia suavemente la rodilla, con cautela, como lo haría con un perro del que todavía no está seguro si muerde. No lo muerdo. No me muevo. Ni siquiera respiro. Sigue escribiendo apuntes sobre el poema mientras su otra mano acaricia mi rodilla y mi mente huye de mí. Se eleva hasta el techo para mirarme desde arriba: hombros tensos, mirada perdida al infinito, brillantes cabellos rojos.

Termina la clase. Se separa de mí, dejando un área de piel fría donde estaba su mano; la sala es ahora todo ruido y movimiento: cremalleras que resuenan y libros que se cierran con violencia y risas y palabras. Nadie ha visto lo que acaba de pasar delante de sus narices.

—Espero con interés el siguiente —dice el Sr. Strane. Me entrega el poema anotado como si no pasara nada, como si lo que acababa de hacer nunca hubiera sucedido.

Los otros nueve alumnos guardan sus cosas y salen del aula para seguir con sus vidas. Van a las prácticas, a los ensayos y las reuniones de sus clubs. Yo también salgo de la sala, pero ya no soy parte de ellos. Ellos son los mismos, pero yo he cambiado. Soy a-humana. Sin ataduras. Mientras caminan por el campus, terrenales y ordinarios, yo me elevo, arrastrando una cola de cometa rojo arce. Ya no soy la misma. No soy nadie. Soy un globo rojo atrapado en las ramas de un árbol. No soy nada en absoluto.

2017

Estoy en el trabajo, contemplando el vestíbulo del hotel, cuando recibo un mensaje de Ira. Me pongo rígida al ver las notificaciones que comienzan a acumularse en la pantalla del teléfono. Su información de contacto sigue apareciendo igual que cuando lo dejamos la última vez: NO LO HAGAS.
¿Cómo estás?
He estado pensando en ti.
¿Tomamos algo?
No toco el teléfono; no quiero que sepa que he visto los mensajes. Pero, mientras hago reservas y recomiendo restaurantes a los huéspedes, asegurándole a cada uno de ellos que ha sido un auténtico placer servirles, un fuego se enciende en mi vientre. Han pasado tres meses desde que Ira dijo que teníamos que ponerle fin a lo nuestro de una vez por todas, y me he portado muy bien esta vez. Nada de pasarme por su apartamento para ver si me lo encuentro fuera, ni llamadas, ni mensajes —ni siquiera estando borracha—. Esta, sospecho, es mi recompensa por el autocontrol.

Dos horas después, contesto: Estoy bien. Podríamos tomarnos algo. Él responde de inmediato: ¿Estás trabajando? Estoy cenando con unos amigos. Podría alargarlo y pasar a verte cuando termines. Me tiemblan las manos mientras envío el *emoji* del pulgar hacia arriba, como para no molestarme en escribir «De acuerdo».

Cuando salgo del hotel a las once y media, ya está afuera, apoyado contra el podio del aparcacoches, con los hombros encogidos mirando su teléfono. Me fijo de inmediato en ciertos cambios: lleva el pelo más corto y ropa moderna, pantalones negros ajustados y una chaqueta de cuero con agujeros en los codos. Se sobresalta al verme y se guarda el teléfono en el bolsillo trasero de su pantalón.

—Perdona la demora, no pude salir antes —le digo—. Una noche de locos. —Me quedo de pie, sosteniendo el bolso con ambas manos, sin saber qué manera de saludarlo está permitida.

—Tranquila, acabo de llegar. Te ves bien.

—Me veo igual que siempre —le digo.

—Bueno, siempre te has visto bien. —Extiende un brazo, ofreciéndome un abrazo, pero niego con la cabeza. Está siendo demasiado amable. Si quisiera que volviéramos, estaría en guardia y tan asustado como yo.

—Tienes un aire muy... —Busco la palabra correcta—. Hípster. —Es una provocación, pero Ira se ríe y me lo agradece con sinceridad.

Vamos a un bar nuevo que tiene mesas de madera desgastada, sillas de metal y un menú de cervezas de cinco páginas organizado por tipo, país de origen y grado de alcohol. Entro y doy una ojeada al lugar, reviso cada cabeza en busca del cabello largo y rubio de Taylor Birch, a pesar de no estar segura de poder reconocerla aunque la tuviera delante. Durante el último par de semanas, he visto a mujeres que hubiese podido jurar que eran ella, pero que, al acercarme, han resultado ser desconocidas que ni se le parecían.

—¿Vanessa? —Ira me toca el hombro y me asusto, como si me hubiera olvidado de él—. ¿Estás bien?

Asiento y sonrío. Agarro una silla vacía.

El mesero se acerca, empieza una retahíla de recomendaciones y lo interrumpo:

—Es demasiado para mí. Tráeme lo que sea y me gustará.

—Lo digo en broma, pero sueno grosera; Ira mira al mesero como queriendo decir *Perdónala.*

—Podríamos haber ido a otro sitio —me dice.

—Está bien éste.

—Parece que no te gusta.

—No me gusta ningún sitio.

El mesero nos trae las cervezas, un líquido oscuro que huele a vino en un cáliz para Ira y, para mí, una lata de Miller Lite.

—¿Quieres un vaso? —pregunta el mesero—. ¿O así te las arreglas?

—Oh, *me las arreglaré.* —Sonrío y señalo la lata, lo mejor que se me ocurre para parecer simpática. El mesero hace caso omiso y pasa a la siguiente mesa.

Ira me mira fijamente.

—¿Estás bien? Dime la verdad.

Me encojo de hombros, bebo un sorbo.

—Claro.

—He visto la publicación de Facebook.

Doy golpecitos a la pestaña de la cerveza con la uña. *Clic, clic, clic.*

—¿Qué publicación de Facebook?

Frunce el entrecejo.

—La de Strane. ¿En serio no la has visto? La última vez que miré, la habían compartido como dos mil veces.

—Ah, sí. Esa. —En realidad, la han compartido casi tres mil veces, aunque ya ha disminuido la actividad. Bebo otro sorbo y hojeo el menú de cervezas.

Ira dice en voz baja:

—He estado preocupado por ti.

—No deberías. Estoy bien.

—¿Has hablado con él?

Cierro el menú.

—No.

Ira me estudia con la mirada.

—¿De verdad?

—De verdad.

Me pregunta si creo que despedirán a Strane y me encojo de hombros entre sorbos. ¿Cómo voy a saberlo? Me pregunta si he pensado en escribirle a Taylor y no le contesto. Me dedico a jugar con la pestaña de la cerveza: el *clic, clic, clic* se transforma en *bong, bong, bong*, el eco de la lata medio vacía.

—Sé lo difícil que debe ser esto para ti —dice—, pero podría ser una oportunidad, ¿no crees? Para reconciliarte con ello y pasar página.

Me obligo a pensar en lo que me acaba de decir. «Reconciliarme y pasar página» suena como si estuviera a punto de saltar al precipicio, suena a morir.

—¿Podemos cambiar de tema? —pregunto.

—Claro —dice—. Por supuesto.

Me pregunta sobre el trabajo, si todavía quiero cambiar. Me cuenta que ha encontrado un apartamento en Munjoy Hill y el corazón me da un vuelco en un momento de delirio al pensar que va a pedirme que me mude con él. Es un sitio genial, dice, muy grande. En la cocina cabe una mesa; el dormitorio tiene vistas al mar. Espero que, al menos, me invite a verlo, pero se limita a levantar el vaso.

—Debe ser caro si está tan bien —le digo—. ¿Cómo lo haces? Ira junta los labios mientras traga.

—Un golpe de suerte.

Supongo que seguiremos bebiendo. Eso es lo que solemos hacer: beber y beber hasta que uno de nosotros se vuelve lo suficientemente valiente como para preguntar: «¿Vienes a casa conmigo o qué?». Pero, antes de que pueda pedir otra cerveza, Ira le da al mesero su tarjeta de crédito, marcando el final de la noche. Es como una bofetada.

Cuando salimos al frío de la calle, me pregunta si sigo viendo a Ruby y me siento agradecida de que, por lo menos en esta pregunta, no tengo que mentirle para darle la respuesta que quiere oír.

—Me alegro mucho —dice Ira—. Es lo mejor para ti.

Intento sonreír, pero no me gusta cómo dice «es lo mejor para ti». Me trae demasiados recuerdos de todas las veces en que me decía que la manera en que idealizaba románticamente el abuso era preocupante, casi tanto como que me mantuviera en contacto con el hombre que abusó de mí. Ira me dijo que necesitaba ayuda desde el principio. Tras seis meses de relación, me dio una lista de terapeutas que había buscado él mismo y me rogó que lo intentara. Cuando me negué, me dijo que, si lo amaba, buscaría ayuda y yo le dije que, si me amaba, me dejaría tranquila. Después de un año, intentó convertirlo en un ultimátum. O iba a terapia o lo dejábamos. Ni siquiera eso hizo que me inmutara; él fue quien cedió. Así que, cuando empecé a ir donde Ruby, aunque sólo iba por lo de mi padre, para Ira representó una victoria. *Lo importante es que vayas, Vanessa,* decía.

—Y, ¿qué piensa Ruby de todo esto? —pregunta.

—¿A qué te refieres?

—A la publicación de Facebook, a lo que le hizo a esa chica…

—Oh. La verdad es que no hablamos de eso. —Sigo con los ojos el patrón de adoquines de la acera bajo las farolas, la niebla que empieza a cubrir el agua.

Durante dos cuadras, Ira no dice nada. Cuando llegamos a la calle Congress, donde yo debería ir a la izquierda y él a la derecha, me arde el pecho queriendo pedirle que venga a casa conmigo, aunque no esté ni de lejos lo suficientemente borracha, aunque esta media hora con él haya bastado para que me odie a mí misma. Necesito que me toquen.

—No se le has dicho.

—Se lo he dicho.

Inclina la cabeza y entorna los ojos.

—¿Seguro? ¿Le has contado a tu psicóloga que el hombre que abusó de ti fue acusado públicamente por otra persona, pero no es algo de lo que hablen? No me lo creo.

Me encojo de hombros.

—No le doy tanta importancia.

—Ajá.

—Y él no abusó de mí.

Sus fosas nasales se ensanchan y su mirada se endurece: un destello familiar de frustración. Se gira como si se fuera a ir, como si fuera mejor alejarse que perder los estribos conmigo, pero me encara de nuevo.

—¿Sabe siquiera quién es?

—No voy a terapia para hablar de eso, ¿entiendes? Voy por lo de mi padre.

Es medianoche. Las campanas de la catedral suenan a lo lejos, el semáforo cambia de rojo-amarillo-verde a amarillo intermitente e Ira niega con la cabeza. Le doy asco. Sé lo que piensa, lo que cualquiera pensaría —que mi actitud equivale a defender, a facilitar—, pero me estoy defendiendo a mí misma tanto como a Strane. Porque, a pesar de que yo también utilice la palabra *abuso* para describir algunas de las cosas que me han hecho, la palabra se vuelve repugnante y absoluta en boca de otros. Hace que desaparezca todo lo que pasó. Hace que desaparezcamos yo y todas las veces que lo quise, que rogué por ello. Como las leyes que reducen todas las veces que me acosté con Strane antes de los dieciocho años a una violación: ¿tenemos que creernos que ese cumpleaños es mágico? Es una línea tan arbitraria como cualquier otra. ¿Acaso no tiene sentido que algunas chicas estén listas antes?

—¿Sabes? —dice Ira—. Estas últimas semanas en que ha salido este tema en las noticias sólo pienso en ti. Me preocupo por ti.

Se aproximan las luces de un coche, cada vez más brillantes, y nos barren al doblar la esquina.

—Pensé que estarías destrozada con lo que escribió esa chica, pero apenas parece importarte.

—¿Por qué debería importarme?

—¡Porque él te hizo lo mismo! —Se altera y su grito retumba contra los edificios. Suspira profundamente y mira al suelo, avergonzado por haber perdido la compostura. Nadie consigue frustrarlo tanto como yo. Solía decírmelo constantemente.

—No debería importarte tanto, Ira —le digo.

Resopla. Ríe.

—Créeme, sé que no debería importarme.

—No quiero que me ayudes con esto. No lo entiendes. Nunca lo has entendido.

Inclina la cabeza hacia atrás.

—Bueno, este ha sido mi último intento. No volveré a probar.

Cuando empieza a alejarse, le digo:

—Ella miente. —Se detiene y se da la vuelta—. La chica que escribió la publicación. Son mentiras.

Espero, pero Ira no habla ni se mueve. Otras luces de coche se acercan y nos barren de nuevo.

—¿Me crees? —pregunto.

Ira niega con la cabeza, pero no con enfado. Le doy pena, que es peor que preocuparse por mí, peor que cualquier otra cosa.

—¿Hasta cuándo, Vanessa? —pregunta.

Continúa caminando hacia la calle Congress, subiendo la colina, y luego habla por encima del hombro:

—Por cierto, ¿el nuevo apartamento? Puedo pagarlo porque estoy con alguien. Nos mudamos juntos.

Caminando de espaldas, observa mi expresión, pero no revelo nada. Trago para calmar mi garganta que arde y parpadeo tan rápido que él se convierte en una sombra, en niebla.

Sigo dormida a las doce del mediodía cuando oigo el tono de llamada especial que le he asignado a Strane en mi teléfono.

Se inserta en mi sueño, una melodía de cajita musical tintineante que me saca del sopor tan suavemente que sigo medio dormida cuando respondo.

—Se reunirán hoy —dice—. Están decidiendo qué hacer conmigo.

Parpadeo para despertarme; mi mente adormilada intenta discernir a quién se refiere con «ellos».

—¿La escuela?

—Sé lo que se avecina —dice—. Enseñé allí durante treinta años y se deshacen de mí como de la basura. Sólo quiero que lo hagan de una vez.

—Bueno, son unos monstruos —le digo.

—No iría tan lejos. Tienen las manos atadas —dice—. Si hay algún monstruo aquí, es la historia que la fulana esa se ha inventado. Logró acusarme de algo lo suficientemente impreciso como para ser aterrador. Es como una maldita película de terror.

—A mí me suena más a Kafka —le digo.

Le oigo sonreír.

—Supongo que tienes razón.

—¿Así que no das clase hoy?

—No, me han prohibido la entrada al campus hasta que tomen una decisión. Me siento como un criminal. —Exhala profundamente—. Oye, estoy en Portland. Me preguntaba si podríamos vernos.

—¿Estás aquí? —Me levanto de la cama de golpe y corro por el pasillo hacia el baño. Mi estómago se retuerce ante mi reflejo en el espejo: me fijo en las líneas que parecen haber aparecido alrededor de mi boca y bajo mis ojos tan pronto cumplí los treinta.

—¿Sigues en el mismo apartamento? —pregunta.

—No, me mudé. Hace cinco años.

Se hace un silencio.

—¿Me das tu dirección?

Pienso en los platos aún llenos de comida en la cocina, en el cubo de basura desbordado, en la inmundicia en la que vivo. Lo imagino entrando en mi habitación y viendo las pilas de ropa sucia, las botellas vacías alineadas a lo largo del colchón, mi eterno desorden.

Tienes que superar esto, diría. Vanessa, tienes treinta y dos años.

—¿Qué tal si mejor nos encontramos en una cafetería? —pregunto.

Está sentado en un rincón del local y apenas lo reconozco: es un hombre mayor, rechoncho, con las manos ahuecadas alrededor de su taza de café pero, tras acercarme, después de atravesar la cola ante el mostrador y deslizarme entre las sillas, me ve y se pone se pie. Entonces, es inconfundible: una montaña de metro noventa y tres, fuerte, seguro y tan familiar que mi cuerpo toma las riendas y me lanza sobre él, agarrando puñados de su abrigo, intentando acercarnos todo lo posible. Al hundirme en él, me siento igual que cuando tenía quince años: el olor a café y a polvo de tiza, mi coronilla apenas a la altura de su hombro.

Cuando me suelta, hay lágrimas en sus ojos. Avergonzado, se coloca las gafas en la frente y se limpia las mejillas.

—Lo siento —dice—. Imagino que lo último que quieres es tener que lidiar con un viejo llorón. Es verte y... —Intenta recuperar la compostura. Analiza mi rostro.

—No pasa nada —le digo—. Está todo bien. —Mis ojos también están llorosos.

Nos sentamos el uno frente al otro como si fuéramos normales, como personas que se conocen de antes y se ponen al día tras cierto tiempo. Ha envejecido muchísimo: todo en él se ha vuelto gris. No sólo su cabello, incluso sus ojos y su piel. Ya no lleva barba y es la primera vez que lo veo sin ella; ha sido remplazada por papadas que no puedo mirar sin que me entren ganas de vomitar. Cuelgan como medusas y estiran su rostro hacia abajo. El cambio es impactante. Han pasado cinco años desde la última vez que lo vi, el tiempo suficiente para que la edad cause estragos en un rostro, pero imagino que esto ha ocurrido tras la publicación de Taylor, como el mito que dice que la gente sobrecogida por el dolor envejece de la noche a la mañana. Un pensamiento me deja tiesa de repente: esto podría acabar con él. Podría matarlo.

Intento sacudirme la idea y digo, más para mí que para él:

—Esto podría terminar bien.

—Podría —concuerda—. Pero no lo hará.

—Incluso si te despiden, ¿sería tan grave? Sería como jubilarte. Podrías vender la casa e irte de Norumbega. Quizá podrías volver a Montana.

—No quiero hacer eso —dice—. Mi vida está aquí.

—Podrías viajar, disfrutar de unas verdaderas vacaciones.

—Vacaciones —se burla—. Ni en broma. Sin importar cómo termine el asunto, mi nombre está arruinado, mi reputación destruida.

—La gente lo olvidará con el tiempo.

—No, no es así. —Sus ojos resplandecen lo suficiente como para que me abstenga de decirle que sé de lo que hablo, que a mí también me expulsaron de allí.

—Vanessa... —Se inclina sobre la mesa—. Me dijiste que la chica te escribió hace unas semanas. ¿Estás segura de que no respondiste?

Lo miro fijamente.

—Sí, estoy segura.

—Y no sé si todavía estás viendo a esa psiquiatra. —Se muerde el labio inferior y la pregunta se queda en el aire.

Empiezo a corregirlo:

—Es terapeuta, no psiquiatra —pero sé que no importa; no viene al caso—, no sabe nada. No le hablo sobre ti.

—Bien —dice—. Son buenas noticias. Y respecto a ese viejo blog tuyo, intenté buscarlo, y...

—Ya no existe. Lo borré hace años. ¿Por qué me interrogas?

—¿Alguien más se ha puesto en contacto contigo?

—¿Quién más iba a hacerlo? ¿La escuela?

—No lo sé —dice—. Sólo me estoy asegurando de que...

—¿Crees que intentarán involucrarme?

—No tengo idea. No me están diciendo nada.

—¿Pero crees que ellos...?

—Vanessa.

Cierro la boca de golpe. Inclina la cabeza, inhala y luego continúa lentamente:

—No sé qué van a hacer. Sólo quiero asegurarme de que no hay otros fuegos que apagar. Y quiero estar seguro de que te sientes... —Busca la palabra correcta—. Estable.

—Estable.

Asiente con la cabeza, su mirada fija en mí, preguntándome lo que no se atreve a decir en voz alta: si soy lo suficientemente fuerte como para manejar lo que venga.

—Puedes confiar en mí —le digo.

Sonríe y la gratitud le suaviza la expresión. Sus hombros se relajan y sus ojos vagan por el café.

—Bueno, cuéntame, ¿cómo estás? —pregunta—. ¿Cómo sigue tu madre? —Me encojo de hombros; hablar de ella con él siempre me parece una traición—. ¿Sigues con ese chico?

—Se refiere a Ira. Niego con la cabeza e, indiferente, Strane asiente y me da una palmadita en la mano—. No te convenía.

Estamos sentados en silencio, rodeados del chasquido de los platos, los silbidos y zumbidos de la máquina de café y los latidos de mi corazón. Llevo años soñando con esto —sentarme de nuevo frente a él, tan cerca como para poder tocarlo—, pero ahora que estoy aquí, me siento fuera de mí misma, como si nos estuviera mirando desde una mesa al otro lado de la cafetería. Es extraño que podamos hablar como personas normales, que él sea capaz de mirarme sin caer rendido a mis pies.

—¿Tienes hambre? —pregunta—. Podríamos picar algo.

Vacilo y miro mi teléfono para ver la hora, y él se fija en mi traje negro y mi credencial dorada.

—Ah, eres una chica trabajadora —dice—. Entiendo que sigues en el hotel, ¿no?

—Podría avisar.

—No, no lo hagas. —Se reclina hacia atrás en la silla; su humor se nubla. Sé lo que le pasa; debería haber aprovechado su oferta, haberle dicho que sí de inmediato. Ha sido un error vacilar y, con él, un error es suficiente para arruinarlo todo.

—Puedo tratar de salir temprano —le digo—. Podríamos ir a cenar.

Hace un ademán con la mano.

—No te preocupes.

—Podrías quedarte a dormir. —Se detiene y su mirada se posa sobre mí mientras sopesa la idea. Me pregunto si está pensando en mí a los quince años, o si está pensando en la última vez que lo intentamos, hace cinco años, en su casa, en su cama con sábanas de franela. Tratamos de recrear la primera vez: yo vestida con mi ligero pijama y las luces atenuadas. No funcionó. Estaba flácido; yo ya tenía más años de la cuenta. Después, me fui a llorar al baño, dejando correr el agua del grifo, con la mano tapándome la boca. Cuando salí, él estaba vestido y sentado en la sala. No volvimos a hablar de ello y optamos por ceñirnos a las conversaciones telefónicas.

—No —dice en voz baja—. No, debería volver a casa.

—De acuerdo. —Empujo la silla con tanta fuerza que chirría contra el suelo, como uñas arañando una pizarra. Mis uñas contra su pizarra.

Me observa mientras deslizo los brazos en mi abrigo y me coloco el bolso en el hombro.

—¿Cuánto tiempo llevas en ese trabajo?

Me encojo de hombros con la mente perdida en el recuerdo de sus dedos en mi boca, polvo de tiza en mi lengua.

—No lo sé —digo débilmente—. Un tiempo.

—Demasiado tiempo —dice—. Deberías amar lo que hagas. No te conformes con tan poco.

—No está tan mal. Es un trabajo.

—Estás hecha para más que eso —dice—. Eras tan inteligente... eras brillante. Pensaba que publicarías una novela a los veinte, que conquistarías el mundo. ¿Has intentado escribir últimamente?

Niego con la cabeza.

—Dios, ¡qué desperdicio! Ojalá lo hicieras.

Aprieto los labios.

—Siento ser una decepción.

—Oye, no te pongas así. —Se levanta, toma mi rostro entre sus manos y baja la voz hasta convertirla en un susurro, tratando de calmarme.

—Me quedaré contigo pronto —dice—. Te lo prometo.

Nos despedimos con un beso superficial y el barista del mostrador sigue contando las propinas de la jarra, y el anciano de la ventana continúa haciendo su crucigrama. Nuestros besos solían provocar rumores que se propagaban como un incendio. Ahora, cuando nos tocamos, al mundo le da igual. Sé que debería sentirme liberada, pero siento que he perdido algo.

En casa, después del trabajo, me acuesto en la cama con mi teléfono y leo el mensaje que me envió Taylor Birch antes de publicar las acusaciones contra Strane. Hola Vanessa, no estoy segura de que sepas quién soy, pero tú y yo estamos en la extraña posición de compartir una misma experiencia. Algo que, para mí, fue traumático y supongo que para ti también. Cierro la ventana y busco su perfil, pero no ha publicado nada nuevo, así que observo el contenido anterior: fotos suyas de vacaciones en San Francisco, comiendo *Mission burritos*, un selfi con el Golden Gate de fondo; fotos suyas en su apartamento, un sofá de terciopelo destartalado, suelos de parqué reluciente y frondosas plantas de interior. Retrocedo aún más y veo sus fotos con un *pussy hat* rosa de la Marcha de las Mujeres, comiéndose un dónut tan grande como su cabeza y posando con amigos en un bar del centro en una foto titulada Reunión de Browick.

Paso a mi perfil e intento verme a través de sus ojos. Sé que lo visita: hace un año, le puso «me gusta» a una de mis fotos, un clic accidental que deshizo inmediatamente, pero del que vi la notificación. Tomé una captura de pantalla de inmediato y se la envié a Strane junto a un Parece que no puede pasar página, pero no me contestó, ajeno al protocolo de las redes sociales, a la narcisista sensación de victoria que se tiene al descubrir a un mirón. Tal vez ni siquiera entendió lo que significaba. A veces, olvido su edad. Solía pensar que la brecha entre nosotros se encogería a medida que me hiciera mayor, pero sigue siendo tan grande como siempre.

Pasan las horas mientras me adentro en las profundidades de mi teléfono, iniciando sesión en mis antiguas cuentas de fotos y retrocediendo en el tiempo: de 2017 a 2010 a 2007 a 2002 —el año en que me compré mi primera cámara digital, el año en que cumplí diecisiete—. Contengo el aliento cuando encuentro las fotos que busco: yo con trenzas, un vestido de verano y calcetines hasta las rodillas, de pie frente a un bosque de abedules. En una foto, me levanto la falda, exhibiendo unos muslos pálidos. En otra, le doy la espalda a la cámara y miro por encima del hombro. Las fotos no son de buena calidad, pero siguen siendo hermosas: los abedules son un fondo monocromático contra los rosas y azules del vestido y el cobre de mi cabello.

Abro mi última conversación con Strane y copio y pego las fotos en un nuevo mensaje. No estoy segura de si te he mostrado esto alguna vez. Aquí debo tener 17 años.

Sé que se habrá ido a dormir hace horas, pero las envío de todos modos. Veo cómo se entrega el mensaje. Me quedo despierta hasta el amanecer, pasando fotos de mi rostro y cuerpo adolescentes. De vez en cuando, compruebo si el estado del mensaje a Strane ha cambiado de «entregado» a «leído». Existe la posibilidad de que se despierte durante la noche y, medio dormido, mire el teléfono y se encuentre con mi yo adolescente, un fantasma digital. No la olvides.

A veces, creo que esto es lo único que hago cuando me pongo en contacto con él: intentar perseguirlo, arrastrarlo al pasado y pedirle que vuelva a contarme lo que sucedió. Que me lo haga entender de una vez por todas. Sigo atrapada. No puedo seguir adelante.

2000

*Un viernes por la noche al mes, se celebra un baile en el come-
dor.* Las mesas se retiran y se atenúan las luces, una escena
que podría pertenecer a cualquier otro instituto. Hay un *DJ*
contratado, un grupo de gente que baila en medio de la pista
y alumnos tímidos divididos por sexo arrinconados alrededor del perímetro. También asisten algunos profesores. Han
venido como vigilantes; se pasean manteniendo las distancias, haciéndose más caso entre ellos que a nosotros.

Hoy es el baile de Halloween, así que la gente va dis-
frazada y hay dos cubos enormes llenos de caramelos junto
a las puertas. La mayoría apenas se ha esforzado con su disfraz —chicos con *jeans* y camisetas blancas se hacen llamar
James Dean y chicas en minifaldas plisadas y coletas dicen
ser Britney Spears—, aunque unos pocos han confeccionado
su disfraz con materiales comprados en el centro del pueblo.
Una chica desfila por el comedor convertida en dragón con
alas puntiagudas y una cola de escamas azul verdosas, seguida por su novio, un caballero con armadura de cartón que
apesta a pintura en aerosol. Un chico trajeado agita un puro
de mentira en la cara de las chicas, riéndose tras una más-
cara de Bill Clinton. Por mi parte, me he medio disfrazado de
gata: llevo un vestido negro y medias negras, me he dibujado
unos bigotes y me he puesto unas orejas de cartón hechas en
diez minutos. Sólo he venido para ver al Sr. Strane, que está
de vigilante.

Normalmente, no voy a los bailes. Todo en ellos me da

vergüenza ajena: la mala música, el bochornoso *DJ* con perilla y mechas rubias, el público haciendo como si no vieran a las parejas que, en la pista de baile, se restriegan uno contra el otro… Me he obligado a soportar todo esto porque ya ha pasado una semana. Una semana entera desde que el Sr. Strane me tocó, desde que me puso la mano en la pierna y me dijo que éramos muy parecidos, dos personas a las que les gusta la oscuridad. Y, desde entonces, nada. Cuando intervengo en clase, sus ojos se fijan en la mesa como si no pudiera soportar mirarme. Durante el club de escritura creativa, cogió sus cosas y salió del aula. Jesse y yo nos quedamos solos («reunión del departamento», dijo, pero, si era una reunión del departamento, ¿por qué necesitaba su abrigo y todo su maletín?). Después, cuando intenté hablar con él durante la hora de tutorías, tenía la puerta cerrada, el aula a oscuras tras el cristal opaco.

Estoy impaciente, tal vez incluso desesperada. Quiero que pase algo, y eso parece más probable en una situación como ésta, en que los límites se difuminan temporalmente y estudiantes y profesores se mezclan en una sala poco iluminada. No me importa qué pueda ser ese «algo» —que vuelva a tocarme, que me haga un cumplido—, me da igual mientras me diga qué quiere de mí, qué es esto, si es que es algo en absoluto.

Me como a mordisquitos una chocolatina pequeña y miro bailar una balada a las parejas que se bambolean en la pista como botellas en el agua. En un momento dado, Jenny atraviesa la sala con un vestido de satén que se asemeja vagamente a un kimono y unos palillos chinos clavados en el moño. Por un momento, creo que se dirige directamente hacia mí y me bloqueo, hasta el chocolate se me derrite en la lengua, pero entonces Tom aparece detrás de ella vestido con su ropa habitual, *jeans* y una camiseta de Beck, ni un amago de disfraz. Le toca el hombro y Jenny se zafa agresivamente. La música está demasiado alta para que oiga lo que dicen, pero es obvio que están discutiendo y que es grave. A Jenny le tiembla la barbilla y cierra los ojos con fuerza. Cuando Tom le toca el brazo, ella le pone una mano en el pecho y lo empuja con tanta fuerza que lo hace tropezar. Es la primera vez que los veo pelear.

Estoy tan absorta en la escena que casi no me doy cuenta de que el Sr. Strane se agacha para salir por las puertas dobles. Por poco se me escapa.

Al salir del edificio, ya es noche cerrada con luna nueva, y hace muchísimo frío. Cuando la puerta se cierra tras de mí, el ruido del baile se amortigua hasta convertirse en el latido de un bajo y la voz lejana de una canción. Miro a mi alrededor; se me pone la piel de gallina mientras lo busco con la mirada, pero sólo veo las sombras de los árboles, el vacío prado del campus. Estoy a punto de rendirme y volver a entrar, cuando una figura sale de debajo de la sombra de un abeto: el Sr. Strane con un chaleco de plumas, camisa de franela, *jeans* y un cigarrillo sin encender entre los dedos.

Me quedo quieta sin saber qué hacer. Parece que lo abochorna ser visto con el cigarrillo. Mi mente se dispara; me lo imagino fumando a escondidas, como lo hace mi padre por la noche a la orilla del lago. Supongo que quiere dejarlo y ve su incapacidad para hacerlo como una debilidad. Se avergüenza de ello.

Pero, aunque le dé vergüenza —pienso—, podría haber seguido escondido. Podría haber esperado a que me fuera.

Juega con el cigarrillo entre el pulgar y el índice.

—Me has pillado.

—Pensé que se iba —le digo—. Quería despedirme.

Saca un mechero del bolsillo y le da unas cuantas vueltas entre sus dedos. No desvía la mirada de mí. Con una nitidez repentina, pienso, *está a punto de pasar algo*, y, al asentarse esta certeza, se calman los latidos de mi corazón y se me relajan los hombros.

Enciende el cigarrillo y me hace un gesto para que lo siga de vuelta bajo el árbol. Es enorme, probablemente el más grande de los árboles en el campus, hasta sus ramas más bajas están muy por encima de nuestras cabezas. Al principio, está tan oscuro que sólo veo la brasa del cigarrillo cuando se lo acerca a la boca. Cuando mis ojos se acostumbran a la falta de luz, su silueta aparece, junto a la de las ramas que tenemos encima y a la alfombra de pinaza rojiza bajo nuestros pies.

—No fumes —dice el Sr. Strane—. Es un mal hábito. —Exhala y el olor a cigarrillo me inunda los sentidos. Estamos a un metro y medio el uno del otro. Es una sensación de peligro. Cosa rara pues hemos estado más cerca muchas veces.

—Pero, debe ser placentero —le digo—. ¿Por qué hacerlo, si no?

Se ríe y da otra calada.

—Supongo que tienes razón. —Me mira y se fija en mi disfraz por primera vez—. Bueno, mírate. La pequeña gatita.

Me río de la impresión al oírlo describirme con esas palabras. Pero él no se ríe. Se limita a mirarme fijo mientras el cigarrillo se consume entre sus dedos.

—¿Sabes lo que querría hacer ahora mismo? —pregunta. Su tono es más musical que de costumbre y se balancea apuntando el cigarrillo hacia mí—. Me gustaría meterte en una cama grande, arroparte y darte un beso de buenas noches.

Se me cortocircuita el cerebro y, por un momento, es como si estuviese muerta. Unos instantes de nada, una pantalla estática, ruido blanco. Entonces, vuelvo a la vida con un rugido, un ruido áspero y ahogado que no termina de ser ni risa, ni llanto.

Una puerta se abre en el comedor y la música del baile invade el exterior. Por encima de ella, una voz de mujer llama:

—¿Jake?

Se ha arruinado el momento. El Sr. Strane se da la vuelta

y se apresura hacia la voz, tirando el cigarrillo sin apagarlo. Observo ascender el humo del lecho de hojas mientras se dirige hacia la puerta, hacia la Srta. Thompson.

—Me estaba tomando un respiro —le dice.

Entran juntos. Estoy escondida bajo el árbol como él cuando salí. La Srta. Thompson no me ha visto.

Sigo mirando el cigarrillo humeante y me planteo tomarlo y ponerlo entre mis labios pero, en su lugar, lo piso para apagarlo. De vuelta en el baile, me encuentro con Deanna Perkins y Lucy Summers bebiendo de una botella reutilizable mientras juzgan todos los disfraces. Strane está cerca, junto a la Srta. Thompson, con los ojos clavados en ella. Jenny y Tom están juntos en el borde de la pista, ya han hecho las paces. Ella lo abraza por los hombros y hunde su rostro contra su cuello. Es un gesto tan íntimo y adulto que aparto la mirada instintivamente.

Lo que sea que Deanna y Lucy tengan en la botella, salpica cuando se la van pasando. Mientras Deanna da un sorbo, se da cuenta de que las miro.

—¿Qué?

—Dame un poco —le digo.

Lucy le quita la botella.

—Lo siento, el suministro es limitado.

—Si no me dan, cuento lo que están haciendo.

—Cállate.

Deanna hace un ademán.

—Que beba un poco.

Lucy suspira y extiende la botella.

—Sólo un sorbo.

El alcohol me quema la garganta más de lo que imaginaba y, como un *cliché*, me pongo a toser. Deanna y Lucy se ríen en mi cara. Les devuelvo bruscamente la botella y salgo del comedor, deseando que el Sr. Strane se dé cuenta, que entienda por qué estoy enojada y qué es lo que quiero.

Espero afuera para ver si viene tras de mí, pero no lo hace. Claro que no.

De vuelta en Gould, el dormitorio está en silencio, vacío. Todas las puertas cerradas, todos en el baile.

Miro hacia la puerta del apartamento de la Srta. Thompson, al final del pasillo. Si ella no lo hubiera llamado, habría pasado algo entre nosotros. Dijo que quería besarme; tal vez lo hubiese hecho. Sin quitarme el disfraz, voy hacia la puerta de la Srta. Thompson. El Sr. Strane probablemente la está haciendo reír ahora mismo. Al final de la noche, probablemente irán a su casa y se acostarán. Quizá incluso le hable de mí, sobre cómo lo seguí fuera y él me dijo esas cosas para hacerme sentir bien. *Le gustas*, le dirá la Srta. Thompson, para provocarlo. Como si estuviera todo en mi cabeza, un cuento surgido de la nada.

Agarro el rotulador atado a la pizarra blanca de la Srta. Thompson. Los mensajes de la semana anterior siguen ahí: la fecha y hora de una reunión del dormitorio, una invitación abierta a una cena de espaguetis en su apartamento. Con un barrido de la mano, borro las notas y escribo PUTA en grandes letras que ocupan toda la pizarra.

La primera nevada del año cae la noche tras el baile y cubre el campus con diez centímetros de nieve. El sábado por la mañana, la Srta. Thompson nos llama a todas a la sala común para descubrir quién escribió *puta* en su puerta.

—No estoy enfadada —nos asegura—. Sólo confusa.

Me late el corazón en los oídos, estoy sentada con los puños cerrados sobre el regazo, tratando de no sonrojarme.

Después de unos minutos en silencio, se da por vencida.

—Lo dejaremos correr —dice ella—. Pero no si vuelve a pasar. ¿Entendido?

Asiente, para hacernos decir que la hemos entendido. De

camino a la habitación, miro por encima del hombro y la veo de pie en medio de la sala vacía, frotándose la cara con ambas manos.

El domingo por la tarde, me acerco a su puerta, mis ojos se detienen en la pizarra, en la que todavía puede leerse débilmente PUTA. Me siento culpable, no lo suficiente como para admitir lo que hice, pero sí como para querer hacer algo bueno por ella. Cuando la Srta. Thompson me abre la puerta, lleva pantalones de chándal y una sudadera con capucha de Browick; el cabello recogido hacia atrás, nada de maquillaje, cicatrices de acné en las mejillas. Me pregunto si el Sr. Strane la ha visto así alguna vez.

—¿Qué tal? —pregunta.

—¿Puedo llevar a Mya a dar un paseo?

—Dios, ¡le encantaría! —Llama por encima del hombro, pero la husky ya viene disparada hacia mí, con las orejas erguidas y los ojos azules dilatados, propulsada por el sonido de la palabra *paseo*.

En cuanto le coloco el arnés y le ajusto la correa a Mya, la Srta. Thompson me recuerda que pronto oscurecerá.

—No iremos lejos —le digo.

—Y no la dejes suelta.

—Lo sé, lo sé. —La última vez que saqué a Mya a pasear, la dejé sin correa para jugar y corrió directamente hacia el jardín de detrás del edificio de artes y se revolcó en fertilizante.

La temperatura ha subido diez grados de la noche a la mañana y la nieve se ha derretido, dejando el suelo viscoso y resbaladizo. Paseamos por el sendero que serpentea alrededor de los estadios y alargo la correa para que Mya pueda olfatear y jugar a gusto, saltando de un lado a otro. Me encanta Mya; es el perro más bonito que he visto nunca, su pelaje es tan grueso que mis dedos se hunden hasta la segunda falange cuando la acaricio. Pero lo que más me gusta de ella es que es difícil. Mandona. Si no quiere hacer algo, responde con un gruñido. La Srta. Thompson dice que debo tener alguna habilidad especial con los perros porque a Mya no le gusta nadie más que yo. Es fácil ganarse el cariño de un perro, mucho más que el de una persona. Para que un perro te quiera, sólo necesitas llevar golosinas para perros en el bolsillo y acariciarlos detrás de las orejas o en la base de la cola. Cuando quieren que los dejes tranquilos, dejan de jugar. Te lo dicen claramente.

En el campo de fútbol, el sendero se desvía en tres caminos más pequeños. Uno conduce al campus, el otro al bosque y el tercero al centro. A pesar de que le prometí a la Srta. Thompson que no me alejaría, decido irme por el tercer camino.

Las tiendas del centro están decoradas con falsas hojas otoñales y cornucopias acordes a la estación. La panadería ya ha colgado las luces de Navidad. Mientras Mya me arrastra, miro mi reflejo en los escaparates, un destello de dos segundos de mi cabello al viento, probablemente hermoso, aunque también es posible que sea feo. Cuando llegamos a la biblioteca pública, me detengo. Mya me mira impaciente con el blanco brillante de sus ojos azules, mientras fijo la vista en la casa al otro lado de la calle. Es su casa, tiene que ser esa. Es más pequeña de lo que imaginaba, con tejas de cedro grisáceo y una puerta azul oscuro. Mya se acerca a mí y empuja con su cabeza contra mis piernas. *Vámonos.*

Este es, por supuesto, el motivo por el que he seguido este camino, por el que quería salir a pasear y por el que le he preguntado a la Srta. Thompson si podía prestarme su perra. Había fantaseado con pasar justo en el momento en que él salía por la puerta. Me vería y me llamaría, me preguntaría por qué estaba paseando al perro de la Srta. Thompson. Charlaríamos un rato, de pie frente al césped del porche y luego me invitaría a entrar. En este punto, la fantasía se desvanece, porque lo que hacemos después dependerá de lo que él quiera y no tengo ni idea de qué quiere.

Pero él no está fuera, ni parece estar dentro. Las ventanas están a oscuras, no hay ningún coche aparcado. Está en otra parte, viviendo una vida de la que sé exasperantemente poco. Conduzco a Mya hasta la parte superior de las escaleras de la biblioteca. Ahí estamos ocultas pero, aun así, puedo ver bien la calle. Me siento a darle de comer trozos de beicon que robé de la barra de ensaladas del comedor hasta que el sol resplandece anaranjado y empieza a ponerse. Es posible que no quiera ni dejarme entrar a su casa por la perra. Me había olvidado de que dijo que no le gustan los perros. Pero, por lo menos tendría que fingir que le gusta Mya si tiene algo con la Srta. Thompson, de lo contrario, ¿cómo podría ella perdonarse? Sería una verdadera traición salir con alguien que odia a tu perro.

Casi ha oscurecido cuando un coche familiar azul aparca frente a la casa. Se apaga el motor y la puerta del conductor se abre para dejar salir al señor Strane, que aparece con unos *jeans* y la misma camisa de franela que llevaba en el baile de Halloween del viernes. Contengo la respiración y observo cómo descarga las bolsas de la compra desde el maletero hasta los escalones de la entrada. Al llegar a la puerta, se enreda con las llaves y Mya gime pidiendo más golosinas. Le doy un puñado entero y se las come tan rápido como puede, lamiendo la palma de mi mano mientras miro cómo se iluminan las ventanas de la pequeña casa del Sr. Strane, a medida que recorre las habitaciones.

El lunes después de clase, me tomo mi tiempo antes de irme. Cuando ya han salido los demás, me cuelgo la mochila en un hombro y digo con mi tono más despreocupado:

—Vive frente a la biblioteca pública, ¿verdad?

Desde detrás de su escritorio, el señor Strane me mira sorprendido.

—¿Cómo lo sabes? —pregunta.

—Lo mencionó una vez. —Me estudia y, cuanto más sostiene la mirada, más difícil me resulta mantener la actitud indiferente. Aprieto los labios, trato de mantener el ceño fruncido.

—No recuerdo haberlo dicho —dice.

—Pues lo hizo. ¿Cómo iba a saberlo, si no? —Mi voz suena dura, enojada, y puedo ver que está algo sorprendido. Aunque, más que nada, parece divertido, como si mi frustración le pareciera adorable.

—Puede que haya ido a ver su casa —añado—. Ya sabe, para echar un vistazo.

—Ya veo.

—¿Está enojado?

—De ningún modo. Me halaga.

—Lo vi descargando la compra del coche.

—¿Me viste? ¿Cuándo?

—Ayer.

—Me estabas vigilando.

Asiento.

—Deberías haberte dejado ver y saludado.

Entorno los ojos. Eso no es lo que esperaba oír.

—¿Y si alguien me hubiese visto?

Sonríe y ladea la cabeza.

—¿Qué problema hay si alguien te ve saludándome?

Aprieto los dientes y respiro fuerte por la nariz. Su inocencia suena falsa, como si estuviera jugando conmigo haciéndose el tonto.

Sin dejar de sonreír, se recuesta en su silla y ese gesto —inclinarse hacia atrás, cruzar los brazos, mirarme de arriba abajo como si lo estuviera entreteniendo, como si sólo fuese un objeto que mirar— enciende una rabia dentro de mí, tan fuerte y repentina que tengo que apretar los puños para no gritar, lanzarme contra él, agarrar la taza de Harvard de su escritorio y arrojársela a la cara.

Me doy la vuelta y salgo pisando fuerte del aula hacia el pasillo. Estoy furiosa durante todo el camino de regreso a Gould pero, una vez en mi habitación, la ira desaparece y todo lo que me queda es el ansia sorda de respuestas que he tenido las últimas semanas. Dijo que quería besarme. Me *tocó*. Ahora, cada interacción entre nosotros está teñida de algo potencialmente devastador, y no es justo que él finja lo contrario.

ᴗᴗ

Mi nota de Geometría del primer trimestre es una D+. Todos los ojos se vuelven hacia mí cuando la Sra. Antonova lo anuncia públicamente durante nuestra reunión mensual con los tutores en el restaurante italiano. Al principio, no me doy cuenta de que está hablando de mí; mi mente divaga mientras arranco metódicamente trozos de panecillo y lo amaso entre mis dedos.

—Vanessa —dice, golpeando sus nudillos contra la mesa—. D+.

Levanto la vista y me doy cuenta de las miradas, de la Sra. Antonova sosteniendo un pedazo de papel con sus propios comentarios.

—Entonces supongo que, como más bajo no puedo caer, sólo queda subir —le digo.

La señora Antonova me mira por encima de las gafas.

—Podría ir a peor —dice—. Podrías suspender.

—No suspenderé.

—Necesitas un plan de acción, un tutor. Te buscaremos uno.

Bajo la mirada cuando pasa al siguiente estudiante. Se me hace un nudo en el estómago ante la idea de tener un tutor, porque las sesiones con ellos son durante las horas de tutorías, lo que significa menos tiempo con el Sr. Strane. Kyle Guinn me sonríe empáticamente después de recibir noticias similares sobre su nota de Español. Me hundo tanto en la silla que mi mentón casi descansa sobre la mesa.

De vuelta en el campus, la sala común de Gould está abarrotada; el noticiero está informando sobre el resultado de las elecciones. Me recuesto en uno de los sofás y miro cómo clasifican los estados en dos columnas a medida que se cierran las urnas. «Vermont para Gore», dice el presentador de noticias. «Kentucky para Bush». En un momento dado, cuando Ralph Nader aparece en la pantalla, Deanna y Lucy comienzan a aplaudir y, cuando Bush lo sustituye, todos abuchean. Parece una victoria asegurada para Gore hasta justo antes de las diez, cuando anuncian que los resultados en Florida son demasiado ajustados para declarar al vencedor. Estoy tan harta de todo que me rindo y me voy a la cama.

Al principio, todo el mundo bromea con que las elecciones no van a terminar nunca, pero el asunto deja de ser gracioso cuando el recuento de Florida alcanza su punto álgido. El Sr. Sheldon, que pasa la mayor parte del tiempo con los pies apoyados en su escritorio, ha cobrado vida y dibuja extensas redes en la pizarra para ilustrar las muchas formas en que la democracia puede fracasar. Durante una clase, nos da una charla sobre todos los diferentes tipos de papeletas perforables o *chads* —colgadas, gruesas, embarazadas— mientras intentamos no reírnos y mirar a Chad Gagnon.

Mientras tanto, en Literatura, leemos *El río de la vida* y el Sr. Strane nos cuenta historias personales sobre su infancia en Montana: ranchos y vaqueros de verdad, perros devorados por osos *grizzly*, montañas tan altas que tapan el sol. Intento imaginarlo de niño, pero ni siquiera puedo figurarme cómo sería sin barba. Después de leer *El río de la vida*, pasamos a Robert Frost y el Sr. Strane recita de memoria «El camino no elegido». Nos dice que el poema no debe animarnos, que el mensaje de Frost ha sido ampliamente mal entendido. La intención del poema no es una celebración de ir a contracorriente, sino una *performance* irónica sobre la futilidad del libre albedrío. Dice que, al creer que nuestras vidas tienen infinitas posibilidades, postergamos la terrible realidad de que vivir es simplemente avanzar en el tiempo mientras que el reloj interno va llevando la cuenta hasta un momento final y fatal.

—Nacemos, vivimos, morimos —dice—, y las decisiones que tomamos entretanto, todas esas cosas por las que agonizamos día tras día, al final no tienen ninguna importancia.

Nadie dice nada para contrarrestar su argumento, ni siquiera Hannah Levesque, que es súper católica y en teoría cree que las decisiones que tomamos sí tienen cierta importancia al final. Sólo lo mira con los labios ligeramente separados, anonadada.

El Sr. Strane distribuye copias de otro poema de Frost, «Poner la semilla» y nos manda a leerlo en silencio y, al terminar, nos pide que lo hagamos de nuevo.

—Pero, esta vez, mientras lo leen —dice—, quiero que piensen en el sexo.

Pasan unos segundos hasta que digerimos lo que ha dicho y hasta que los entrecejos fruncidos abren paso a las mejillas arreboladas pero, cuando ocurre, el Sr. Strane contempla el evidente sonrojo generalizado con una sonrisa.

Sólo que yo no me he sonrojado. La mención de sexo me golpea como una cachetada y hace que mi cuerpo se encienda. Quizá ha hecho esto para mí. Quizá esta es su próxima jugada.

—¿Está diciendo que el poema habla de sexo? —pregunta Jenny.

—Estoy diciendo que merece ser leído detenidamente y con la mente abierta —responde Strane—. Y, seamos sinceros, no le estoy pidiendo a nadie que piense en algo en lo que no piense ya buena parte del tiempo. Manos a la obra —ordena. Da una palmada para que empecemos.

Al leer el poema por segunda vez, con el sexo en la mente,

veo cosas que había pasado por alto: el detalle de suaves pétalos blancos, frijoles suaves y guisantes arrugados, la imagen final de un cuerpo arqueado, hasta la frase «poner la semilla» es obviamente sugestiva.

—¿Qué piensan ahora del poema? —El Sr. Strane tiene la espalda apoyada en la pizarra, con un pie cruzado ante el otro. No decimos nada, pero nuestro silencio le da la razón: el poema habla de sexo.

Nos da unos segundos y sus ojos recorren la sala, parecen mirar a todo el mundo excepto a mí. Tom respira, a punto de hablar, pero suena el timbre y el Sr. Strane niega con la cabeza como si estuviera decepcionado.

—Son unos puritanos —dice, agitando la mano para dar la clase por terminada.

Cuando salimos del aula y llegamos al pasillo, Tom dice:

—¿Qué coños ha sido eso?

Y, con un arranque de autoridad que me vuelve loca, Jenny dice:

—Es un pedazo de misógino. Ya me lo había dicho mi hermana.

Más tarde, Jesse no se presenta al club de escritura creativa y el aula parece enorme con sólo el Sr. Strane y yo en ella. Me siento a la mesa y él en su escritorio, ambos mirándonos a un continente de distancia.

—No hay mucho que hacer hoy —dice—. La revista literaria va por buen camino. Podemos comenzar a editar las copias cuando Jesse esté aquí para ayudar.

—¿Me voy entonces?

—No si quieres quedarte.

Claro que quiero quedarme. Saco mi libreta de la mochila y la abro por el poema que esbocé la noche anterior.

—¿Qué te ha parecido la clase de hoy? —pregunta. El sol bajo atraviesa el arce rojo ahora esquelético y entra en el aula. Detrás de su escritorio, el Sr. Strane es una sombra.

Antes de que pueda contestar, añade:

—Te lo pregunto porque te he visto la cara. Parecías una pequeña cervatilla asustada. Contaba con escandalizar a los demás, pero no a ti.

Así que me miraba. *Escandalizada.* Pienso en Jenny tachándolo de misógino, qué pueril y ordinaria ha sonado. Yo no soy así. Ni quiero serlo.

—Pues no lo estaba. La clase me ha gustado. —Me escudo los ojos para poder distinguir sus rasgos, su sonrisa tierna y condescendiente. No había visto aquella sonrisa en semanas.

—Me siento aliviado —dice—. Estaba empezando a preguntarme si me había equivocado contigo.

Se me para la respiración ante la idea de haber estado tan cerca de dar un paso en falso tan grave. Una reacción equivocada por mi parte podría arruinarlo todo.

Se agacha y abre el cajón inferior de su escritorio, saca un libro y presto atención inmediatamente, como un perro. Es pavloviano: lo estudiamos en mi clase optativa de Psicología la primavera pasada.

—¿Es para mí? —pregunto.

Hace una mueca, como si no estuviera seguro.

—Si te presto esto, tienes que prometerme que no le dirás a nadie quién te lo dio.

Estiro el cuello, intento leer el título del libro.

—¿Es ilegal o qué?

Se ríe, ríe de verdad, como cuando llamé a Sylvia Plath egocéntrica.

—Vanessa, ¿cómo haces para tener siempre la respuesta perfecta hasta para lo que no entiendes?

Frunzo el ceño. No me gusta la idea de que piense que hay cosas que no entiendo.

—¿Qué libro es?

Me lo acerca, todavía con la cubierta tapada. Lo agarro tan pronto como lo suelta. Cuando aparto la sobrecubierta, me encuentro con un par de piernas delgadas con calcetines por los tobillos y mocasines; una falda plisada que termina sobre dos rodillas huesudas. Sobre las piernas, grandes letras blancas deletrean: *Lolita*. No es la primera vez que me topo con esa palabra: creo que fue en un artículo sobre Fiona Apple, que la describía como «con un aire de Lolita», lo que significa sensual y demasiado joven. Ahora entiendo por qué se ha reído al preguntarle si el libro era ilegal.

—No es poesía —dice—, sino prosa poética. Si no te interesa, al menos sabrás apreciar el lenguaje.

Noto cómo me mira mientras le doy la vuelta a la novela y leo la contraportada. Es evidente que me está volviendo a poner a prueba.

—Parece interesante. —Meto el libro en mi mochila y vuelvo a concentrarme en mi libreta—. Gracias.

—Ya me dirás qué te ha parecido.

—Lo haré.

—Y, si alguien te encuentra con él, no he tenido nada que ver.

Pongo los ojos en blanco y digo:

—Sé guardar un secreto. —Aunque eso no es del todo cierto; antes de conocerlo, nunca había tenido ningún secreto que guardar, pero sé lo que necesita oír. Tiene razón, siempre tengo la respuesta perfecta.

Llegan las vacaciones de Acción de Gracias. Cinco días en los que mis duchas se alargan hasta que se agota el agua caliente, en que me escudriño frente al espejo tras la puerta de mi habitación, en los que me depilo las cejas hasta que mamá esconde las pinzas, en los que intento que el cachorro me quiera tanto como a papá. Me voy de excursión todos los días con un chaleco color naranja brillante y camino hasta lo alto del acantilado de granito que se cierne sobre el lago. La pared de roca está llena de recovecos y cavidades donde anidan los halcones y se refugian los animales. Dentro de la cueva más grande hay un catre militar. Ha estado ahí desde que tengo memoria, abandonado por algún escalador hace mucho tiempo. Miro fijamente el marco de metal del catre y la cama de lona podrida y recuerdo el primer día de clase, cuando el Sr. Strane dijo que conocía el lago Whalesback, que había estado aquí. Me lo imagino encontrándome ahora, sola en lo más profundo del bosque. Sería libre de hacer lo que quisiera conmigo, sin miedo a ser descubierto.

Por las noches, leo *Lolita* en la cama, comiendo despreocupadamente, con una almohada tapando la cubierta del libro por si mis padres abren la puerta de mi habitación sin avisar. Mientras el viento agita las contraventanas, paso las páginas sintiendo algo que arde a fuego lento dentro de mí, brasas al rojo vivo. No es sólo por la trama, es la historia de una chica aparentemente normal que es, en realidad, un terrible demonio disfrazado y del hombre que la ama. Es el hecho de que me lo haya dado él. Esto abre un contexto nuevo para lo que estamos haciendo, me da una idea acerca de lo que podría querer de mí. ¿A qué otra conclusión podría llegar más allá de la evidente? Él es Humbert y yo Dolores.

El día de Acción de Gracias, vamos a la casa de mis abuelos en Millinocket. No ha cambiado nada desde 1975, la misma alfombra de felpa y los relojes en forma de rayos de sol, y el mismo olor a tabaco y licor de café incluso con el pavo en el horno. Mi abuelo me da un paquete de obleas Necco y un billete de cinco dólares; mi abuela me pregunta si he engordado. Comemos tubérculos y panecillos precocinados, también tarta de limón con merengue caramelizado que papá come cuando nadie lo ve.

En el camino de vuelta, el coche traquetea sobre baches helados y socavones. A ambos lados nos rodea un muro interminable de bosques oscuros. En la radio suenan éxitos de los setenta y ochenta y papá golpea el volante al ritmo de «My Sharona» mientras mamá duerme con la cabeza apoyada contra la ventana. «*Qué mente más sucia / Siempre alerta ante el contacto de las más jóvenes*». Miro tamborilear sus dedos siguiendo la percusión cuando vuelve el estribillo. ¿Acaso no entiende de qué habla la canción que está tarareando? «*Siempre alerta ante el contacto de las más jóvenes*». Me vuelvo loca al darme cuenta de estas cosas cuando nadie más parece verlas.

La primera noche después de las vacaciones, ceno en uno de los extremos vacíos de una mesa. Lucy y Deanna chismosean unos cuantos asientos más allá sobre una chica popular, una alumna de último año que supuestamente fue al baile de Halloween drogada. Aubrey Dana pregunta qué tipo de drogas.

Deanna vacila por un momento, luego contesta:

—Coca.

Aubrey sacude la cabeza.

—Aquí nadie tiene coca —responde.

Deanna no lo discute. Aubrey es de Nueva York, lo que automáticamente la convierte en una autoridad al respecto.

Tardo un momento en darme cuenta de que están hablando de cocaína y no del refresco. Este es el tipo de cosas que normalmente hacen que me sienta muy pueblerina, pero ahora sus chismes me parecen tristes. ¿A quién le importa si alguien va a un baile drogado? ¿No tienen nada mejor de lo que hablar? Miro mi sándwich de mantequilla de maní y me desconecto de la conversación, recreando en mi mente el final de *Lolita* que acabo de releer, esa escena final de Humbert manchado de sangre, aturdido y todavía enamorado de Lo, incluso después de todo el daño que se hicieron el uno al otro. Lo que siente por ella es incondicional y está fuera de su control. ¿Cómo puede no estarlo, cuando el mundo entero lo condena por amarla? Si pudiera dejar de amarla, lo haría. Su vida sería mucho más fácil si se apartara de ella.

Recojo las sobras de mi sándwich e intento ver las cosas desde la perspectiva del Sr. Strane. Probablemente esté asustado; mejor dicho, aterrado. He estado tan obsesionada con mi propia frustración e impaciencia, que no he pensado en todo lo que está en juego para él, en cuánto se ha arriesgado ya al tocarme la pierna y decir que quería besarme. No tenía manera de saber cómo iba a reaccionar yo. ¿Y si me hubiera ofendido y lo hubiese denunciado? Puede que desde el principio el valiente haya sido él y yo la egoísta.

En serio, ¿qué riesgo corro yo? Si intento algo y me rechaza, sólo sufriría una pequeña humillación. No es para tanto. La vida sigue. No es justo pretender que arriesgue más de lo que ya lo ha hecho. Como mínimo, tengo que acercarme tanto como él, hacerle saber lo que quiero de él y demostrarle que estoy dispuesta a dejar que el mundo me condene también.

De regreso en mi habitación, me tumbo en la cama y hojeo *Lolita* hasta que encuentro la frase que busco en la página diecisiete. Humbert, describiendo las cualidades de la nínfula que se esconde entre las chicas corrientes: «permanece oculta a ellos, incluso ella misma inconsciente de su increíble poder».

Tengo poder. El poder para hacer que suceda. Poder sobre él. He sido una idiota por no darme cuenta antes.

Antes de la clase de Literatura, paso por el baño para revisarme el rostro. Me he maquillado. Esta mañana me he puesto todos los productos que tengo y me he hecho la raya a un lado y no en el medio. El cambio es suficientemente significativo como para que la cara en el espejo me resulte extraña: como una chica de revista o de un videoclip. Britney Spears, golpeteando con el pie contra el escritorio mientras espera que suene el timbre. Cuanto más me miro, más se descomponen mis rasgos. Un par de ojos verdes se alejan de una nariz pecosa. Un par de labios rosados y pegajosos se separan y nadan en diferentes direcciones. Un parpadeo y todo vuelve a su lugar.

Paso tanto tiempo en el baño que llego tarde a Literatura por primera vez. Cuando irrumpo en el aula, me siento observada y asumo que es el Sr. Strane, pero, cuando miro a través de mis pesadas pestañas, veo que es Jenny, con el bolígrafo congelado sobre sus apuntes mientras analiza los cambios en mí: el maquillaje y el peinado.

Ese día estamos leyendo a Edgar Allan Poe, lo que me parece tan perfectamente apropiado que quiero echarme a reír sobre la mesa.

—¿No se casó con su prima? —pregunta Tom.

—Sí —dice el Sr. Strane—. Técnicamente.

Hannah Levesque arruga la nariz.

—Qué asco.

El Sr. Strane no dice nada sobre lo que sé que les daría todavía más asco: Virginia Clemm no era sólo la prima de Poe, sino que tenía trece años. Nos pide que leamos por turnos en voz alta una estrofa de «Annabel Lee» y me tiembla la voz con mis versos: *«Yo era un niño y ella era una niña».* Imágenes de *Lolita* invaden mi mente y se mezclan con el recuerdo del Sr. Strane susurrando *Tú y yo somos iguales,* con su mano acariciándome la rodilla.

Hacia el final de la clase, inclina la cabeza hacia atrás, cierra los ojos y recita el poema «Solo» de memoria, su profunda e hipnótica voz declama: *No pude traer mis pasiones de una corriente primavera.* Al escucharlo, siento ganas de llorar. Ahora puedo verlo con claridad, entiendo lo solo que debe sentirse, deseando lo prohibido, lo incorrecto, habitando en un mundo dispuesto a condenarlo.

Al final de la clase, cuando los demás se han ido, le pido

permiso para cerrar la puerta y lo hago sin esperar una respuesta. Me parece lo más valiente que he hecho nunca. Está junto a la pizarra, con el borrador en la mano, la camisa arremangada por encima de los codos. Me mira de arriba abajo.

—Tienes un aspecto un poco distinto hoy —dice.

No digo nada. Me estiro las mangas del jersey y me balanceo de lado a lado.

—Es como si hubieras crecido cinco años durante las vacaciones —agrega, dejando el borrador y limpiándose las manos. Señala el papel que sostengo en una mano.

—¿Es para mí?

Asiento.

—Es un poema.

Cuando se lo entrego, comienza a leerlo de inmediato, no levanta los ojos ni para caminar hacia su escritorio y sentarse. Sin preguntar, lo sigo y me siento a su lado. Terminé el poema anoche, pero he modificado los versos durante el día, haciéndolos más como *Lolita*, más insinuantes.

Llama a los barcos desde el mar.
Juntos, llegan a la arena
con un golpe cuyo eco
le atraviesa los huesos.
Se estremece entre temblores
al tomarla los marinos,
luego llora al ser cuidada,
alimentada con algas por los marinos
quienes suplican su perdón,
perdón por lo que han hecho.

El Sr. Strane deja mi poema en el escritorio y se recuesta en su silla, casi como si quisiera tomar distancia de él.

—Nunca los titulas —dice, su voz suena lejana—. Deberías titularlos. —Pasa un minuto y no se mueve, ni habla, la vista concentrada en el poema.

Inmóvil y en silencio, me siento abatida por la terrible sensación de que se ha cansado de mí, de que quiere que lo deje en paz. Cierro los ojos por la vergüenza, la vergüenza de haber escrito un poema descaradamente sexual y pensar que podría arreglarme y ponerme un disfraz para conseguir lo que quería, por haber malinterpretado sus intenciones. Me prestó un libro y me dedicó unos pocos cumplidos. Vi lo que yo quería ver, me convencí de que mis fantasías eran reales. Sollozando como una niña pequeña, le susurro que lo siento.

—Oye —dice, repentinamente suave—. Oye, ¿por qué lo sientes?

—Porque... —digo tomando aire—. Porque soy una idiota.

—¿Pero por qué dices eso? —Su brazo rodea mis hombros y me acerca a él—. Estás lejos de ser idiota.

Cuando tenía nueve años, me caí del que sería el último árbol que intentaría escalar. Siento que su abrazo es como repetir esa caída, como aquel suelo que vino a mi encuentro en lugar de esperar a que fuera yo, como la forma en que me tragó la tierra después de aterrizar. Estamos tan cerca que, si inclinara un poco la cabeza, mi mejilla se apoyaría en su hombro. Respiro el olor de la lana de su jersey, del café y el polvo de tiza de su piel, mi boca a unos pocos centímetros de su cuello.

Nos quedamos así, con su brazo a mi alrededor y mi cabeza en su hombro, mientras llegan unas risas desde el pasillo y las campanas de la iglesia del centro marcan la media hora. Mis rodillas se aprietan contra su muslo. El dorso de mi mano roza su pantalón. Respiro suavemente en su cuello, quiero que haga algo.

Llega entonces un gesto minúsculo: acaricia mi hombro con el pulgar.

Levanto la cara para que mi boca roce su cuello y siento

cómo traga saliva. Una vez, dos veces. Es la forma en que traga, como si estuviera reprimiendo algo dentro de él, lo que me infunde el valor para presionar mis labios contra su piel. Es sólo un beso a medias, pero lo hace estremecerse, y esa sensación me recorre como una ola.

Me besa la cabeza, su versión de un beso a medias, y vuelvo a presionar la boca contra su cuello. Es un diálogo de acciones a medias en el que ninguno de los dos está totalmente implicado. Todavía podemos arrepentirnos, cambiar de opinión. Los medios besos pueden olvidarse, pero no los besos enteros. Su mano aprieta mi hombro cada vez más fuerte y despierta algo dentro de mí. Lucho por evitar que brote sintiendo que, si no lo hago, podría saltar, agarrarlo por la garganta y arruinarlo todo.

Me suelta sin previo aviso. Se aparta de mí y ya no nos tocamos. Parpadea tras sus gafas como si se estuviera adaptando a un cambio en la luz.

—Deberíamos hablar de esto —dice.

—De acuerdo.

—Esto es serio.

—Lo sé.

—Estamos rompiendo muchas reglas.

—Lo sé —le digo, molesta de que crea que no entiendo lo que acaba de pasar, que no he pasado horas intentando entender la gravedad de nuestra situación.

Me mira, sus facciones perplejas y duras. Susurra:

—Esto no está pasando.

Suena el minutero del reloj del aula. Todavía es hora de tutorías. La puerta está cerrada, pero podría entrar alguien en cualquier momento.

—Entonces, ¿qué quieres hacer? —me pregunta.

La pregunta me supera. Lo que quiero depende de lo que él quiera.

—No lo sé.

Se vuelve hacia las ventanas, cruza los brazos sobre el pecho. «No lo sé» no es una buena respuesta. Es lo que diría una niña, no alguien dispuesta y capaz de tomar sus propias decisiones.

—Me gusta estar con usted —le digo. Espera a que yo ofrezca más información y mis ojos deambulan por el aula mientras lucho por encontrar las palabras adecuadas—. También me gusta lo que hacemos.

—¿Qué quieres decir con «lo que hacemos»? —Quiere que lo defina, pero no sé cómo llamarlo.

Señalo el espacio que hay entre nuestros cuerpos.

—Esto.

Con una media sonrisa, dice:

—A mí también me gusta. ¿Y qué tal esto? —Se inclina hacia delante y toca mi rodilla con la punta de sus dedos—. ¿Te gusta esto?

Sin dejar de mirarme a la cara, las yemas de sus dedos se deslizan por mi pierna y siguen hasta que rozan la entrepierna de mis medias. Por reflejo, junto las piernas, atrapando su mano.

—He ido demasiado lejos —reconoce.

Niego con la cabeza, relajo las piernas.

—No pasa nada.

—Sí que pasa. —Su mano sale de debajo de mi falda al mismo tiempo que él resbala como líquido desde la silla al suelo. Se arrodilla ante mí, acomoda su cabeza en mi regazo y dice:

—Voy a ser tu ruina.

Esto es lo más increíble que ha pasado entre nosotros; más que cuando me dijo que quería besarme, cuando su mano acarició mi pierna. *«Voy a ser tu ruina».* Lo dice evidentemente atormentado, un destello de cuánto ha pensado en ello, de cuánto ha luchado. Quiere hacer lo correcto, no quiere hacerme daño, pero se ha resignado a la probabilidad de hacérmelo.

Con las manos suspendidas sobre él, me fijo en los detalles:

cabello negro, gris en las sienes, la suavidad de su barba, que termina en una línea bien afeitada bajo la mandíbula. Tiene un pequeño corte en el cuello, ligeramente inflamado, y me lo imagino por la mañana en su baño, cuchilla en mano, mientras yo estaba de pie descalza en mi habitación, embadurnándome de maquillaje.

—Quiero ser una influencia positiva en tu vida —dice—. Alguien a quien, cuando mires atrás, puedas recordar con cariño: el excéntrico viejo profesor que estaba patéticamente enamorado de ti pero que supo tener las manos quietas y al final se portó bien.

Su cabeza todavía reposa en mi regazo, me tiemblan las piernas y mis axilas y la parte posterior de mis rodillas empiezan a sudar. *«Patéticamente enamorado de ti».* En cuanto lo oigo decir eso, me convierto en alguien de quien otra persona está enamorada, y no se trata de cualquier chico estúpido de mi edad, sino de un hombre que ya ha vivido toda una vida, que ha hecho y visto mucho y, aun así, cree que soy digna de su amor. Me siento impulsada a cruzar un umbral, a dejar atrás mi vida ordinaria y acceder a un lugar donde es posible que un hombre adulto esté tan patéticamente enamorado de mí que se arrodille a mis pies.

—A veces me siento en tu silla cuando sales de clase y apoyo la cabeza en la mesa para intentar respirarte. —Levanta la cabeza de mi regazo, se frota la cara y se acuclilla—. ¿Pero qué carajo me pasa? No puedo decirte esto. Vas a tener pesadillas.

Se levanta y se vuelve a sentar en su silla y sé que tengo que ofrecerle algo para convencerlo de que no tengo miedo. Necesito ponerme a su nivel, demostrar que no está solo.

—Pienso en usted constantemente —le digo.

Por un momento, su rostro se ilumina. Se controla e ironiza:

—Seguro que sí.

—Todo el tiempo. Estoy obsesionada.

—Me cuesta creerlo. Las chicas guapas no se enamoran de viejos lascivos.

—Usted no es lascivo.

—Todavía no —dice—, pero si doy un paso más, lo seré.

Quiere más, así que le doy más. Le cuento que escribo mis estúpidos poemas sólo para que él los lea («*Tus poemas no son estúpidos*», dice. «*Por favor, no los llames así*»), que me he pasado las vacaciones leyendo *Lolita* y que me siento distinta por ello, que me he arreglado hoy para él, que he cerrado la puerta porque quería que estuviésemos a solas.

—Y pensé que podríamos... —divago.

—¿Que podríamos qué?

Pongo los ojos en blanco y me río incómoda.

—Ya lo sabe.

—No, no lo sé.

Me revuelvo en la silla y digo:

—Que podríamos, no sé, besarnos o algo así.

—¿Quieres que te bese?

Me encojo de hombros y agacho la cabeza para que el cabello me tape la cara, me siento demasiado avergonzada como para repetirlo.

¿Eso es un sí? —Detrás de mi pelo, emito un leve gruñido—. ¿Te han besado antes? —Empuja mi pelo hacia atrás para poder verme y niego con la cabeza, demasiado nerviosa como para mentir.

Se levanta y le pone el seguro a la puerta del salón, apaga las luces para que nadie pueda mirar por las ventanas. Cuando toma mi cara entre sus manos, cierro los ojos con fuerza. Tiene los labios secos, como la ropa recién lavada rígida por el sol. Su barba es más suave de lo que esperaba, pero me hace daño con las gafas. Se me clavan en las mejillas.

Me da un beso superficial, luego otro. Hace un *hmmm* y luego me besa con los labios abiertos durante un rato. No puedo concentrarme en lo que está pasando, mi mente está tan lejos que podría ser de otra persona. Durante todo el proceso, sólo puedo pensar en lo raro que es que él tenga lengua.

Me tiemblan los dientes cuando termina. Quiero ser atrevida, sonreír y decir algo coqueto y juguetón, pero todo lo que logro hacer es limpiarme la nariz con la manga y susurrar:

—Me siento muy rara.

Me besa la frente, las sienes, la línea de la mandíbula.

—Espero que sea «rara» en el buen sentido.

Sé que debería decirle que sí, tranquilizarlo, no darle razones para dudar de lo mucho que quería que pasara esto, pero permanezco con la mirada perdida al infinito hasta que se inclina hacia mí y me besa de nuevo.

Me siento en mi lugar habitual en la mesa rectangular, con las palmas de las manos pegadas a la madera para evitar tocar la piel irritada en las comisuras de mis labios. El resto de los alumnos entran, se quitan los abrigos y sacan de sus mochilas ejemplares de *Ethan Frome*. No saben lo que ha pasado, no pueden saberlo, pero aun así quiero decirlo a gritos. O, si no, apretar las manos contra la mesa hasta atravesar la madera y reventarla en piezas astilladas que caigan deletreando mi secreto en el suelo.

En la otra punta de la mesa, Tom arquea la espalda, estirando los brazos detrás de la cabeza, de manera que se le sube la camisa y revela unos centímetros de abdomen. La silla de Jenny está vacía. Antes de que llegara Tom, Hannah Levesque ha dicho que lo han dejado, un chisme que me hubiese conmocionado hace dos meses. Ahora, me da igual. Dos meses me parecen toda una vida.

Durante la clase, mientras el Sr. Strane da un discurso sobre *Ethan Frome*, hay un ligero temblor en sus manos, una reticencia a mirarme. Ahora me parece ridículo pensar en él como «señor». Pero la idea de llamarlo por su nombre de pila también suena mal. En un momento dado, se lleva la mano a la frente y pierde el hilo, algo que nunca lo había visto hacer.

—Sí —murmura—. ¿Por dónde iba?

El reloj sobre la puerta suena *tic tac* dos, tres, cuatro segundos. Hannah Levesque hace una observación dolorosamente obvia sobre la novela y, en lugar de ignorarla, Strane dice: *Sí, exacto*. Se da la vuelta hacia la pizarra y escribe grande *¿Quién tiene la culpa?* y el océano ruge en mis oídos.

Habla sobre toda la trama de la novela, aunque sólo teníamos que leer las primeras cincuenta páginas para esta clase. El encanto de la joven Mattie y el dilema moral de Ethan, un hombre mayor y casado. ¿Es realmente el amor que Ethan siente por ella algo malo? Vive desolado. Todo cuanto tiene en la vida es a la enfermiza Zeena en el segundo piso.

—La gente está dispuesta a arriesgarlo todo por un momento de algo hermoso —dice Strane, con tanta sinceridad en la voz que provoca risas entre los alumnos.

Ya debería estar acostumbrada, me sigue pareciendo alucinante cómo puede hablar sobre los libros y también sobre mí sin que ellos se den cuenta. Es como cuando me tocó detrás de su escritorio mientras los demás estaban sentados a la mesa, trabajando en sus propuestas de tesis. Las cosas pasan delante de sus narices. Es como si fueran demasiado normales para darse cuenta.

¿Quién tiene la culpa? Subraya la pregunta y busca nuestras respuestas. Sufre. Ahora lo entiendo. No está nervioso por mi cercanía; se está preguntando si lo que hizo está mal. Si fuera más valiente, levantaría la mano y diría, sobre Ethan Frome y sobre él, «*No hizo nada malo*». O diría, «*¿No debería Mattie compartir parte de la culpa?*». Pero me quedo callada como una ratoncita asustada.

Al final de la clase, *¿Quién tiene la culpa?* todavía atraviesa la pizarra. Los demás alumnos desfilan a través de la puerta, por el pasillo, y salen al patio, pero yo me tomo mi tiempo. Tiro de la cremallera de mi mochila, me inclino y finjo atarme los cordones, lenta como un perezoso. No me hace caso hasta que el pasillo fuera del aula está vacío. Sin testigos.

—¿Cómo estás? —pregunta.

Sonrío alegremente, tiro de las correas de mi mochila.

—Estoy bien. —Sé que no puedo mostrar ni un ápice de angustia. Si lo hago, él podría decidir que no podré soportar más besos.

—Me preocupaba que te sintieras abrumada —dice.

—No lo estoy.

—Entendido. —Exhala—. Parece que lo llevas mejor que yo.

Decidimos que volveré más tarde, después de la hora de tutorías, cuando el edificio de Humanidades esté tranquilo. Cuando casi he salido, dice:

—Estás muy guapa.

No puedo evitar que una sonrisa se dibuje en mi cara. Sí que me veo guapa: jersey verde oscuro, los pantalones de pana que mejor me quedan, mi cabello cae ondulando sobre mis hombros. Lo he hecho a propósito.

Cuando vuelvo al aula, el sol ya se ha puesto y, como no hay persianas, apagamos las luces, nos sentamos detrás de su escritorio y nos besamos en la oscuridad.

⚜

La Srta. Thompson organiza un amigo invisible por Navidad y me toca hacerle el regalo a Jenny, lo que, en teoría, debería dolerme. En su lugar, todo lo que siento es una vaga irritación. Utilizo los diez dólares que tengo para comprar su regalo y voy al supermercado, le compro medio kilo de café molido de marca genérica y gasto el resto del dinero en algo de comer para mí. Ni siquiera envuelvo el café. En el intercambio de regalos, se lo doy en la bolsa de plástico de la tienda.

—¿Esto qué es? —pregunta. Son las primeras palabras que me dirige desde la primavera pasada, el último día del año, aquel *Supongo que ya nos veremos* dicho por encima del hombro mientras salía de nuestro dormitorio.

—Es tu regalo.

—¿No lo has envuelto? —Abre la bolsa con la punta de los dedos, como si le preocupara lo que pudiera haber dentro.

—Es café —le digo—. Porque siempre estabas tomando café o algo así.

Lo mira, parpadeando tan fuerte que, por un momento, me horrorizo pensando que está a punto de llorar.

—Toma. —Empuja un sobre contra mí—. También me tocó tu nombre.

Dentro del sobre hay una tarjeta y, en ella, un *ticket* regalo de veinte dólares para la librería del centro. Sostengo el *ticket* en una mano y la tarjeta en la otra, mis ojos pasan de una a la otra. En la tarjeta, ha escrito:

Feliz Navidad, Vanessa. Sé que no hemos mantenido el contacto, pero espero que podamos reparar nuestra amistad.

—¿Por qué has hecho esto? —pregunto—. Se suponía que sólo debíamos gastarnos diez dólares.

La Srta. Thompson se mueve entre las parejas, haciendo comentarios sobre los regalos. Cuando llega hasta nosotras, ve las mejillas rojas de Jenny, la bolsa de café barato tirada en el suelo y la culpa en mi rostro.

—Oh, ¡qué bonito regalo! —dice la Srta. Thompson, tan entusiasta que creo que está hablando del *ticket* regalo, pero se refiere al café—. Por lo que a mí respecta, es imposible beber suficiente cafeína. Vanessa, ¿a ti qué te han regalado?

Sostengo el *ticket* regalo y la Srta. Thompson sonríe.

—Es muy amable por tu parte.

—Tengo que hacer las tareas —dice Jenny. Agarra el café

con dos dedos, como si fuera algo asqueroso, y sale de la sala común. Quiero contestarle, gritarle que la única razón por la que quiere volver a acercase a mí es porque Tom ha roto con ella, y que ya es demasiado tarde, porque yo he seguido mi camino. Ahora estoy haciendo cosas que Jenny no podría ni imaginar.

La Srta. Thompson se vuelve hacia mí.

—Creo que es un regalo más que correcto, Vanessa. No se trata sólo de cuánto dinero gastas.

Entiendo entonces por qué está siendo amable: cree que soy tan pobre que sólo puedo permitirme una bolsa de café de tres dólares. Su suposición me parece tan insultante como divertida, pero no la corrijo.

—Srta. Thompson, ¿qué hará para Navidad? —pregunta Deanna.

—Volver a Nueva Jersey unos días —dice—. Quizá haga un viaje a Vermont con unos amigos.

—¿Qué hay de su novio? —pregunta Lucy.

—No tengo uno de esos. —La Srta. Thompson se aleja para ver los otros regalos y veo cómo se agarra las manos con firmeza detrás de la espalda y finge no oír que Deanna le susurra a Lucy:

—Pensaba que el Sr. Strane era su novio.

Una tarde, Strane me cuenta que mi nombre se originó cuando Jonathan Swift, el escritor irlandés, conoció a una mujer llamada Esther Vanhomrigh, apodada Essa.

—Desmontó su nombre y lo volvió a armar como algo nuevo —dijo Strane—. Van-essa se convirtió en Vanessa. Se convirtió en ti.

No se lo digo, pero a veces siento que eso es exactamente lo que está haciendo conmigo: romperme y volver a armarme como una persona nueva.

Dice que la primera Vanessa estaba enamorada de Swift y que era veintidós años más joven que él, su tutor. Strane busca en las estanterías detrás de su escritorio y encuentra un ejemplar del poema de Swift «Cadenus y Vanessa». Es largo, sesenta páginas sobre una joven enamorada de su maestro. Mi corazón se acelera mientras hojeo el poema, pero siento que me mira, así que intento que no se me note. Me encojo de hombros y digo aburrida:

—Supongo que tiene cierta gracia.

Strane frunce el entrecejo.

—A mí me parece inquietante, no divertido. —Vuelve a colocar el libro de nuevo en el estante y murmura—: Se me ha metido en la cabeza. Me ha hecho empezar a creer en el destino.

Se sienta en su escritorio y abre su libro de calificaciones. Las puntas de sus orejas se enrojecen, como si estuviera avergonzado. ¿Soy capaz de avergonzarlo? A veces olvido que él también es vulnerable.

—Sé lo que quieres decir —le digo.

Levanta la vista del libro, la luz se refleja en sus lentes.

—Tengo la sensación de que lo nuestro es el destino.

—Lo nuestro —repite—. ¿Te refieres a lo que hacemos juntos?

Asiento.

—A lo mejor he nacido para esto.

Cuando asimila mis palabras, le tiemblan los labios como si intentara no sonreír.

—Cierra la puerta —dice—. Apaga las luces.

Uso el teléfono público de la sala común de Gould para llamar a casa el domingo antes de las vacaciones de Navidad y mamá me dice que pasará a buscarme el martes en lugar del miércoles, lo que significa un día más de vacaciones, un día más sin Strane. Ya es bastante difícil pasar un fin de semana sin él; no sé cómo sobreviviré a tres semanas, así que, cuando me da la noticia, siento que el suelo se abre bajo mis pies.

—¡Ni siquiera me has pedido mi opinión! No puedes decidir que me vas a recoger antes de tiempo sin preguntarme si me parece bien. —Mi pánico cobra impulso y me cuesta no llorar—. Tengo obligaciones —le digo—. Tengo cosas que hacer.

—¿Qué cosas? —pregunta mamá—. Dios mío, ¿por qué estás tan disgustada? ¿Por qué te pones así?

Apoyo la frente contra la pared, respiro hondo y me las arreglo para decir:

—Hay una reunión del club de escritura creativa a la que no puedo faltar.

—Oh. —Mamá exhala como si hubiese esperado escuchar algo más serio—. Bueno, no llegaré hasta las seis. Eso debería darte tiempo para ir a tu reunión.

Le da un mordisco a algo y cruje entre sus dientes. Odio cuando come mientras habla conmigo, o limpia, o habla con papá al mismo tiempo. A veces, se lleva el teléfono al baño y no me doy cuenta hasta que oigo el agua cuando tira de la cadena.

—No sabía que te gustara tanto ese club —dice.

Me limpio la nariz con el puño sucio de mi sudadera.

—No es porque me guste. Es porque me tomo en serio mis responsabilidades.

—Hmm. —Da otro mordisco y, lo que sea que esté comiendo, choca entre sus dientes.

El lunes, cuando Strane y yo estamos sentados en el aula a oscuras, no dejo que me bese. Me doy la vuelta y pongo las piernas fuera de su alcance.

—¿Qué te pasa? —pregunta.

Niego con la cabeza, sin saber cómo explicárselo. Parece

no darles importancia a las vacaciones que se avecinan. Ni siquiera lo ha mencionado.

—No pasa nada si no quieres que te toque —dice—. Sólo tienes que pedirme que pare. —Se inclina hacia mí y estudia mi expresión en la oscuridad. Puedo ver el brillo en sus ojos porque no lleva las gafas; desde que le dije que me hacen daño en la cara, se las quita antes de besarnos.

—Por mucho que quiera, no puedo leerte la mente —dice.

Las yemas de sus dedos tocan mis rodillas y esperan a ver si me alejo. Cuando no lo hago, sus manos suben por mis muslos, sobre mis caderas y alrededor de mi cintura, las ruedas de la silla chirrían cuando se acerca. Suspiro, me inclino hacia él, su cuerpo es como una montaña.

—Es que va a pasar mucho tiempo antes de que podamos volver a hacer esto —le digo—. Tres semanas enteras.

Lo siento relajarse.

—¿Y por eso te has enfurruñado?

La forma en que se ríe me hace romper a llorar, como si estuviese siendo ridícula, pero él cree que lo que me está disgustando es la idea de extrañarlo.

—No me voy a ninguna parte —dice, besándome la frente. Me llama sensible— Como una... —Se detiene y ríe suavemente—. Estaba a punto de decir como una niña pequeña. A veces se me olvida que eso es precisamente lo que eres.

Hundo el rostro en él y susurro que me siento fuera de control. Quiero que me diga que siente lo mismo, pero se limita a seguir acariciando mi cabello. Tal vez no necesita decirlo. Recuerdo su cabeza en mi regazo la tarde en que nos besamos por primera vez, cómo gimió, *Voy a ser tu ruina*. Claro que está fuera de control; tienes que estar desatado para hacer lo que estamos haciendo.

Se aleja, besa las comisuras de mis labios.

—Tengo una idea —dice.

El suelo de fuera está cubierto de nieve y refleja suficiente luz en el salón como para ver su sonrisa, se forman arrugas alrededor de sus ojos. De cerca, su cara está desarticulada, enorme. En el puente de su nariz, veo esas marcas de las gafas que nunca se van.

—Pero tienes que prometerme que no dirás que sí a lo que te voy a proponer si no estás segura de querer hacerlo —dice—. ¿Entendido?

Inspiro por la nariz, me seco los ojos.

—Entendido.

—Qué te parece si, después de las vacaciones de Navidad... digamos, el primer viernes tras volver... —Respira hondo—. ¿Qué te parecería venir a mi casa?

Parpadeo de la impresión. Asumía que esto acabaría pasando, pero me parece muy pronto, aunque tal vez no. Llevamos más de dos semanas besándonos.

Como no digo nada, sigue hablando:

—Creo que sería agradable pasar tiempo juntos fuera del aula. Podríamos cenar, mirarnos con las luces encendidas. Podría ser divertido, ¿no crees?

De repente, tengo miedo. No quiero tenerlo y, mientras muerdo el interior de mi mejilla, intento calmarme racionalizándolo. No le tengo miedo a él, sino a su cuerpo, a su tamaño, a la idea de tener que hacer cosas con él. Mientras no salgamos del aula, todo lo que podemos hacer es besarnos, pero ir a su casa significa que puede pasar cualquier cosa. Que haremos lo evidente. Es decir, acostarnos.

—¿Y cómo se supone que voy a llegar hasta ahí? —pregunto—. ¿Cómo hago con el toque de queda?

—Sal del dormitorio discretamente después del toque de queda. Te estaré esperando en el *parking* de la parte de atrás y te sacaré del campus. Por la mañana, te traeré lo suficientemente temprano como para que nadie se dé cuenta.

Aun así, vacilo; su cuerpo se pone rígido. Su silla se aleja de mí y corre un aire frío sobre mis piernas.

—No voy a obligarte si no estás lista —dice.

—Estoy lista.

—No parece que lo estés.

—Sí que lo estoy —insisto—. Iré.

—Pero ¿es lo que quieres?

—Sí.

—¿Estás segura?

—*Sí.*

Me mira fijamente, el brillo de sus ojos va de un lado a otro. Me muerdo más fuerte la mejilla, pensando que tal vez él se calme si me hago suficiente daño como para volver a llorar.

—Escucha —dice—, no espero nada. Me contento con sentarme en el sofá contigo y ver una película. No tenemos ni que tomarnos de la mano si no quieres, ¿de acuerdo? Es importante que nunca te sientas obligada a nada. Es la única forma que tengo de poder vivir conmigo mismo.

Vivir conmigo mismo.

—No me siento obligada.

—¿No? ¿Segura?

Niego con la cabeza.

—Bien. Muy bien. —Me agarra de las manos—. Tú eres quien tiene el control, Vanessa. Tú decides qué hacer.

Me pregunto si de verdad cree lo que ha dicho. Él me tocó primero, dijo que quería besarme, me dijo que me amaba. Él ha dado cada primer paso. No me siento forzada, y sé que tengo el poder de decir que no, pero eso no es lo mismo que ser quien manda. Pero quizá necesita creer eso. Quizá hay una lista entera de cosas que necesita creer.

⚜

Para Navidad, me regalan: un billete de cincuenta dólares; dos jerséis, uno lavanda de punto trenzado, el otro blanco de angora; un nuevo CD de Fiona Apple para reemplazar el que había rayado; botas del *outlet* de L. L. Bean en las que sólo se ve el defecto en la costura mal hecha si te fijas; una tetera eléctrica para mi dormitorio; una caja de caramelos de azúcar de arce; calcetines y ropa interior; una naranja con los gajos de chocolate.

En casa con mis padres, hago todo lo posible por encerrar a Strane en un cajón y no dejarlo salir. Resisto la tentación de quedarme en la cama soñando despierta, escribiendo sobre él y, en cambio, hago cosas que me hacen sentir como la chica que solía ser: leer junto a la estufa de leña, picar higos y nueces con mamá en la mesa de la cocina, ayudar a papá a traer un árbol a casa, con Babe, la cachorra, saltando a nuestro lado como un peludo delfín amarillo mientras atravesamos la nieve. Muchas noches, cuando papá sube a acostarse y Babe lo sigue escaleras arriba, mamá y yo nos echamos en el sofá y miramos la televisión. Nos gustan los mismos programas: dramas de época, *Ally McBeal*, el *Daily Show*. Nos reímos con Jon Stewart, sentimos vergüenza ajena cuando aparece George W. Bush en pantalla. El recuento ya ha terminado, Bush ha sido declarado ganador.

—No me puedo creer que haya robado las elecciones —le digo.

—Todos roban las elecciones —responde mamá—. Sólo que no es tan malo si lo hace un demócrata.

Miramos la televisión y comemos las costosas galletas de limón con jengibre que mamá esconde en el estante de la despensa. Me acerca los pies e intenta enterrarlos debajo de mi culo a pesar de saber que lo odio. Cuando me quejo, me dice que deje de ser quisquillosa.

—Te he llevado dentro, ¿sabes?

Le hablo de la nota que Jenny me dio con el regalo del amigo invisible y lo que decía sobre reparar nuestra amistad. Mamá sonríe con suficiencia y blande un dedo.

—Te dije que lo intentaría. Espero que no caigas en algo así.

Se queda dormida, con su cabello rubio enredado en la cara y la televisión emitiendo la teletienda. En momentos así Strane irrumpe en mi mente, cuando la casa está en calma y soy la única despierta. Miro la pantalla con los ojos vidriosos y siento que está aquí conmigo, sosteniéndome, deslizando la mano por debajo de mi pantalón de pijama. En la otra punta del sofá, mi madre ronca e interrumpe mi ensoñación; escapo hacia mi cuarto. Mi habitación es el único espacio seguro para dejarlo entrar, donde puedo cerrar la puerta, estirarme en la cama e imaginar cómo se sentirá estar en su casa, qué sentiré cuando nos acostemos. Qué aspecto tendrá cuando se quite la ropa.

Releo mis viejos ejemplares de la revista *Seventeen*, buscando artículos sobre perder la virginidad por si hay algo que deba hacer para prepararme, pero todos dicen las mismas generalidades: «¡Perder la virginidad es algo serio, no te sientas presionada a hacerlo, tienes todo el tiempo del mundo!». Así que me conecto a internet y encuentro un hilo en un foro titulado: «Consejos para perder la virginidad», y el único consejo para las chicas es: «No te que quedes echada y quieta», pero ¿qué significa eso? ¿Tengo que ponerme encima? Intento imaginarme haciéndole eso a Strane, pero me da demasiada vergüenza; mi cuerpo se encoge ante la idea. Cierro el navegador, pero primero compruebo tres veces el historial de búsqueda para asegurarme de que lo he borrado todo.

La noche antes de volver a Browick, mientras mis padres miran el noticiero de Tom Brokaw, me meto a escondidas en su habitación y abro el primer cajón del tocador de mi madre. Hurgo entre los sujetadores y la ropa interior hasta encontrar un camisón negro de seda con la etiqueta amarilla de la tienda aún pegada. De vuelta en mi habitación, me lo pruebo sin nada debajo. Me va un poco largo, me llega por debajo de las rodillas, pero me queda ajustado, puede apreciarse el contorno de mi cuerpo de una forma que me parece adulta y sensual. Me miro al espejo, recojo mi cabello sobre mi cabeza y lo dejo caer a los lados de mi cara. Me muerdo el labio inferior hasta que se inflama y se pone rojo. Uno de los tirantes del camisón cae por mi brazo y me imagino a Strane, con su sonrisa tierna y condescendiente, recolocándolo sobre mi hombro. Por la mañana, meto el camisón en el fondo de mi bolsa y no puedo dejar de sonreír en todo el viaje a Browick, satisfecha con lo fácil que es salirme con la mía en esto; en todo.

En el campus, los montículos de nieve han crecido, han quitado las decoraciones navideñas y los dormitorios apestan al vinagre que usan para lavar el parqué. El lunes a primera hora de la mañana, voy al edificio de Humanidades en busca de Strane. Al verme, se le ilumina el rostro y me sonríe con su boca hambrienta. Cierra la puerta del aula y me arrincona contra el archivador, me besa como si quisiera comerme, nuestros dientes chocando entre ellos. Me abre las piernas con el muslo y se frota contra mí. Me gusta, pero todo ocurre tan deprisa que pierdo el aliento e intento tomar aire; al oírme, me suelta y se tambalea hacia atrás, preguntándome si me ha hecho daño.

—Pierdo el control cuando te tengo delante —dice—. Me estoy portando como un adolescente.

Quiere saber si nos veremos el viernes. Dice que, durante las últimas semanas, ha pensado en mí constantemente, sorprendido de lo mucho que me ha extrañado. Ante eso, entorno los ojos.

—¿Por qué sorprendido?

—Porque en realidad no nos conocemos tanto —explica—. Pero, por Dios, me has llegado hondo.

Cuando le pregunto qué hizo para Navidad, me contesta:

—Pensar en ti.

La semana parece una cuenta atrás, como caminar despacio por un largo pasillo. Cuando llega el viernes por la noche, me siento como en un sueño al meter el camisón negro en mi mochila, mientras, al otro lado del pasillo, Mary Emmett canta a gritos «Seasons of Love» de *Rent* con la puerta abierta de par en par y Jenny pasa en albornoz de camino a la ducha. Se me hace raro pensar que, para ellas, sólo es otra noche de viernes, con qué facilidad viven sus vidas normales, en paralelo a la mía.

A las nueve y media, hablo con la Srta. Thompson y le digo que no me encuentro bien, así que me acostaré temprano. Luego, espero hasta que el pasillo está despejado y salgo por la escalera de atrás, la que tiene la alarma rota. Corro a través del campus hasta ver el coche de Strane esperando con los faros apagados en el *parking* detrás del edificio de Humanidades. Cuando abro la puerta del pasajero y me deslizo hacia dentro, me abraza, con una risa que no había escuchado en él, maníaca y jadeante, como si no pudiera creer que esto esté pasando de verdad.

Su casa es sobria y más limpia de lo que nunca he visto en casa de mis padres; el fregadero está vacío y resplandeciente, hay un trapo de cocina puesto a secar sobre el grifo. Hace unos días, me preguntó qué comida me gustaba —quería tener a mano mis cosas favoritas—, y ahora me muestra los tres botes de helado caro en el congelador, un *pack* de seis Coca-Colas de cereza en la nevera, dos bolsas grandes de patatas fritas en la encimera. También hay una botella de *whisky* en la encimera, junto a un vaso con un cubito de hielo, en gran medida derretido.

En la sala de estar, la mesa de café está despejada, sólo hay una pila de posavasos y dos mandos a distancia. Las estanterías están perfectamente organizadas, ni un libro cruzado o del revés. Mientras me muestra la casa, le doy sorbos a un refresco y trato de parecer impresionada, pero no demasiado; interesada, pero no demasiado. Sin embargo, la verdad es que estoy temblando.

Su habitación es lo último que me enseña. De pie en la puerta, burbujas siseando en mi refresco, ninguno de nosotros tiene claro el próximo movimiento. Tengo que volver a Gould en seis horas, pero sólo llevo aquí diez minutos. Su cama se extiende ante nosotros, cuidadosamente hecha con un edredón de color caqui y almohadas con fundas de tartán. Es demasiado pronto.

—¿Estás cansada? —pregunta.

Niego con la cabeza

—La verdad es que no.

—Entonces, quizá no deberías estar bebiendo esto. —Me quita el refresco de las manos—. Con tanta cafeína.

Le sugiero que veamos televisión, con la esperanza de que recuerde la oferta que me hizo de sentarnos en el sofá y mirar una película agarrados de la mano.

—Si hacemos eso seguro que me quedo dormido —dice—. ¿Por qué no nos adelantamos y nos preparamos para ir a la cama?

Va hacia la cómoda, abre el primer cajón y saca algo. Es un pijama, pantalones cortos y una camiseta de tirantes de algodón blanco, salpicado de fresas rojas. Está perfectamente doblado con la etiqueta todavía puesta. Es nuevo, lo ha comprado especialmente para mí.

—Pensé que se te podría olvidar traer ropa de dormir —dice, poniendo el pijama en mis manos. No digo nada del camisón negro en el fondo de mi mochila.

En el baño, procuro no hacer ruido mientras me quito la ropa y rompo la etiqueta del pijama. Antes de ponérmelo, me miro fijamente al espejo, curioseo en la ducha su botella de champú y su barra de jabón, inspecciono todo lo que hay en la encimera. Tiene un cepillo de dientes eléctrico, una maquinilla de afeitar eléctrica y una báscula digital sobre la que muevo los dedos de los pies cuando aparecen los números: sesenta y seis, medio kilo menos de lo que pesaba en Navidad.

Sostengo la camiseta y me pregunto por qué eligió este conjunto en particular. Probablemente porque le gustó el estampado; me ha dicho alguna vez que mi cabello y mi picl le recuerdan a fresas con nata. Me lo imagino buscando en la sección de ropa para chicas, con sus grandes manos palpando los diferentes pijamas y la idea me llena de ternura, parecido a cómo me sentí hace unos años cuando vi una foto de aquel famoso gorila acariciando a la gatita que tenía de mascota. Es la vulnerabilidad de alguien tan grande sujetando algo tan frágil, esforzándose por ser cuidadoso y atento.

Abro la puerta del baño y entro en el dormitorio cubriéndome el pecho con un brazo. Ha encendido la lámpara de la mesita de noche, una luz cálida y suave. Está sentado en el borde de la cama con los hombros encorvados y las manos agarradas.

—¿He acertado con la talla?

Con un escalofrío, hago amago de asentir. Por la ventana, pasa un coche, el ruido se acerca y se aleja, se instala el silencio.

Me pregunta:

—¿Me dejas verte? —Doy un paso hacia él, me acerco lo suficiente como para que me agarre de la muñeca y me baje el brazo. Sus ojos me recorren detenidamente, suspira—: Oh, no —como si ya sintiera remordimiento por lo que vamos a hacer.

Se pone de pie, abre el edredón y dice en voz baja:

—Bien, bien, bien.

Dice que, por el momento, seguirá vestido. Sé que lo dice para tranquilizarme, tal vez también a sí mismo. Se han formado círculos oscuros en las axilas de su camisa, igual que durante el discurso del primer día de clase.

Me meto en la cama con él, ambos echados bajo las sábanas, sin tocarnos, sin hablar. Él techo tiene un mosaico color crema y dorado con un dibujo en forma de remolino en el que mis ojos dan vueltas y vueltas. Debajo del edredón, mis manos y mis pies están calientes, pero la punta de mi nariz está fría.

—Mi habitación en casa también está siempre fría —le digo.

—¿Sí? —Se vuelve hacia mí, agradecido por haber normalizado la situación diciendo algo. Me pide que le describa mi dormitorio, qué aspecto tiene, cómo está organizado. Le dibujo un mapa en el aire.

—Aquí está la ventana que da al lago —le digo—, y aquí la ventana que da a la montaña. Aquí mi armario y mi cama. Le hablo de mis pósteres, del color de mi colcha. Le cuento que, en verano, a veces me despierto en mitad de la noche con los graznidos de los pájaros resonando en el lago, y que, como la casa no está bien aislada, se forma hielo en las paredes durante el invierno.

—Espero poder verlo por mí mismo algún día —comenta.

Me río ante la idea de tenerlo en mi habitación, cuán grande parecería ahí, su cabeza rozando el techo.

—No creo que pase nunca.

—Nunca se sabe —dice—. Siempre surge alguna oportunidad.

Me habla del dormitorio de su infancia en Montana. También allí hacía frío en invierno, recuerda. Describe Butte, que fue la gran ciudad de la minería, en su época el lugar más rico de la tierra, y ahora una deprimida cuenca marrón rodeada de montañas. Describe los marcos abandonados de las minas que asoman entre las casas, cómo se construyó el centro de la ciudad en la ladera de una colina y cómo, en la cima de esa colina, hay un gran pozo con los residuos de ácido de la minería.

—Suena horrible —comento.

—Lo sé —concede—, pero es el tipo de sitio difícil de entender si no lo has visto por ti mismo. Tiene una extraña belleza.

—¿Belleza en un pozo de ácido?

Sonríe.

—Algún día iremos. Ya verás.

Bajo el edredón, une sus dedos a los míos y sigue hablando; de su hermana menor, de sus padres. De cómo su padre era minero, intimidante pero amable, y su madre, maestra.

—Háblame de ella —le pido.

—Furiosa —dice—. Era una mujer furiosa.

Me muerdo el labio sin saber qué decir.

—Yo le daba igual —agrega—, nunca he sabido por qué.

—¿Sigue viva?

—Ambos están muertos.

Empiezo a decir que lo siento, pero me interrumpe y me aprieta la mano.

—Está bien —dice—. Es cosa del pasado.

Nos quedamos en silencio un rato, nuestras manos unidas bajo las mantas. Inhalando y exhalando, cierro los ojos e intento identificar el olor de su dormitorio. Es un olor sutil, masculino, con rastros de jabón y desodorante en las sábanas de franela, cedro del armario. Es extraño pensar que es aquí donde vive como una persona normal, duerme, come y hace todas las tareas monótonas del día a día: lavar los platos, limpiar el baño, lavar la ropa. ¿Lavará él su propia ropa? Intento imaginarlo acarreando la ropa de la lavadora a la secadora, pero la imagen se disuelve casi instantáneamente.

—¿Por qué no te has casado nunca? —pregunto.

Me mira y, por un momento, siento cómo su mano se afloja en la mía, el tiempo suficiente como para saber que fue una pregunta inadecuada.

—El matrimonio no es para todo el mundo —responde—. Lo descubrirás a medida que te hagas mayor.

—No, lo entiendo —le digo—. Yo tampoco quiero casarme. —No sé si es del todo cierto, pero intento ser solidaria. Está claramente preocupado, por mí y por lo que estamos haciendo. Se sobresalta ante el movimiento más pequeño, como si yo fuera un animal a punto de escapar o morder.

Sonríe, se relaja. He acertado con la respuesta.

—Claro que no. Te conoces lo suficiente como para saber para qué no estás hecha —dice. Quiero preguntarle para qué estoy hecha, pero no quiero demostrar que en realidad no me conozco y tampoco quiero tentar a la suerte ahora que vuelve a agarrarme la mano e inclina la cabeza hacia mí como si fuera a besarme. No me ha besado desde que llegamos.

Me pregunta de nuevo si estoy cansada y niego con la cabeza.

—Cuando lo estés —dice—, avísame y me puedo ir a la sala.

¿La sala? Frunzo el ceño e intento entender lo que quiere decir.

—¿Vas a dormir en el sofá?

Me suelta la mano y empieza a hablar, se detiene, empieza de nuevo.

—Estoy avergonzado de cómo te toqué la primera vez —dice—, a principios de año. No es así como quiero comportarme.

—Pero me gustó.

—Sé que te gustó, pero ¿no te pareció confuso? —Se vuelve hacia mí—. Tiene que haberlo sido. Que tu profesor te toque sin venir a cuento. No me gustó hacerlo así, acercarme sin hablarlo. Hablarlo absolutamente todo es la única manera de redimir lo que estamos haciendo.

No lo dice, pero sé lo que se espera de mí: decirle cómo me siento y qué quiero. Ser valiente. Me muevo hacia él y hundo la cara en su cuello.

—No quiero que duermas en el sofá. —Noto que sonríe.

—Está bien —dice—. ¿Hay algo más que quieras? —Lo acaricio con la nariz, deslizo mi pierna sobre la suya. No puedo decirlo. Me pregunta si quiero que me bese y, cuando asiento con la cabeza en su cuello, toma un puñado de mi cabello y echa mi cabeza hacia atrás.

—Dios mío —dice—, mírate.

Soy perfecta, dice, tan perfecta que no puedo ser real. Me besa y otras cosas no tardan en empezar a suceder, cosas que no habíamos hecho antes: levanta mi camiseta por encima de mis pechos, pellizca y amasa, baja la mano dentro de los pantalones de pijama y me agarra suavemente.

Para cada cosa que hace, me pide permiso.

—¿Puedo? —antes de subir la camiseta del pijama por encima de mi cabeza—. ¿Te parece bien? —antes de quitarme la ropa interior y deslizar un dedo dentro de mí tan rápido que, por un momento, me quedo aturdida y mi cuerpo pierde las fuerzas. Después de un rato, empieza a pedirme permiso después de hacer lo que me ha preguntado—. ¿Puedo? —pregunta, refiriéndose a quitarme los pantalones, pero ya no los llevo—. ¿Está bien si hago esto? —refiriéndose a arrodillarse entre mis piernas, pero ya está allí. Gime y dice—: Sabía que aquí también serías pelirroja.

No entiendo lo que pretende hacer hasta que empieza a hacerlo. Besándome ahí, entre las piernas. No soy idiota; sé que es algo que la gente hace, pero no se me había ocurrido que sería algo que él querría hacer. Me envuelve con los brazos, me acerca más a él. Hundo los talones en el colchón, estiro los brazos y agarro puñados de su cabello con tanta fuerza que debe dolerle, pero sus besar y lamer y lo que sea que esté haciendo —¿cómo puede saber exactamente qué hacer para hacerme sentir bien? ¿Cómo puede saberlo todo sobre mí?—, nada de eso se detiene. Me muerdo el labio inferior para no gritar y él sorbe, sonando como quien succiona la última gota de una lata de refresco con una pajita, lo que me hubiese dado vergüenza si no se sintiera así de bien. Me cubro los ojos con el brazo y caigo en remolinos de color, en olas marinas cubriendo montañas, la sensación de ser minúscula... hasta que me vengo, más fuerte que cuando me lo hago a mí misma, tan fuerte que veo las estrellas.

—Ya está, para —digo—. Para, para.

Se echa atrás como si lo hubiera pateado. Se sienta de rodillas, todavía con su camiseta y sus *jeans*, el pelo revuelto y la cara brillante.

—¿Te has venido? —pregunta—. ¿En serio, tan rápido?

Junto mis piernas y cierro los ojos. No puedo hablar, no puedo pensar. ¿Ha sido rápido? ¿Cuánto tiempo ha durado? Un minuto o diez o veinte, no tengo ni idea.

—¿No me digas? ¿Sabes lo especial que es esto? —pregunta—. ¿Lo excepcional que es?

Abro los ojos y lo veo limpiarse la boca con el dorso de la mano. Luego, hace una pausa, se lleva la misma mano a la cara, la huele y cierra los ojos.

Me dice que desearía poder hacerme esto todas las noches. Se arropa con el edredón, se acuesta a mi lado y agrega:

—Cada noche antes de que te duermas.

Que me abrace contra su pecho es casi tan placentero como el sexo oral, su barbilla sobre mi cabeza, su gran cuerpo enroscado a mi alrededor. Huele a mí.

—No iremos más allá, de momento —dice, y me derrito ante la idea de que el sexo entre nosotros sólo consistirá en que él me haga eso.

Se acerca y apaga la luz de la mesita de noche, pero no puedo dormir. Su brazo se vuelve pesado sobre mis hombros mientras repito en mi cabeza la forma en que ha dicho «oh, no» al verme con el pijama puesto, la forma en que ha pasado los brazos bajo mis piernas para acercarme más cuando puso la cabeza entre mis piernas. La forma en que, en mitad de todo eso, me agarró de la mano.

Quiero que lo haga otra vez, pero no me atrevo a despertarlo para pedírselo. Quizá lo vuelva a hacer por la mañana antes de que me vaya. Tal vez podamos hacerlo a veces después de clase en el aula, o ir a dar un paseo fuera del campus y hacerlo en su coche. Mi mente no se apacigua. Incluso cuando consigo dormirme, mi cerebro sigue haciendo planes.

Cuando me despierto un par de horas después, afuera está oscuro. La luz del pasillo entra por la puerta de la habitación como un haz en el suelo. A mi lado, Strane está despierto, su boca caliente contra mi cuello. Me pongo boca arriba con una sonrisa, esperando que baje la cabeza entre mis piernas pero, al volverme, lo encuentro desnudo. Piel pálida cubierta de pelo oscuro desde el pecho hasta las piernas y, en el centro, su pene, enorme y erecto.

—¡Oh! —le digo—. ¡De acuerdo! Guau. Ok.

Palabras pequeñas y estúpidas. Cuando me toma de la muñeca y guía mi mano hacia su pene, las repito.

—¡Oh! ¡De acuerdo! —Cierra mis dedos a su alrededor y sé que tengo que sacudir de arriba abajo. Mi mano empieza a bombear de inmediato, obediente como un robot, desconectada de mi cerebro. Es piel suelta deslizándose sobre una columna de músculo, pero áspera, imponente. Es como un perro vomitando basura que ha estado en su estómago durante días, esa arcada violenta con todo el cuerpo.

—Más despacio, cariño —dice—. Un poco más despacio.

Me muestra lo que quiere decir y trato de mantener el ritmo a pesar de que mi brazo está empezando a acalambrarse.

Quiero decirle que estoy cansada, darme la vuelta y no volver a ver aquello nunca más, pero eso sería egoísta. Me ha dicho que yo desnuda soy la cosa más hermosa que jamás ha visto. Sería cruel corresponderle con asco. Da igual que se me erice la piel al tocarlo. No importa. Está bien. *Él te hizo eso, ahora tú le haces esto. Puedes aguantar unos minutos de esto.*

Cuando me aparta la mano de su pene, me preocupa que me pida que continúe con la boca. No quiero hacer eso. No puedo hacer eso. Pero, en su lugar, me pregunta:

—¿Quieres que te folle? —Es una pregunta, pero no me está pidiendo permiso.

No entiendo el cambio en él. Ni siquiera estoy segura de que haya dicho «No iremos más allá, de momento», o quizá «de momento» quería decir algo totalmente distinto para él. ¿Quiero que me folle? Follarme. La crudeza de la palabra hace que entierre la cara en la almohada. Su voz ni siquiera suena igual, ahora suena arisca y trasnochada. Cuando abro los ojos, ya se ha colocado entre mis piernas, con el ceño fruncido por la concentración.

Intento ganar tiempo y le digo que no quiero quedarme embarazada.

—No lo harás —dice—. Es imposible.

Alejo las caderas.

—¿Qué quieres decir?

—Estoy operado, me hice una vasectomía —dice. Aguanta su miembro con una mano y me sostiene con la otra—. No te quedarás embarazada. Relájate. —Intenta penetrarme, su pulgar se me clava en la pelvis. No entra.

—Tienes que relajarte, cariño —dice—. Respira hondo.

Estoy a punto de llorar, pero no se detiene, sólo me dice que lo estoy haciendo muy bien y sigue intentando hacerlo entrar. Me pide que inhale y exhale y, cuando exhalo, empuja bruscamente y fuerza un trozo más de él en mí. Empiezo a sollozar, a llorar propiamente; eso tampoco lo detiene.

—Lo estás haciendo muy bien —dice—. Respira hondo una última vez, ¿de acuerdo? Es normal que duela. No dolerá siempre. Sólo una respiración más, ¿sí? Eso es. Así está bien. Muy bien.

Al terminar, se levanta de la cama, un atisbo de su panza y culo antes de cerrar los ojos. Se pone el calzoncillo y la banda elástica hace un chasquido como un látigo, como algo que se parte en dos. De camino al baño, tose con fuerza y lo oigo escupir en el lavamanos. Me siento en carne viva y pegajosa bajo las mantas, con las piernas resbaladizas hasta los muslos. Mi mente es como el lago en un día tranquilo, vidriosa e inerte. No soy nada, nadie, en ninguna parte.

Cuando regresa a la habitación, vuelve a parecerse a sí mismo, vestido con una camiseta y un pantalón deportivo, con las gafas puestas. Se mete en la cama, enreda su cuerpo al mío. Me susurra:

—Hemos hecho el amor, ¿a que sí? —Y yo estimo la distancia entre «follar» y «hacer el amor».

Después de un rato, volvemos a hacerlo. Ahora es más lento, más fácil. No me vengo, pero al menos esta vez no estoy llorando. Incluso disfruto de su cuerpo sobre mí, tan pesado que frena los latidos de mi corazón. Termina con un gemido y un estremecimiento se apodera de él. La sensación de su temblor sobre mí contrae mis músculos y lo aprietan aún más fuerte dentro de mí. Ahora entiendo a qué se refiere la gente cuando dice que dos personas se convierten en una.

Se disculpa por acabar tan rápido, por su torpeza. Dice que ha pasado un tiempo desde la última vez que intimó con alguien. Le doy vueltas a la palabra «intimidad» en mi boca y pienso en la Srta. Thompson.

Después de acostarnos por segunda vez, voy al baño y curioseo en su botiquín, algo que ni se me hubiese pasado por la cabeza si no hubiese visto a las mujeres de las películas hacerlo cuando pasan la noche en casa de un desconocido. Su botiquín está lleno de lo que esperarías encontrar ahí: las típicas tiritas y Neosporín, pastillas para la digestión y dos frascos naranjas de medicamentos con receta, etiquetados con nombres que reconozco de la televisión, Viagra y Wellbutrin.

Durante el camino oscuro de regreso al campus, con los semáforos en ámbar intermitente, me pregunta cómo me siento.

—Espero que no estés demasiado abrumada —dice.

Sé que quiere la verdad y que debería decirle que no me ha gustado que me despierte con su miembro erecto, prácticamente empujando dentro de mí. Que no estaba lista para tener relaciones de esta manera. Que me he sentido forzada. Pero me falta valor para decir nada de eso, ni siquiera que siento náuseas sólo de pensar en cómo ha colocado mi mano sobre su pene o que no entiendo por qué no ha parado cuando he empezado a llorar. Que, mientras lo hacíamos por primera vez, lo único en lo que yo pensaba era «quiero irme a casa».

—Estoy bien —contesto.

Me mira con detenimiento, como queriendo asegurarse de que digo la verdad.

—Bien —dice—. Eso es lo que queremos.

2017

Mensaje de mamá: ¡Hola! No te vas a creer lo que ha pasado. En mitad de la noche, no puedo dormir, oigo algo afuera, bajo las escaleras, enciendo la luz del porche, ¡¡¡y me encuentro un OSO hurgando en el cubo de basura!!! Casi me muero del susto. Salí gritando y subí a la carrera y me escondí debajo de las mantas jajaja. Me puse ese programa de cocina británico para tranquilizarme. Ay, diosito. No hay mucho más que contar por aquí. Marjorie, la mujer que vive al otro lado del lago, tiene cáncer de pulmón. La de las cabras. En fin, le queda poco. Muy triste. El taller se ha llevado mi coche por esa cosa de la puerta. Les va a tomar unas 8–12 semanas. Me han dado una mierda de sustitución. Agh. Un horror detrás de otro. Bueno, sólo quería ponerte al día. Llama a tu mamá de vez en cuando.

Medio dormida y todavía en la cama a las diez de la mañana, intento descifrar el mensaje. No tengo ni idea de quién es Marjorie, o qué le pasa a la puerta del coche de mamá, o de qué programa británico de cocina me está hablando. Me levanto con mensajes así desde la muerte de papá. Éste, al menos, está bien puntuado; hay otros que sólo son divagaciones llenas de elipsis lo suficientemente incoherentes como para preocuparme.

Cierro el mensaje, abro Facebook y entro en el perfil de Taylor para ver si hay algo nuevo. Escribo en la barra de búsqueda nombres que he buscado tantas veces que aparecen con la primera letra: Jesse Ly, Jenny Murphy. Jesse vive en Boston, se dedica a algo relacionado con el *marketing*. Jenny es cirujana en Filadelfia. En sus fotos, ya parece de mediana edad, con profundos surcos alrededor de los ojos, lleva una coleta de cabello castaño y gris. No han publicado nada relacionado con Strane pero, ¿por qué iban a hacerlo? Son mujeres adultas con vidas satisfactorias. No tienen ningún motivo para recordar lo que pasó entonces, ni siquiera para recordarme a mí.

Salgo de Facebook, busco en Google «Henry Plough Atlantica College» y el primer resultado es su perfil en la página de la universidad, con la misma vieja foto de él en su oficina, las cervezas que nos beberíamos juntos más adelante siguen sin abrir en la estantería detrás de él. Entonces, él tenía treinta y tres años, sólo un año más que yo ahora. El segundo resultado es un artículo del periódico estudiantil de Atlantica de mayo de 2015, «El profesor de Literatura Henry Plough recibe el Premio a la Enseñanza». Es un premio que se otorga cada cuatro años, según el voto de los alumnos. Emma Thibodeau, alumna de tercero de Literatura Inglesa, dice que los estudiantes están encantados con el resultado: «Henry es un profesor excepcional, una fuente de inspiración. Puedes hablar con él de cualquier cosa. Es una persona maravillosa. Sus clases me han cambiado la vida».

Bajo a la parte inferior del artículo, donde un cursor parpadea en un cuadro de texto vacío. *¿Quieres dejar un comentario?* Escribo: «Re: "una persona increíble": Hazme caso, no lo es», pero el artículo tiene dos años y Henry tampoco hizo nada tan grave, así que, ¿qué importa? Arrojo el teléfono al otro lado de la cama y me vuelvo a dormir.

Strane me llama de camino al trabajo. Sigo colocada por la hierba que he fumado mientras me arreglaba. El teléfono me vibra en la mano, la pantalla muestra su nombre y me detengo en mitad de la acera como una turista, ajena al tráfico peatonal. Me llevo el teléfono a la oreja y alguien me golpea el hombro, una chica con una chaqueta de cuero, no, dos chicas con cazadoras a juego, una morena y una rubia.

Caminan con los brazos entrelazados, las mochilas rebotando contra sus traseros. Deben ir al instituto y haberse escapado durante el almuerzo para irse al centro. La morena, la que ha chocado conmigo, me mira por encima del hombro.

—Perdona —dice, pero en un tono que delata hipocresía.

En el teléfono, Strane dice:

—¿Me has oído? Me han absuelto.

—¿Quieres decir que todo está bien?

—Mañana estaré de vuelta en mi aula. —Se ríe como si no pudiera creerlo—. Estaba seguro de que estaba acabado.

Me quedo quieta en la acera, con la mirada aún fija en las dos chicas mientras avanzan por la calle Congress, con su cabello ondulado. Vuelve al aula, otra vez indemne. La decepción brota en mí como si hubiese querido verlo caer, una crueldad que me pilla por sorpresa. Tal vez es sólo porque voy colocada y mi mente está en un torbellino emocional. Tengo que dejar de fumar antes del trabajo. Tengo que crecer, dejar atrás el pasado, seguir adelante.

—Pensaba que te alegrarías —dice Strane.

Las chicas desaparecen por una calle lateral y suelto una bocanada de aire que no sabía que estaba conteniendo.

—Lo estoy. Claro que lo estoy. Es genial. —Empiezo a caminar de nuevo con las piernas inestables—. Seguro que estás aliviado.

—Estoy algo más que aliviado —dice—. Ya había asumido que pasaría el resto de mi vida en la cárcel.

Me aguanto las ganas de poner los ojos en blanco ante su exageración, como si fuera a verme. ¿De verdad cree que podría ir a la cárcel, un hombre blanco, con buenas maneras y graduado en Harvard? Su miedo me parece infundado y un tanto performativo, pero quizá sea cruel juzgarlo. Ha estado asustado, en crisis. Se ha ganado el derecho a ser melodramático. No puedo imaginarme qué se siente al enfrentarse a este tipo de ruina. Él siempre tuvo más en juego que yo. *Sé simpática por una vez en tu vida, Vanessa. ¿Por qué siempre tienes que ser tan jodidamente cruel?*

—Podríamos celebrarlo —digo—. Puedo pedir el sábado libre. He oído hablar de un nuevo restaurante escandinavo que tiene loca a la gente.

Strane suspira.

—No creo que pueda ser —dice. Abro la boca para ofrecerle más opciones: otro restaurante, otro día, yo a Norumbega en lugar de hacerlo venir aquí, pero agrega—: Tengo que andarme con cuidado, ahora mismo.

Andarme con cuidado. El comentario me hace entornar los ojos. Intento entender qué quiere decir con eso.

—No vas a meterte en ningún lío porque te vean conmigo —digo—. Tengo treinta y dos años.

—Vanessa.

—Nadie se acuerda.

—Claro que sí —dice. La impaciencia hace más duras sus palabras. No hace falta que me explique que, incluso a los treinta y dos años, lo que pasó entre nosotros sigue siendo ilícito, peligroso. Soy una prueba viviente de lo peor que ha hecho. La gente me recuerda. El único motivo por el que ha estado al borde del desastre es porque la gente no olvida.

—Será mejor que mantengamos las distancias por un tiempo —dice—. Sólo hasta que esto se enfríe.

Me concentro en mi respiración al cruzar la calle hacia el hotel, saludando con la mano al aparcacoches de pie en la entrada del *parking* y a las empleadas de la limpieza fumando largas caladas en el callejón.

—Muy bien —le digo—. Como quieras.

Una pausa.

—No es lo que quiero. Es como tiene que ser.

Abro la puerta del vestíbulo y me golpea la cara una bocanada de aire cargada de jazmín y cítricos. Bombean, literalmente, ese olor a través de la ventilación. Se supone que energiza y rejuvenece los sentidos; el tipo de atención al detalle que hace de éste un hotel de lujo.

—Es por nuestro bien —dice—. Por el de ambos.

—Estoy trabajando. Tengo que colgar. —Y cuelgo sin despedirme. En un primer momento, me parece una victoria, pero una vez instalada en mi escritorio, la humillación brota en la boca de mi estómago. Rechazada de nuevo a la primera de cambio, desechada como la basura. Lo mismo que cuando tenía veintidós años, y dieciséis. Es una verdad tan evidente y amarga que ni siquiera yo puedo endulzarla hasta hacerla fácil de tragar. Sólo quería asegurarse de que no diría nada. Ha vuelto a utilizarme. *¿Cuántas veces? ¿Hasta cuándo, Vanessa?*

En mi escritorio, vuelvo al perfil de Facebook de Taylor. En la parte superior de su *feed*, aparece un nuevo estado que ha publicado hace menos de una hora: La escuela que un día prometió criarme y protegerme, hoy se ha puesto del lado de alguien que abusó de mí. Estoy decepcionada, pero no sorprendida. Al abrir los comentarios, el primero en aparecer es uno con dos docenas de «me gusta»: Lo siento muchísimo. ¿Hay algo más que puedas hacer o se acaba aquí? La respuesta de Taylor me deja sin aliento.

Esto no se acaba aquí de ninguna manera, escribe.

Durante mi descanso, salgo al callejón de detrás del hotel y saco un paquete de cigarrillos arrugados del fondo de mi bolso. Fumo apoyada en una escalera de incendios, mirando el teléfono, hasta que oigo un ruido de pasos en el asfalto, un *shh* y una risa ahogada. Levanto la mirada y veo a las dos chicas de antes. Están en la otra punta del callejón, la rubia agarrada del brazo de la morena.

—Ve a preguntarle —dice la rubia—. Vamos.

La morena da un paso hacia mí, se detiene, cruza los brazos.

—Oye —me llama—, tienes un, eh... —Mira por encima del hombro hacia la rubia, que se tapa la boca con un puño y sonríe detrás de las mangas de su cazadora de piel.

—¿Te sobra un cigarrillo? —pregunta la morena.

Al sacar dos, ambas corren hacia mí.

—Están algo viejos —comento.

Dicen que no hay problema. Ningún problema. La rubia se descuelga la mochila de un hombro y saca un encendedor del bolsillo delantero. Se encienden mutuamente los cigarrillos, sus mejillas se hunden al inhalar. Están lo suficientemente cerca como para ver su delineador al estilo ojo de gato, los pequeños granos en el nacimiento de su pelo. Cuando estoy cerca de chicas de su edad, la edad mágica que Strane me enseñó a mitificar, siento que me transformo en él. Las preguntas se agolpan en mi mente, todas pensadas para hacer que se queden. Me muerdo la lengua para evitar que salgan —¿cómo se llaman?, ¿cuántos años tienen?, ¿quieren más cigarrillos, cerveza o hierba?—. No me cuesta imaginar cómo debe haberse sentido, tan desesperado como para darle a una chica lo que quisiera con tal de mantenerla cerca.

Las chicas me dan las gracias haciendo un gesto por encima del hombro mientras regresan por el callejón, disimulando el mareo con un lánguido aire *cool* gracias a los cigarrillos entre sus dedos. Balanceando las caderas, doblan la esquina, me miran por última vez y se van.

Miro el punto por donde han desaparecido, el sol poniente que reluce en un reguero de agua que se filtra de un contenedor de basura, en el parabrisas de una camioneta de reparto en punto muerto. Me pregunto qué han visto esas chicas al mirarme, si han intuido un parecido, si el motivo por el que se han atrevido a pedirme tabaco ha sido porque se han dado cuenta de que, a pesar de mi edad, soy una de ellas.

Exhalo el humo, tomo el teléfono y abro el perfil de Taylor, pero no veo nada. Mi mente se ha ido galopando tras las chicas, con ganas de saber qué pensaría Strane de ellas con sus cigarrillos gorroneados y actitud rebelde. Probablemente, le parecerían vulgares, demasiado seguras de sí mismas, un riesgo. *Eres tan dócil*, me decía mientras lo dejaba manipular mi cuerpo como quería. Hizo de ello un cumplido, mi pasividad era algo precioso y raro.

¿Qué haría ella? Es una pregunta que parece un laberinto, una en la que suelo perderme ante cualquier adolescente. Si su profesor intentara tocarla, ¿reaccionaría como debe ser, apartando su mano y huyendo? ¿O dejaría el cuerpo flácido hasta que él terminara? A veces, trato de imaginarme a otra chica haciendo lo que yo hice —dejarse llevar por el placer, desearlo, construir su vida a su alrededor—, pero no puedo. Mi cerebro llega a un callejón sin salida, la oscuridad se traga al laberinto. Inconcebible. Impensable.

Nunca lo hubiese hecho si no hubieses estado tan dispuesta, me dijo una vez. Suena a autoengaño. ¿Qué chica querría pasar por lo que me hizo? Pero es verdad, independientemente de lo que la gente quiera creer. Iba a por ello, a por él, era el tipo de chica que no debería existir: una chica ansiosa por lanzarse a los brazos de un pedófilo.

Pero no, esa no es la palabra, nunca lo ha sido. Es una excusa, una mentira como llamarme «víctima» y nada más. Él nunca ha sido tan simple; ni tampoco lo soy yo.

Vuelvo al vestíbulo del hotel por el camino largo. Atravieso la planta inferior del *parking* hasta el sótano, paso junto al ruido de las lavadoras y secadoras industriales de la lavandería. La jefa de limpieza me detiene en la escalera y me pregunta si me importaría llevarle un juego extra de toallas al Sr. Goetz, el ejecutivo de los lunes alternos, a la habitación 342.

—¿Segura que no te importa? —pregunta mientras me da las toallas—. Es un perverso con mis chicas, pero tú le caes bien.

Llamo a la puerta del 342 y oigo pasos, luego el Sr. Goetz abre la puerta: el torso desnudo con una toalla alrededor de la cintura, el cabello mojado, gotas de agua en sus hombros, pelo negro en el pecho que baja hasta la mitad de su barriga.

Se le ilumina el rostro al verme.

—¡Vanessa! No esperaba verte. —Abre la puerta de par en par y hace un gesto con la cabeza para que entre—. ¿Puedes dejar las toallas en la cama?

Vacilando en el quicio de la puerta, calculo la distancia de la puerta a la cama y de la cama a la consola, donde el Sr. Goetz usa la mano libre para abrir su billetera, la otra mano ocupada en sujetar la toalla. No quiero que se cierre la puerta, quedarme a solas con él. Tengo que darme prisa. Me abalanzo sobre la cama, dejo caer las toallas y estoy de vuelta en la puerta antes de que se cierre.

—Espera un momento.

El Sr. Goetz sostiene un billete de veinte dólares. Niego con la cabeza: es una propina demasiado grande para algo tan rutinario como traer toallas limpias, sospechosamente grande, lo suficiente como para que tenga ganas de salir corriendo. Agita el billete como lo haría con un trozo de comida ante un animal receloso. Vuelvo a entrar en la habitación y, al tomar el dinero, me acaricia los dedos. Me guiña un ojo.

—Gracias, cariño —dice.

De vuelta en el vestíbulo, segura tras el escritorio de recepción, meto los veinte dólares en el bolso y me prometo gastarlos en *spray* de pimienta o una navaja de bolsillo, algo que pueda llevar encima, aunque nunca lo utilice. Sólo necesito saber que están ahí.

Entonces, me vibra el teléfono: me ha llegado un correo electrónico.

Para: vanessawye@gmail.com
Desde: jbailey@femzine.com
Asunto: Artículo sobre la Escuela Browick

Hola, Vanessa:

Mi nombre es Janine Bailey, soy redactora en *Femzine* y estoy trabajando en un artículo sobre las acusaciones de abuso sexual en la Escuela Browick en Norumbega, Maine, a la que entiendo que asistió de 1999 a 2001.

He entrevistado a una exalumna de Browick, Taylor Birch, que alega haber sufrido abusos sexuales en 2006 por parte de Jacob Strane, profesor de Literatura. Su nombre fue mencionado como otra posible víctima durante mi conversación con la Sra. Birch. A lo largo de mi investigación, también he recibido información anónima sobre el abuso sexual que presuntamente ocurrió en la Escuela Browick que, de nuevo, la involucra junto al Sr. Strane.

Vanessa, me encantaría hablar con usted. Me comprometo a escribir este artículo con la sensibilidad necesaria. Quiero dar prioridad a las historias de las supervivientes y hacer responsables a Jacob Strane y a la Escuela Browick. Con la actual atención nacional a los casos de agresión sexual, creo que tenemos muchas posibilidades de causar impacto, especialmente si logro conectar su historia con la de Taylor. Por supuesto, usted tendría todo el control sobre lo que aparecería en el artículo respecto a su experiencia. Considere esto como una oportunidad para contar su historia en sus propios términos.

Puede ponerse en contacto conmigo en este mismo correo electrónico o en el (385) 843-0999. Llámeme o envíeme un mensaje cuando quiera.

Espero tener noticias suyas pronto,
Janine

2001

Este invierno nos agota. El frío es despiadado: por las noches la temperatura baja a treinta grados bajo cero y, cuando aumenta a veinte bajo cero, nieva durante días sin fin. Tras cada tormenta, las montañas de nieve crecen hasta que el campus se convierte en un laberinto amurallado bajo el cielo gris pálido y la ropa que era nueva en Navidad está ya manchada de sal y llena de rozaduras. La constatación de que aún nos quedan cuatro meses más de este invierno empieza a hacer mella. Los profesores se vuelven impacientes, hasta groseros, entregándonos evaluaciones tan inmisericordes que salimos llorando de sus oficinas. Durante un fin de semana festivo, el conserje de Gould, harto de nosotras, cierra el baño con pestillo después de que nuestros pelos hayan vuelto a obstruir el desagüe de las duchas por enésima vez. La Srta. Thompson tiene que usar un clip para forzar la cerradura. Los alumnos también enloquecen. Una noche, en el comedor, estalla una pelea entre Deanna y Lucy por unos zapatos perdidos, Lucy aferrándose a un puñado de cabello de Deanna y negándose a soltarlo.

Los supervisores están pendientes de cualquier señal de depresión porque un alumno de segundo año se ahorcó en su habitación hace cuatro inviernos. La Srta. Thompson organiza muchas fiestas temáticas para ayudarnos a alejar los pensamientos negativos: tenemos noches de juegos y noches de manualidades, fiestas culinarias y proyecciones de películas anunciadas en coloridos volantes que deslizan bajo nuestras puertas. Nos anima a pasar a visitarla y a usar su lámpara de fototerapia si nos sentimos afectadas por el trastorno afectivo estacional.

A todo esto, siento que estoy ahí a medias. Mi cerebro está dividido en dos: un lado en el presente y el otro trastocado por todas las cosas que me han ocurrido. Ya no encajo en los lugares que antes eran míos ahora que Strane y yo nos estamos acostando. Todo lo que escribo me parece vacuo; he dejado de ofrecerme a pasear la perra de la Srta. Thompson. Me siento desconectada en todas las clases, como si estuviera observándome desde la distancia. Durante el curso de Literatura, veo cómo Jenny cambia de asiento en la mesa para estar al lado de Hannah Levesque, que la mira con adoración absoluta, con la misma mirada con que quizá yo anduve todo el año pasado, y padezco un aturdimiento silencioso, como si estuviese viendo una película de trama desconcertante. Todo me parece una simulación, irreal. No me queda más remedio que fingir que soy la misma de siempre, pero un abismo me envuelve y separa de los demás. No sé si el sexo creó este abismo o si ha existido todo este tiempo y Strane me hizo verlo. Asegura que fue así. Dice que presintió lo diferente que yo era desde que me vio por primera vez.

—¿Acaso no te has sentido siempre como una extraña, como una renegada? —me pregunta—. Apuesto a que te han dicho lo madura que eres para tu edad desde que tienes memoria. ¿A que sí?

Recuerdo cuando estaba en la primaria y en cómo me sentía al llegar a casa con mis notas junto a un mensaje garabateado de la maestra: *Vanessa está muy adelantada para su edad, parece una señora de treinta atrapada en el cuerpo de una niña de ocho.* Quizá nunca fui niña.

Veinte minutos antes del toque de queda, entro al baño de Gould con mi estante y mi toalla y me encuentro con Jenny de pie frente al lavamanos con el rostro enjabonado. Como vivimos en el mismo dormitorio, es inevitable cruzarnos, pero he hecho lo posible por reducir la frecuencia usando la escalera trasera para evitar pasar por su cuarto, y duchándome tarde en la noche. Estamos obligadas a vernos durante el curso de Literatura, pero allí me centro tanto en Strane que es fácil ignorarla. Ya no me fijo en casi ninguno de mis compañeros.

Así que, en cuanto la veo en el baño con sus chanclas y la misma bata roñosa del año pasado, me sobresalto y mi primer instinto es retroceder al pasillo. Ella me detiene.

—No tienes que salir corriendo —dice con voz lánguida, como si estuviese aburrida—. ¿Tanto me odias?

Frota los dedos contra las mejillas, masajeándose el jabón facial. Le ha crecido el cabello desde que se lo cortó a principios del semestre, lo suficiente como para hacerse un moño desordenado cerca de su esbelta nuca. Solía acomplejarse por ello, se quejaba de que su cabeza parecía una bola equilibrándose sobre una varita, como el tallo de una flor. Igualmente la acomplejaban sus dedos delgados y sobre todo sus pies pequeños, llamando así la atención sobre los rasgos que yo más envidiaba. ¿Sigo envidiándola? A veces noto que Strane la mira en clase, que sus ojos viajan y trazan la línea que recorre su columna hasta su radiante cabello castaño. La pequeña Cleopatra. «Tienes el cuello perfecto, Jenny», le decía. «Y lo sabes». Y así era; tenía que haberlo sabido. Sólo quería que se lo dijera.

—No te odio —digo

Jenny me mira en el espejo con desconfianza.

—Ya, seguro que no.

¿Se ofendería si le dijese que ya no siento nada por ella? ¿Que no recuerdo por qué, cuando perdí su amistad, sentí que se hundía el mundo, o por qué nuestra amistad me había parecido tan profunda e irrepetible? Ahora sólo me avergüenza.

Como cualquier otra fase había terminado superada. Recuerdo lo mal que me sentó cuando empezó a salir con Tom y él empezó a aparecer por todas partes, sentándose con nosotras en cada comida, esperándola fuera de la clase de Álgebra para caminar con ella los dos minutos que tomaba llegar de un edificio a otro. Negué que estuviera celosa, pero por supuesto que lo estaba, tanto de ella como de él. Yo lo quería todo: un novio y una mejor amiga, alguien que me amase lo suficiente como para que nadie pudiese entrometerse entre nosotros. Era un deseo irrefrenable y monstruoso que estaba fuera de mi control. Sabía que era demasiado, que no debía sentirme así, ni mucho menos mostrarlo, pero les di rienda suelta a mis sentimientos ese sábado por la tarde en que le grité a Jenny en la panadería del centro, llorando como una niña en plena rabieta. Me había prometido que pasaríamos el día juntas ella y yo, como en los tiempos anteriores a su relación, pero al cabo de una hora, Tom llegó, arrastró una silla hasta nuestra mesa y acomodó la cabeza en su hombro. No pude soportarlo. Perdí la cabeza.

Eso sucedió a finales de abril, pero mi ataque de ira había estado gestándose durante meses, lo que explica la indiferencia de Jenny, que reaccionó como si hubiera estado esperando mi estallido.

En cuanto regresamos a nuestra habitación, dijo:

—Tom cree que estás demasiado apegada a mí. —Cuando le pregunté qué quería decir con «demasiado apegada», le quitó importancia—. Fue sólo una observación.

No me preocupaba lo que Tom dijese de mí; era sólo un chico con quien apenas hablaba y cuyo único rasgo interesante eran sus camisetas de bandas musicales. Pero me mató el hecho de que Jenny hubiese considerado que era algo que debía repetir: «demasiado apegada». Sólo pensar en cómo los demás pudieran interpretar lo de estar demasiado apegada a otra chica me ponía los pelos de punta.

—No es cierto. —dije, y Jenny me miró con la misma desconfianza con la que me mira en este momento. *Lo que tú digas, Vanessa.* No lo refuté; me ensimismé, dejé de hablar con ella y nos encontramos sumidas en el silencio en que nos encontrábamos hasta ahora. En el fondo, sabía que ella tenía razón; la quería demasiado, y jamás imaginé dejar de hacerlo. Pero aquí estamos, apenas un año después, y me es indiferente.

Jenny se inclina sobre el lavamanos, se enjuaga el jabón, se seca lentamente el rostro y dice:

—¿Puedo preguntarte algo? Oí un rumor sobre ti.

Parpadeo, aún sumida en mis recuerdos.

—¿Qué oíste?

—La verdad es que no quiero ni decirlo. Es que... no puede ser verdad.

—Dime.

Junta los labios en busca de las palabras. Después, en voz baja, dice:

—Alguien dijo que estabas liada con el Sr. Strane.

Ella espera mi reacción, la negación prevista, pero estoy demasiado lejos para contestarle. La veo como si la estuviese mirando desde el lado equivocado de un telescopio; sigue con la toalla presionada contra la mejilla, con el cuello enrojecido. Finalmente, encuentro las palabras:

—No, no es cierto.

Jenny asiente con la cabeza.

—Me lo imaginé.

Se voltea hacia el lavamanos, suelta la toalla, levanta su cepillo de dientes y abre el grifo. El ruido del agua se amplifica como un océano en mis oídos. El cuarto de baño en sí parece volverse líquido, los azulejos de las paredes ondulan.

Jenny escupe en el lavamanos, cierra el grifo y me mira como si esperase algo de mí.

—¿Verdad? —me pregunta. ¿Me ha estado hablando todo este tiempo? ¿Mientras se cepillaba los dientes?

Niego con la cabeza; mi boca se abre de golpe. Jenny me examina, algo está maquinándose en su mente.

—Bueno, es un poco raro que siempre te quedes en su aula después de que termine la clase.

Strane empieza a aparecerse en todas partes como si me estuviera vigilando. Aparece en el comedor y me observa desde la mesa de los profesores. En la biblioteca a la hora de estudio, ojeando la estantería de libros frente a mí. Pasa varias veces frente a la puerta abierta del aula durante mi clase de Francés, echándome un vistazo cada vez. Sé que me está vigilando, pero lo que siento me parece más a la seducción, atosigante y halagador al mismo tiempo.

El sábado estoy en la cama con el cabello mojado tras la ducha con la tarea esparcida ante mí. El dormitorio está en silencio; hay torneo de atletismo, un partido de baloncesto en campo contrario y una competición de esquí en Sugarloaf. Cuando estoy a punto de quedarme dormida, oigo que alguien toca la puerta; me levanto y los libros caen al suelo. Abro la puerta de par en par, con cierta esperanza de que Strane esté ahí para llevarme de la mano hasta su coche, su casa, su cama. Pero me encuentro con el pasillo alumbrado y vacío en ambas direcciones.

En otra ocasión me pregunta dónde había ido a la hora de comer. Son las cinco de la tarde y estamos en su despacho y el resto del edificio de Humanidades está vacío y oscuro. La oficina es apenas más grande que un armario, con apenas el espacio suficiente para una mesa, una silla, y un sofá de *tweed* con los brazos desgastados. Estaba lleno de cajas, viejos libros de texto y ensayos de exalumnos, pero ha hecho espacio para que podamos aprovecharlo. Es el escondite perfecto: nos separan del pasillo dos puertas cerradas con llave.

Elevo mis pies sobre el sofá.

—Volví a mi habitación. Tenía que terminar la tarea de Biología.

—Pensé haberte visto escapándote con alguien —dice.

—¡Para nada!

Se sienta al otro extremo del sofá, estira mis piernas sobre su regazo y saca uno de los ensayos de la pila de los que están para corregir. Nos quedamos en silencio mientras él los corrige y yo leo mi tarea de Historia hasta que dice:

—Sólo quiero asegurarme de que los límites que hemos establecido se mantengan en pie.

Lo miro de reojo, sin entender lo que está diciendo.

—Sé lo difícil que puede ser ocultar un secreto a los amigos.

—No tengo amigos.

Coloca su bolígrafo y el ensayo en la mesa y toma mis pies entre sus manos. Primero los acaricia, pero después agarra mis tobillos.

—Confío en ti, claro. Pero entiendes lo importante que es mantener este secreto, ¿verdad?

—Obvio.

—Necesito que te tomes esto en serio.

—Me lo estoy tomando en serio. —Trato de apartar los pies, pero me sujeta los tobillos para que no pueda moverme.

—Me pregunto si realmente entiendes lo que nos caería encima si nos llegan a descubrir. —Empiezo a hablar, pero me interrumpe—. Lo más probable es que me despidan, sí. Aunque a ti también te echarían. Browick no permitiría que te quedaras tras semejante escándalo.

Lo miro con escepticismo.

—No me echarían. No sería mi culpa. —Después, como no quiero dar la impresión de que no es lo que realmente pienso, añado—. Lo que quiero decir es que, técnicamente, soy menor de edad.

—Eso les daría igual a los superiores —dice—. Ellos se

encargan de eliminar a todos los gamberros. Así funcionan los sitios como éste.

Continúa hablando con la cabeza inclinada hacia atrás, mirando el techo:

—Si tenemos suerte, no saldría de la escuela, pero si la policía se enterase, yo iría seguro a la cárcel y tú terminarías en algún hogar de acogida.

—Ay, por favor —me burlo—. No iría a un hogar de acogida.

—Eso es lo que tú crees.

—Quizá se te olvida, pero yo sí tengo padres.

—Sí, pero al Estado no le gustan los padres que dejan que sus hijos se relacionen con perversos. Porque me tildarán de depredador sexual. Después de arrestarme, se encargarían de delegarte al Estado. Te enviarían a un lugar infernal, a un hogar junto a jóvenes recién salidos de la cárcel que te harían Dios sabe qué. Tu futuro quedaría fuera de tus manos. No llegarías a ir a la universidad si eso ocurriera. Quizá ni podrías terminar la secundaria. Puede que no me creas, Vanessa, pero no tienes idea de lo cruel que puede llegar a ser el sistema. Si les dieran la oportunidad, harían todo lo posible para arruinar nuestras vidas...

Cuando empieza a hablar así, me cuesta asimilar lo que dice. Creo que exagera, pero me siento tan abrumada que ya no sé lo que pienso. Es capaz de hacer que hasta la cosa más absurda suene razonable.

—Lo entiendo —le digo—. No le diré nada a nadie mientras esté viva. Antes muerta que contarlo. ¿Sí? Muerta. ¿Podemos dejar de hablar de esto de una vez?

Al decirlo, se recupera repentinamente, como si se acabara de despertar. Extiende sus brazos para que vaya a donde él y me acuna. Repite «perdóname» una y otra vez hasta que las palabras dejan de tener sentido.

—No quiero asustarte —dice—. Pero estamos poniendo tantas cosas en juego.

—Ya lo sé. No soy tonta.

—Sé que no eres tonta. Lo sé.

Los alumnos de Francés nos vamos de fin de semana a la ciudad de Quebec. Salimos a primera hora en un autobús con asientos lujosos y pequeñas pantallas de televisión. Elijo un asiento con ventana en la sección de en medio, me pongo un CD y trato de aparentar que no me doy cuenta de que soy la única que no tiene compañero de viaje.

Durante las primeras dos horas de viaje, miro cómo desfilan por la ventana colinas y granjas. El paisaje sigue siendo el mismo al llegar a la frontera canadiense con la excepción de los letreros, que pasan a estar en francés. Madame Laurent se levanta de golpe de su asiento y nos llama la atención.

—¡*Regardez*! —Y señala cada letrero que pasa y nos hace leerlo en voz alta—. *Ouest, arrêt...*

En medio de la zona rural de Quebec, paramos en un Tim Hortons para ir al baño. Hay un teléfono público justo al frente y tengo dos tarjetas prepagas de Strane que me dijo que lo llamase si me llego a sentir sola. Empiezo a marcar su número con el auricular en mano cuando Jesse Ly sale del Tim Hortons con un abrigo negro que vuela a su alrededor, como una capa, y tras de él salen Mike y Joe Russo, sonriendo, dándose codazos y burlándose de él.

—Míralo: es el príncipe de la oscuridad —dicen—. Es la mafia de la gabardina—. No lo llaman gay porque sería demasiado, pero parece que en realidad se burlan de eso y no de su abrigo. Jesse, con la barbilla inclinada hacia atrás y su mandíbula tensa, delata que sí los escucha, pero que es demasiado orgulloso para responderles. Dejo caer el auricular del teléfono y corro hacia él.

—¡Hola! —Le sonrío a Jesse como si fuéramos buenos amigos. Los gemelos Russo dejan de reírse detrás de nosotros, lo cual tiene poco que ver con mi aparición y todo que ver con que Margo Atherton esté junto al autobús quitándose la sudadera y dejando a la vista su vientre por un instante, pero aun así siento que he hecho algo bueno. Jesse no dice nada al montarnos en el autobús y buscar nuestros asientos. Antes de arrancar, recoge sus cosas y se acerca por el pasillo hacia mí.

—¿Puedo? —pregunta, señalando el asiento vacío. Me quito los auriculares, asiento con la cabeza y muevo mi mochila. Jesse se sienta, suspira e inclina su cabeza hacia atrás. Se queda así hasta que el autobús se estremece y abandona el *parking*, de regreso a la autopista.

—Esos tipos son unos imbéciles —le digo.

Abre los ojos de golpe e inhala bruscamente.

—No es para tanto —contesta mientras abre su libro y aleja un poco su cuerpo del mío.

—Pero estaban siendo cabrones contigo —le digo, como si él no se hubiese dado cuenta.

—No pasa nada, en serio —dice sin desviar la mirada de su libro. Se aferra a las páginas y me fijo en el esmalte negro descascarado de sus uñas.

En la ciudad de Quebec, Madame Laurent nos lleva por las calles empedradas, señalando la arquitectura histórica: la catedral de Notre-Dame de Quebec, el Château Frontenac. Jesse y yo apenas nos miramos mientras nos separamos del grupo, miramos las interpretaciones de los mimos sobre sus grandes bases de granito, viajamos en funicular desde el norte de la ciudad al sur y viceversa. Él compra recuerdos *kitsch*: una acuarela del Château Frontenac de una anciana y una cuchara conmemorando el Carnaval de Invierno, que me regala. Nos reunimos con el grupo una hora más tarde. Yo pensaba que nos llamarían la atención, pero parece que ni se dan dado cuenta de nuestra ausencia. Durante el resto de la tarde, Jesse y yo volvemos a escaparnos, paseándonos por las calles del Viejo Quebec sin hablar demasiado, rozándonos los codos de vez en cuando sólo para señalar algo extraño o gracioso.

El segundo día del viaje, intento llamar a Strane desde un teléfono público, pero no contesta y no me atrevo a dejar un mensaje. Jesse no me pregunta a quién llamo, no hace falta.

—Estará por el campus —dice—. Hoy hay un micro abierto en la cafetería de la biblioteca y obligan a todos los profes de Humanidades a ir.

Me lo quedo mirando mientras deslizo la tarjeta de llamadas dentro de mi bolsillo.

—No te preocupes —dice—. No se lo diré a nadie.

—¿Cómo lo sabes?

Me mira como quien quiere decir, *Estás bromeando, ¿verdad?*

—¿Me estás jodiendo? Es bastante obvio. Están juntos todo el tiempo. Y, además, lo vi con mis propios ojos.

Pienso en lo que dijo Strane sobre los hogares de acogida y las cárceles. No estoy segura si esto cuenta como una confesión, pero para irme a la segura le digo:

—No es cierto. —Pero mi respuesta es tan patética que Jesse se me queda mirando como diciendo, *Sí, claro.*

Salimos de regreso el domingo por la mañana. Cuando ya llevamos una hora de viaje, Jesse suspira, coloca su novela boca abajo en su regazo, me mira y pide que me quite los auriculares.

—Sabes que estás haciendo algo muy tonto, ¿verdad? —pregunta—. O sea, *increíblemente* tonto.

—¿Qué?

Me mira detenidamente.

—Tú y tu novio profe.

Mis ojos registran los asientos aledaños, pero todos parecen estar ocupados: durmiendo, leyendo y escuchando música.

Él continúa:

—No es que me moleste moralmente, ni nada por el estilo. Sólo te digo que es muy probable que arruine tu vida.

Ignoro la cortadura de sus palabras y respondo que vale la pena arriesgarse. ¿Qué pensará de mí? ¿Que soy una loca, una valiente, o ambas cosas? Jesse niega con la cabeza

—¿Qué pasa?

—Nada. Que eres imbécil. —dice—, eso es todo.

—Guau, gracias.

—No lo digo como un insulto. Yo también soy imbécil, pero para otras cosas.

El que me llame imbécil me recuerda a cuando Strane dijo que en mí habitaba un sombrío romanticismo; ambos insultos apuntan hacia mi tendencia a las malas decisiones. El otro día, Strane me llamó «depresiva» y busqué su significado: una persona con tendencia a la melancolía.

Cae una tormenta en Norumbega y nos despertamos ante un brilloso campus cubierto de media pulgada de nieve. Las ramas de los árboles se inclinan hacia el suelo y la capa de nieve es tan gruesa que podemos caminar sobre ella sin que nuestras botas la atraviesen. Ese sábado, Strane y yo nos acostamos en su sofá por primera vez bajo la luz del día. Después evito mirar su cuerpo desnudo distrayéndome con las partículas de polvo que bailan bajo la débil luz invernal, teñidas de verde por la ventana azul espuma. Traza las carreteras de venas sobre mi piel, me describe el hambre que le doy y me dice que me comería si pudiese. Le ofrezco mi brazo sin decir nada. *Cómetelo.* Me muerde, débilmente, pero yo dejaría que me despedazase. Lo dejaría hacerme lo que sea.

Estamos en febrero y he mejorado como empeorado en cuanto a ocultar las cosas. Dejo de mencionar a Strane durante mis llamadas a casa los domingos por la noche, pero no logro mantenerme alejada de su aula. Soy la nueva instalación permanente de ahí. Incluso me quedo sentada en la mesa mientras que otros alumnos llegan para que él los ayude con las tareas a la hora de servicio de docentes, e intento disimular que estoy absuelta en mi trabajo cuando en realidad intercepto las conversaciones a tal nivel que me arden los oídos.

En una ocasión, cuando estábamos solos una tarde, saca una cámara Polaroid de su maletín y me pide permiso para tomarme una foto en la mesa de seminario.

—Quiero recordarte así, sentada ahí —dice. Me río de los nervios. Me toco el rostro y tiro de mi cabello. Odio que me tomen fotos—. Puedes decir que no —dice, pero percibo el anhelo en sus ojos y lo importante que esto debe ser para él. Le rompería el corazón si lo rechazo. Así que dejo que me tome un par, en la mesa de seminario, sentada detrás de su escritorio; otra en el sofá de su oficina, con los pies alzados y mi libreta abierta sobre mi regazo. Se siente agradecido y sonríe mientras las fotos se revelan. Me dice que las atesorará para siempre.

Otro día, me trae un nuevo libro para leer: *Pálido fuego* de Vladimir Nabokov. Empiezo a hojearlo inmediatamente, pero no parece una novela; parece un poema extenso y una serie de notas a pie de página.

—Es un libro difícil —explica Strane—. Es menos accesible que *Lolita*. Es el tipo de novela que requiere que el lector renuncie al control. Tienes que sentirlo en lugar de intentar entenderlo. El posmodernismo... —Su voz se extingue al percibir mi cara de decepción. Yo quería otra *Lolita*—. Deja que te enseñe algo —Me quita el libro de mis manos, pasa a una página y señala una estrofa—. Mira, parece referirse a ti.

Ven a que te adore, ven a que te acaricie,
Mi sombría Vanessa, rayada de carmesí, mi bendición
Mi admirable mariposa! Dime
¿Cómo pudiste, al abrigo del crepúsculo de Lilac Lane,
Permitir al burdo, al histérico John Shade
Manchar tu cara, tus oídos y tus omoplatos?

Contengo el aliento; me arde la cara.

—Es asombroso, ¿no? —Sonríe mientras baja la vista hacia la página—. Mi sombría Vanessa, adorada y acariciada.

—Alisa mi cabello con la mano y enrosca un mechón alrededor de un dedo. De rayas carmesí, cabello color arce. Pienso en lo que dije cuando me mostró el poema de Jonathan Swift, aquel sobre los sentimientos predestinados. No había sido honesta entonces. Sólo lo dije para mostrarle lo feliz y dispuesta que estaba. Pero ahora, al ver mi nombre en la página, siento que caigo en el abismo, en el descontrol. Igual todo esto sí está predeterminado. Quizá nací para esto.

Seguimos encorvados sobre el libro, con su mano sobre mi espalda, cuando el viejo y calvo Sr. Noyes entra al aula. Salimos disparados en direcciones opuestas, yo vuelvo a la mesa y Strane a su escritorio, convencidos de que nos han descubierto. Pero al Sr. Noyes parece darle igual. Se ríe y le dice a Strane:

—Ya veo que tienes una favorita —como si no importara. Su reacción me hace pensar que no deberíamos estar tan preocupados por que la escuela se entere. Quizá no sería el fin del mundo. Quizá le darían una palmadita en la muñeca y le dirían que espere hasta que me gradué y cumpla los dieciocho.

Cuando el Sr. Noyes se va, le pregunto a Strane:

—¿Lo han hecho otros alumnos y profes?

—¿Hecho qué?

—Esto.

Levanta la vista de su escritorio.

—Sí, ha habido casos.

Sigue leyendo mientras que la próxima pregunta empieza a pesarme en la lengua.

Antes de pronunciarla, me miro las manos. Es posible que su rostro exprese claramente la respuesta, y no quiero verlo. No quiero conocer la respuesta.

—¿Y tú? ¿Lo has hecho con otra alumna?

—¿Tú qué crees?

Miro hacia arriba, me ha tomado desprevenida. No sé qué pensar. Sé lo que quiero creer, lo que tengo que creer, pero no sé cómo eso cuadra con lo que puede haber pasado años antes de mi llegada. Él ha sido profesor casi desde que nací.

Strane me observa mientras me esfuerzo por encontrar las palabras y sonríe. Finalmente, dice:

—La respuesta es no. Aunque tuve ganas, nunca hubiese valido la pena arriesgarme. Hasta que llegaste tú.

Para ocultar lo feliz que su respuesta me hace sentir, pongo los ojos en blanco, pero sus palabras me parten en dos y me dejan indefensa. No hay nada que le impida estirar el brazo y llevarse todo lo que desee. Soy especial. Soy especial. Soy especial.

Estoy leyendo *Pálido fuego* cuando la Srta. Thompson toca la puerta para confirmar que estoy ahí tras el toque de queda. Asoma la cabeza de detrás de la puerta, sin maquillaje y con el pelo recogido en un moño; marca mi nombre en su lista.

—Hola, Vanessa. —Entra en la habitación—. Recuerda firmar la hoja de salida antes de irte el viernes, ¿de acuerdo? Te olvidaste de hacerlo antes de las vacaciones de Navidad.

Se acerca un paso más, doblo la esquina de la página que estoy leyendo y cierro la novela. Me siento un poco mareada tras haberme reconocido aún más en el texto: la ciudad donde vive el personaje principal se llama «New Wye».

—¿Qué tal la tarea? —pregunta.

Nunca le he preguntado a Strane sobre la Srta. Thompson. No los he visto juntos desde el baile de Halloween; recuerdo que después de que nos acostáramos por primera vez, me dijo que había pasado un tiempo desde que había «estado con alguien». Si nunca estuvieron juntos y eran sólo amigos, no tengo por qué estar celosa. Lo sé. Aun así, cuando se me acerca, me invade un impulso cruel y siento ganas de mostrarle lo que he hecho, de lo que soy capaz.

Coloco *Pálido fuego* sobre la cama para que pueda ver su cubierta.

—No es una tarea. Bueno, quizá sí. Es para el Sr. Strane.

Sonríe, irritantemente benigna.

—¿Te tocó de profesor de Literatura?

—Sí. —Miro hacia arriba, a través de mis pestañas—. ¿Nunca le ha hablado de mí?

Las arrugas en su frente se profundizan. La mirada sólo dura un segundo. Si no estuviese tan pendiente, se me hubiese escapado este detalle.

—La verdad es que no —responde.

—Es curioso —le digo—. Porque nos llevamos bastante bien.

Observo cómo nace la sospecha en su rostro, la sensación de que hay algo fuera de lugar.

La tarde siguiente, aprovecho que Strane está en una reunión de profesores para sentarme en su escritorio, algo que nunca me atrevería a hacer en otras circunstancias. La puerta está cerrada, así que no hay testigos que me vean hojear su pila de tareas por calificar y sus planes de estudios y abrir el largo y delgado cajón lleno de cosas raras: una bolsa abierta de gomitas, un colgante de San Cristóbal en una cadena rota y un botellín de medicamento antidiarreico que empujo hacia atrás, asqueada.

No hay nada de interés en su computadora, sólo un archivo de documentos de clase y el correo electrónico académico que casi no usa, pero cuando arrastro el ratón, aparece una notificación: (1) Nuevo mensaje de melissa.thompson@browick.edu. Lo clico y se abre. El mensaje es la respuesta a uno anterior, y son tres en total.

Para: jacob.strane@browick.edu
De: melissa.thompson@browick.edu
Asunto: Preocupada por una estudiante

Hola Jake… Hubiese preferido hablarlo en persona, pero también pensé en enviártelo vía correo electrónico… quizá no esté de más tenerlo por escrito… La otra noche, tuve una conversación algo extraña con Vanessa Wye, habló de ti. Estaba haciendo unas tareas para la clase y dijo que tú y ella «se llevan muy bien». Así lo describió ella… me dio la sensación de que se sentía resentida… ¿quizá hasta posesiva? En fin, parece que está enamorada de ti… algo para tener en cuenta. Sé que me has comentado que suele pasar mucho tiempo en tu aula. Ten cuidado ☺ Melissa

Para: melissa.thompson@browick.edu
De: jacob.strane@browick.edu
Asunto: re: Preocupada por una estudiante

Melissa:
    Gracias por advertírmelo. Estaré atento.
JS

Para: jacob.strane@browick.edu
De: melissa.thompson@browick.edu
Asunto: re: re: Preocupación por estudiante

De nada... espero no haberme entrometido... sólo capté esa onda...
Te deseo unas felices vacaciones si no te veo antes ☺ Melissa

Salgo de su correo electrónico después de marcar el mensaje más reciente de la Srta. Thompson como «no leído». La lacónica respuesta del Sr. Strane hace que me ría en voz alta, casi tanto como la intranquilidad de la Srta. Thompson, con sus caritas sonrientes y el uso de puntos suspensivos para unir frases incompletas. Quizá no es inteligente, o no tan inteligente como yo. Es la primera vez que pienso eso de una profesora.

Strane regresa del claustro de mal humor, suelta su libreta de notas sobre su escritorio y deja escapar un suspiro, casi un gemido.

—Este lugar se va a ir al carajo —murmura. Mira el monitor de la computadora y pregunta—: ¿Tocaste algo? —Niego con la cabeza—. Mmm. —Mueve el ratón y clica varias veces—. Quizá tendría que ponerle una contraseña a esta cosa.

Al final de la hora, Strane prepara su maletín y le digo en un tono tan indiferente que parece que estuviera hablando otra persona:

—Sabes que la Srta. Thompson es la supervisora de mi dormitorio, ¿no? —Me entretengo poniéndome el abrigo para evitar mirarlo mientras elige su respuesta.

—Sí, lo sé —contesta.

Subo mi cremallera hasta la garganta.

—¿Así que son amigos?

—Sí.

—Porque recuerdo haberlos visto juntos en la fiesta de Halloween. —Lo miro de reojo mientras se limpia las gafas con la corbata y se las vuelve a poner.

—Así que sí leíste mi correo —responde. Tras quedarme callada, cruza los brazos y mira con su cara de profesor: *Ya déjate de tonterías.*

—¿Eran más que amigos? —pregunto.

—Vanessa.

—Es sólo una pregunta

—Sí, lo es —concuerda—, pero es una pregunta capciosa.

Subo y bajo mi cremallera varias veces.

—Me da igual. Pero me gustaría saberlo.

—¿Y por qué quieres saberlo?

—Porque, ¿y si siente que hay algo entre nosotros? Se pondrá celosa y...

—¿Y qué?

—No sé. ¿Querrá vengarse?

—¡Ni en broma!

—Te ha escrito esos correos.

Strane se recuesta en su silla.

—Creo que la mejor solución a este problema es que no leas mis correos.

Pongo los ojos en blanco. Está evadiendo mi pregunta, lo que quiere decir que no me gustaría su respuesta, que probablemente fueron más que amigos. Que probablemente se acostaron.

Me echo la mochila al hombro.

—Sabes, la he visto sin maquillaje. No es tan bonita. Y está un poco gorda.

—Oye —me reprende—, no digas esas cosas.

Frunzo el entrecejo cuando lo miro. Ese es el tipo de cosas que podría decir sobre ella.

—Me voy. Te veo en una semana, pues.

Antes de abrir la puerta del aula, me dice:

—No deberías estar celosa.

—No lo estoy.

—Lo estás.

—¡Que no!

Se levanta, le da la vuelta a su escritorio y atraviesa el aula hacia mí. Extiende su brazo sobre mi hombro y apaga la luz, toma mi cara entre sus manos y me besa la frente.

—Está bien —dice en voz baja—. No lo estás.

Dejo que me arrastre hacia él, termino con la mejilla contra su pecho. Las palpitaciones de su corazón resuenan en mi oído.

—Yo no me siento envidioso de los devaneos que hayas tenido antes de mí —dice.

Devaneos. Susurro la palabra y espero que signifique lo que quiero: que aunque él haya hecho cosas con la Srta. Thompson, ya no las está haciendo y que, lo que sea que haya hecho con ella no ha sido serio, que no fue como lo que está haciendo conmigo.

—No puedo cambiar lo que hice antes de conocerte —dice—, ni tú tampoco.

En mi caso, no hubo nada antes de él, absolutamente nada, pero sé que eso no es lo que me está pidiendo. Necesita algo más de mi parte. No es exactamente el perdón, más bien la absolución, o quizá la apatía. Necesita que no me importen las cosas que él haya hecho.

—Está bien —le digo—. Ya no me pondré celosa. —Me siento generosa, como si me estuviese sacrificando por él. Jamás me había sentido tan adulta.

⚙

El verano pasado, en el apogeo de mi bajón, mamá intentó hablarme sobre los chicos. Nunca entendió lo que sucedió entre Jenny y yo. Pensó que todo habría sido a causa de Tom, porque me gustaba, y que había escogido a Jenny en vez de a mí, o algo tan convencional como eso. *Ellos tardan en darse cuenta de lo que tienen delante*, me dijo, y me lanzó una alegoría sobre las manzanas que caen de los árboles y los chicos optando por aquellas que son más fáciles de recoger para después darse cuenta de que las mejores manzanas requieren más esfuerzo. Tenía cero ganas de escucharla.

—¿Me estás diciendo que las chicas son frutas que sólo existen para que ellos se las coman? —pregunté—. Me parece sexista.

—No —responde—, eso no es lo que estoy diciendo para nada.

—Me estás diciendo que soy una manzana podrida.

—No te estoy diciendo eso —contesta—. Las demás son manzanas podridas.

—¿Y por qué las demás tienen que ser manzanas podridas? ¿Por qué tenemos que ser manzanas en absoluto?

Mamá inhala y se lleva la mano a la frente.

—¡Qué difícil eres! —dice—. Lo que intento decir es que los chicos tardan en madurar. No quiero que te frustres.

Quería alentarme, pero su lógica era muy fácil de entender: los chicos jamás se fijaban en mí, así que no era bonita, y si no era bonita, tendría que esperar bastante tiempo antes de que alguien se fijara en mí ya que ellos tendrían que madurar antes de que les importase cualquier otra cosa. Mientras tanto, me tocaba ser paciente. Como las chicas sentadas en las gradas durante los partidos de baloncesto que miran a los chicos jugar, o como las que se sientan en el sofá observándolos mientras juegan videojuegos. Una espera eterna.

Me da risa pensar en lo equivocada que estaba al respecto. Porque existía otra opción para las suficientemente valientes: obviar a los chicos del todo y saltar directamente a los hombres. Hombres que jamás te harán esperar; hombres que están hambrientos y agradecidos de recibir las migajas de tu atención, de esos que se enamoran tan profundamente que se rinden a tus pies.

Durante mis vacaciones de febrero, estoy en casa y voy

al supermercado con mamá y, como experimento, observo a cada hombre, hasta los feos, a esos en particular. Quién sabe cuánto tiempo habrá pasado desde la última vez que una chica los habrá mirado de esta manera. Me da pena lo desesperados que tienen que estar, tristes y vacíos. Cuando notan mi mirada, se sienten confundidos, fruncen el entrecejo tratando de descifrar mis intenciones. Sólo unos pocos me reconocen por lo que soy, y sus rostros se endurecen y sostienen mi mirada.

Strane asegura que no puede pasar una semana sin saber nada de mí. Así que aprovecho una noche a mitad de mis vacaciones para llevarme el teléfono inalámbrico a mi cuarto mientras mis padres duermen y colocar varias almohadas detrás de mi puerta para bloquear el sonido. Se me hace un nudo en el estómago al marcar su número. Me contesta medio dormido y no digo nada, sintiéndome repentinamente avergonzada del hecho de que haya contestado como una persona mayor de esas que se va dormir a las diez.

—¿Sí? —dice, y repite cada vez más impaciente—. ¿Sí?

Me rindo.

—Soy yo.

Suspira y dice mi nombre, silbando las eses de mi nombre entre dientes. Me echa de menos. Describo mi rutina lo mejor que puedo —mis paseos con Babe, mis salidas de compras en el centro, el patinaje sobre hielo en el lago al atardecer— evitando mencionar a mis padres, como si viviese sola.

—¿Qué haces ahora mismo? —pregunta.

—Estoy en mi cuarto. —Espero a que me haga otra pregunta, pero se queda callado. Me pregunto si se ha quedado dormido—. ¿Y tú?

—Pensando.

—¿En...?

—En ti —dice—. En la vez que estuviste aquí, en esta cama. ¿Recuerdas cómo te sentiste?

Digo que sí, aunque sé que lo que sentí y lo que él sintió son dos cosas distintas. Si cierro los ojos, puedo volver a sentir las sábanas de franela y el peso del edredón de plumas. Su mano en mi muñeca, guiándola hacia abajo.

—¿Qué llevas puesto? —pregunta.

Mis ojos se disparan hacia la puerta y mi respiración se detiene, pendiente a cualquier ruido que salga del cuarto de mis padres.

—Un pijama.

—¿Como el que te compré?

Digo que no, y me río sólo de pensar que mis padres me vieran con algo así.

—Descríbemelo —dice.

Miro hacia abajo al estampado de perros, hidrantes y huesos.

—Es ridículo —le digo—. No te gustaría.

—Quítatelo —dice.

—Hace demasiado frío. —Mantengo un tono ligero, fingiendo ingenuidad, pero ya sé lo que quiere que haga.

—Quítatelo.

Está esperando; no me muevo. Cuando pregunta «¿Ya está?», miento y digo que sí.

A partir de ahí me va diciendo qué debo hacer y no lo hago, pero le hago creer que sí. Me quedo indiferente, un poco irritada, hasta que él empieza a decir:

—Eres una niña, mi niñita. —Noto que algo cambia en mí. No me toco, pero cierro los ojos y dejo que mi estómago se revolotee mientras me imagino lo que está haciendo y que piensa en mí mientras lo hace.

—¿Me haces un favor? —pregunta—. Quiero que me digas algo. Unas palabras. ¿Lo harías? ¿Me las dirías?

Abro los ojos.

—Sí.

—¿Sí? Muy bien, muy bien. —Se entrecorta la llamada, como si él estuviese cambiando el auricular de oreja—. Quiero que digas, «Te quiero, papi».

Me río por un segundo. ¡Qué ridículo! *Papi.* No llamo así ni a mi propio padre, ni recuerdo haberlo oído nunca. Entonces, mi mente empieza como a alejarse de mí y ya no le encuentro la gracia. Me es indiferente. Estoy vacía, ida.

—Dale. «Te quiero, papi». —No digo nada, fijo la mirada en la puerta—. Anda, sólo una vez —dice con voz demacrada y brusca.

Muevo los labios y mi mente se llena de ruido, un ruido blanco tan potente que apenas oigo lo que digo, ni los gemidos y jadeos de Strane. Me pide que lo repita una y otra vez, y mis labios pronuncian las palabras, pero lo hace sólo mi cuerpo, no mi cerebro.

Estoy lejos. Estoy volando, improvisando en el aire, igual que el día en el que me tocó por primera vez, cuando sobrevolé el campus como un cometa color arce. Ahora salgo volando de casa, en la noche, entre los pinos sobre el lago helado donde el agua se mueve y murmura bajo el hielo. Me pide que lo repita. Llevo orejeras y patines blancos y me deslizo por la superficie, seguida por una sombra por debajo de la densa capa de hielo: Strane, nadando a lo largo de las tenebrosas profundidades, sus gritos reducidos a meros quejidos.

Su laboriosa respiración se detiene y aterrizo de vuelta en mi cuarto. Se ha venido; hemos acabado. Intento imaginarme cómo lo hace, si se viene en su mano, en una toalla, o directamente en las sábanas. Lo asqueroso que es para los hombres, con ese engorroso desenlace. Las ganas de decirle *Qué asco me das* me vienen a la mente.

Strane se aclara la garganta.

—Bueno, mejor te dejo —dice.

Después de colgar, tiro el teléfono, se rompe, y las pilas ruedan por el suelo. Me quedo en la cama durante mucho tiempo, despierta pero inmóvil, observando las sombras azules de mi habitación, mi mente vacía y lo suficientemente vidriosa como para patinar sobre ella.

Mamá no me cuenta que me ha oído hablando por teléfono hasta que vamos de regreso a Browick. Al decírmelo, me sujeto fuertemente de la manija de la puerta como si estuviese a punto de abrirla y lanzarme a la cuneta.

—Me pareció que hablabas con un chico —dice ella—. ¿Me equivoco?

Me quedo mirando hacia el horizonte. Strane fue el que más habló, pero quizá ella levantó el auricular y nos escuchó. Mis padres no tienen teléfono en su habitación y yo había usado el único inalámbrico, pero quizá no la había oído salir y bajar.

—No pasa nada —agrega—. Y está bien si tienes novio. No tienes por qué ocultarlo.

—¿Qué oíste?

—Nada, la verdad.

La miro de reojo. No sé si me está diciendo la verdad. ¿Por qué cree que estuve hablando con un chico si no oyó nada? Mi mente se acelera junto con el coche, intentando ponerme al tanto. Debió oír algo, pero no lo suficiente para sospechar nada raro. Si hubiese oído la voz profunda e irrevocablemente masculina de Strane, habría pegado un grito, irrumpido en mi cuarto y arrancado el teléfono de mis manos. No habría esperado a estar solas en el coche para abordar el tema tan delicadamente.

Dejo escapar un suspiro y suelto la manija de la puerta.

—No se lo digas a papá.

—No, claro que no—dice con entusiasmo. Parece estar satisfecha, contenta de que haya confiado en ella y compartido mi secreto, o quizá aliviada por la idea de que tenga novio, que sea sociable, y que finalmente me esté adaptando.

—Pero cuéntame sobre él —dice ella.

Me pregunta por su nombre y, por un segundo, me quedo en blanco; nunca lo he llamado por su nombre. Podría inventármelo, y quizá debería hacerlo, pero la tentación de pronunciarlo en voz alta es demasiado potente.

—Jacob.

—Oh, ¡me gusta! ¿Es guapo?

Me encojo de hombros sin saber qué decir.

—No pasa nada —dice ella—. Las apariencias no lo son todo. Lo importante es que sea bueno contigo.

—Sí, lo es.

—Bien—dice ella—. Eso es lo único que me importa.

Me inclino hacia atrás y cierro los ojos. Me siento como si me hubiese rascado un picor, aliviada después de que dijera que lo único que importaba era que Strane fuese bueno conmigo, más importante que su apariencia porque, de ser así, también es más importante que la diferencia en edad, o el hecho de que sea mi profe.

Mamá comienza a hacerme más preguntas, en qué grado está, de dónde es, qué clases tenemos juntos, y se me encoje el pecho; niego con la cabeza y digo:

—Ya no quiero hablar más sobre el tema.

Nos callamos durante un kilómetro y luego pregunta:

—¿Te estás acostando con él?

—¡Mamá!

—Si es así, deberías estar tomando la pastilla. Te pediré una cita. —Se detiene, y dice en voz baja, más para sí misma que para mí—: No, sólo tienes quince. Eres demasiado joven. —Me mira con el ceño fruncido—. Allí los tienen supervisados. No pueden hacer lo que les da la gana.

Me quedo quieta, sin mover ni una pestaña, dudando si quiere que la tranquilice. Sí, nos supervisan. Los profesores nos vigilan de cerca. De repente, todo esto se vuelve repugnante, la charla, el engaño, tratar todo esto como si fuese un juego.

¿Seré un monstruo? me pregunto. Debo de serlo. Si no, no podría mentirle así.

—¿Te pido una cita? —pregunta.

Pienso en Strane empotrándome las caderas y en su operación, la vasectomía. Niego con la cabeza y mamá suspira aliviada.

—Sólo quiero que seas feliz —dice—. Feliz, y que estés rodeada de gente que te trate bien.

—Lo estoy —le digo. A medida que los destellos de bosque desfilan por la ventanilla, añado—: Me dice que soy perfecta.

Mamá junta los labios, conteniendo una sonrisa más grande.

—El primer amor es tan especial —dice—. Nunca se olvida.

Strane está de mal humor el primer día tras mi regreso, apenas me mira durante la clase y me ignora cuando alzo la mano. Estamos leyendo *Adiós a las armas* y cuando Hannah Levesque comenta que la novela le parece aburrida, Strane salta y dice que Hemingway la consideraría aburrida a ella. Amenaza a Tom Hudson con un demérito por incumplir el código de vestimenta al llevar una sudadera desabrochada, dejando su camiseta de los *Foo Fighters* al descubierto. Al terminar la clase, intento irme con los demás, con cero ganas de quedarme, pero antes de llegar a la puerta, Srane me llama. Me detengo y los demás me pasan por el lado como la corriente de un río, Tom con una mueca de enfado, Hannah con aire ofendido y Jenny echándome un vistazo como si quisiese decirme algo, con las palabras apiñándose tras sus labios.

Cuando el aula se vacía, Strane cierra la puerta, apaga las luces y me lleva a la oficina, donde el radiador sisea a toda potencia. Se apoya en la mesa en lugar de sentarse a mi lado en el sofá, una decisión deliberada, como si estuviese dándome una indirecta. Enciende el hervidor eléctrico y se mantiene en silencio en lo que hierve el agua. Se sirve una taza de té, sin ofrecerme una.

Cuando decide hablar, su voz suena seca y profesional. Con la taza de té en mano dice:

—Sé que estás molesta por lo que te pedí que dijeras durante nuestra llamada—. Excepto que yo ya me había olvidado de la llamada y de lo que me había pedido que dijera. Intento recordarlo ahora mismo y no puedo. Mi cerebro se aleja de ese recuerdo, repelido por una fuerza ajena a mi control.

—No estoy molesta —digo.

—Sí que lo estás.

Frunzo el ceño. Esto parece una trampa; él es el que está molesto, no yo.

—No hace falta que hablemos sobre eso.

—Sí —dice—, hace falta.

Empieza a contarme que las vacaciones le han dado tiempo para pensar en hasta qué punto sigo siendo un misterio para él. Que en realidad no me conoce. Que ha empezado a preguntarse si estará proyectándose, convenciéndose a sí mismo de que existe una conexión entre nosotros cuando quizá es un mero reflejo de sí mismo.

—Empiezo a dudar incluso de que te guste hacer el amor, o si es sólo un teatro para complacerme.

—Sí que me gusta.

Deja escapar un suspiro.

—Me gustaría creerte.

Continúa hablando, recorriendo el pequeño despacho.

—Lo que siento por ti es muy fuerte —dice—. A veces me preocupa que esto acabe matándome. Es lo más fuerte que he sentido por una mujer. Es un sentimiento que no parece existir en el mismo universo que los demás. —Se detiene a mirarme—. ¿Te asusta oír a un hombre como yo hablar así de ti?

Un hombre como yo. Niego con la cabeza.

—¿Y cómo es que te hace sentir?

Miro hacia el techo mientras intento encontrar la palabra precisa.

—¿Poderosa?

Entonces, se calma un poco, lo relaja la idea de que me haga sentir poderosa. Me dice que tener quince años es algo extraño, paradójico. Que en plena adolescencia uno es más valiente que nunca a causa del funcionamiento del cerebro a esa edad, a la combinación de maleabilidad y arrogancia.

—Ahora mismo —dice—, a los quince, quizá te sientas mayor de lo que te sentirás a los dieciocho o a los veinte. —Se ríe y se agacha ante mí, apretándome las manos—. Dios mío, imagínate a los veinte. —Acomoda un mechón de pelo detrás de mi oreja.

—¿Así te sentías tú? —pregunto—. Cuando tenías... —No termino la frase diciendo *cuando tenías mi edad* porque suena demasiado infantil, pero lo infiere de todas formas.

—No, pero los chicos son diferentes. Son jóvenes inconsecuentes. No se convierten en personas normales hasta llegar a la edad adulta. Las chicas maduran más temprano. A los catorce, quince, dieciséis. Ahí es cuando sus mentes se encienden. Y presenciarlo es algo maravilloso.

Catorce, quince, dieciséis. Strane es como Humbert Humbert, quien asigna un significado mítico a ciertas edades. Le pregunto:

—¿Acaso no quieres decir de nueve a catorce? —Lo digo de manera burlona, pensando que captará la referencia, pero me mira como si lo hubiese acusado de algo terrible.

—¿De nueve? —Mueve su cabeza hacia atrás de un tirón—. ¡Nunca! Dios, *de nueve años,* no.

—¡Es broma! —le digo—. Ya sabes, como en *Lolita.* ¿La edad de las supuestas nínfulas?

—¿Así me ves? —pregunta—. ¿Cómo un pedófilo?

Cuando no contesto, se pone de pie y comienza a pasearse de nuevo.

—Te lo tomas al pie de la letra. Yo no soy ese personaje. Esos no somos tú y yo.

Mis mejillas arden tras su crítica. Me parece injusto; fue él quien me dio la novela. ¿Qué esperaba que le dijera?

—No me atraen las niñas —continúa—. Quiero decir, mírate: mira tu cuerpo. No tienes nada de niña.

Entrecierro los ojos.

—¿Y eso qué quiere decir?

Se detiene, se olvida momentáneamente de su ira y siento que vuelvo a tener algo de poder en la conversación.

—Bueno, tu aspecto… —dice—. Eres...

—¿Soy qué? —Observo cómo se tropieza sobre sus palabras.

—Es que, estás bastante desarrollada. Eres más mujer que niña.

—Me estás llamando gorda.

—No. ¡Por Dios! Eso no es lo que quiero decir. Claro que no. Mírame, yo sí que estoy gordo. —Se da unas palmadas en la barriga tratando de hacerme reír, y una parte de mí quiere reírse porque sé que eso no era lo que quiso decir, pero disfruto haciendo que lo pase mal. Se sienta a mi lado y toma mi rostro entre sus manos.

—Eres perfecta —dice—. Eres perfecta, perfecta, perfecta.

Nos quedamos en silencio un rato, él mirándome y yo mirando el techo con una mueca de enojo, deseando no perder el poder sobre él tan pronto. Lo miro de reojo y veo las perlas de sudor que empiezan a resbalar por sus mejillas. Yo también estoy sudando en las axilas y debajo de los pechos.

Me observa fijamente.

—Sabes, lo que pedí que dijeras por teléfono... era una fantasía. Yo no haría eso. No soy así.

No digo nada y vuelvo a mirar hacia el techo.

—¿No me crees? —pregunta.

—No lo sé. Supongo que sí.

Extiende sus brazos hacia mí, me atrae hacia su regazo y me abraza de manera que mi cabeza queda al nivel de su pecho. A veces nos es más fácil conversar así, sin mirarnos.

—Sé que tengo un lado sombrío —dice—. Pero no puedo evitarlo. Siempre he sido así. Es una manera solitaria de vivir, pero yo ya había hecho las paces con la soledad hasta que llegaste tú—. Tira de mi cabello. *Tú*—. Cuando me empezaste a entregar esos poemas y andar tras de mí, pensé: esta chica está enamorada. Sin más. La dejaré coquetear y pasar algunos ratos en el aula, pero nada más. Pero empecé a pasar más y más tiempo contigo, y empecé a pensar, dios mío, esta chica es igual que yo. Apartados de los demás, anhelando cosas sombrías. ¿A que sí? ¿No? ¿Tú no?

Espera mi respuesta, a que diga que sí, que soy así, pero no me reconozco en su descripción, y el recuerdo de que yo andaba tras él también me parece equivocado. Él me regaló los libros antes de que yo le diese los poemas. Él fue el que quiso besarme y darme las buenas noches, y el que dijo que mi cabello era del color de las hojas rojas del arce. Todo eso sucedió antes de que me diese cuenta de lo que estaba pasando. Después pienso en su insistencia en que yo soy la que tiene el poder y que no le importan mis devaneos antes de conocerlo. Hay cosas que necesita creer para poder vivir consigo mismo y sería cruel señalarlas como mentiras.

—Recuerdo cómo reaccionaste cuando te toqué por primera vez —dice—. Cualquier otra chica hubiese salido corriendo, pero tú no lo hiciste.

Toma un puñado de mi cabello y tira mi cabeza hacia atrás para poder ver mi rostro. No lo hace bruscamente, pero tampoco de manera delicada.

—Cuando estamos juntos —dice—, siento como si mi lado sombrío emergiera y se fundiera con tu lado sombrío.

—Su voz tiembla lastrada por la emoción, y sus ojos se ven grandes y vidriosos, llenos de amor. Estudia mi rostro y sé lo que está buscando: reconocimiento, comprensión, la certidumbre de que no está solo.

Pienso en su rodilla, en cómo me presionaba desde detrás del escritorio y la mano que acariciaba mi pierna. No me importaba que no me hubiese pedido permiso para hacerlo, o que fuese mi profesor, o que hubiese otras personas en el aula con nosotros. Cuando ocurrió, quería que ocurriese de nuevo. Una chica normal no hubiese reaccionado así. Hay algo sombrío en mí, que siempre ha estado ahí.

Cuando le digo que sí, que presiento también ese lado sombrío suyo, y el mío, exhibe su agradecimiento y devoción. Su mano tira un poco más fuerte de mi cabello. Detrás de sus gafas, el deseo dilata sus pupilas. Sólo quiere más y más y más. A veces, cuando está encima de mí y gime con los ojos cerrados sin darse cuenta de si estoy excitada, triste o aburrida, siento que quiere dejar una parte de sí dentro de mí, reclamar territorio; nada de dejarme embarazada ni nada por el estilo, sino algo más permanente. Dejar sus huellas dactilares sobre mi piel, sobre cada músculo y hueso de mi cuerpo.

Oprime su cuerpo contra el mío, apoyando sus piernas contra el brazo del sofá y me gime en el oído. Es extraño saber que cuando recuerde mis quince años, pensaré en esto.

2017

En el hotel se celebra Oktoberfest y el patio está lleno de barriles de cerveza, vasos de plástico y parejas de mediana edad engullendo chucrut. Me la paso sentada en el vestíbulo de conserjería desmenuzando un *pretzel*, aprovechando que los huéspedes están demasiado borrachos para pedirme cosas.

La mayoría de los empleados están borrachos también. Cuando llegué, el gerente del restaurante apenas se tenía en pie. Ahora está en la oficina trasera bebiendo una taza de café antes de que llegue la avalancha de huéspedes para cenar. Los aparcacoches caminan con los ojos entrecerrados y tambaleándose, hasta la hija del dueño, de tan sólo diecisiete años, bebe sorbos furtivos de un vaso alto detrás de mí en la recepción. Yo ya llevo dos Sazeracs en el sistema, lo suficiente para empezar a emborracharme.

Ociosa, clico interminablemente sobre las pestañas de correo-Twitter-Facebook-correo-Twitter-Facebook. La periodista me ha escrito de nuevo, un correo de seguimiento educado, pero insistente: Hola, Vanessa: le escribo nuevamente para reiterar lo comprometida que estoy con compartir su verdad, palabras forzadas para intentar apelar a la venganza que ella asume que deseo.

De reojo, veo un huésped borracho entrar haciendo eses en el vestíbulo y me concentro aún más en la pantalla de la computadora, encorvada de hombros y frunciendo el ceño, sabiendo que será menos probable que se acerque si parezco una vieja bruja. Lo oigo decir:

—Hola, cariño.

Se me revuelca el estómago, pero sus ojos están clavados en Inez. Me vuelvo hacia la computadora, al correo de la periodista. *Compartir su verdad. Mi verdad. Como si supiera cuál es.*

Detrás del mostrador, Inez trata de ocultar el vaso, pero el hombre lo ve.

—¿Qué llevas ahí? ¿Estás bebiendo en el trabajo? ¡Traviesa!

Es como si otra persona y no yo, estuviera desplazando el cursor a través de la pantalla. Y lo arrastrase hacia la esquina superior derecha, hasta clicar «reenviar».

La risa de Inez es aguda y tensa. Él lo considera una invitación, coloca sus codos sobre el mostrador, y se inclina hacia ella. Entrecierra los ojos para leer su credencial.

—Inez. Qué nombre más bonito.

—Oh... gracias.

—¿Qué edad tienes?

—Veintiuno.

El hombre niega con la cabeza, y el dedo índice.

—¡Ni en broma! —dice—. Siento que podrían llevarme a la cárcel por sólo mirarte.

Mis dedos se desplazan rítmicamente de una tecla a otra hasta que terminan de escribir jacob.strane@browick.edu en la sección de destinario. Oigo al borracho decirle lo bonita que es, cómo le gustaría tener treinta años menos. Ella mira a su alrededor en busca de ayuda con una débil sonrisa en los labios, sus ojos se detienen sobre mí en el momento en que arrastro el cursor sobre el botón de «enviar», clic.

El mensaje se reenvía y la confirmación aparece en la parte superior de la pestaña, pero después no pasa nada. No sé qué esperaba exactamente, que sonase una alarma, unas sirenas *in crescendo*, pero el vestíbulo sigue igual, el borracho continúa echándole miradas lascivas a Inez, quien aun me contempla pidiendo ayuda mientras que le devuelvo la mirada y pienso: *¿Qué quieres de mí? ¿De verdad quieres que te rescate? Esto no es nada; él está al otro lado del mostrador y no podrá alcanzarte. Si estás tan asustada, escápate a la oficina trasera o dile directamente que se vaya. Tendrías que saber cómo manejar esta situación.*

Las puertas del elevador se abren tras de mí y aparece un empleado con un carrito lleno de botellas de vino para el Oktoberfest. Inez aprovecha la oportunidad y sale disparada de detrás del mostrador.

—¿Te ayudo, Abdel? —le pregunta. Él niega con la cabeza, pero ella sujeta un lado del carrito de todos modos. El borracho la ve desaparecer por el pasillo con los brazos inertes a sus costados. Entonces me mira sobre su hombro, fijándose en mí por primera vez.

—¿Y tú qué miras? —pregunta antes de arrastrarse de regreso al patio.

Dejo escapar un suspiro, vuelvo a mirar la pantalla de la computadora y recomienzo el circuito de correo-Twitter-Facebook hasta que mi teléfono empieza a sonar: LLAMADA ENTRANTE JACOB STRANE. Lo observo hasta que deja de vibrar sobre mi escritorio y salta el mensaje de voz. Me llama otra vez, y otra vez y otra vez. Con cada llamada perdida voy tomando impulso: me siento presumida y orgullosa. Quizá tenía razón la periodista. Quizá sí anhelo venganza en un rincón recóndito dentro de mí.

Camino a un bar tras terminar mi jornada. Sentada en un taburete con mi uniforme de trabajo, dando sorbos a un *whisky* con agua, repaso mi lista de contactos, enviando mensajes a aquellos que estarían quizá dispuestos a hacerme caso a las once y cuarto de la noche un lunes. Ira me ignora, al igual que lo hace el hombre que llevé a casa hace unas semanas y que enseguida abandonó mi apartamento en cuanto me quedé inerte debajo suyo, encorvada, tapándome la cara con las manos. Sólo uno muerde el anzuelo: un cincuentón divorciado con el que me acosté hace unos meses. No me gustaba cómo me hablaba ni cómo trataba nuestra diferencia en edad como una escena pornográfica, haciéndose llamar *papi* y preguntándome si me hacía falta una nalgada. Le pedí que se relajara y que actuara normalmente, pero no me hizo caso, puso su mano sobre mi boca y dijo *A ti te gusta así, lo quieres, lo sabes.*

Yo: Estoy bebiendo sola.
Él: Las niñas nunca deben beber solas.
Yo: ¿Ah sí?
Él: Ajáaa. Hazme caso. Sé lo que te conviene.

Entre mensaje y mensaje, recibo otra llamada de Strane, la séptima desde que le reenvié el mensaje de la periodista. Tras darle a «ignorar», le envío al divorciado mi dirección y a los quince minutos, estamos compartiendo un cigarrillo en el callejón detrás del bar. Le pregunto cómo le va; me pregunta si me he estado portando mal.

Lo miro de reojo mientras doy una calada e intento adivinar si va en serio, si quiere que le responda.

—Porque todo indica que sí —dice.

No digo nada y bajo la mirada hacia mi teléfono. Recibo un mensaje de Strane: No sé qué estás tratando de decir con el reenvío. Sigo mirando la pantalla y llega otro: no tengo paciencia para soportar juegos ahora mismo, Vanessa. Hazme el favor y compórtate como una adulta. El divorciado se acerca, me empuja contra la pared de ladrillos del bar. Al principio me río e intento escabullirme. Pero cuando no se detiene, lo empujo con las manos. Retrocede, pero sigue cernido sobre mí, sin aliento, los hombros subiendo y bajando. Le doy un coletazo al cigarrillo; caen cenizas sobre su zapato.

—Cálmate —le digo—. Cálmate ya, ¿de acuerdo?— Mi teléfono empieza a vibrar y no sé si es porque tengo al divorciado delante, o porque sé que he logrado sacar a Strane de quicio, que era lo que pretendía, o porque estoy borracha y, por lo tanto, tonta perdida, deslizo el dedo hacia arriba y contesto.

—¿Qué quieres?

—*¿Qué quieres?* —responde Strane—. ¿Así es que quieres gestionar esto?

Tiro el cigarrillo y lo piso, aunque sólo haya fumado la mitad e inmediatamente tanteo dentro de mi bolso en busca de otro, apartando al divorciado con las manos cuando me ofrece su encendedor.

—Está bien —dice el divorciado—. Te dejo. Sé captar indirectas.

Por teléfono, Strane pregunta:

—¿Quién es? ¿Hay alguien allí contigo?

—Nada —le digo—. Nadie. —El divorciado se burla, se voltea como si fuese a volver al bar, pero después mira por encima del hombro para ver si pienso detenerlo.

—¿Por qué me enviaste ese correo? —pregunta Strane—. ¿Qué piensas hacer?

—No tengo nada pensado —le digo—. Sólo quería que lo vieras.

Ambos se quedan en silencio, Strane por teléfono y el divorciado sosteniendo la puerta, esperando que le diga que se quede. Lleva la misma ropa que tenía puesta cuando nos liamos: *jeans* negros, una camiseta negra, un abrigo de cuero negro y botas militares negras, el uniforme de los envejecidos punks con los que siempre termino saliendo últimamente, hombres que afirman que los excitan las mujeres fuertes, pero que sólo saben relacionarse con mujeres que actúan como niñas.

—Entiendo que pueda ser tentador —dice Strane, eligiendo cada palabra con esmero—, sumarse a la histeria actual. Y sé que te sería fácil definir lo que ocurrió entre los dos como... algo inapropiado o como maltrato o cualquier otra etiqueta que prefirieras en ese momento. No me cabe duda de que podrías convertirme en lo que quisieras... —Su voz se extingue, inhala—. Pero, por Dios, Vanessa, ¿realmente quieres cargar con esto el resto de tu vida? Porque si declaras, nunca te desharás de esto...

—Mira, no voy a hacer nada —le digo—. No voy a responder el correo, ni voy a hablar con ella. ¿Está bien? No lo haré. Sólo quería que vieras lo que está pasando del lado de este asunto que tiene que ver conmigo, sabes. Porque esto no trata sólo de ti.

Por teléfono, siento que la ola se retrae hacia su lado, un cúmulo repentino de emociones. Suelta una risa amargada.

—¿Lo dices en serio? —pregunta—. ¿Todo esto es porque buscas atención y empatía? ¿Que has decidido que ahora, en medio de este follón, es el momento de ser la víctima? —Empiezo a disculparme, pero me interrumpe—. ¿Estás comparando mi situación con la tuya? ¿Has perdido la puta cabeza?

Me recuerda la suerte que tengo. ¿Acaso no me doy cuenta del poder que tengo? Si nuestra historia llegara a salir a la luz, nadie me culparía de nada, de ni una sola cosa. Todo recaería sobre él.

—Yo cargo con todo el peso solo —dice—. Y lo único que te pido es que no empeores la situación.

Termino llorando, con la frente apoyada contra la pared de ladrillos. *Perdóname. No sé qué me pasa. Perdóname, tienes razón, tienes razón.* Él llora también. Dice que tiene miedo, que todo ha empezado a cobrar un aire amenazador. Que ha regresado al aula, pero que la mitad de los alumnos han dejado su clase, que le han denegado la posibilidad de ser

tutor, y que nadie lo mira ya a los ojos. Están buscando una
excusa para deshacerse de él.

—Te necesito de mi lado, Vanessa —dice—. Te necesito.

Regreso al bar, me siento en la barra y me mantengo cabiz-
baja hasta que el divorciado me toca el hombro. Me lo llevo
a casa, dejo que vea mi desorden, dejo que me haga lo que
quiera, me da igual. Por la mañana, fuma un poco de hierba
mientras me hago la dormida. Incluso sigo con los ojos cerrados inmóvil, cuando se va. Me quedo en la cama hasta
diez minutos antes de que empiece mi jornada.

No leo el artículo hasta que llego al trabajo y me siento en
mi escritorio. Se ha publicado en la primera plana del periódico
de Portland: «Veterano profesor de internado suspendido tras
más acusaciones de abuso sexual». Ahora son cinco chicas
que lo han acusado. Taylor Birch, más otras cuatro: dos recién
graduadas y dos alumnas actuales, todas eran menores en el
momento en el que se produjo el presunto abuso.

Durante el resto del día, mi cuerpo continúa trabajando.
En piloto automático, llamo a los restaurantes, confirmo las
reservas de los huéspedes, anoto direcciones y deseo a todos
las buenas tardes. Al otro lado del vestíbulo, los aparcacoches
empujan los carritos portaequipajes e Inez contesta el teléfono de recepción con su voz dulce y atiplada: «¡Gracias por
llamar al Old Port Hotel!». En mi rincón del vestíbulo, me
siento rígida y vacía, mirando hacia la nada. El dueño del
hotel me pasa por el lado y se fija en mi aspecto profesional.
Le gusta mi postura y mi mirada de puro apaciguamiento.

El artículo asegura que Strane las entrenó. Entrenó. Repito la palabra una y otra vez, intentando entender a qué
se refiere, pero termino pensando en la ternura que sentía
cuando él me acariciaba el cabello.

2001

—*Vanessa, tienes que mostrar los distintos pasos* —dice la Sra. Antonova, alisando las arrugas de mis ejercicios de Geometría en la tutoría de esta semana—. Si no me es imposible entender cómo has obtenido la respuesta.

Entre dientes, pregunto por qué debería importar, si las respuestas son correctas, y la Sra. Antonova me clava la mirada por encima de las gafas. Debería saber por qué; me lo ha explicado mil veces.

—¿Cómo te sientes de cara al examen del viernes que viene? —pregunta.

—Igual que de cara a todos los exámenes.

—¡Vanessa! ¿Qué es esta actitud? No pareces tú. Siéntate recta y no me faltes el respeto. —Se inclina hacia delante y golpea el lápiz contra mi libreta todavía cerrada. Suspiro, me obligo a enderezarme y abro la libreta.

—¿Repasamos de nuevo el teorema de Pitágoras? —pregunta.

—Si cree que lo necesito.

Se quita las gafas y las clava en su pelo de algodón de azúcar.

—En estas sesiones no debería ser yo quien te diga qué hacer. Lo que no sepas, lo aprendemos. ¿Entendido? Pero tenemos que encontrarnos... —gesticula con la mano, buscando a tientas las palabras— a medio camino.

Al final de la sesión, me doy prisa en recoger mis cosas, con ganas de cruzar el campus hacia el edificio de Humanidades para ver a Strane antes de su reunión de profesores, pero la Sra. Antonova me detiene.

—Vanessa —dice—, quiero hacerte una pregunta.

Me muerdo el interior de la mejilla mientras recoge su libro de texto, carpeta y bolsa de tela.

—¿Qué tal van tus otras clases? —pregunta, agarrando su chal del respaldo de la silla. Se envuelve los hombros con él y le peina los flecos con los dedos. Parece que se mueve despacio a propósito.

—Me van bien.

Me abre la puerta del aula y pregunta:

—¿Y tus calificaciones de Literatura?

Aprieto las manos sobre mi libro de texto.

—Bien.

Caminando por el pasillo, finjo no darme cuenta de cómo me mira.

—Te lo pregunto porque he oído que pasas mucho tiempo en el aula del Sr. Strane —dice—. ¿Es así?

Trago saliva, contando cada paso.

—Supongo.

—También perteneces al club de escritura creativa, pero sólo se reúnen en otoño, ¿no? Además la literatura es uno de tus puntos fuertes, así que no me creo que necesites ayuda extra.

Me encojo de hombros en un intento por parecer indiferente.

—El Sr. Strane y yo somos amigos.

La Sra. Antonova me estudia, se le forman profundos surcos entre sus cejas dibujadas.

—Amigos —repite—. ¿Te lo dice él? ¿Que son amigos?

Doblamos la esquina, ya veo las puertas dobles.

—Lo siento, señora Antonova. Tengo muchos deberes —digo, trotando por el pasillo, abriendo una de las puertas y bajando los escalones de dos en dos. Gritando por encima del hombro, le agradezco toda la ayuda.

No le cuento a Strane nada sobre las preguntas de la Sra. Antonova porque me preocupa que diga que debemos andar con más cuidado y ya tenemos planes para ir a su casa el día de visita de los nuevos estudiantes, un sábado en que grupos de anonadados alumnos de octavo y sus padres deambulan por el campus. Strane dice que es un buen momento para la clandestinidad, ya que, en ocasiones especiales, siempre se genera una confusión en la que es más fácil pasar desapercibidos.

A las diez, hago lo mismo que la última vez: espero a la comprobación de la Srta. Thompson cuando empieza el toque de queda, y luego me escapo por la escalera de atrás, la que tiene la alarma estropeada. Corriendo por el campus, oigo ruidos que vienen del comedor: camiones de reparto, el cierre de cajones metálicos, voces masculinas en la oscuridad. El coche de Strane me espera de nuevo con los faros apagados en el *parking* de profesores, junto al edificio de Humanidades. Se lo ve vulnerable esperándome en el coche, como atrapado en una caja. Cuando tamborileo en la ventana, da un brinco y se lleva una mano al pecho, y, por un momento, me quedo ahí, mirándolo por la ventana y pensando, *Podría sufrir un infarto. Podría morirse.*

Ya en su casa, me siento frente a la encimera de la cocina, golpeando la patas de la silla con los talones, mientras me prepara huevos revueltos y tostadas. Estoy bastante segura de que sólo sabe cocinar huevos.

—¿Crees que alguien sospecha que hay algo entre nosotros? —pregunto.

Me mira sorprendido.

—¿Por qué lo preguntas?

Me encojo de hombros.

—No sé.

Suena la tostadora, salta la tostada. Está demasiado oscura, prácticamente quemada, pero no digo nada. Sirve los huevos sobre la tostada y coloca el plato frente a mí.

—No, no creo que nadie sospeche. —Agarra una cerveza de la nevera y bebe mientras me mira comer—. ¿Te gustaría que la gente sospechara?

Doy un gran bocado para ganar tiempo antes de contestar. Algunas de sus preguntas son normales y otras son pruebas. Esta parece una prueba. Trago y contesto:

—Quiero que sepan que soy especial para ti.

Sonríe, acerca la mano a mi plato y agarra un poco de huevo; se lo mete en la boca.

—Créeme —dice—, lo saben perfectamente.

Me sorprende con una noche de cine: *Lolita*, la primera, la de Kubrick. Creo que es su manera de disculparse por decir que me tomo la novela demasiado al pie de la letra. Durante la película, me deja beber una cerveza y, después, cuando nos vamos a la cama y vuelvo a ponerme el pijama de fresas, siento la cabeza tan ligera que, al pedirme que me coloque a cuatro patas para comerme desde atrás, no me da ninguna vergüenza y lo hago sin pensar. Cuando el sexo termina, se va a la sala de estar y trae la cámara Polaroid.

—No te vistas todavía —dice.

Cruzo los brazos sobre el pecho y niego con la cabeza, los ojos abiertos como platos.

Sonriendo con dulzura, me tranquiliza diciendo que no se las enseñará a nadie.

—Quiero recordar este momento —dice—. Cómo eras en este preciso instante.

Hace las fotos. Después, me envuelvo en el edredón y

Strane coloca las fotos sobre el colchón. Juntos, las vemos revelarse. La cama y mi cuerpo emergen de la oscuridad.

—Dios mío, mírate —dice. Sus ojos se mueven de lado a lado. Está fascinado, absorto.

Miro fijamente las fotos y trato de ver lo que ve él, pero estoy muy rara en ellas: terriblemente pálida sobre una cama deshecha, con la mirada desenfocada y el cabello enmarañado después del sexo. Cuando me pregunta qué me parecen, digo:

—Me recuerdan al videoclip ese de Fiona Apple.

No levanta la vista de las Polaroid.

—¿Fiona qué?

—Apple. ¿Mi cantante favorita? ¿Recuerdas que te hice escucharla una vez? —Además, hace un par de semanas, escribí unas letras suyas en una hoja de libreta y la dejé doblada en su escritorio al salir de clase. Estábamos en mitad de una discusión sobre irme a la universidad. Le acababa de decir que no quería, y él me decía que no debía dejarme distraer por nada ni nadie, ni siquiera por él; cosa que a mí me hizo llorar y a él decirme que intentaba manipularlo con lágrimas de cocodrilo. Pensé que la letra lo ayudaría a entender cómo me sentía, pero nunca dijo nada al respecto. Me pregunto si la leyó siquiera.

—Cierto, cierto. —Recoge las fotos—. Mejor poner esto a buen recaudo.

Sale de la habitación, baja las escaleras y, de golpe, estoy tan molesta que me arden el pecho, la cara y las extremidades. Meto la cabeza bajo el edredón, respiro el aire caliente y recuerdo que, hace unas semanas, mencioné a Britney Spears y él no tenía idea de quién era. «¿Es una artista pop o algo así?», preguntó. «No me había dado cuenta de que tus gustos iban por ahí». Me hizo sentir estúpida cuando era él quien no conocía a Britney Spears.

Cumplo los dieciséis durante las vacaciones de Semana Santa. Babe va al veterinario para esterilizarse y vuelve a casa grogui con el vientre afeitado y cosido. Les muestro a mis padres la lista de universidades que Strane ha seleccionado para mí y vamos al sur de Maine a visitar un par de ellas. Deambulando por los campus, mi padre mira estupefacto los edificios y mi madre lee la información que ha buscado en internet: el cuarenta por ciento de los estudiantes de Browick participan en el programa de estudios en el extranjero; uno de cada cuatro estudiantes continúa estudiando después de graduarse.

—¿Cuánto cuesta este sitio? —pregunta papá—. ¿Esos números también los has impreso?

A mediados de semana, Strane viene a verme cuando mis padres están en el trabajo. Aparca en un muelle cubierto de maleza y cruza el bosque hasta nuestra casa. Lo espero en la sala de estar, asomándome constantemente a la puerta de la cocina, esperando a que aparezca en la ventana. Cuando por fin lo hace, dejo escapar un chillido como si estuviera asustada, pero no lo estoy. ¿Cómo podría estarlo? Con su chaqueta caqui y sus gafas de sol superpuestas, parece el padre de alguien, un tipo anodino de mediana edad, soso como la leche.

Hace pantalla con las manos y mira por la ventana. Aguanto a Babe por el collar y abro la puerta. Una vez que ha entrado, la perra se zafa de mis manos. Strane hace una mueca cuando Babe le salta encima, con su lengua rosada balanceándose de un lado a otro de la boca. Le digo que le diga un «no» enérgico para que pare pero, en su lugar, la empuja fuerte y la tira de espalda; con los ojos en blanco, Babe huye de él y se mete en su caseta. Por un momento, lo odio.

Inspecciona la casa con las manos cruzadas detrás de la espalda, como si tuviera miedo de tocar algo, y, de repente, lo entiendo todo: la casa no está tan limpia como la suya, el pelo de perro en la alfombra, el sofá viejo y los cojines raídos. En su recorrido por la planta baja, se detiene frente a las casitas de madera apoyadas en los alféizares de las ventanas. Mamá las colecciona; le regalo una cada Navidad. Strane las mira e imagino lo que está pensando: que son feas y es estúpido coleccionarlas. Pienso en las curiosidades en sus estanterías, cada una de un país distinto y con una historia, y pienso en lo que dijo sobre mis padres después de la reunión de Browick. *Gente decente*, los llamó. *Muy buena gente.* Me recuerda algo que le oí decir de una alumna becada que asistía a sus clases avanzadas. Fue aceptada en Wellesley pero no pudo asistir porque era demasiado caro. Le dio lástima por ella, pero ¿qué iba a hacer? *La pobre chica viene de un entorno apenas sin medios*, dijo.

—Estar aquí es aburrido —le digo, agarrándolo de la mano—. Vamos arriba.

Se agacha para pasar por la puerta de mi habitación. Es tan grande que la domina, su cabeza roza el techo abuhardillado, sus ojos observan las paredes cubiertas de pósteres, la cama deshecha.

—Oh —respira hondo—. Qué cosa tan preciosa.

Debido a mi estancia en Browick, mi habitación está congelada en el tiempo, viene a ser más una representación de quién yo era cuando tenía trece que ahora. Me preocupa que pueda parecerse demasiado a la habitación de una niña pequeña, pero eso no parece molestar a Strane. Estudia la estantería repleta de novelas ya superadas de mis primeros años de instituto, la cómoda llena de frascos de esmalte de uñas resecos y muñequitos Beanie Babies polvorientos. Levanta la tapa de mi joyero y sonríe cuando aparece la bailarina y empieza a girar. Deshace el nudo de una bolsa de tela y deja caer en su mano unas muñecas quitapenas hechas con cordel y papel marrón. Trata todo con muchísima delicadeza.

Antes de acostarnos, me hace fingir que estoy dormida para poder meterse en la cama y tocarme mientras finjo des-

pertarme. Cuando me penetra, me tapa la boca con la mano
y dice:

—No podemos hacer ruido —como si hubiera alguien más
en casa. Cuando me embiste, tan frenético y apresurado que
parece que mi cerebro rebota contra las paredes de mi cráneo,
se me aflojan los miembros y mi mente abandona el cuerpo,
se refugia en la planta baja, donde Babe todavía gimotea en su
caseta, preguntándose qué ha hecho mal. Cuando Strane termina, me hace otra foto con la Polaroid, acostada en la cama,
con el pelo colocado sobre mis pechos y las cortinas abiertas
para que la luz se derrame sobre mi cuerpo.

Más tarde, vamos a dar una vuelta en su coche por las carreteras serpenteantes de los bosques del este. Su brazo cuelga
por la ventanilla abierta. Hace calor para el mes de abril,
más de veinte grados, han aparecido los primeros brotes en
los árboles y ya crece la maleza al borde de la carretera.

—Haremos lo mismo durante el verano —dice—. Te re-
cogeré y saldremos por ahí.

—Como Lolita y Humbert —digo sin pensar, y luego
hago una mueca esperando su disgusto ante la comparación,
pero se limita a sonreír.

—Supongo que tienes razón. —Me mira y desliza la mano
por mi muslo—. Te atrae la idea, ¿verdad? A lo mejor, algún
día seguiré conduciendo en lugar de llevarte a casa. Te se-
cuestraré.

Cuanto más nos acercamos a la costa, más llenas están las
carreteras. Strane no parece preocupado, así que yo tampoco.
Somos bandidos a la fuga, una pareja de malhechores huyendo hacia el extremo más oriental del estado, un pueblo de
pescadores cuyos habitantes ni se inmutan cuando nos detenemos a tomar un refresco en el mercado y nos paseamos por
el muelle tomados discretamente de la mano.

—Dieciséis años —se maravilla—. Ya eres casi una mujer.

Ponemos el temporizador en la Polaroid y la colocamos

en el capó del coche. La foto queda un poco sobreexpuesta: Strane rodeándome con el brazo, el océano a nuestra espalda. Es la única foto que existe de nosotros. Quiero preguntarle si puedo me la puedo quedar, pero imagino que me dirá que no, así que, cuando paramos a repostar gasolina, la saco de la guantera y me la guardo en el bolso. Le dejo la que me hizo en la cama. De todas formas, es la que de verdad le importa.

En el camino de vuelta, dice que quiere besarme un poco más, así que sale de la carretera y se adentra en un camino forestal. La camioneta traquetea sobre la grava, el barro salpica el parabrisas. Avanzamos varios kilómetros a través de un bosque espeso hasta que los árboles empiezan a escasear y terminan por desaparecer por completo, revelando un campo lleno de arándanos, una alfombra verde salpicada de rocas blancas. Aparca, apaga el motor y se quita el cinturón de seguridad; se inclina sobre mí y desata el mío.

—Ven aquí —dice.

Al pasar la pierna sobre el salpicadero para montarme sobre Strane a horcajadas, mi espalda se apoya contra el volante y hace sonar la bocina. Una bandada de cuervos despega hacia el horizonte. Me agarra las nalgas, la falda del vestido subida hasta la cintura. Suena un zumbido en el aire. Por la ventanilla, veo una colmena rodeada de abejas a unos cincuenta metros de nosotros. Estamos a kilómetros a la redonda de cualquiera, libres de hacer lo que queramos, en un aislamiento tan seguro como peligroso. Ya no sé cómo sería lo uno sin lo otro.

Aparta mi ropa interior. Inserta dos dedos en mí. Todavía estoy pegajosa por el sexo de mi habitación, el interior de mis muslos empieza a irritarse. Apoyo la frente en su cuello, aliento caliente contra su clavícula mientras intenta que me venga. Dice que sabe cuándo lo hago. Hay mujeres que mienten al respecto, dice, pero lo que hace mi cuerpo no se puede fingir. Dice que termino rápido. Increíblemente rápido. Le da ganas de hacerme venir una vez tras otra, para ver cuántas veces seguidas puedo soportar, pero eso no me gusta. Hace que el sexo parezca una especie de juego al que sólo él puede jugar.

Tan pronto ocurre, le pido que pare. Sólo tengo que decirlo una vez y me quita las manos de encima como si estuviese ardiendo. Desmonto, vuelvo a pasar la pierna sobre el salpicadero y me siento; piernas pringosas y pecho agitado. Levanta la mano, la que tenía dentro de mí, se la lleva a la cara y me respira. Me pregunto cuántas veces me ha hecho venirme. *Felicidades*, quiero decirle, *lo has vuelto a hacer.* Con la cabeza recostada, observo el enjambre de abejas y el balanceo de las copas de las coníferas a lo lejos.

—No sé cómo aguantaré estar lejos de ti este verano —le digo. Ni siquiera sé si es lo que pienso. He estado bien sin él durante otras vacaciones. Es él quien dice que no puede pasar una semana sin verme o hablar conmigo. Es el tipo de frase que se me escapa después del sexo, cuando me siento débil y vulnerable. Pero Strane se la toma en serio. Es sensible a cualquier indicio de que estoy demasiado apegada a él, de que me está afectando de una forma que podría tener consecuencias a largo plazo.

—Me verás mucho —dice—. Cuando llegue julio estarás harta de mí.

Lo repite cuando nos ponemos en marcha.

—Te cansarás de mí. —Luego agrega—: Serás tú quien me rompa el corazón, ¿sabes? Estoy atrapado entre tus manitas.

¿Romperle el corazón? Intento imaginarme con ese poder, sosteniendo su corazón, libre de maltratarlo, pero aunque lo imagine pulsando y bombeando en mis manos, sigue mandándome, dirigiéndome a voluntad, sacudiéndome de un lado a otro conmigo aferrada a él, incapaz de soltarlo.

—Puede que seas tú quien me rompa —le digo.

—Imposible.

—¿Por qué es imposible?

—Porque no es así como terminan estas historias —dice.

—¿Y por qué tiene que terminar?

Aparta la vista de la carretera, me mira, y vuelve a mirar la carretera, las cejas enarcadas en señal de alarma.

—Vanessa, cuando llegue el momento de decir adiós, a ti no te dolerá. Estarás lista para deshacerte de mí. Tendrás toda la vida por delante. Será emocionante dar el siguiente paso.

No contesto, la mirada fija en el parabrisas. Sé que, si intento moverme o decir algo, me pondré a llorar.

—Tienes un futuro brillante —dice—. Harás cosas increíbles. Escribirás libros, viajarás por todo el mundo.

Sigue con sus profecías, dice que a los veinte ya habré tenido una docena de amantes. A los veinticinco, no habré sido madre y todavía pareceré una niña, pero, a los treinta, ya seré una mujer, se acabaron las mejillas de bebé, tendré finas líneas alrededor de los ojos. Y, añade, estaré casada.

—Nunca me casaré —contesto—. Como tú, ¿recuerdas?

—No es eso lo que quieres de verdad.

—Sí lo quiero.

—No lo quieres —dice con firmeza, su voz de profesor tomando el control—. No soy un ejemplo a seguir.

—No quiero seguir hablando de esto.

—No te alteres.

—No me altero.

—Claro que sí. Mírate. Estás llorando.

Le doy la espalda y apoyo la frente contra el cristal de la ventanilla.

—Así es como tiene que ser —dice—. No siempre encajaremos como lo hacemos ahora.

—Cállate, por favor.

Pasa un kilómetro, el rugido de los camiones, la curva lenta de un esker y el lago pantanoso a nuestros pies, una masa marrón oscuro a lo lejos, que podría ser un alce, o podría no ser nada.

Me dice:

—Vanessa, cuando mires atrás, me recordarás como alguien que te amó, uno de muchos. Te garantizo que tu vida va a ser mucho más que esto.

Dejo escapar un suspiro tembloroso. Tal vez tenga razón. Puede que haya algo de reconfortante en sus palabras, una oportunidad de salir de esto ilesa y sin ataduras. ¿Es realmente imposible imaginar que pueda salir de esta como una chica sabia y cosmopolita con una historia que contar? Algún día, cuando me pregunten «¿Quién fue tu primer amante?», la verdad me hará diferente. No fue un chico cualquiera, sino un hombre mayor: mi profesor. Me amó tan desesperadamente que tuve que dejarlo atrás. Fue trágico, pero no tuve elección. Así funciona el mundo.

Strane me busca con la mano mientras conduce, sus dedos acarician mi rodilla. Me lanza rápidos vistazos para verme la cara. Quiere asegurarse de que me gusta lo que está haciendo. ¿Es placentero? ¿Me hace feliz? Mis párpados se agitan cuando me sube la mano por el muslo. Vive para complacerme. Incluso si nos separamos, ahora mismo me venera. Su sombría Vanessa. Eso debería bastar. Tengo suerte de tener esto, de que me amen así.

❧

Después de las vacaciones de Semana Santa, todo avanza cuesta abajo. Los días cálidos traen clases al aire libre y fines de semana en Mount Blue. Los narcisos florecen y hay crecidas en el río Norumbega que inundan las calles del centro. El club de escritura creativa vuelve a reunirse cuando los nuevos números de la revista llegan de la imprenta. Mientras Jesse y yo estamos revisando las cajas, decidiendo dónde colocar los ejemplares, Strane me llama a su oficina y me besa con fuerza. Su lengua me llena la boca. Es ridículamente imprudente; Jesse está ahí mismo y la puerta de la oficina ni siquiera está cerrada del todo. Cuando vuelvo al aula, con los labios escocidos y las mejillas sonrojadas, Jesse finge no darse cuenta, pero no se presenta a la siguiente reunión.

—¿Dónde está Jesse? —pregunto.

—Lo ha dejado —dice Strane. Sonríe, parece satisfecho.

En Literatura, empezamos una unidad temática en que comparamos cuadros famosos con libros que hemos leído ese año. *El almuerzo de los remeros* de Renoir es *El gran Gatsby*, todos perezosos y borrachos. El *Guernica* de Picasso es *Adiós a las armas*, los horrores inconexos de la guerra. Cuando Strane nos muestra *El mundo de Cristina* de Andrew Wyeth, la clase está de acuerdo en que se parece a *Ethan Frome* con su cruda soledad y la amenazadora casa en la colina. Después de clase, le digo a Strane que veo a *Lolita* en el cuadro de Wyeth e intento explicar por qué: porque la mujer se ve tan derrotada con esos tobillos tan delgados, porque la distancia inabarcable entre ella y la casa me recuerda la descripción de Lo al final de la novela; pálida, embarazada y destinada a morir. Strane niega con la cabeza y dice por enésima vez que le doy demasiada importancia a esa novela.

—Tenemos que encontrarte un nuevo libro favorito —comenta.

Strane lleva a la clase de excursión al pueblo donde vivió Andrew Wyeth. Conducimos por la costa en una camioneta tan grande que, sentada junto a él en el asiento del pasajero, apenas noto la presencia de los demás. Es emocionante salir del campus con él, incluso con toda la clase detrás de nosotros, ajenos a su cautiverio. ¿Qué pasaría si decidiéramos aprovechar el momento y huir juntos? Podríamos abandonarlos en una parada de servicio, el cabello de Jenny azotando su cara mientras ve cómo nos alejamos.

Pero no es buen momento para una excursión porque estamos peleados por la idea de pasar otra noche juntos en su casa antes de las vacaciones de verano. Él dice que debemos aguantarnos y no tentar a la suerte, que ya nos veremos mucho durante el verano. Pero, cuando le pido fechas específicas, me dice que deje de construir mi mundo a su alrededor. Así que, de camino, no le dirijo la palabra y hago cosas que sé que le molestarán: jugueteo con la radio, pongo los pies en el salpicadero. Intenta ignorarme, pero veo cómo aprieta la mandíbula, con cuánta fuerza agarra el volante. Siempre dice que no hay manera de razonar conmigo cuando me pongo así, cuando me porto como una niña.

Una vez en Cushing, visitamos la Casa Olson, la granja en la cima de la colina en *El mundo de Cristina*. Las habitaciones están llenas de muebles antiguos llenos de polvo y cuadros de Wyeth. Pero no son originales, explica el guía. Son reproducciones. No pueden colgar los de verdad porque el aire salado es demasiado agresivo y dañaría los lienzos.

Hace dieciocho grados, un día suficientemente caluroso y despejado como para comer al aire libre. Strane extiende un mantel en la base de la colina, de cara a la granja, imitando la perspectiva de *El mundo de Cristina*. Después de comer, tenemos escritura libre mientras él da vueltas a nuestro alrededor con las manos a la espalda. Sigo enfadada, así que me niego a cooperar. Dejo intactos mi libreta y bolígrafo en el suelo, me acuesto boca arriba con la mirada perdida en el cielo.

—Vanessa —dice Strane—. Siéntate y ponte a trabajar.

Es lo que le diría a cualquier otro alumno desobediente, pero conmigo hay una debilidad en su voz, un tono suplicante que probablemente los demás no capten. *Vanessa, por favor, no me hagas esto.* Yo no me muevo.

Cuando los demás suben a la camioneta para volver a Browick, me agarra del brazo y me arrastra a la parte de atrás.

—Ya puedes dejar de comportarte así. —dice.

—Suéltame. —Trato de zafarme, pero me aprieta demasiado.

—No te saldrás con la tuya. —Me sacude el brazo tan bruscamente que casi me derriba.

Levanto la vista a las ventanas traseras de la camioneta, sintiéndome escindida: una parte aquí fuera con él; la otra, dentro con los demás, poniéndome el cinturón y guardando la mochila debajo del asiento. Si alguien mirara por la ventana, vería sus dedos clavándose en la tierna piel de mi brazo, y eso bastaría para que alguien empezara a sospechar. Sería más que suficiente. Me asalta un pensamiento: tal vez quiere que alguien nos vea. Estoy empezando a darme cuenta de que, cuanto más tiempo te sales con la tuya, más imprudente te vuelves, hasta que casi parece que quisieras ser descubierto.

Esa noche, Jenny llama a mi puerta y pregunta si podemos hablar. Desde la cama, la veo entrar y cerrar la puerta tras de sí. Observa el desorden de mi habitación, la ropa esparcida por el suelo, el escritorio cubierto de papeles sueltos y mohosas tazas de té a medio beber.

—Sí, sigo siendo una cerda —le digo.

Niega con la cabeza:

—Yo no he dicho eso.

—Lo estabas pensando.

—En absoluto. —Agarra la silla de mi escritorio, pero está cubierta con un montón de ropa limpia de la semana pasada que no llegué a guardar. Le digo que la aparte y ella inclina la silla, desparramando la ropa en el suelo.

—He venido a hablar de algo serio —dice—. No quiero que te enfades conmigo.

—¿Por qué iba a enfadarme?

—Siempre estás enfadada conmigo, y de verdad que no entiendo qué te he hecho para merecerlo. —Baja la mirada hacia sus manos y agrega—: Antes éramos amigas.

Levanto la mirada para protestar, pero ella respira hondo y dice:

—He visto cómo te tocaba el Sr. Strane en la excursión de hoy.

Al principio no sé de qué está hablando. *He visto cómo te tocaba el Sr. Strane.* Suena demasiado sexual. Strane no me ha tocado durante la excursión; hemos estado peleados todo el tiempo. Pero entonces lo recuerdo agarrándome del brazo detrás de la camioneta.

—Oh —digo—. No ha sido...

Me mira a la cara.

—No ha sido nada.

—¿Por qué lo ha hecho? —pregunta.

Niego con la cabeza:

—No me acuerdo.

—¿Lo ha hecho antes?

No sé cómo responder porque no sé qué está preguntando en realidad, si significa que ahora cree que es cierto el rumor de que hay algo entre Strane y yo. Me mira como si estuviera tratando con alguien indefenso, la misma mirada que tenía cuando intuía que ella sabía algo que yo no sé sobre música o películas o sobre cómo funciona el mundo en general.

—He tenido un presentimiento —dice.

—A ver qué presentimiento has tenido.

—No tienes que sentirte culpable. No es culpa tuya.

—¿*Qué* no es culpa mía?

—Sé que está abusando de ti —dice.

Me aparto de ella.

—¿Abusando de mí?

—Vanessa...

—¿Quién te ha dicho eso?

—Nadie —dice—. A ver, oí el rumor de que te acostaste con él para que te pusiera una A en un examen, pero no me lo creí. Incluso desde antes de hablar contigo del tema. Tú no eres así... No harías eso. Pero después de ver lo que te ha hecho hoy, la forma en que te ha agarrado, me he dado cuenta de lo que está pasando en realidad.

Niego con un gesto tras cada palabra.

—Te equivocas.

—Vanessa, escúchame —dice—. Strane es horrible. Mi hermana solía decirme que era un cerdo, que acosaba a las chicas cuando llevaban faldas, cosas así, pero no tenía idea de que fuera tan grave. —Se inclina hacia delante con una mirada dura—. Podemos hacer que lo despidan. Mi papá está en el consejo de administración de este año. Si le cuento esto, Strane está en la calle.

Parpadeo, conmocionada por sus palabras: *que lo despidan, un cerdo, acosaba a las chicas*. Qué horrible es oírla llamarlo Strane.

—¿Por qué querría que lo despidan?

—¿Por qué no lo querrías? —Parece genuinamente confusa. Tras un momento, su expresión se suaviza, labios fruncidos, cejas arqueadas—. Sé que estarás asustada, —dice ella—, pero no tienes por qué. Él ya no podrá hacerte daño.

Me mira, su cara llena de lástima, y me pregunto cómo es posible haber sentido tanto por ella, que anhelara acercarme a ella más y más, a pesar de que dormía a su lado en la misma habitación, nuestros cuerpos a menos de un metro de distancia. Pienso en su albornoz azul marino colgado detrás de la puerta, en las cajitas de pasas envueltas en celofán en el estante sobre su escritorio, cómo se aplicaba la loción con aroma a lila en las piernas cada la noche, las manchas de agua en la camiseta después de lavarse el pelo. A veces, se pegaba atracones de pizzas de microondas y la vergüenza se apoderaba de ella mientras comía. Me había fijado en cada detalle de ella, cada cosa que hacía, pero ¿por qué? ¿Qué podía tener ella? Ahora me parece tan común, con una mente demasiado estrecha para entender algo sobre Strane y yo.

—¿Por qué te preocupas tanto? —pregunto—. No tiene nada que ver contigo.

—Claro que tiene que ver conmigo, —dice ella—. Él no debería estar aquí. No se le debería permitir estar cerca de nosotras. Es un depredador.

Suelto una carcajada al oír la palabra *depredador.*

—Anda ya.

—Mira Vanessa, esta escuela me importa de verdad, ¿sabes? No te rías de mí por querer que sea un lugar mejor.

—¿Estás diciendo que Browick me da igual?

Vacila.

—No, pero... Es decir, tu caso es diferente. Nadie más en tu familia ha asistido a esta escuela, ¿sabes? Para ti es como venir y graduarte y ya está. Después te olvidas. Nunca contribuyes.

—¿Contribuir? ¿Quieres decir dar dinero?

—No —contesta rápidamente—. No he dicho eso.

Niego con la cabeza.

—Eres una *snob.*

Intenta dar marcha atrás, pero ya me estoy poniendo los auriculares. No están enchufados a nada, el cable cuelga de la cama, pero hacen que se calle. La miro cuando se levanta para irse, recoge la ropa y la vuelve a poner en la silla. Es un acto de bondad, pero en ese momento sólo consigue enfurecerme más. Me arranco los auriculares y le pregunto:

—¿Cómo te va con Hannah?

Se detiene.

—¿Qué quieres decir?

—¿No son como mejores amigas, ahora?

Jenny parpadea.

—No tienes por qué ser tan cruel.

—Tú eres la que siempre eras cruel con ella —le digo—. Te burlabas de ella en su cara.

—Bueno, me equivoqué —me grita—. A Hannah no le pasa nada. Sin embargo, tú necesitas mucha ayuda.

Va a abrir la puerta y yo agrego:

—No hay nada entre nosotros. Lo que hayas oído es un chisme estúpido.

—No es lo que haya oído. Vi cómo te tocaba.

—No viste nada.

Entorna los ojos, agarra el pomo de la puerta.

—Sí —dice—, lo vi.

Strane me hace repetir lo que me dijo Jenny palabra por palabra y, cuando llego a la parte en que ella lo llama cerdo, abre los ojos como si le pareciera increíble que alguien lo acusara de eso. La llama «perra petulante» y, por un momento, se me hiela la sangre. Nunca lo había oído usar esa palabra.

—No tendremos ningún problema —me asegura—. Siempre y cuando ambos lo neguemos, todo irá perfectamente. Los rumores necesitan pruebas para ser tomados en serio. —Intento señalar que no es realmente un rumor, porque Jenny lo vio agarrarme del brazo. Strane resopla—. Eso no prueba nada —dice.

Al día siguiente, en Literatura, nos hace una pregunta sobre *El zoo de cristal* y pide a Jenny que conteste, a pesar de que no ha levantado la mano. Mira el libro, azorada. No estaba prestando atención, probablemente ni siquiera ha oído la pregunta. Tartamudea unos cuantos *em* pero, en lugar de preguntarle a otra persona, Strane se recuesta en la silla y junta las manos como si estuviera dispuesto a esperar todo el día.

Tom empieza a hablar y Strane lo hace callar con la mano.

—Me gustaría saber qué tiene que decir Jenny —sentencia.

Pasan otros diez agonizantes segundos. Finalmente, en voz baja, Jenny dice:

—No lo sé —y Strane levanta las cejas y asiente. Como queriendo decir: *Me lo imaginaba.*

Al final de la clase, veo a Jenny irse con Hannah susurrando entre ellas. Hannah me fulmina con la mirada por encima del hombro. Me acerco a Strane cuando está borrando la pizarra y le digo:

—No deberías haberle hecho eso.

—Pues yo habría dicho que te divertiría.

—Avergonzarla sólo empeorará las cosas.

Parpadea, asimilando la crítica.

—He enseñado a niños como ella durante los últimos quince años. Sé cómo manejarlos. —Deja el borrador sobre el anaquel y se limpia las manos—. Preferiría que no criticaras mis métodos de enseñanza.

Me disculpo, pero no estoy siendo sincera y él lo sabe. Cuando le digo que tengo que irme, que tengo deberes pendientes, no intenta convencerme para que me quede.

Ya en mi habitación, me acuesto boca abajo en la cama y respiro en mi almohada para calmarme y no odiarlo. Porque, en ese momento, así es como me siento, como si lo odiara. En realidad, sólo odio que se enfade conmigo, porque entonces siento cosas que probablemente no debería sentir: vergüenza y miedo, una voz que me insta a salir corriendo.

Todo se derrumba en el transcurso de una semana. Empieza el miércoles, cuando estoy en la clase de Francés: Strane abre la puerta del aula y le pregunta a Madame Laurent si puede sacarme un momento.

—Trae tu mochila —susurra.

Mientras cruzamos el campus hacia el edificio de Administración, me pone al día de la situación, aunque ya era obvia. Jenny ha faltado a clase de Literatura los últimos dos días, pero la he ido viendo por el campus, así que sé que no está enferma. Ayer por la noche, durante la cena, la vi con Hannah, las cabezas agachadas como si se estuvieran contando un secreto. Cuando las levantaron, ambas se giraron directamente hacia mí.

Strane dice que el padre de Jenny ha enviado una carta a la escuela, pero que todo es circunstancial y no tiene pruebas. No llegará a ninguna parte. Sólo tenemos que seguir al pie de la letra el plan que hemos acordado: negarlo todo. No pueden hacernos nada si ambos lo negamos. El océano ruge en mis oídos. Cuanto más habla, más lejos suena.

—Ya le he dicho a la Sra. Giles que nada de esto es cierto, pero es más importante que lo niegues tú. —Me mira a la cara mientras andamos—. ¿Podrás hacerlo?

Asiento. Quedan unos cincuenta escalones antes de alcanzar la puerta principal del edificio, quizá menos.

—Estás muy tranquila —dice Strane. Me mira fijamente, buscando un indicio de debilidad, igual que hizo en su coche después de que nos acostáramos por primera vez. Cuando abre la puerta, dice—: Podremos con esto.

La Sra. Giles dice que prefiere creernos a nosotros antes que a lo que se pone en la carta. Esas son exactamente las palabras que pronuncia tras su enorme escritorio cuando Strane y yo nos sentamos en las sillas de madera, como dos niños que se han metido en un lío.

—Honestamente, me cuesta imaginar cómo podría ser cierto —dice ella, mostrando un papel que, supongo, es la carta. Recorre su contenido con los ojos—. «Aventura sexual en curso». ¿Cómo iba a pasar algo así sin que nadie se diera cuenta?

No entiendo qué quiere decir. Está claro que la gente se ha dado cuenta. Por eso el padre de Jenny ha escrito la carta: la gente se ha dado cuenta.

A mi lado, Strane dice:

—Es realmente absurdo.

La Sra. Giles dice tener una teoría sobre el origen de todo esto. De vez en cuando, aparecen rumores como este y llegan a alumnos, padres y profesores, que los dan por ciertos independientemente de lo increíbles que parezcan.

—A todo el mundo le gustan los escándalos —dice ella, y luego intercambia con Strane una sonrisa de complicidad.

Dice que los rumores acostumbran a brotar de los celos o de una mala interpretación de un favoritismo inocente. Que, en el transcurso de su carrera, un profesor tiene muchísimos alumnos y, la mayoría son, a falta de un mejor término, intrascendentes. Un alumno puede ser brillante y dotado, pero eso no significa necesariamente que un profesor tenga una conexión especial con él. Sin embargo, de vez en cuando, un profesor puede encontrarse con un alumno con el que siente una conexión más estrecha.

—Al fin y al cabo, los profesores son humanos, igual que ustedes —dice la Sra. Giles—. Dime, ¿te gustan todos tus profesores por igual? ¿A que no, Vanessa? —Niego con la cabeza—. Por supuesto que no. Prefieres unos a otros. A los profesores les pasa lo mismo con los alumnos. Sencillamente, para un profesor algunos alumnos son especiales.

La Sra. Giles se recuesta en la silla y cruza las manos sobre el pecho.

—Lo que sospecho que ha pasado es que Jenny Murphy está celosa del tratamiento especial que recibes del Sr. Strane.

—Un detalle relevante que Vanessa ha compartido conmigo —dice Strane—, es que ella y Jenny eran compañeras de habitación el año pasado y no se llevaban bien. —Me mira—. ¿No es así?

Lentamente, asiento.

La Sra. Giles levanta las manos.

—Bien, ya lo tenemos. Caso cerrado.

Me acerca un papel, la carta del padre de Jenny.

—Léete esto y luego firma aquí, por favor. —Me entrega un segundo papel con una sola línea de texto: «Las partes abajo firmantes niegan toda veracidad en el contenido de la carta escrita por Patrick Murphy el 2 de mayo de 2001». Abajo, hay espacio para dos firmas, la mía y la de Strane. Mis ojos recorren la carta, incapaces de enfocar. Firmo el papel y luego se lo doy a Strane, que hace lo mismo. Caso cerrado.

La Sra. Giles sonríe.

—Esto será suficiente. Es mejor resolver estos asuntos cuanto antes.

Temblando de alivio y con el estómago revuelto, me levanto y voy hacia la puerta, pero la Sra. Giles me detiene antes de salir.

—Vanessa, tendré que llamar a tus padres para informarles de esto —dice—, así que no te olvides de llamarlos esta noche, ¿de acuerdo?

La bilis me sube a la garganta. No había pensado en eso. Claro que tiene que llamarlos. Me pregunto si llamará a casa y dejará un mensaje en el contestador o si los llamará al trabajo: a papá al hospital, a mamá a su oficina en la compañía de seguros.

Cuando salgo del despacho, oigo que la Sra. Giles le dice a Strane:

—Te avisaré si necesito algo más por tu parte, pero esto debería bastar.

Llamo a casa por la noche y suelto un aluvión de explicaciones y tópicos: *está todo bien, no ha pasado nada, es ridículo, un rumor estúpido, claro que no es cierto*. Mis padres están cada uno con un teléfono, ambos hablan a la vez.

—Para empezar, tienes que dejar de andar con profesores —dice mamá.

¿Profesores? ¿Ha habido más de uno? Entonces, recuerdo la mentira que le dije en Acción de Gracias, que fue mi profesor de Historia quien dijo que mi cabello era del color de las hojas de arce.

Papá pregunta:

—¿Quieres que vaya a buscarte?

—Quiero saber exactamente qué ha estado pasando —agrega mamá.

—No —le digo—. Estoy bien. Y no ha estado pasando nada. Todo va bien.

—Si alguien te hubiera hecho daño me lo dirías —dice mamá. Ambos esperan a que confirme que, sí, se lo diría.

—Claro —digo—. Pero eso no es lo que ha pasado. No ha pasado nada ¿Cómo iba a pasar? ¿Con toda la supervisión que hay aquí? Es una mentira que se ha inventado Jenny Murphy. ¿Nadie recuerda lo mal que se portó Jenny conmigo?

—¿Pero por qué se inventaría algo así? ¿Por qué involucraría a su padre? —pregunta mamá.

Papá dice:

—Eso no me cuadra.

—Además, ella odia al Sr. Strane. Quiere vengarse de él. Es una de esas personas privilegiadas que creen que cualquiera que no haga su voluntad merece que le arruinen la vida.

—Esto no me está gustando, Vanessa —dice papá.

—No pasa nada —le digo—. Sabes que si pasara algo lo contaría.

Él y yo nos quedamos callados, esperamos a mamá.

—El año casi ha terminado —dice ella—. Supongo que no tiene sentido sacarte de ahí. Pero, Vanessa, mantente alejada de ese profesor, ¿de acuerdo? Si trata de hablar contigo, díselo a la directora.

—Es mi profesor. Tiene que poder hablar conmigo.

—Ya sabes a lo que me refiero —dice—. Vete en cuanto acabe la clase.

—Él ni siquiera es el problema.

—Vanessa —ladra papá—. Obedece a tu madre.

—Quiero que nos llames cada noche —dice mamá—. A las seis y media espero que suene el teléfono. ¿Entendido?

Miro a través de la sala común, la televisión emite la MTV en silencio, el pelo puntiagudo y el esmalte de uñas negro de Carson Daly, murmuro:

—Sí, señora. —Mamá suspira. Odia que la llame así.

Strane dice que debemos alejarnos por un tiempo, tener en cuenta la impresión que damos. Nada de pasar las tardes en su oficina, los dos solos durante horas.

—Incluso esto es arriesgado —dice, refiriéndose a que me salte el almuerzo para pasar la hora libre en su aula con la puerta abierta. Hemos de tener cuidado, al menos por el momento, por mucho que le duela mantener las distancias conmigo.

Sin embargo, confía en que todo escampará pronto. No para de usar esa palabra: «escampar», como si esto sólo fuera mal tiempo. Llegará el verano y conduciremos su coche, ventanas abiertas y aire salado. Me pide que confíe en él, que, para el otoño que viene, todo estará olvidado. No sé si le creo. Pasan un par de días y todo parece ir bien, pero cuando Jenny se cruza conmigo, me lanza miradas de crudo resentimiento. Strane cree que se ha dado por vencida porque ha dejado su clase, pero está claro que sigue enojada.

Han colgado en el tablón de anuncios la lista de universidades a las que irán los alumnos de último año. Voy a cenar y, mientras espero en la fila del puesto de sándwiches, noto que Jenny y Hannah se mueven metódicamente por el comedor. Jenny lleva un bolígrafo y una libreta y, cuando se acercan a cada mesa, Hannah les pregunta algo a las personas sentadas, espera una respuesta y Jenny escribe algo en la libreta. También me doy cuenta de cuántos ojos se vuelven hacia mí y luego se apresuran en apartar la mirada para que no me dé cuenta.

Salgo de la fila y, cuando cruzo el comedor, oigo a Hannah preguntar:

—¿Alguno de ustedes ha oído el rumor de que Vanessa Wye y el Sr. Strane están teniendo una aventura?

Es una mesa de estudiantes de último año. Brandon McLean, cuyo nombre he visto junto a Dartmouth en el tablón de anuncios, pregunta:

—¿Quién es Vanessa Wye?

La chica sentada a su lado —Alexis Cartwright, Williams College—, me señala.

—¿No es ella?

Toda la mesa se da la vuelta. Jenny y Hannah también lo hacen. Echo un vistazo a la libreta de Jenny, una lista de nombres, antes de que la esconda contra su pecho.

Veintiséis. Ese es el número de nombres en la lista de Jenny. Me siento frente a la Sra. Giles, esta vez estamos a solas en su despacho, sin la secretaria o Strane. La Sra. Giles me entrega una copia de la lista y leo los nombres, la mayoría son estudiantes de segundo año, compañeros de clase, chicas de mi piso. Personas con las que nunca he hablado de Strane. Luego, veo el último nombre de la página: Jesse Ly.

—Si hay algo que quieras decirme —dice la Sra. Giles—, ahora es el momento.

No estoy segura de qué espera de mí, si todavía cree que

el rumor es falso o si la lista la ha hecho cambiar de opinión y ahora está enojada porque le mentí. Está enojada por algo.

Levanto la vista.

—No estoy segura de qué espera que diga.

—Quisiera que fueras honesta conmigo.

No digo nada, no quiero comprometerme con nada.

—¿Y si te digo que he hablado con un alumno en esta lista que afirma que le dijiste explícitamente que tenías una relación romántica con el Sr. Strane?

Tardo un momento en entender que no se refiere a «explícitamente» en el sentido sexual, sino a que se lo dije a esa persona directamente. Sigo sin decir nada. No sé si está diciendo la verdad. Parece el tipo de farol que usan los policías de las series cuando intentan sacarle una confesión a alguien. La estrategia inteligente siempre es guardar silencio y esperar a un abogado, aunque no sé quién haría de abogado en mi caso. ¿Strane? ¿Mis padres?

La señora Giles respira hondo y se masajea las sienes. No quiere tener que lidiar con esto. Yo tampoco quiero lidiar con esto. Lo mejor será olvidarnos de esto, eso es lo que quiero decir. Olvidémonos de esto. Pero sé que no podemos, no con Jenny liderando la carga, y más con quién es su padre. La jerarquía de Browick me parece repentinamente obvia, un flagrante sistema de poder y valor en el que algunas importan más que otras, algo de lo que siempre había sido consciente, pero que no había podido entender tan claramente hasta ahora.

—Hay que llegar al fondo de todo esto —dice.

—Ya estamos en el fondo —le digo—. Nada de esto es verdad. Ese es el fondo.

—Así que, si voy a buscar a este alumno y lo traigo aquí, ¿mantendrás tu versión? —pregunta.

Parpadeo al darme cuenta de que está tratando de destapar mi farol, no al revés.

—No es verdad —repito.

—Bien. —Se levanta, sale de la oficina y deja la puerta abierta.

La secretaria asoma la cabeza, me ve y sonríe.

—Aguanta —dice.

Se me hace un nudo en la garganta con estas migajas de amabilidad. Me pregunto si me cree, qué pensó durante la última reunión con la Sra. Giles y Strane, mientras estaba sentada con nosotros escribiendo todo lo que decíamos en su libreta.

Pasan unos minutos y la Sra. Giles regresa a la oficina seguida de Jesse Ly. Se sienta en una silla a mi lado, pero no me mira. Su rostro rojo hasta la raíz, su cuello, sus orejas. Su pecho se levanta con cada respiración.

—Jesse —dice la Sra. Giles—, voy a hacerte la misma pregunta que me has contestado antes. ¿Vanessa te dijo que ella y el señor Strane estaban teniendo una aventura?

—No —dice—. No, ella nunca dijo eso. —La voz del chico es aguda, agitada, el tono que usas cuando estás tan desesperado por no decir la verdad que no te importa que parezca obvio que estás mintiendo.

La Sra. Giles vuelve a masajearse las sienes.

—Eso no es lo que has dicho hace cinco minutos.

Jesse sigue no deja de sacudir la cabeza. *No, no, no.* Está angustiado, tanto que me invade una compasión abrumadora por él. Me imagino poniendo mi mano sobre la suya y diciendo: *No pasa nada, puedes decir la verdad.* Pero me quedo sentada y observo, preguntándome si tengo toda la culpa de que esté pasando por este momento tan evidentemente incómodo, si de verdad importa que sea yo quien tiene más que perder en este asunto.

—¿Qué le has dicho? —le pregunto en voz baja.

Los ojos de Jesse saltan hacia mí. Todavía negando con la cabeza, dice:

—No sabía que iba a pasar esto. Ella sólo me ha preguntado...

—Jesse —dice la Sra. Giles—. ¿Vanessa te ha dicho alguna vez que ella y el Sr. Strane tienen una relación romántica?

Él alterna la mirada entre las dos. Cuando mira al suelo, sé lo que viene. Cierro los ojos y dice que sí.

Si fuera más débil, todo hubiese acabado aquí. Estoy atrapada, confrontada a mi propia inconsistencia. Por la forma en que la Sra. Giles me mira, es evidente que piensa que esto ha terminado, que estoy a punto de confesar. Pero todavía hay una salida a este túnel. Veo la luz. Sólo tengo que seguir cavando.

—Mentí —digo—. Era mentira. Lo que le dije a Jesse sobre Strane —me corrijo—, sobre el Sr. Strane. Nada de eso era cierto.

—Mentiste —repite la señora Giles—. ¿Y por qué lo harías?

La miro fijamente a los ojos cuando le explico mis motivos: porque estaba aburrida y me sentía sola, porque estaba enamorada de un profesor, porque tengo una imaginación hiperactiva. Cuanto más hablo, más segura me siento, culpándome a mí misma, absolviendo a Strane. Es tan buena excusa, que explica todo lo que le dije a Jesse más cualquier rumor que pudieran haber oído los otros veinticinco nombres de la lista. Esta debería haber sido mi versión desde el principio.

—Sé que mentir está mal —digo, mirando de Jesse a la Sra. Giles—, y siento haberlo hecho. Pero esta es toda la verdad. Eso es todo.

Es un placer mareante, como llenarme los pulmones con aire fresco después de quitarme las sábanas de la cara. Soy inteligente y fuerte, más de lo que nadie entiende.

Me salto el almuerzo y voy directamente a la clase de Strane. Llamo a la puerta. No responde, aunque veo que las luces están encendidas a través de la ventana de cristal esmerilado.

Me digo a mí misma que todavía debe estar preocupado por la impresión que podamos dar, pero la siguiente clase de Literatura la imparte el Sr. Noyes en lugar de Strane y, tan pronto como entro en el aula, me dice que debo ir al edificio de administración.

—¿Qué pasa? —pregunto.

Levanta las manos.

—Yo sólo soy el mensajero —dice, pero está claro, por la manera cautelosa en que me mira, como si no quisiera estar cerca de mí, que sabe algo. Cruzo el campus sin saber si debo darme prisa o arrastrar los pies y, cuando llego a los escalones del edificio de la administración, frente a las columnas y los escudos de Browick en las puertas dobles, la camioneta de papá se detiene en la entrada principal del campus. Hago pantalla con la mano y veo que están ambos ahí: papá conduce, mamá está en el asiento del pasajero tapándose la boca con la mano. Aparcan, bajan de la camioneta.

Bajo los escalones a toda prisa y grito:

—¿Qué están haciendo aquí? —Al oír mi voz, la cabeza de mi madre rota violentamente hacia mí y apunta un dedo hacia sus pies, de la forma en que llama a Babe cuando ha hecho algo malo. *Ven aquí.* Igual que la perra, me detengo a cinco metros de distancia y me niego a acercarme más.

—¿Por qué están aquí? —pregunto de nuevo.

—Por el amor de Dios, Vanessa, ¿por qué crees? —responde ella.

—¿La señora Giles los llamó? No hay ningún motivo para que estén aquí.

Papá todavía viste su ropa de trabajo, pantalones grises y una camisa azul a rayas con el nombre PHIL bordado en el bolsillo. A pesar de todo lo que está pasando, me mata la vergüenza. ¿Por qué no se ha cambiado de ropa?

Cierra la puerta de la camioneta de un portazo y se acerca a mí.

—¿Estás bien?

—Estoy perfectamente. Todo va bien.

Me agarra de la mano.

—Dime lo que pasó.

—No ha pasado nada.

Me mira fijamente, suplicante, pero no digo nada. Ni siquiera me tiembla el labio inferior.

—Phil —dice mamá—. Vamos.

Los sigo al edificio, subo las escaleras, entro en la salita fuera del despacho de la Sra. Giles con la secretaria que ya conozco, de quien busco otra sonrisa, pero que sin hacerme caso nos hace una señal para que entremos. Strane está en la oficina con la Sra. Giles, de pie junto a su escritorio, con las manos en los bolsillos, los hombros hacia atrás. Me duele el pecho de tanto querer hundirme en él. Si pudiera, me enterraría en él y dejaría que su cuerpo me consumiera por completo.

La Sra. Giles les ofrece la mano a mis padres. Strane también extiende su mano, papá responde al saludo, pero mamá se sienta y lo ignora como si no estuviera ahí.

—Creo que será mejor si Vanessa no está presente —dice la Sra. Giles. Mira a Strane y él asiente—. Puedes volver a la sala de espera.

Hace un gesto hacia la puerta, pero estoy mirando a Strane, fijándome en que tiene el cabello mojado como recién salido de la ducha y que lleva su chaqueta de *tweed* y una corbata. *Va a confesar*, pienso. *Se está entregando.*

—No...

—Vanessa —dice mamá—. Vete.

La reunión dura media hora. Lo sé porque la secretaria enciende la radio, probablemente para evitar que oiga lo que dicen en la oficina. «Es tú pausa del café de las dos y media», dice el locutor, «media hora ininterrumpida de los mejores éxitos». Mientras la secretaria tararea, pienso que siempre recordaré estas canciones porque fueron las que sonaron cuando Strane confesó y se sacrificó por mí.

Cuando termina, todos salen a la vez. La Sra. Giles y mis padres se detienen en la sala de espera. Strane sigue andando. Se va sin dirigirme una sola mirada. Veo las fosas nasales y las pupilas dilatadas de mamá. La boca de papá es una línea recta, igual que cuando tuvo que decirme que nuestro anterior perro había muerto de la noche a la mañana.

—Vamos —dice, tomándome de la mano.

Nos sentamos en un banco afuera, mamá mirando al suelo, con los brazos cruzados firmemente, mientras papá habla. Lo que dice está tan lejos de lo que esperaba que tardo un momento en situarme. No está diciendo: *Lo sabemos todo, y no es culpa tuya*. Está diciendo que hay un código ético en Browick que deben observar todos los alumnos, y yo lo he transgredido al mentir sobre un profesor y dañar su reputación.

—Aquí se toman este tipo de cosas muy en serio. —dice papá.

—Así que no… —Miro de una cara a la otra—. Él no… Mamá sacude la cabeza.

—¿Él no, qué?

Trago saliva, niego con la cabeza.

—Nada.

Sigue con su explicación. Voy a terminar el año antes de tiempo. De todas formas, sólo quedan un par de semanas. Pasarán la noche en la posada del centro y, por la mañana, tendré que, como dice papá, «enmendar mis errores». La Sra. Giles quiere que les diga a todos los alumnos en la lista de Jenny Murphy que el rumor sobre mí y el Sr. Strane es una mentira que yo me inventé.

—¿O sea, decírselo uno por uno? —pregunto.

Papá niega con la cabeza.

—Me ha parecido que reunirán a todos para que puedas hacerlo de golpe.

—No tienes por qué hacerlo —dice mamá—. Podemos empacar tus cosas y salir esta misma noche.

—Si la Sra. Giles quiere que lo haga, tengo que hacerlo —le digo—. Es la directora.

Mamá frunce los labios, como si quisiera decir algo más.

—Pero podré volver el año que viene, ¿verdad?

—Vayamos paso a paso. —dice papá.

Me llevan a cenar a la pizzería del centro. Entre los tres, ni siquiera podemos terminar una sola pizza. Damos pequeños mordiscos a nuestras porciones, mamá usa una servilleta tras otra para absorber la grasa. Ninguno de los dos me mira.

Se ofrecen a llevarme de regreso al campus, pero les digo que no, prefiero caminar. Es una noche agradable, digo, todavía hace calor cuando se pone el sol.

—Me gustaría tener unos minutos de tranquilidad antes de estar de vuelta en el campus —les digo.

Estoy segura de que me van a decir que no, pero parecen demasiado aturdidos como para discutir y me dejan ir. Me abrazan y, fuera del restaurante, papá me susurra:

—Te amo, Nessa —al oído. Ellos giran a la izquierda hacia la posada y yo a la derecha hacia el campus y la biblioteca pública, hacia la casa de Strane.

—Sé que es estúpido —le digo cuando abre la puerta—, pero necesitaba verte.

Mira detrás de mí, a la calle y la acera.

—Vanessa, no puedes estar aquí.

—Déjame entrar. Cinco minutos.

—Tienes que irte.

Estoy tan frustrada que grito y lo empujo con ambas manos usando todo mi peso. No logro moverlo, pero lo alarma lo suficiente como para cerrar la puerta y llevarme detrás de la casa donde no puedan vernos desde la calle. Tan pronto quedamos aislados, me abalanzo sobre él, lo abrazo tan fuerte como puedo.

—Me obligan a irme mañana —le digo.

Da un paso atrás, suelta mis brazos y se queda callado. Espero a que su rostro refleje algo: enojo, pánico o arrepentimiento por haber dejado que la situación llegue tan lejos, pero está completamente inexpresivo. Se mete las manos en los bolsillos y mira por encima de mí, hacia la casa. Es como si tuviera delante a una persona desconocida.

—Quieren que hable frente a un grupo de gente —le digo—. Quieren que les diga que mentí.

—Lo sé —dice. Sigue sin mirarme, tiene el ceño profundamente fruncido.

—Bueno, no sé si podré hacerlo. —Me mira fijamente, una pequeña victoria, así que aprieto algo más—. A lo mejor debería decirles la verdad.

Aclara la garganta, pero no se inmuta.

—Por lo que entiendo, ya has estado bastante cerca de hacer eso —dice—. Le hablaste a tu madre de mí. Le dijiste que yo era tu novio.

Al principio no me acuerdo. Entonces: el viaje de vuelta de las vacaciones de febrero, después de que ella me oyera hablar por teléfono en mitad de la noche. *¿Cómo se llama?* preguntó mi madre con los campos cubiertos de nieve y los árboles esqueléticos volando a través de las ventanillas del coche. Contesté con la verdad: Jacob. Pero sólo es una palabra, un nombre común, no una confesión. No había deducido la verdad con esa única palabra. No pudo haberlo hecho. De haber sido así, no habría permitido que Strane se fuera de la oficina de la Sra. Giles o aceptado la propuesta de que yo me disculpara ante una habitación llena de gente.

—Si has decidido que quieres arruinar mi vida —dice Strane—, no puedo detenerte. Pero espero que entiendas lo que pasará si lo haces.

Trato de decir que no hablaba en serio, que, por supuesto no voy a delatarlo, pero su voz se sobrepone a la mía.

—Tu nombre y tu foto se publicarán en los periódicos —dice—. Saldrás en las noticias. —Habla despacio, con cuidado, como si quisiera asegurarse de que lo entiendo—. Esto te perseguirá para siempre. Te marcará de por vida.

Me gustaría decirle, *Demasiado tarde*. Que camino todos los días sintiéndome marcada para siempre por él, pero tal vez sea injusto. ¿Acaso no ha estado tratando de salvarme? Haciéndome prometer que me mudaría para ir a la universidad, insistiendo en que, en última instancia, mi futuro iría mucho más allá que él. Quiere más para mí, un futuro amplio en lugar de un camino estrecho, pero eso sólo puede pasar si guardo el secreto. Si la verdad sale a la luz, definirá toda mi vida; será lo único que importe de mí. Veo un recuerdo difuso, como salido de un sueño: una chica híbrida, en parte yo y en parte la Srta. Thompson, ¿o quizá estoy recordando un video de las noticias sobre Monica Lewinsky? Una mujer joven con lágrimas rodando por sus mejillas, tratando de mantener la cabeza alta al contestar una pregunta humillante tras otra sobre lo que pasó. *Dinos exactamente qué te hizo*. Es fácil imaginar cómo mi vida podría convertirse en un largo camino de escombros a partir de mi decisión de confesar.

—Preferiría acabar con mi vida ahora mismo antes que pasar por eso —dice Strane. Me mira, con las manos todavía en los bolsillos del pantalón. Parece relajado, incluso de cara a la ruina—. Pero tal vez eres más fuerte que yo.

Entonces, me pongo a llorar, a llorar de verdad, como nunca antes lo había hecho frente a él: un feo e intenso llanto con hipo y mocos goteando de mi nariz. Me llega tan de golpe que pierdo el equilibrio. Me recuesto contra la pared trasera de la casa, apoyo las manos en los muslos e intento respirar. Los sollozos no paran. Me abrazo por la cintura, me pongo en cuclillas y golpeo mi coronilla contra las tablillas de cedro, como si estuviera intentando expulsarlas de mí. Strane se arrodilla ante mí, pone sus manos detrás de mi cabeza, entre la casa y yo, hasta que dejo de luchar y abro los ojos.

—Eso es —dice. Él inhala, exhala, y mi pecho se eleva y cae a su ritmo. Todavía acuna mi cabeza con las manos, su cara lo suficientemente cerca de mí como para besarnos. Las lágrimas se secan en mi piel, dejando tirantes mis mejillas, y su pulgar me acaricia detrás de la oreja. Está agradecido, dice, por lo que he hecho hasta ahora. Es muy valiente asumir la responsabilidad y echarme yo misma a los lobos. Es una prueba de amor. Es probable que lo ame más de lo que nadie lo ha amado nunca.

—No se lo diré a nadie —le digo—. No. Nunca lo haré.

—Lo sé —dice—. Sé que no lo harás.

Planeamos juntos lo que diré en la reunión de mañana, cómo me culparé de los rumores, me disculparé por mentir y dejaré claro que Strane no hizo nada malo. No es justo, dice, que me obliguen a hacer esto, pero limpiar su nombre es la única manera de salir de esto con vida. Me besa en la frente y los rabillos de los ojos, como hizo cuando nos besamos por primera vez en el aula, acurrucados detrás de su escritorio.

Antes de irme, miro por encima del hombro y lo veo de pie sobre el oscuro césped, su silueta recortada por la luz de las ventanas del salón. Irradia gratitud hacia mí, me inunda de amor. Esto, creo, es lo que significa ser abnegada, ser buena. ¿Cómo podría haberme considerado indefensa cuando sólo yo tengo el poder para salvarlo?

A la mañana siguiente, las veintiséis personas en la lista de Jenny se reúnen en el aula del Sr. Sheldon. No hay suficientes pupitres para todos, así que algunos chicos están de pie, apoyados contra la pared del fondo. No consigo ver quiénes son; sólo veo el bamboleo de las caras, un océano de boyas.

La Sra. Giles me hace estar a su lado al frente del aula mientras leo la declaración que Strane y yo escribimos la noche anterior.

—Cualquier rumor inapropiado que puedan haber oído sobre el Sr. Strane y yo es falso. Difundí mentiras sobre él, que no se merecía. Siento haber sido deshonesta.

Los rostros me devuelven la mirada, poco convencidos.

—¿Alguien tiene alguna pregunta para Vanessa? —pregunta la Sra. Giles. Una mano se dispara. Deanna Perkins.

—No puedo entender por qué te inventarías algo así —dice Deanna—. No tiene sentido.

—Eso... —Miro a la Sra. Giles, pero ella sólo me devuelve la mirada. Todo el mundo me mira—. Eso no es una pregunta.

Deanna pone los ojos en blanco.

—Sólo digo que, ¿por qué?

—No lo sé —contesto.

Alguien pregunta por qué estoy en el aula de Stranes constantemente. Yo digo:

—Nunca estoy en su aula —una mentira tan flagrante que un par de personas se ríen. Alguien más pregunta si pasa algo conmigo «quiero decir, mentalmente» y digo:

—No lo sé, es probable.

A medida que siguen las preguntas, me doy cuenta de lo evidente: no puedo volver aquí, no después de esto.

—Está bien —dice la Sra. Giles—, es suficiente.

A todos se les reparte una hoja con tres preguntas. Uno, ¿a través de quién oíste este rumor? Dos, ¿cuándo lo oíste? Tres, ¿se lo has dicho a tus padres? Cuando me voy, las veintiséis cabezas están inclinadas rellenando la encuesta, excepto Jenny, que está sentada con los brazos cruzados, mirando a su escritorio.

Vuelvo a Gould y encuentro a mis padres desmontando mi

habitación. La cama está desnuda, el armario vacío. Mamá echa a mis cosas a ciegas en una bolsa de basura: papeles, cualquier cosa que encuentra en el suelo.

—¿Cómo ha ido eso? —pregunta papá.

—¿Eso?

—La, ya sabes... —Se aleja, sin saber cómo llamarlo—. La reunión.

No respondo. No sé cómo ha ido, ni siquiera puedo procesar lo que ha pasado en realidad. Mirando a mamá, digo:

—Estás tirando cosas importantes.

—Es basura —dice.

—No, estás tirando cosas de clase, cosas que necesito.

Da un paso atrás y me deja rebuscar en la bolsa de basura. Encuentro un trabajo con los comentarios de Strane, un folleto que nos dio sobre Emily Dickinson. Aprieto los papeles contra mi pecho, no quiero que vean qué estoy salvando.

Papá cierra mi maleta grande llena de ropa.

—Iré bajando las cosas —dice, saliendo al pasillo.

—¿Nos vamos ya? —Me vuelvo hacia mamá.

—Vamos —dice ella—. Ayúdame a despejar esto. —Abre el cajón inferior de mi escritorio y se queda sin aliento. Está lleno de porquería: papeles arrugados, envoltorios de alimentos, pañuelos usados, una cáscara de plátano ennegrecida. Lo llené en pánico hace unas semanas, justo antes de la inspección de la habitación, y se me olvidó limpiarlo—. ¡Vanessa, por el amor de Dios!

—Deja que lo haga yo si vas a gritarme. —Le quito la bolsa.

—¿Por qué no tiras las cosas? —pregunta—. Quiero decir, Dios, Vanessa, esto es basura. *Basura*. ¿Qué tipo de persona guarda basura en un cajón?

Me centro en mi respiración mientras vacío el cajón del escritorio en la bolsa de basura.

—No es salubre ni es normal. A veces me asustas, ¿sabes? Estas cosas que haces, Vanessa, no tienen sentido.

—Ahí lo tienes. —Introduzco el cajón de nuevo en el escritorio—. Todo limpio.

—Deberíamos desinfectarlo.

—Mamá, está bien.

Mira alrededor de la habitación. Sigue siendo un desastre, aunque es difícil distinguir mi desastre del causado por la mudanza.

—Si nos vamos a ir ahora —le digo—, tengo que ir a hacer algo.

—¿Dónde tienes que ir?

—Diez minutos.

Niega con la cabeza.

—No te vas a ninguna parte. Te quedas aquí y nos ayudas a limpiar esta habitación.

—Tengo que ir a despedirme de gente.

—¿De quién tienes que despedirte, Vanessa? Ni que tuvieras un maldito amigo.

Mira cómo me afloran las lágrimas en los ojos, pero no parece arrepentida. Parece estar esperando. Así es como todos me han estado mirando durante esta semana, como si esperaran a que me derrumbe. Desvía su atención hacia el desastre, abre el cajón superior de la cómoda y saca un puñado de ropa. Al hacerlo, algo cae, y se desliza hacia el suelo entre nosotras: la Polaroid de Strane y yo en el muelle del pueblo. Por un momento, la miramos igual de confundidas.

—Qué... —mamá se agacha para agarrarla—, es esto...

Me abalanzo, recojo la foto y la aprieto contra mi pecho.

—No es nada.

—¿Qué es eso? —pregunta, yendo hacia mí. Retrocedo.

—No es nada —digo.

—Vanessa, dámelo. —Extiende la mano como si tuviera alguna posibilidad de que me rindiera tan fácilmente, como si fuera una niña. Vuelvo a decir que no es nada. No es nada

¿de acuerdo? Una y otra vez, el pánico aumentando en mi voz hasta que dejo escapar un chillido tan contundente que mamá se aleja de mí. La última nota aguda parece persistir en el aire, resonando a través de la habitación medio vacía.

—Ese era él —dice—. Tú y él.

Miro al suelo, sacudida por el grito, y susurro:

—No lo era.

—Vanessa, lo he visto.

Mis dedos se enroscan sobre la Polaroid. Me imagino a Strane aquí en la habitación, cómo sería capaz de calmarla. *No es nada*, diría, su voz relajante como un bálsamo. *No has visto lo que crees que has visto.* Él podría convencerla de cualquier cosa, igual que a mí. La guiaría a la silla del escritorio y le haría una taza de té. Se guardaría la foto en el bolsillo, un movimiento tan sutil y rápido que ella ni se daría cuenta.

—¿Por qué lo proteges? —pregunta mamá. Respira con dificultad, sus ojos buscando respuestas. No es cuestión de ira; realmente no lo entiende. Está desconcertada por mí, por todo esto.

—Él te hizo daño —dice.

Niego con la cabeza; le digo la verdad.

—No.

Papá regresa entonces con la cara sudorosa. Se coloca una bolsa de deporte llena de libros sobre un hombro y, mientras está buscando algo más para llevarse, se da cuenta de la disputa entre mamá y yo, mi mano todavía presionando la Polaroid contra mi pecho. Le pregunta a mamá:

—¿Todo bien por aquí?

Hay un silencio sepulcral, el dormitorio vacío a media mañana excepto por nosotros. Mamá deja que sus ojos se aparten de mí.

—Todo bien —dice.

Empacamos el resto de mi habitación. Nos hacen falta cuatro viajes para bajarlo todo. En un momento dado, antes de subir a la camioneta, mis pies arden con el deseo de correr a través del campus y bajar la colina hacia el centro, hasta la casa de Strane. Me imagino entrando sigilosamente, encaramándome a su cama, escondiéndome debajo de las mantas. Podríamos haber huido. Le dije eso anoche antes de irme de su casa. «Subámonos al coche ahora mismo y vayámonos». Pero me dijo que no, que no funcionaría. «La única manera de dejar esto atrás es enfrentarnos a las consecuencias y hacer cuanto podamos para superarlas».

Cuando papá coloca la última bolsa de basura en el maletero, mamá me toca el hombro.

—Todavía podemos ir a contárselo —dice—. Ahora mismo, podemos entrar...

Papá abre la puerta, se sube al asiento del conductor.

—¿Están listas?

Sacudo el hombro para zafarme de la mano de mamá que se queda mirando cómo subo a la camioneta.

Paso todo el camino a casa estirada en el asiento trasero. Observo los árboles, el lado plateado de las hojas, los cables eléctricos y las señales de la autopista interestatal. En el maletero, la lona que cubre mis cosas se agita con el viento. Mis padres miran al frente, su enfado y su pena son tan densos que se pueden masticar. Abro la boca para tragármelo todo, y en lo más profundo de mi vientre se convierte en culpa.

2017

Mamá me llama cuando estoy camino a casa del supermercado, mi bolsa lastrada con pintas de helado y botellas de vino. Me pregunta:

—¿Quieres venir a casa para Acción de Gracias?

Parece estar exasperada, como si me lo hubiese preguntado varias veces cuando, de hecho, es la primera vez que hablamos sobre el tema.

—Me imagino que querrás que vaya —le digo.

—Tú decides.

—¿Entonces, no quieres que vaya?

—No, sí que quiero.

—Entonces, ¿qué pasa?

Hay una larga pausa.

—Es que no quiero cocinar.

—No tienes que hacerlo.

—No me sentiría bien si no lo hago.

—Mamá —le digo—, no tienes que cocinar. —Me ajusto la bolsa de compras en el hombro esperando que no oiga el tintineo de las botellas—. ¿Sabes qué podemos hacer? Comprar una de esas cajas azules de pollo frito congelado. Y comer sólo eso. ¿Recuerdas cuando cenábamos eso todos los viernes?

Se ríe.

—No lo como desde hace años.

Camino por la calle Congress, paso la estación de autobuses, la estatua de Longfellow observando a todos los transeúntes. Oigo las noticias de fondo en casa de mi madre: la voz de un comentarista, seguida por la de Trump.

Mamá se queja y el sonido de fondo desaparece.

—Lo pongo en silencio cada vez que aparece —explica.

—No entiendo cómo te la pasas viendo eso todo el día.

—Pues sí.

Vislumbro mi edificio. Estoy a punto de ponerle fin a la conversación cuando dice:

—Sabes, el otro día hablaron de tu antigua escuela en las noticias.

Sigo caminando, pero dejo de pensar y de mirar. Camino más allá de mi edificio, cruzo la próxima calle y sigo. Aguanto la respiración y espero a que siga. Sólo ha mencionado *tu antigua escuela*, y no a *ese hombre*.

—Bueno, de todas formas —dice con un suspiro—, ese lugar siempre fue un infierno.

Tras el artículo sobre las demás chicas, Browick suspende a Strane y lo deja sin sueldo mientras dure la investigación. En esta ocasión, la policía estatal está involucrada. O, al menos, eso creo; son detalles que logro entresacar de las publica ciones de Taylor en Facebook y de la sección de comentarios del artículo, donde los fragmentos de información legítima se pierden entre rumores, diatribas y discursos atormentados. Hay quien grita: ES MUY FÁCIL, HAY QUE CASTRAR A TODOS LOS PEDÓFILOS; otros que otorgan el beneficio de la duda, con comentarios tipo: ¿Acaso no somos inocentes hasta que se pruebe lo contrario? Dejemos que la justicia siga su curso, no podemos fiarnos ciegamente de estas acusaciones, sobre todo si provienen de chicas adolescentes, con todas sus confabulaciones e inestabilidad emocional. Es aturdidor e interminable, y no me entero de qué está pasando porque Strane no me cuenta nada. Llevo días sin saber de él.

No ponerme en contacto con él requiere todo mi autocontrol. Le escribo mensajes de texto, los borro y los vuelvo a escribir. Escribo borradores de mensajes, busco su número de teléfono y acerco el dedo, a punto de llamar, pero no me lo permito. A pesar de los años de darle la razón, de dejarlo sermonearme sobre lo que es verdad, lo que constituye histeria puritana, y lo que es mentira, sigo teniendo una noción de la realidad. No me he dejado manipular hasta perder completamente la sensatez. Sé que debería estar enfadada, y a pesar de que esa emoción esté al otro lado del desfiladero, fuera de mi alcance, hago todo lo posible por sentirla. Me quedo quieta y sentada y dejo que mi silencio se manifieste mientras miro cómo Taylor comparte el artículo una y otra vez, añadiendo el *emoji* de los puños al aire junto a unas palabras que se leen como un epitafio: Escóndete todo lo que quieras, la verdad siempre te encontrará.

Cuando finalmente se pone en contacto conmigo, es una llamada a primera hora. El teléfono suena debajo de mi almohada, extendiendo la vibración a lo largo de todo el colchón que percibo en mi sueño como el zumbido de un motor en un lago, el mismo que solía percibir amortiguado por el agua cuando pasaban las lanchas. Cuando contesto, aún estoy soñando, con el sabor a agua dulce en los labios, viendo cómo los rayos solares atraviesan el agua oscura hasta alcanzar las hojas muertas y ramas caídas, y esa capa de lodo interminable.

Por teléfono, Strane exhala temblorosamente, el tipo de suspiro que uno suelta después de llorar.

—Se acabó —dice—. Pero quiero que sepas que te amé de verdad. Aunque haya sido un monstruo, te amé—. Está al aire libre. Puedo oír el viento, un ruido que distorsiona sus palabras.

Me incorporo y miro por la ventana. Es temprano, antes del amanecer, y el cielo está teñido de un negro morado.

—He estado esperando tu llamada.

—Lo sé.

—¿Y por qué no me dijiste nada? Me tuve que enterar por el periódico. Podrías habérmelo dicho.

—No me lo esperaba —dice—. No tenía ni idea.

—¿Quiénes son ellas?

—No lo sé. Son unas chicas. No son nadie. Vanessa: no sé qué es esto. No entiendo siquiera qué he hecho mal.

—Dicen que abusaste sexualmente de ellas.

Está callado, desconcertado, quizá, por el hecho de que yo haya pronunciado esas palabras. He sido demasiado apacible con él por mucho tiempo.

—Dime que no es verdad —le digo—. Júramelo. —Oigo el ruido blanco del viento.

—Así que crees que podría ser cierto —dice. No es una pregunta, sino una afirmación, como si hubiese dado un paso hacia atrás y ahora pudiera ver la duda que ha florecido al costado de los límites de mi lealtad.

—¿Qué les hiciste? —pregunto.

—¿Qué te estás imaginando? ¿De qué crees que soy capaz?

—Algo hiciste. ¿Por qué dirían eso si no les hiciste nada?

—Es una epidemia —dice—. No tiene lógica.

—Pero son sólo chicas—. Mi voz se quiebra, me ahogo en un sollozo, y es como si observara a otra persona llorar, una mujer interpretando mi papel. Recuerdo lo que me dijo mi compañera de cuarto de la universidad, Bridget, cuando le conté sobre Strane: *Tu vida es una película.* No entendía el horror de ver cómo tu cuerpo protagoniza una película a la que tu mente no ha consentido. Lo había dicho como un cumplido. ¿No es eso lo que quieren todas las adolescentes? Tan aburridas, necesitadas de atención.

Strane me dice que no intente buscarle el sentido a todo esto, que enloquecería en el intento.

—¿Qué es *todo esto*? —pregunto—. ¿De qué estamos hablando? —Necesito una escena en la que enfocarme, alguna descripción de dónde estaban en el aula, detrás de su escritorio, o en la mesa, qué luz había, qué mano utilizó, pero estoy llorando y me pide que lo escuche, que deje de llorar y lo escuche.

—No era lo mismo con ellas, ¿sabes? No era como contigo. Yo te amé, Vanessa. Yo te amaba.

Cuando cuelga, sé lo que pasará a continuación. Recuerdo la vez que amenacé a Ira quien, harto de mi inacción, dijo que él mismo iba a denunciar a Strane.

—Ira: si haces eso —le dije con voz firme y severa—, si le cuentas a alguien algo sobre él, no me volverás a ver. Desapareceré.

Me quedo mirando el teléfono y me digo a mí misma que el deseo de llamar al 911 es irracional e innecesario, pero en realidad estoy aterrada. No sé cómo explicar todo esto: quién soy, quién es él, sin contar toda la historia. Me digo a mí misma que no serviría de nada, que ni siquiera sé dónde está, sólo que está afuera, en un lugar ventoso. No es suficiente. Después veo un mensaje de él, enviado antes de la llamada. Haz lo que quieras, dice. Si quieres contárselo a alguien, adelante.

Escribo una respuesta, mis dedos sobrevuelan a lo largo del teclado: No quiero contárselo a nadie. Nunca lo haré. Veo que el mensaje se envía y que se queda sin leer.

Me vuelvo a dormir, al principio intermitentemente, pero después caigo muerta y no me despierto hasta las once y cuarto, cuando ya han encontrado el cadáver en el río. A las cinco de la tarde, el periódico de Portland publica el artículo.

Profesor veterano de Browick hallado muerto en el río Norumbega

NORUMBEGA- Jacob Strane, profesor veterano de la Escuela Browick, de 62 años, y residente de Norumbega, falleció el sábado de madrugada.

*El Departamento del Aguacil del Condado de No-
rumbega informó que el cuerpo de Strane fue encontrado
a media mañana en el río Norumbega, cerca del puente
Narrows.*

*«El caballero saltó del puente. Hemos hallado el
cadáver esta mañana», declaró el Departamento. «Recibimos una llamada a las 6:05 AM sobre alguien que
parecía estar a punto de lanzarse desde el puente. La persona que llamó fue testigo del salto. No hay indicios de
homicidio».*

*Strane nació en Butte, Montana, fue profesor de Li-
teratura en el internado de Norumbega durante treinta
años y un miembro destacado de la comunidad. El pasado jueves, este medio informó que Strane estaba siendo
investigado después de que cinco estudiantes de Browick
lo hayan acusado de abusar de ellas sexualmente, acusaciones que ocurrieron entre 2006-2016.*

*El Departamento del Aguacil del Condado ha infor-
mado que a pesar de que la muerte de Strane haya sido
declarada un suicidio, la investigación sobre las acusaciones de abuso seguirá su curso.*

El artículo incluye la foto oficial de la escuela más reciente.
En ella, Strane está sentado frente a un fondo azul y lleva
una corbata que reconozco y cuya textura aún recuerdo, azul
marino con pequeños diamantes bordados. Parece tan viejo,
con el cabello fino y encanecido, el rostro afeitado y cetrino,
con papada y párpados caídos. Parece pequeño. No pequeño
como un niño, sino como un viejo, frágil y exhausto. No mira
directo a la cámara, sino a un lugar algo a la izquierda, con
una expresión perpleja, con la boca entreabierta. Parece estar confundido, como si no entendiese lo que ha sucedido o
lo que ha hecho.

Al día siguiente, llega una caja por correo con matasellos del día antes de que saltase del puente. Dentro encuentro las Polaroid, cartas, tarjetas, y fotocopias de los ensayos que escribí para su clase, todo acomodado sobre un lecho de tela amarillenta: el pijama con estampado de fresas que me compró la primera vez que nos acostamos. No hay ninguna nota, pero no necesito ninguna explicación. Son todas las pruebas que tenía.

La historia se difunde a lo largo del estado de Maine. El canal local de noticias le dedica un segmento con breves tomas del campus de Browick, alumnos caminando por senderos a la sombra de los pinos, dormitorios de madera blanca, el edificio de administración con su pórtico y columnas. Hay un plano prolongado del edificio de Humanidades. Y la misma fotografía de Strane. Debajo, su nombre mal escrito: JACOB STRAIN.

El tiempo desaparece cuando me pierdo en la sección de comentarios, las publicaciones de Facebook y los hilos de Twitter, mi teléfono vibra a causa de la Alerta de Google que he configurado con el nombre de Strane. En mi laptop, mantengo quince pestañas siempre abiertas, alterno de una a otra, y cuando ya estoy al día con todos los comentarios, veo las noticias. La primera vez que vi el segmento, tuve que correr al baño a vomitar, pero me he forzado a verlo tantas veces, que ya me siento anestesiada. Ya no reacciono al ver la foto de Strane en la pantalla. Cuando el presentador menciona «las acusaciones de cinco estudiantes diferentes», ni me inmuto.

Tras las primeras veinticuatro horas, la historia viaja hacia el sur. Las publican algunos periódicos de Boston y Nueva York y empiezan a aparecer columnas sobre el asunto. Intentando embarullar el clima actual sobre la oleada de acusaciones, tienen títulos como: «¿Se nos ha ido de las manos este ajuste de cuentas?», «Cuando las acusaciones se tornan mortales», y «Es hora de que hablemos sobre el peligro de las acusaciones sin juicio justo». Las columnas tratan sobre Taylor y Strane. A ella la retratan según el arquetipo de la ferviente acusadora, una guerrera *millenial* que aboga por la justicia social y que nunca se detuvo a pensar en las consecuencias de sus actos. Algunos defienden a Taylor en redes sociales, pero son más los que la vilifican. La llaman egoísta, desalmada, asesina porque la muerte de Strane fue su culpa; lo llevó a suicidarse. Los presentadores de un *podcast* de reivindicación de derechos de los varones le dedican todo un episodio a la historia, identificando a Strane como víctima de la tiranía del feminismo. Los oyentes atacan a Taylor. Consiguen su número de teléfono y la dirección de donde vive y donde trabaja. Taylor publica pantallazos de los correos y mensajes de textos anónimos que amenazan con violarla, matarla y despedazar su cuerpo. Después, unas horas más tarde, Taylor desparece. Se cierra su perfil y todo el contenido público se esfuma. Todo sucede muy deprisa.

A todo esto, sigo excusándome en el trabajo, paso los días frente al laptop, mi mesa de noche abarrotada de envolturas de comida y botellas vacías. Bebo, fumo y estudio las fotos de Strane y yo, con cara de niña, cuando era una delgada adolescente. En ellas, me veo imposiblemente joven, con el pecho desnudo, y sonriente, extendiendo mis brazos hacia la cámara. En otra, estoy encorvada sobre el asiento del pasajero en su coche, fulminando la cámara con mi mirada. En otra, estoy boca abajo en su cama, arropada hasta la cintura. Recuerdo haber examinado esa última después de que él la tomara y haber pensado que era extraño que le pareciese sexy, así que intenté verla con sus ojos. Me dije a mí misma que era algo salido de un video musical.

Agarro el laptop, busco «Fiona Apple Criminal» y apa-

rece el video, ahí está la joven Fiona, taciturna y liviana.
Canta sobre ser una chica mala, y recuerdo al divorciado preguntándome justo eso en el callejón detrás del bar: *¿Te has
estado portado bien? Me parece que no.* Recuerdo cómo Strane
lamentaba que yo lo hubiese convertido en un criminal.
Reconocí en ello un poder enorme. Podía haberlo mandado a
la cárcel, y en ocasiones era capaz de imaginármelo: Strane
en una pequeña celda solitaria, con nada más que hacer que
pensar en mí.

El video se termina, recojo las fotos y las tiro dentro de
la caja. Esa puta caja. Las chicas normales tienen cajas de
zapatos llenas de cartas de amor y ramilletes secos; yo tengo
una pila de pornografía infantil. Si fuese inteligente, lo que-
maría todo, sobre todo las fotos, porque sé qué le parecerían a
una persona normal, material confiscado a una red de tráfico
sexual, pruebas de un crimen indudable, pero no soy capaz.
Sería como prenderme fuego a mí misma.

Me pregunto si podrían arrestarme por tener estas fotos.
Si esto significa que me estoy convirtiendo en una depreda-
dora, si la manera en que me excito con fotos de adolescentes
dice algo sobre mí. Pienso en cómo los abusadores suelen
haber sido víctimas de niños. Dicen que es un ciclo, evitable
si estás dispuesto a realizar el esfuerzo necesario. Pero soy
demasiado perezosa incluso como para sacar la basura y limpiar. No, nada de esto se ajusta a mi caso, no fui abusada, no
de esa manera.

Deja de pensar. Concédete espacio para el duelo, pero ¿cómo
puedes empezar a hacerlo cuando no hay obituario, ni funeral,
sólo estos artículos escritos por desconocidos? No sé quién or-
ganizaría su funeral, ¿su hermana que vive en Idaho? Pero
incluso si hubiese un funeral, ¿quién más iría? Yo no podría
ir. La gente me vería y lo entendería todo. *Cuéntame qué
pasó,* dirían. *Cuéntanos qué te hizo.*

Mi mente empieza a divagar y mi habitación parece estar

repentinamente iluminada por un estroboscopio, así que me tomo un Ativan, fumo un poco de hierba y me acuesto. Siempre dejo que la pastilla haga efecto antes de decidir si fumo otra calada. Nunca me paso. Soy cuidadosa, y así es como sé que mi problema es leve, que quizá ni sea un problema.

Todo bien. El alcohol, la hierba, el calmante e incluso Strane. Todo bien. No pasa nada. Es algo normal. Todas las mujeres interesantes tuvieron amantes mayores cuando eran jóvenes. Es un rito de iniciación. Entras siendo niña y sales siendo, no tanto una mujer, sino algo parecido: una niña consciente de sí misma y de su poder. La autoconsciencia es algo bueno. Conduce a la confianza en ti misma y te ayuda a encontrar tu lugar en el mundo. Me hizo verme de una manera en que un chico de mi edad jamás hubiese podido haberlo hecho. Nadie puede convencerme de que me habría ido mejor si hubiera hecho como las demás alumnas, repartir mamadas y pajear a los chicos, todo ese interminable esfuerzo, para acabar siendo desdeñada por puta. Al menos Strane me amaba. Al menos supe lo que era ser adorada. Cayó rendido a mis pies antes de que nos hubiésemos siquiera besado.

Otro ciclo: beber, fumar, tragar. Quiero sentirme lo suficientemente hundida como para deslizarme bajo la superficie y bucear sin la necesidad de respirar. Él fue el único que entendió ese deseo. No el deseo de morir, sino el de querer ya estar muerto. Recuerdo habérselo intentado de explicar a Ira. El mero atisbo fue suficiente para preocuparlo, y la preocupación nunca termina bien. La preocupación hace que las personas se metan donde no les incumbe. Cada vez que alguien me ha dicho: «Vanessa, me preocupas», mi vida ha sido destrozada a continuación.

Whisky, hierba, pero esta vez me salto el Ativan. Tengo dos dedos de frente, a pesar de todo. Sé cuidar de mí misma. Mírame: estoy bien. De lo más bien.

Alcanzo el laptop y vuelvo a reproducir el video. Las chicas se retuercen en ropa interior mientras que hombres sin rostro dirigen la vista y las manos hacia abajo. Fiona Apple fue violada cuando tenía doce años. Recuerdo haber visto entrevistas en las que lo contaba cuando yo tenía esa misma edad. Habló de ello tan abiertamente, pronunciando la palabra *violación* como si se tratase de cualquier otra. Ocurrió justo fuera de su apartamento; mientras el hombre hacía lo que hizo, su perro no dejaba de ladrar al otro lado de la puerta. Recuerdo haber llorado abrazada a mi viejo pastor alemán, enterrando mis lágrimas calientes en su pelaje. No tenía razones para preocuparme por las violaciones entonces —había tenido mucha suerte, estaba a salvo y era amada— pero aquella historia me trastocó. De algún modo sabía lo que me esperaba. Vamos, ¿a qué niña no le sucede eso? El peligro nos acecha, la amenaza de una violación. Te inculcan esa idea hasta que empieza a parecer algo inevitable. Te haces mayor esperando a que pase.

Busco en Google «entrevistas a Fiona Apple», y leo hasta que se me nubla la vista. Una de las frases de un artículo publicado en *SPIN* en 1997 sobre el video musical hace que ahogue una carcajada que es más bien un sollozo: «Mientras lo ves, te sientes tan sucio como Humbert Humbert». Si tiro de cualquier hilo lo suficiente, *Lolita* siempre acaba apareciendo. Más adelante, Fiona le hace una serie de preguntas al entrevistador sobre su violación, su violador: «¿Cuánta fuerza hace falta para lastimar a una niña? ¿Cuánta fuerza le hace falta a la niña para superar lo sucedido? ¿Cuál de estas fuerzas es superior?». Las preguntas se quedan en el aire y las respuestas son obvias: ella es la más fuerte. Yo soy fuerte también, más de lo que los demás piensan.

No es que haya sido violada. *Violada* violada no. Strane me hizo daño en algunas ocasiones, pero jamás a ese nivel. Aunque, si declarase que me violó, estoy segura de que me creerían. Podría participar en el movimiento de miles de mujeres que no paran de contar todo lo que les ha sucedido, pero yo no pienso mentir para encajar. Yo no me declararé víctima. Las mujeres como Taylor se sienten reconfortadas con esa etiqueta, y me alegro por ellas, pero cuando Strane estaba en el precipicio me llamó a mí. Lo dijo él mismo: conmigo, era diferente. Me amaba, me amaba.

Cuando entro a la oficina de Ruby, me mira y dice:

—Tú no estás bien.

Intento levantar la mirada hasta la suya, pero sólo soy capaz de llegar hasta la pashmina anaranjada que lleva en los hombros.

—¿Qué pasó?

Me lamo los labios.

—Estoy en duelo. Perdí a alguien importante en mi vida.

Se pone la mano en el pecho.

—¡No será tu madre!

—No —le digo—. Otra persona.

Ella espera que le explique los pormenores; su ceño fruncido se profundiza a medida que pasan los segundos. Suelo ser muy directa y siempre llego a su consulta con una lista de temas de los que quiero hablar. Nunca ha tenido que tirarme de la lengua.

Inhalo detenidamente.

—Si te cuento algo ilegal, ¿estarías obligada a denunciarlo?

Responde lentamente, tomada por sorpresa.

—Bueno, depende. Si me dices que mataste a alguien, tendría que denunciarlo.

—No maté a nadie.

—Me lo imaginaba.

Espera a que diga más sobre el tema, y de repente me parece ridículo mostrarme tan reservada.

—El duelo por el que estoy pasando tiene que ver con el abuso —le digo—. O con cosas que los demás consideran abuso. Yo no creo que lo sean. Sólo quiero estar segura de que no se lo dirás a nadie sin mi consentimiento.

—¿Te refieres a que has sido víctima de abuso? —Asiento con la cabeza y me quedo mirando la ventana sobre su hombro—. No puedo compartir nada de lo que me digas sin tu consentimiento explícito —me asegura.

—¿Y si pasó cuando era menor de edad?

Parpadea.

—No importa. Ya eres adulta.

Saco mi teléfono del bolso y se lo doy, con el artículo sobre el suicidio de Strane ya descargado. El rostro de Ruby se ensombrece mientras lo lee.

—¿Esto tiene algo que ver contigo?

—Ese era el profesor que... —Desfallezco: quiero explicárselo, pero no encuentro las palabras—. Lo mencioné aquí una vez. No sé si te acuerdas.

Fue hace unos meses, cuando apenas nos estábamos conociendo. Entonces, para terminar la sesión, me hacía preguntas generales, como esa última vuelta de trote ligero tras una larga sesión de entrenamiento, preguntas normales y corrientes, como dónde me crie o qué hago en mi tiempo libre. En una de esas semanas, me preguntó:

—¿Te motivaban algunos profesores en particular? —Era una pregunta inocua, pero se me descompuso la expresión. No porque me dieran ganas de llorar, sino aturdimiento: me quedé sin aliento y empecé a reírme como una adolescente. Me escondí detrás de las manos y la miré por entre mis dedos. Ella me observaba, pasmada.

Finalmente, logré decir:

—Había uno que me motivaba mucho, pero era complicado—. Al decirlo, una inmediata pesadez se asentó en la habitación. Fue como si Strane hubiera usado mi cuerpo para revelarse.

—Hay algo allí, entonces —dijo Ruby. Asentí con la cabeza, aún indecisa.

Luego, en voz muy baja, preguntó:

—¿Te enamoraste de él? —No sé qué respondí. Debí decir que sí de una manera u otra, y después haber cambiado el tema, o hablado sobre alguna otra cosa, pero esa pregunta me hizo pensar. Hasta el día de hoy. Implicaba participación de mi parte. ¿Me enamoré yo de él? No creo que ninguna de las personas a quien he confiado mi secreto me haya hecho nunca esa pregunta. Sólo si me he acostado con él, cómo empezó, o cómo terminó, nunca si lo llegué a amar. Después de esa sesión, no volvimos a hablar de él.

Ruby se queda con la boca abierta. Señalando el teléfono dice:

—¿Este es él?

—Lo siento —le digo—. Sé que te estoy soltando algo muy grande.

—No pidas perdón— Ella lee un poco más, coloca el teléfono boca abajo en la mesita que nos separa y me mira a los ojos. Me pregunta por dónde quiero empezar.

Se muestra muy paciente a medida que las palabras se derraman de mi boca. Intento resumirlo: cómo empezó, cómo continuó. No quiero hablar sobre mis sentimientos, lo que supuso para mí, pero los hechos por sí solos la horrorizan. Aunque no estoy muy segura de haber podido reconocer su horror si no la conociese tanto. Lo mantiene confinado a sus ojos.

Al final de la sesión, pregunta si me puede abrazar. Dice que soy valiente por haber confiado en ella.

—Me siento honrada —dice ella—, que hayas elegido compartir esto conmigo.

Al salir de su oficina, me pregunto cuándo fue que tomé

esta decisión, y si llegué a la sesión habiendo decidido contarlo, si estuvo apenas bajo mi control.

De camino a casa, me siento impulsada por el delirio de la confesión, la repentina levedad que acompaña a la confesión. Esquivo a un grupo de turistas, uno de ellos que le dice a otro que:

—Nunca había visto tantas colillas en el suelo. ¿No se supone que este sitio es hermoso?

Pienso en cómo a lo largo de la sesión, Ruby me trató como si fuese un animalito asustado a punto de salir corriendo, su cuidado un reflejo del lento proceder de Strane. Qué cauteloso fue, inclinando su rodilla contra mi muslo, un gesto tan pequeño que podría considerarse un accidente, y después su mano sobre mi rodilla, una insignificante palmadita, un gesto entre amigos. Había visto a profesores abrazar a los alumnos, y no pasaba nada. Todo empezó a avanzar cuando vio que yo me lo estaba tomando bien. ¿Acaso no es eso el consentimiento? ¿Quería que me tocara? ¿Quería que me follara? Me guio sigilosamente hacia el fuego. ¿Por qué a todos les da tanto miedo admitir lo bien que se puede llegar a sentir? Ser entrenada es ser amada y tratada como algo precioso y delicado.

De vuelta en el ambiente sofocante de mi apartamento, la euforia empieza a menguar. Interiorizo el desorden cotidiano: la cama deshecha, las encimeras de la cocina cubiertas de envolturas de comida y el calendario en el refrigerador que Ruby me obligó a poner hace unos meses, cada día ocupado por una tarea bochornosamente básica: lavar ropa, sacar la basura, hacer compras, pagar el alquiler, cosas que la mayoría de la gente hace sin pensar. Si no tuviese estos recordatorios a plena vista, caminaría rodeada de ropa sucia y me alimentaría exclusivamente de patatas chips del súper de la esquina.

Las Polaroids siguen alineadas a lo largo de la sala y el pijama con estampado de fresas arropa el radiador. Me pregunto qué grado de locura he alcanzado y hasta dónde llegaré, cuánto me falta para convertirme en la mujer que tapa con tablones las ventanas y convive ininterrumpidamente con la suciedad de su pasado. Le comenté a Ruby que ya me lo había imaginado: su muerte, que posiblemente ocurriría, lo que sentiría. Me llevaba veintisiete años; estaba preparada. Pero me lo imaginaba debilitado e indefenso, contemplándome desde su lecho de muerte. Me habría dejado algo de valor: su casa, su coche, o dinero. Como Humbert al final, que le entregó a Lo un sobre lleno de efectivo, una retribución tangible por todo lo que le hizo pasar.

En un momento dado durante la sesión, Ruby me dijo que parecía haber acumulado tanto en mi interior que estaba a punto de estallar. Dijo que mi mente estaba *encendida* por el deseo de hablar.

—Tendremos que ir con cuidado —dijo—, y no hacer demasiado de una vez.

Pero de pie aquí en la sala, me imagino qué sentiría si me comportara de forma imprudente. Me imagino qué ocurriría si derramara gasolina sobre todas las pruebas de mis quince hasta los treinta y dos años y me quedo sin aliento. Me imagino todo el daño que ocasionaría si encendiera una cerilla y dejara que todo ardiese.

2001

Estamos a principios de junio, el primer día soleado tras dos semanas de lluvia. Las moscas ya se han ido, pero son muchos los mosquitos que revolotean mientras arrastramos la plataforma flotante hasta el lago. Papá y yo vamos sentados en lados opuestos, cada uno con su remo, alejándonos de las rocas hacia la zona profunda, donde papá la amarra al ancla y quita la boya. Nos quedamos sentados en la plataforma un rato, papá con un pie en el agua y yo con las rodillas contra el pecho, ocultando mi bañador holgado, con su elástico desgastado y las tiras anudadas para evitar que se deslicen por los brazos. En la orilla, Babe no se está quieta, su correa sujeta al tronco de un árbol. Ninguno de los dos tiene ganas de nadar de regreso. No ha habido suficientes días calurosos; el agua sigue estando fría.

Miro hacia el lago, la luz del sol penetra hasta el fondo, donde puedo ver troncos centenarios de cuando el lago y el bosque pertenecían a un aserradero. Cerca de la orilla, las percas protegen sus nidos, creando perfectos círculos de arena con sus colas. Las libélulas sobrevuelan veloces el lago, sus cuerpos unidos en busca de un lugar seguro donde aparearse. Dos de ellas aterrizan sobre mi antebrazo, con sus cuerpos azul eléctrico y las alas transparentes.

—Pareces estar mejor —dice papá.

Así es como hablamos de Strane, de Browick, y de todo lo ocurrido, de forma indirecta. Nunca se va más allá. Papá sigue pendiente de Babe, sin girarse para escuchar mi respuesta. Me he percatado de que lo hace bastante a menudo ahora, evita mirarme, y sé que es por lo que ocurrió, pero me digo a mí misma que es porque estuve dos años estudiando fuera, porque soy mayor, porque qué tipo de padre querría ver a su hija con un bañador holgado.

No contesto, me quedo mirando las libélulas. Me siento mejor, al menos mejor de lo que estaba hace un mes cuando me fui de Browick, pero admitirlo es como si lo estuviese superando.

—Bueno, es mejor hacerlo de golpe. —Se pone de pie y se zambulle en el agua. Cuando emerge, grita—: Por el amor de Dios, ¡qué fría está! —Me mira—: ¿Te vas a meter?

—En unos minutos.

—Como quieras.

Observo cómo se mueve por el agua hasta llegar a la orilla donde lo espera Babe, lista para lamerle las gotas de la barbilla. Cierro los ojos y escucho el vaivén del agua contra la plataforma flotante, el *di di di* del carbonero, el zorzal y la tórtola. Cuando era niña, mis padres me decían que mi forma de hablar, siempre malhumorada y triste les recordaba a una tórtola.

Cuando por fin me sumerjo, el frío me impacta tanto que, por unos instantes, no soy capaz de nadar ni de moverme, y mi cuerpo desciende hacia el fondo verde oscuro, hasta que empiezo lentamente subir a la superficie, mi rostro mirando hacia arriba, al sol.

Atravieso el jardín hacia la casa y mi estómago se revuelve al ver el coche de mamá en la entrada. Ha llegado del trabajo y traído una pizza para cenar.

—Agarra un plato —dice papá. Dobla su rebanada por la mitad y le da un buen mordisco.

Mamá deja su bolso en la encimera, se quita los zapatos, y se fija en que llevo bañador y el pelo mojado.

—Vanessa, por el amor de Dios, ve a buscar una toalla. Estás goteando por todo el suelo.

No le hago caso y examino la pizza, el emplasto de salchicha y queso. A pesar de que me tiemblan las manos del hambre, hago una mueca de disgusto.

—¡Puaj! Mira toda esa grasa. Qué asco.

—¡Pues nada! —dice mamá—. No te la comas.

Papá ve venir la discusión y se escabulle a la sala a ver la tele.

—¿Qué se supone que he de comer, entonces? No hay nada comestible en esta casa.

Presiona dos dedos sobre la frente.

—Vanessa, por favor. No estoy de humor.

Abro la puerta de la alacena de golpe y saco una lata.

—Picadillo de carne —verifico la fecha de caducidad—, vencida hace dos años. Guau. Qué rico.

Mamá agarra la lata y la tira a la basura. Da media vuelta, entra al baño y cierra de un portazo.

Después, cuando estoy en la cama con mi libreta, anotando las escenas que no logro sacarme de la cabeza —las primeras caricias de Strane detrás de su escritorio, las noches que pasé en su casa, las tardes en su oficina— mamá sube con dos raciones de pizza. Coloca el plato en mi mesilla de noche y se sienta en el borde de la cama.

—Quizá podríamos ir a la costa este fin de semana —dice.

—¿Y hacer qué? —murmuro. No levanto la vista de mi libreta, pero sé que la he herido. Intenta devolverme a mi niñez, a la época en la que no teníamos que *hacer* nada, cuando podíamos montarnos en el coche y pasear, felices de estar juntas.

Mira las páginas de mi libreta, y gira levemente su cabeza para leer lo que estoy escribiendo. Las palabras *aula* y *escritorio* y *Strane* escritas una y otra vez.

Volteo la libreta.

—Es privado.

—Vanessa —suspira.

Nos miramos fijamente, sus ojos recorren mi cara, buscando los cambios, o quizá algún rastro que le resulte familiar. Lo sabe. Eso es lo único que pienso cuando me mira: ella *lo sabe*. Al principio tenía miedo de que se contactase con Browick o la policía, o que se lo dijese a papá. Durante semanas, cada vez que sonaba el teléfono, mi corazón se preparaba para el inevitable desenlace. Pero nunca ocurrió. Guarda mi secreto.

—Si no sucedió nada —dice—, necesitas encontrar la manera de olvidarlo.

Me da una palmadita en la mano y no dice nada cuando la retiro de golpe. Se va de mi habitación, dejando la puerta entreabierta, y yo me pongo de pie y la cierro de un portazo.

Olvidarlo. Cuando me di cuenta de que no se lo iba a contar a nadie, me sentí aliviada, pero ahora todo se está transformando en algo parecido a la decepción. Porque el trato parece ser que *si quieres que te guarde el secreto, tenemos que actuar como si no hubiese ocurrido nada*, y yo no puedo hacer eso. Yo lo recuerdo todo perfectamente. Viviré dentro de esos recuerdos hasta que pueda volver a ver a Strane.

El verano es interminable. Por las noches, desde mi cama, oigo a los colimbos gritar. Durante el día, mientras mis padres trabajan, recorro el camino de tierra y recojo frambuesas silvestres para los panqueques que empapo en sirope y que como hasta tener ganas de vomitar. Me recuesto en el jardín boca abajo en el césped, y oigo a Babe chapotear en el lago en busca de peces. Cuando se acerca y sacude su pelaje, me rocía de minúsculas gotas de agua, y me acaricia levemente la espalda con su hocico, como si preguntara si me encuentro bien.

Opto por pensar que esto es una mera pausa en mi vida, un periodo de exilio que busca poner a prueba mi lealtad, pero que al final me fortalecerá. He aceptado que no puedo contactar con Strane, al menos por ahora. Aunque mis padres no estuviesen verificando el identificador de llamadas y la factura de teléfono, me imagino que las llamadas están siendo interceptadas y los correos vigilados. Si lo llamo, lo despedirán. La policía se presentaría en su casa. Es extraño pensar que soy peligrosa, pero mira lo que ya ha pasado: apenas hablé y arrastré a ambos al borde del precipicio.

Tengo que sufrir hasta superarlo. Remar la canoa hasta el centro del lago y dejar que la corriente me devuelva a la orilla, leer *Lolita* por enésima vez y mirar las anotaciones desvanecidas de Strane. Quedarme en la página 140, donde Humbert y Lo están en el coche la mañana después de haberse acostado por primera vez, donde una frase está subrayada con tinta que parece fresca: Aquella sensación era algo particular: una restricción opresiva y horrible, como si estuviera sentado con el pequeño espectro de alguien a quien acabase de asesinar. Recordar la vez en que Strane me llevó de regreso al campus después de la primera noche en su casa, la atención con la que me observaba cuando me preguntó si me encontraba bien. Garabateo en mi libreta: le dicen *«jailbait», el poder de convertir a un hombre en un criminal con tan solo tocarlo, por ser menor de edad.*

Me acongoja que llegue agosto porque, una vez pasada la fecha de mudanza de Browick, ya no podré fingir que existe la posibilidad de que todo se arregle, de despertarme un día con las maletas en el coche y mis padres diciendo: «¡Sorpresa! Todo se ha resuelto. ¡Por supuesto que vas a volver!». Me despierto el día de mudanza en una casa vacía, con mis padres en el trabajo. Una nota en la cocina dice que tengo que pasar la aspiradora, lavar los platos, cepillar a Babe y echar agua a las plantas de tomates y calabacines. Aún llevo mis pantalones cortos y mi camiseta de dormir cuando decido ponerme los tenis y salir a correr por el bosque. Corro directo hacia el despeñadero, raspándome las espinillas. Cuando llego a la cima, sin respiración, miro hacia el lago, la montaña, esa silueta de ballena que nace de la tierra. El interminable bosque sólo interrumpido por hilos de carreteras, grandes camiones que desde aquí parecen de juguete. Imagino que entro en un nuevo dormitorio, el sol bañando el desnudo colchón, encuentro las iniciales de alguien talladas en el alféizar. Me imagino el nuevo grupo de estudiantes sentándose alrededor de la mesa mientras Strane mira hacia la nada, pensando en mí.

Mi nueva escuela secundaria es un edificio de una planta que fue apresuradamente construido en los años sesenta para acomodar a todos los *baby boomers* y no ha sido remodelado desde entonces. Comparte su *parking* con un pequeño centro comercial que tiene un supermercado de descuento, una lavandería, un centro de *telemarketing* donde los empleados venden tarjetas de crédito y una cafetería donde aún se permite fumar.

Es lo opuesto a Browick en todos los sentidos. Aulas alfombradas, típicos eventos deportivos, chicos en camisetas y *jeans*, clases vocacionales, bandejas de *nuggets* de pollo y rebanadas de pizza y clases tan llenas que no caben más pupitres. De camino a la escuela esa mañana, mamá dice que está muy bien que empiece justo en el comienzo del año académico, que encajaré como si nada, pero al caminar por los pasillos está claro que ya he sido marcada. Los chicos que reconozco de antes de Browick desvían la mirada o me miran fijamente. En la clase de Francés Avanzado 4, el libro de texto está lleno de ejercicios que ya domino, dos chicos sentados en la fila de al lado chismean silenciosamente sobre la chica nueva de la cual han oído hablar, una estudiante de tercer año que viene de otra escuela, una putita que se lo montó con un profesor.

Al principio, sólo logro pestañear, con la mirada en blanco clavada en mi libro de texto. *¿Se lo montó?*

Después, me consume una ráfaga de rabia. Porque estos chicos no tienen idea de que la chica de la que están hablando está sentada justo al lado, porque estoy ante dos decisiones y ninguna me parece justa: quedarme y no decir nada, o protestar y revelar mi identidad. Quizá es porque ellos asumen que soy una estudiante de último año, como ellos, pero es más probable que ni se les haya ocurrido que podría tratarse de una chica como yo. Desde fuera, debo parecer una chica ordinaria, sin maquillaje, con pantalones de pana de talla diez. *¿Eres tú?* me preguntarían incrédulos, sin ser capaces de conciliarme con la putita en que se habían imaginado.

Al cuarto día, dos chicas me alcanzan de camino a la cafetería. A una la conozco de la escuela intermedia, Jade Reynolds. Su pelo castaño está teñido de color anaranjado, y ya no lleva los *jeans* de pierna ancha y collares de pesas que le gustaban, pero sigue delineándose los ojos con lápiz *kohl*. A la otra, Charley, la reconozco de la clase de Química. Es alta, huele a cigarrillo, y tiene el pelo tan desteñido que es casi blanco. Su nariz aguileña hace que sus ojos parezcan bizcos, como los gatos siameses.

Jade sonríe mientras caminamos, una sonrisa que no tiene que ver con ser simpática, sino con intentar descifrarme.

—Vanessa, hola —dice alegremente, alargando sus palabras—. ¿Quieres comer con nosotras?

Encojo los hombros automáticamente. Niego con la cabeza, presintiendo que es una trampa.

—No, gracias.

Jade agacha la cabeza.

—¿Segura? —dice con la misma sonrisa indiscreta.

—Vente —dice Charley con su voz áspera—. A nadie le gusta comer sola.

En la cafetería, las dos chicas se dirigen directamente a la mesa de la esquina. Apenas estoy sentada cuando Jade se inclina sobre la mesa, con los ojos castaños muy abiertos.

—Cuéntanos —dice ella—. ¿Por qué te transferiste aquí?

—No me gustaba —le digo—. El internado era demasiado caro.

Jade y Charley intercambian una mirada.

—Nos han dicho que te acostaste con un profe —dice Jade.

En cierto modo, me siento aliviada de que me lo estén preguntando abiertamente, y de que la historia siga circulando a lo largo del estado, rehusando ser olvidada. Mis padres pueden fingir que no ocurrió, pero no fue así.

—¿Era guapo? —pregunta Charley—. Yo me follaría a un profe guapo.

Me observan con curiosidad mientras pienso qué responder. Como los chicos en la clase de Francés, sé que lo que se imaginan está lejos de la realidad: un joven profesor guapísimo, como de película. Me pregunto qué pensarían si viesen a Strane con su barriga y sus gafas de alambre.

—¿Así que es verdad? —pregunta Jade, incrédula. No está convencida del todo. Me encojo de hombros, lo cual no es ni una afirmación, ni una negación, y Charley asiente como si entendiera el gesto.

Las chicas comparten un paquete de galletas de mantequilla de maní que Jade saca de su mochila. Ambas separan las partes en dos y quitan la mantequilla de maní con los dientes. Las dos vigilan a la profesora que da vueltas por la cafetería. Cuando ésta agacha la cabeza para hablar con una estudiante, Jade y Charley salen disparadas de sus asientos.

—¡Vámonos! —dice Charley—. Tráete tu mochila.

Salen rápidamente de la cafetería y bajan por el pasillo, doblan en una esquina y después atraviesan una puerta que conduce a una pasarela peatonal que lleva a un aula provisional. Pasan por debajo del pasamanos y brincan al césped.

Cuando ven que vacilo, Charley extiende su mano y me da un manotazo en el tobillo.

—¡Salta antes de que alguien te vea!

Atravesamos el césped rápidamente hacia el *parking* y el centro comercial, donde la gente empuja sus carritos llenos de bolsas del supermercado. Un hombre que está recostado contra un taxi vacío nos mira mientras le da una calada a su cigarrillo.

Charley me sujeta de la manga y me guía hacia el supermercado. Las sigo a lo largo de los pasillos. Los empleados nos vigilan. Es obvio que somos de la escuela superior; nuestras mochilas nos delatan. Charly y Jade deambulan hasta llegar a la sección de cosméticos.

—Me gusta éste —dice Jade, mirando la parte inferior de un pintalabios. Se lo sostiene a Charley, que también le da la vuelta y lee el nombre del color—: «Vino va con todo».

Jade me pasa el pintalabios.

—Es muy bonito —le digo, devolviéndoselo.

—No —susurra—. Métetelo en el bolsillo.

Agarro el pintalabios, dándome cuenta de qué va todo esto. Tras un hábil movimiento, Charley logra meter tres pintauñas en su mochila. Jade desliza dos pintalabios y un delineador en su bolsillo.

—Suficiente por hoy —dice Charley.

Atravesamos el supermercado de regreso a la entrada. Salimos por la caja registradora que está vacía, y suelto el pintalabios en uno de esos expositores de dulces.

En un universo paralelo, sigo en Browick. Tengo otra habitación individual en Gould, más grande que la primera, con más luz natural. En vez de las clases de Química, Historia Estadounidense y Algebra, tengo cursos de Astronomía, Sociología del *Rock n' Roll*, y Arte de las Matemáticas. Tengo tutoría literaria con Strane y nos reunimos todas las tardes en su oficina para hablar sobre los libros que me manda leer. Los pensamientos se transfieren de él directamente a mí, nuestros cerebros y cuerpos conectados.

Busco entre la ropa de mi armario y encuentro los folletos que traje a casa en octavo grado, cuando vislumbraba toda una galaxia de posibilidades en mi futuro. Corto las páginas y las pego en la cubierta de mi diario: las mesas de la cafetería con sus manteles para el Fin de Semana Familiar, alumnos encorvados sobre sus libros en la biblioteca, el campus otoñal con su luz dorada, hojas incendiadas de rojo color arce. Recibimos un catálogo de L. L. Bean por correo y recorto eso también. Los hombres son dobles de Strane, vestidos con sus chaquetas de *tweed*, camisas de franela y botas, todos con tazas de café caliente entre las manos. Lo extraño tanto que me agota. Me arrastro de una clase a otra; divido los días en unidades más manejables. Si no en horas, en minutos. Si pienso en todos los días que me quedan por delante, acabo obsesionándome por cosas que no tienen sentido. Como que estar muerta no sería lo peor. Quizá no estaría tan mal.

En la tercera semana, caen las Torres Gemelas y pasamos todo el día viendo las noticias. Banderas estadounidenses en miniatura empiezan a aparecer en los coches, en las solapas, en tiendas junto a las cajas registradoras. Fox News está siempre sintonizada en la cafetería, y mis padres ven CNN en las noches, las mismas imágenes de las torres humeantes, el presidente George W. Bush con un megáfono en la Zona Cero, los comentaristas especulando de dónde provienen los sobres con ántrax. Mi nueva profesora de Literatura cuelga una ilustración al lado de la pizarra blanca y escribe las palabras: *PROHIBIDO OLVIDAR*. Y, aun así, sólo soy capaz de pensar en Strane, en mi propia pérdida. Escribo: *Nuestro país fue atacado. Es un día trágico.* Cierro la cubierta, la abro de nuevo y añado: *Y aún así sólo me importa lo que me ocurre a mí. Soy egoísta y malvada.* Espero que las palabras me avergüencen. Pero no tienen ningún efecto.

Durante la hora de comer, Charley, Jade y yo fumamos cigarrillos en la parte de atrás del centro comercial, escondidas entre dos contenedores de basura llenos de cartón. Jade quiere que Charley se salte la clase de Química para poder irse a otro lado, ¿al centro comercial, quizá? No lo sé. No las estoy escuchando. La verdadera razón por la cual Jade quiere que Charley se la salte es porque está celosa, y odia que Charley y yo tengamos una clase juntas sin ella. Cincuenta minutos sin acceso a ella.

—No puedo saltármela —dice Charley, encendiendo un cigarrillo. Tiene un pequeño corazón tatuado en el dedo medio, un tatuaje casero, me dijo. Se lo hizo el novio de su mamá—. Hoy tenemos prueba. ¿Verdad, Vanessa?

Medio asiento y niego con la cabeza, no me entero de nada.

Jade desvía la mirada a los muelles de carga del supermercado, donde hay unos enormes camiones entregando mercancía.

—Ya ves —murmura.

—Ay, pero relájate —se ríe Charley—. Ya iremos después de la escuela. Dios, estás pesadísima.

Jade exhala una nube de humo, con una mueca de enfado.

En la clase de Química, Charley me susurra que le tiene ganas a Will Coviello, tantas ganas que está dispuesta a hacerle una mamada y ella jamás lo hace. Apenas oigo lo que dice porque estoy con la cubierta de mi libreta, donde he anotado el horario de Strane de memoria. Ahora mismo, está dando la clase de Literatura de segundo año, sentado en la mesa, con otra persona en mi asiento.

—¿No te parece patético? —pregunta Charley

No levanto la vista de mi libreta.

—Creo que deberías poder hacer lo que quieras con quien quieras.

Miro qué es lo próximo en el horario de Strane: una hora libre. Me lo imagino en su oficina, recostado en el sofá de *tweed*, con la pila de tareas sobre su regazo, pensando en mí.

—Ves, por eso me caes bien —dice Charley—. Siempre estás relajada. Deberíamos pasar más tiempo juntas, en serio. Fuera de clases.

Levanto la vista de mi libreta.

—¿Qué tal el viernes? Podrías venir a la bolera.

—Bueno, la verdad es que no me gusta jugar a los bolos.

Pone los ojos en blanco.

—Nosotras no jugamos a los bolos.

Le pregunto qué es lo que hacen allá entonces, pero Charley sólo sonríe, agacha la cabeza sobre la válvula de gas, frunce los labios y acerco la mano para encenderla. Le agarro la mano y suelta una de sus risotadas ásperas y sonoras.

El viernes por la noche, Charley conduce hasta mi casa para recogerme. Entra en casa y se presenta a mis padres. Su pelo está recogido en una perfecta cola de caballo y lleva un anillo que oculta su tatuaje.

Le dice a Mamá que hace un año que tiene su licencia de conducir, una mentira dicha con tal naturalidad que hasta yo me la creo. Mis padres intercambian miradas y mamá se estruja las manos, pero yo sé que no quieren decirme que no puedo ir. Por lo menos estoy haciendo amigos, empiezo a encajar.

Cuando Charley y yo ya andamos caminando por la entrada, fuera del alcance del oído de mis padres, me dice:

—Madre mía, vives en el puto fin del mundo.

—Ya lo sé, es una mierda.

—El año pasado salí con un chico que vivía por aquí. —Me dice el nombre, pero no lo conozco—. Era un poco mayor —explica.

El coche ruge cuando arrancamos. Puedo imaginarme a mamá cerrando los ojos.

—Uy, lo siento —dice Charley—, el silenciador está dañado. —Conduce con una mano en el volante y con la otra sosteniendo un cigarrillo en mano, la ventanilla entreabierta para dejar salir el humo. Lleva unos guantes que dejan sus dedos al descubierto, y su abrigo está lleno de pelo de gato. Me pregunta varias cosas sobre mí, qué opinión tengo de algunos estudiantes, y sobre Browick. Me cuenta que está obsesionada con la idea de estudiar en un internado.

—¿Era una locura, no? —pregunta ella—. Seguro que sí. Lleno de niños ricos, ¿no?

—No todos eran ricos.

—¿Había drogas por todas partes?

—No —me río—. No era así. Era… —Pienso en las fachadas de madera blanca, en los robles otoñales, en los montones de nieve acumulada que eran más altos que nosotros, en los profesores en *jeans* y camisas de franela: en Strane, envuelto por la sombra, mientras me observaba desde el escritorio. Niego con la cabeza—. Es difícil describirlo.

Charley saca la punta de su cigarrillo por la ventana.

—Bueno, tuviste suerte. Aunque sólo estuvieras dos años. Mi mamá nunca habría podido enviarme allá.

—Tenía una beca —respondo rápidamente.

—Sí, pero igualmente no me habría dejado. Me ama demasiado. O sea, ¿dejar que tu hijo se vaya de casa en primer año de escuela superior? ¿A los catorce años? Es una locura. —Da una calada, exhala y agrega—: Lo siento. Estoy segura de que tu mamá también te ama. Es que mi caso es diferente, supongo. Estamos muy unidas. Sólo nos tenemos la una a la otra.

Le digo que no pasa nada, pero lo que dice me hiere. Quizá porque puede que sea cierto. Quizá no me amaban lo suficiente. Quizá esa falta de amor explicaría la soledad que él vio en mí.

—Se supone que Will estará hoy —dice cambiando de tema tan repentinamente que empiezo a preguntarle que quién es Will, pero después recuerdo lo que dijo en la clase de Química. *Will Coviello está tan bueno, que le haré una mamada. Estén pendientes, que lo haré.* Conozco a Will Coviello desde kínder. Es un año mayor, un estudiante de último año, vive en una mansión con una cancha de tenis al frente. Las chicas solían llamarlo Príncipe William en la escuela intermedia.

Llegamos a la bolera y Jade ya está ahí, lleva una camisola satinada sin sostén. La bolera está poco iluminada y tiene mesas largas separadas de las pistas de bolos donde están sentados varios alumnos de la escuela, caras conocidas, pero nombres imposibles de recordar. Hay un bar de tema deportivo conectado con la bolera por una puerta abierta. Desde el bar, llega música del *jukebox* y olor a cerveza.

Charley se sienta al lado de Jade.

—¿Has visto a Will? —Jade asiente con la cabeza, señala hacia la puerta y Charley sale hacia allá tan rápido que casi tumba una silla.

Jade no me habla. Está pendiente de lo que pasa detrás de mí. Se va aplicando el delineador en los párpados dibujando una línea filada. Es la primera vez que la veo maquillarse así.

Los hombres con bebidas en las manos salen del bar y entran a la bolera, los ojos entrecerrados a causa de la oscuridad. Uno de ellos lleva una chaqueta de camuflaje, ve nuestra mesa y le hace un gesto a su amigo. El otro niega con la cabeza y levanta la mano como diciendo *yo no quiero meterme en eso.*

Observo al hombre de la chaqueta acercarse y mirar fijamente a Jade y su camisola sexy. Arrastra la silla su lado, coloca su bebida en la mesa.

—Espero que no te importe que me siente aquí —dice—. Está tan lleno que no tengo dónde sentarme.

Es una broma, hay un montón de sillas. Se supone que Jade debería reírse, pero ni lo mira. Se sienta con la espalda recta y las manos cruzadas en el pecho. En voz baja, dice:

—Está bien.

El hombre no está mal, a pesar de sus manos sucias. Es el tipo de hombre en el que se convertirán los chicos de la escuela, con su pronunciado acento de Maine y su camioneta.

—¿Cuántos años tienes? —pregunto. Me sale de una manera más directa de lo que esperaba, casi como una acusación, pero no parece molestarlo. Se gira hacia mí, alejando su atención de Jade.

—Siento que debería hacerte la misma pregunta.

—Yo pregunté primero.

Sonríe.

—Te lo digo, pero vas a tener que trabajar. Me gradué de la secundaria en mil novecientos ochenta y tres.

Pienso por un instante. Strane se graduó de la secundaria en el setenta y tres.

—Tienes treinta y seis.

El hombre levanta las cejas y toma un sorbo de su bebida.

—¿Te doy asco?

—¿Por qué me darías asco?

—Porque soy viejo —se ríe—. ¿Cuántos años tienes tú?

—¿Cuántos crees que tengo?

Me mira detenidamente.

—Dieciocho.

—Dieciséis.

Se ríe de nuevo, negando con la cabeza.

—¡Dios!

—¿Eso es malo? —Es una pregunta tonta, lo sé. Por supuesto que es algo malo. Es evidente en su expresión. Dirijo la mirada hacia Jade y me mira como si no me conociera, como si fuera una desconocida.

Una estudiante de último año que está sentada al otro lado de la mesa se inclina hacia nosotros. Pregunta:

—Oye, ¿puedo tomar un sorbo?— El hombre hace una pequeña mueca, sabiendo que no debería hacerlo, pero desliza el vaso hacia ella. La chica toma un sorbo, pega un grito y se empieza a reír, como si ya estuviese borracha.

—Bueno, bueno. —El hombre agarra su bebida—. Que no quiero que me echen.

—¿Cómo te llamas? —pregunto.

—Craig. —Empuja el vaso hacia mí—. ¿Quieres probarlo?

—¿Qué es?

—*Whisky* con Coca-Cola.

Lo agarro.

—Me encanta el *whisky*.

—¿Y cómo te llamas tú, chica de dieciséis años, amante del *whisky*?

Me aparto el pelo de la cara.

—Vanessa. —Lo digo como un suspiro, como si estuviese aburrida a muerte, como si un fuego no ardiera dentro de mí. Me pregunto si esto es ser infiel, y me imagino lo enfadado que estaría Strane si pudiera vernos.

Charley regresa con el rostro enrojecido y el cabello desaliñado. Bebe un largo sorbo de la lata de refresco de Jade.

—¿Qué pasó? —pregunta Jade.

Charley agita la mano; no quiere hablar.

—Vámonos de aquí. Quiero irme a casa y desmayarme. —Me mira, y recuerda algo—. Mierda, tengo que llevarte a casa.

Craig se me queda mirando.

—¿Necesitas que alguien te lleve? —pregunta.

Resisto, mis extremidades hormiguean.

—Y tú, ¿quién eres? —pregunta Charley.

—Craig. —Extiende su mano, pero Charley se lo queda mirando.

—Está bien… —Ella me mira—. No te vas a ir con él. Te llevaré a casa.

Le dedico a Craig una sonrisa tímida e intento no parecer demasiado aliviada.

—¿Siempre te dice lo que tienes que hacer? —pregunta.

Niego con la cabeza y se inclina hacia mí.

—¿Y si quiero contactar contigo alguna vez? ¿Cómo lo hago?

Quiere un número de teléfono, pero sé que mis padres llamarían a la policía si escucharan su voz.

—¿Tienes cuenta de chat?

—¿Cómo AOL? Claro, sí que tengo.

Charley se me queda mirando mientras saco un bolígrafo de mi bolso y escribo mi nombre de usuario en la palma de su mano.

—Pues, sí que te gustan los viejos, ¿no? —pregunta mientras salimos por la puerta—. Perdona, me he entrometido. Me pareció que no querías que te llevase a casa.

—No quería. Sólo me gusta la atención. Es un patán, obviamente.

Se ríe, abre la puerta del coche, se mete, alarga el brazo y le quita el pestillo a la puerta del pasajero.

—Sabes, me sorprende que te falten tantos tornillos.

De camino a casa, Charley pone una canción de Missy Elliot una y otra vez, el tablero hace que su rostro se vea azulado en lo que rapea la letra: *Ain't no shame, ladies, do your thing / just make sure you're ahead of the game.*

El lunes siguiente, todo el mundo sabe que Charley le hizo una mamada a Will, pero él ya no le habla y Jade se entera por Ben Sargent que él piensa que Will la considera basura blanca.

—Los hombres son escoria —dice Charley mientras fumamos detrás del supermercado, acurrucadas entre los contenedores. Jane asiente con la cabeza y yo también, pero es puro teatro. Trasnoché el sábado y domingo chateando con Craig y aún sigo embriagada con tantos cumplidos. Que soy guapa, que estoy buena, que soy increíblemente *sexy*. Desde que me conoció el viernes sólo piensa en mí. Dice que hará lo que sea por volver a verme.

Charley dice que los hombres son escoria, pero se refiere a los chicos. Se enjuga las lágrimas antes de que caigan. Sé que está enfadada y que le tiene que doler muchísimo, pero no puedo evitar pensar: ¿qué esperaba?

🦇

Craig no se parece en nada a Strane. Es veterano del ejército, estuvo en la Tormenta del Desierto, y ahora trabaja en la construcción. No lee, no fue a la universidad, y no tiene nada que decir cuando le hablo sobre mis intereses. Lo peor es lo mucho que le gusta hablar de armas: no sólo de los rifles de caza, sino de pistolas. Cuando le digo que las armas me parecen una idiotez, me escribe. No pensarás eso cuando alguien entre a tu cuarto en medio de la noche. Estar armado te parecería lo más prudente entonces.

¿Quién entraría a mi cuarto? Le contesto. ¿Tú?

Quizá.

Con Craig, es sólo un chat, así que no importa que se comporte como un depravado. No lo he vuelto a ver desde la noche de la bolera, y tampoco tengo prisa, pero dice que quiere verme. Habla todo el tiempo de las ganas que tiene de llevarme a pasear.

¿A dónde podríamos ir?, pregunto, haciéndome la tonta. Cuando la conversación se desvía por caminos que no me gustan, me hago la tonta. Como eso ocurre todo el tiempo, él cree que lo soy.

¿A qué te refieres con dónde? escribe Craig. Al cine, a cenar. ¿Nunca has ido a una cita?

Entiendo, pero yo tengo dieciséis.

Podrías pasar por una de dieciocho.

No entiende cómo funciona esto, ni entiende que yo no quiero pasar por una de dieciocho y que tengo cero interés en salir al cine con él como si fuese un chico de mi edad.

La temperatura disminuye y el cielo se torna grisáceo. Las hojas se marchitan y caen, los bosques adelgazan con sus esqueléticos árboles. Aprendo mucho sobre mí misma: si me limito a dormir cinco horas, estoy demasiado cansada para que me importe lo que sucede a mi alrededor; si ayuno hasta la hora de cenar, el hambre obvia cualquier otro sentimiento. La Navidad llega y se va, otro año más; las noticias siguen gritando sobre el ántrax y la guerra. En la escuela, los rumores se han acallado. Por las noches, mis padres guardan el teléfono inalámbrico en su habitación para que yo no pueda usarlo.

Sigo chateando con Craig, pero sus cumplidos se vuelven rancios y la emoción que me causó al principio se marchita. Ahora, cuando chateamos, pienso solamente en la opinión que Strane tendría sobre él y sobre el tiempo que dedico a hablar con él.

Craig207: ¿Puedo ser sincero? Me acosté con alguien el sábado pasado.
sombría_vanessa: ¿y me cuentas esto por...?
Craig207: Porque quiero que sepas que pensé en ti todo el tiempo.
sombría_vanessa: ajáaaaaa
Craig207: Fingí que eras tú.

Craig207: ¿Así que sigues sin saber del profe?
sombría_vanessa: no podemos hablar, es demasiado peligroso.
Craig207: Pero conmigo sí. ¿Por qué es diferente?

sombría_vanessa: tú y yo no hemos hecho nada. Sólo hablamos.

Craig207: Pero sabes que quiero hacer más que hablar.

Craig207: ¿De verdad es el único tipo con el que has estado?

Craig207: ¿Hola? ¿Sigues ahí?

Craig207: Mira: he sido muy paciente, pero ya estoy llegando a mi límite. Me he cansado de sólo hablar.

Craig207: ¿Cuándo te puedo ver?

sombría_vanessa: no estoy segura. ¿quizá la próxima semana?

Craig207: Dijiste que la próxima semana son tus vacaciones de febrero.

sombría_vanessa: oh sí. no sé. está difícil.

Craig207: No tiene que ser difícil. Podemos hacer que suceda mañana.

Craig207: Trabajo cerca de la escuela secundaria. Yo te puedo recoger.

sombría_vanessa: eso no funcionaría.

Craig207: Funcionará. Ya verás.

sombría_vanessa: ¿y eso, qué significa?

Craig207: *Ya verás.*

sombría_vanessa: ¿¿¿pero, qué dices???

Craig207: Sales alrededor de las dos, ¿verdad? Esa es la hora en la que suelo ver todos los autobuses alineados en frente.

sombría_vanessa: ¿qué harás, aparecerás, sin más?

Craig207: Ya verás lo fácil que es.

sombría_vanessa: por favor no hagas eso.

Craig207: ¿no te gusta la idea de que el hombre con el que has estado jugando actúe finalmente?

sombría_vanessa: lo digo muy en serio

Craig207: Nos vemos

Bloqueo su nombre de usuario, borro todas nuestras conversaciones y correos y me hago la enferma el día siguiente, agradecida de al menos no haberle dado mi dirección, así es que no hay posibilidad de que venga a buscarme a casa. Cuando regreso a la escuela, llevo las llaves en la mano y cuando camino de la escuela hasta el autobús, lo imagino agarrándome por detrás, forzándome dentro de su camioneta y después Dios sabe qué. Me violaría y mataría, probablemente. Llevaría mi cadáver al cine para que vayamos a la estúpida cita que mencionaba sin parar. Después de una semana, dejo de agarrar las llaves como un arma y lo desbloqueo para ver si me envía otro mensaje. No lo hace. Ha desaparecido. Y me siento aliviada.

Estamos a principios de marzo y mi ejemplar de *Lolita* desaparece de mi mesita de noche. Deshago todo mi cuarto en su busca; la idea de haberlo perdido me trastorna. No era mi ejemplar, era el de Strane y tenía sus anotaciones en los márgenes, rastros de él en las páginas.

No me creo que mis padres se lo hayan llevado, pero tampoco entiendo quién si no ellos se lo puede haber llevado. Mamá está sentada abajo en la mesa de comer. Está llena de facturas, una calculadora con carrete de papel. Papá está en el centro comprando suministros azucarados para los fines de semana venideros en los que herviremos sirope en la estufa de leña, llenando la casa de vapor dulce.

—¿Has entrado en mi habitación? —pregunto.

Ella levanta la vista de la calculadora, su rostro sereno.

—Falta algo —le digo—. ¿Te lo llevaste tú?

—¿Qué es lo que falta? —pregunta.

Inhalo profundamente:

—Un libro.

Parpadea, vuelve a mirar las facturas.

—¿Qué libro?

Aprieto la mandíbula; se me hace un nudo en el estómago. Me da la sensación de que quiere ver si digo el título.

—Eso es lo de menos —le digo—. Era mío. No tienes derecho a llevártelo.

—Bueno, no sé de qué estás hablando —dice—. No me he llevado nada de tu habitación.

Mi corazón late con fuerza mientras observo cómo ella ordena los papeles. Anota una serie de números y los introduce en la calculadora. Cuando aparece el resultado de la suma, suspira.

—Crees que me estás protegiendo, pero ya es demasiado tarde —le digo.

Levanta la vista, su mirada se afila y aparece una fractura en su expresión serena.

—Quizá algo de esto fue tu culpa —le digo—. ¿Nunca se te ha ocurrido?

—No pienso hablar de este asunto contigo en este momento —dice.

—La mayoría de las madres no dejarían que su hija se vaya de casa a los catorce. ¿Has considerado eso alguna vez?

—No te fuiste de casa —contesta bruscamente—. Te fuiste a la escuela.

—Pues, todos mis amigos piensan que es extraño que dejaras que me fuera —le digo—. La mayoría de las madres aman a sus hijos y nos los envían fuera, supongo que no es tu caso.

Se me queda mirando, su rostro empalidece y luego se pone rojo intenso, se le ensanchan las fosas nasales. Está más furiosa que nunca. Por un momento, me la imagino abalanzándose sobre mí y agarrándome del cuello.

—Nos rogaste que te dejáramos ir —dice con la voz temblorosa, intentando mantener la calma.

—Yo no les rogué.

—Nos diste una maldita presentación sobre Browick.

Niego con la cabeza.

—Estás exagerando —le digo, aunque no es así. Es cierto que les di una presentación; es cierto que rogué.

—No puedes hacer eso —dice ella—. No puedes cambiar

los hechos para que se ajusten a la historia que quieres contar.

—¿Y eso qué significa?

Inhala como si fuese a hablar, después exhala y se rinde. Se pone de pie y va a la cocina para alejarse de mí, lo sé, pero la sigo. A unos pasos tras de ella, le vuelvo a preguntar:

—¿Qué quieres decir con eso? Mamá, ¿qué se supone que significa eso? —Para no oír mis preguntas, abre el grifo a todo lo que da y empieza a colocar los platos sobre el fregadero de cualquier manera, pero no me detengo. Sigo haciendo la pregunta como si estuviera fuera de mi control.

El plato que tiene entre manos se resbala, o quizá lo tira a propósito. De todas formas, se rompe y los pedazos caen dentro del fregadero. Me callo, y siento un hormigueo en las manos, como si hubiese sido yo la que lo ha roto.

—Me mentiste, Vanessa —dice. Extiende una mano enrojecida por el agua caliente y llena de jabón, cierra el grifo, la mano se convierte en un puño. Se golpea el pecho y el agua le oscurece la blusa—. Me dijiste que tenías novio. Te sentaste allí y me mentiste y me hiciste creer...

Deja de hablar y se lleva las manos a los ojos, como si le doliese demasiado pensar en ello. En ese viaje de regreso a Browick, ella dijo: *Lo importante es que sea bueno contigo*. Me preguntó si estaba acostándome con él, si necesitaba tomar la pastilla anticonceptiva. *El primer amor es tan especial*, dijo. *Nunca se olvida*.

—Me mentiste —dice de nuevo.

Ella espera que pida perdón. Yo dejo que las palabras queden suspendidas en el espacio entre nosotras. Me siento vacía y desnuda, pero no me siento culpable de nada.

Lo que ella dice es cierto: le mentí. Me senté allí y dejé que creyese lo que quería y no me arrepentí. Ni sentí que estaba mintiendo exactamente, más bien moldeé la verdad para que fuese un poco más como lo que ella quería oír, una maniobra de manipulación que aprendí de Strane. Fui capaz de manipular la verdad tan perfectamente que ella no se dio cuenta de lo que hice. Quizá debería haberme sentido culpable después, pero sólo recuerdo haberme sentido orgullosa por salirme con la mía, por haber sabido protegernos a él, a mí y a todos simultáneamente.

—Nunca me imaginé que fueras capaz de hacerlo —dice ella. Me encojo de hombros. Mi voz suena como un graznido.

—Quizá no me conoces.

Parpadea, intentando digerir tanto lo que le he dicho como lo que no.

—Quizá sí tienes razón —dice—. Quizá no te conozco.

Se lava las manos y deja el fregadero lleno de platos sucios, y del que está roto. Antes de salir de la cocina, se detiene en el umbral.

—Sabes, a veces me avergüenzo de que seas mi hija —dice.

Me quedo de pie en la cocina, oigo el recorrido de sus pasos, sube las escaleras, abre y cierra la puerta de la habitación, camina justo por encima de donde yo estoy y cae a la cama tras el gemido del marco metálico. Las paredes y los suelos aquí son tan finos, la casa es de construcción tan barata que puedes oírlo todo si prestas suficiente atención, una amenaza constante de estar expuesta.

Sumerjo la mano en el fregadero, buscando los pedazos del plato roto, sin que me importe cortarme. Voy dejando los pedazos enjabonados sobre la encimera. Después, ya recostada en mi cama examinando si me he cortado o no, pienso: ¿tan duro ha sido lo que me ha dicho? Me ha parecido más duro de lo que yo merecía. Mi madre arroja los pedazos a la basura y oigo el repiqueteo desde mi habitación. Al día siguiente, encuentro a *Lolita* de regreso en mi estantería.

La mamá de Charley consigue un trabajo en New Hampshire; es la tercera vez que se mudan en cuatro años. En su último día de escuela, esconde cerveza en su mochila y la bebemos detrás del supermercado, nuestros eructos retumbando entre los contenedores. Después de la escuela, Charley me lleva a casa, aún tocada, se salta todos los semáforos en rojo de camino al centro mientras me río y apoyo la frente en el cristal y pienso *si así es como voy a morir, tampoco está tan mal.*

—No quiero que te vayas —le digo mientras ella gira hacia la carretera del lago—. Si te vas, me quedaré sin amigos.

—Pero tienes a Jade —responde, pendiente a la carretera oscura, intentando esquivar los baches.

—Eh, no gracias. Ella es lo peor. —Mi franqueza me sorprende; nunca he hablado mal de Jade con Charley, pero ¿qué más da?

Charley sonríe.

—Ya, puede llegar a serlo. Y la verdad es que te odia a ti también. —Detiene el coche en la entrada de casa—. Entraría, pero no quiero que tus padres huelan el olor a cerveza que llevo encima. Aunque seguramente tú también hueles a cerveza.

—Espera un segundo. —Busco la pasta de dientes que llevo en la mochila desde que empecé a fumar cigarrillos. Me pongo un poco en la boca y empiezo a enjuagarme.

—¡Mírala! —se ríe—. Le faltan unos tornillos, *pero* es muy lista.

La abrazo durante un largo rato y, estando tan feliz, me entran ganas de besarla, pero logro controlarme y me obligo a salirme del coche. Antes de cerrar la puerta, me agacho y le digo:

—Oye, gracias por no dejar que me fuese con el tipo ese de la bolera.

Frunce el ceño, intentando recordar. Levanta las cejas.

—¡Ah, ya me acuerdo! De nada. Estaba claro que te iba a matar.

Pone el coche en marcha atrás, baja la ventanilla y grita:

—¡Escríbeme!

Asiento con la cabeza y contesto:

—¡Lo haré! —Pero es en vano. No tengo su dirección ni número de teléfono. Incluso más adelante, con Facebook y Twitter, nunca lograré encontrarla.

Durante un tiempo, Jade y yo intentamos pasar tiempo juntas, vamos al supermercado juntas a la hora de comer, cada una intenta convencer a la otra de que robe algo y se molesta cuando la otra no lo hace. Una mañana, mientras estoy en la cafetería antes de la primera clase intentando terminar mi tarea de Álgebra a toda prisa, camina hasta donde estoy.

—He visto al tipo ese, a Craig, el de la bolera de aquel sábado —dice.

Levanto la mirada. Sonríe tanto que no puede mantener la boca cerrada. Parece que está a punto de estallar.

—Me pidió que te dijera que eres una puta. —Espera, con los ojos muy abiertos, mi reacción. Me arde la cara y me imagino lanzándole el libro de Álgebra encima, y abalanzándome sobre ella y estirándole las greñas.

Pero sólo pongo los ojos en blanco y murmuro algo sobre el hecho de que es un pedófilo al que le encantan las armas, y sigo con mi tarea. Después de eso, Jade empieza a salir con el grupo de alumnos de los que yo era amiga en la escuela intermedia. Se tiñe el pelo castaño y se apunta en el equipo de tenis. Cuando nos cruzamos en el pasillo, pasa de mí directamente.

En vez de intentar encontrar un nuevo lugar donde sentarme en la cafetería, me rindo por completo y empiezo a pasar todas las horas de comida en la cafetería del centro comercial. Me pido un café y una tarta todos los días mientras leo o termino las tareas, imaginando que tengo un aire misterioso y adulto sentada sola en una mesa. A veces veo que los hombres me miran desde los taburetes, y a veces les aguanto la mirada, pero siempre termina ahí.

❦

En casa, en las profundidades del bosque, en medio de la nada, el internet es mi único escape. Navego en línea horas sin fin, busco en Google diferentes combinaciones del nombre de Strane y Browick, con y sin comillas, pero sólo encuentro su perfil académico y algo sobre su voluntariado en un programa de alfabetización en 1995. Luego, a mediados de marzo, aparece un nuevo resultado: ha ganado un premio nacional de enseñanza, y asistió a la ceremonia en Nueva York. Hay una foto de él recibiendo la placa, con una sonrisa enorme, sus dientes blancos brillando entre la barba oscura. No reconozco sus zapatos y tiene el pelo más corto de lo que recordaba. La vergüenza se apodera de mí cuando me doy cuenta de que quizá no piensa en mí en absoluto. No hay minuto que pase sin que yo piense en él.

Esa noche, me quedo despierta chateando con desconocidos. Busco el mismo listado de palabras clave —*lolita, nabokov, profesor*— y envío mensajes a todos los hombres que aparecen bajo esos resultados. Si empiezan a ponerse desagradables como Craig, me desconecto. No va de eso. Me gusta la atención que me prestan cuando les cuento lo que ocurrió con Strane. Eres una chica muy especial, escriben, por ser capaz de apreciar el amor de un hombre como él. Si los hombres piden una foto, les envío una de Kirsten Dunst en *Las vírgenes suicidas* y ninguno se queja, lo que me lleva a preguntarme si son tontos o si les parece bien que mienta. Si me envían una foto, les digo que son guapos y todos me creen, hasta aquellos que son claramente feos. Guardo todas sus fotos en una carpeta llamada TAREA DE MATEMÁTICAS para que mis padres no la abran, y a veces me quedo clicando y pasando de una foto a otra, un hombre triste tras otro, pensando que si Strane me hubiese enviado una foto antes de que lo conociese de verdad, encajaría a la perfección entre estas.

La temporada del fango da pie a la de las moscas. El lago se deshiela lentamente, primero se torna gris, después azul hasta convertirse en agua fría. La nieve del jardín se derrite, pero en las profundidades del bosque, sigue habiendo nieve entre las rocas, y hay montones de nieve dura salpicada de agujas de pinos y conos de abetos. En abril, una semana antes de cumplir los diecisiete, mamá me pregunta si quiero celebrarlo con una fiesta.

—¿A quién invitaría?

—A tus amigos

—¿A cuáles?

—Tienes amigos.

—Ah, no lo sabía.

—Sí que los tienes —insiste.

Casi consigue que sienta pena por ella, pensando en lo que se imagina es mi vida escolar, caras sonrientes en los pasillos, una mesa en la cafetería llena de chicas buenas con buenas notas, cuando en realidad consiste en mí recorriendo los pasillos mirando al suelo y sorbiendo café en el centro comercial entre docenas de jubilados.

Al final, vamos a cenar a Olive Garden para mi cumpleaños, me sirven un ladrillo de lasaña seguido por un ladrillo de tiramisú con una vela. Mi regalo es un curso de ocho semanas de educación vial, un gesto que muestra que Browick está cada vez más alejado de mi realidad.

—Y quizá, una vez que apruebes… —dice papá—, encontraremos un coche para ti.

Las cejas de mamá se disparan.

—Con el tiempo —aclara él.

Les doy las gracias e intento no parecer demasiado emocionada al imaginarme los lugares a los que podría llegar en
coche.

᠁

Ese verano, papá me ayuda a conseguir un puesto de administrativa en el hospital a ocho dólares la hora, tres días a la
semana. Me asignan los archivos de urología, en un cuarto
sin ventanas con estantes que llegan al techo llenos de expedientes médicos procedentes de hospitales de todo el estado. Cada mañana, me espera una montaña de expedientes
para archivar, junto con un listado de nombres de pacientes
cuyos expedientes necesito reunir, ya sea porque tienen una
cita próximamente o porque murieron hace ya tanto que se
pueden destruir.

El hospital no cuenta con suficiente personal, así que pasan
varios días sin que mi supervisora me visite. A pesar de que
se supone que no debo hacerlo, paso la mayor parte de mi
tiempo leyendo expedientes. Hay tantos que, aunque traba-
jase en el hospital por el resto de mis días, no lograría leerlos
todos. Encontrar uno interesante es un juego de adivinanzas
que consiste en mí pasando los dedos sobre los archivos con
pegatinas de colores y sacando uno al azar, esperando que sea
uno de los buenos. Los expedientes gruesos son como novelas,
con años de síntomas, operaciones y complicaciones médicas
registradas en papel carbón. A veces los expedientes delgados
son los más penosos, una tragedia compactada en un puñado
de citas con un sello rojo en la cubierta: FALLECIDO.

Casi todos los pacientes en urología son hombres, la mayoría de mediana edad, o ancianos. Son hombres que orinan
sangre o que no orinan en absoluto, hombres con piedras
en los riñones o tumores. Los expedientes contienen rayos
x granulados de riñones y vejigas iluminados con un medio

de contraste, diagramas de penes y testículos con las anotaciones garabateadas del doctor. En uno de ellos encuentro una fotografía de unas piedras sobre una mano enguantada que parecen tres granos erizados de arena. La transcripción incluye una pregunta del doctor: *¿Cuánto tiempo llevas orinando sangre?* y la respuesta del paciente, *Seis días*.

A la hora de comer, voy a la cafetería con un libro en mano para no tener que sentarme con papá. Me siento mejor cuando nos damos espacio, porque, en cierta manera, es una persona diferente cuando está en el hospital. Su acento se profundiza, y lo oigo reírse de bromas asquerosas que lo ofenderían si estuviese frente a mamá. Además, tiene muchos amigos. Los rostros de la gente se iluminan al verlo. No tenía idea de que fuese tan popular.

En mi primer día, mientras me presentaba a cada una de las personas con quienes nos cruzamos, le pregunté:

—¿Cómo es que todo el mundo te conoce?

Se rio y dijo:

—Ayuda mucho llevar el nombre bordado —y señaló el PHIL en el bolsillo del pecho, pero es más que eso: los doctores sonríen al ver a papá, y eso que nunca sonríen, e incluso algunos ya saben ciertas cosas sobre mí, como que me gusta escribir. Ellos piensan que sigo yendo a Browick, lo cual tiene mucho sentido. Supongo que les dijo a todos que me habían aceptado, pero no quiso anunciar que me habían echado.

Papá y yo no tenemos mucho que decirnos, y no pasa nada. En la camioneta, enciende la radio a un volumen tan alto que nos es imposible hablar y, una vez que estamos en casa, se sienta en su butaca y enciende la tele. En las tardes, le gusta ver programas de cuando era pequeño, *The Andy Griffith Show* y *Bonanza*, mientras que yo doy largos paseos con Babe alrededor del lago hasta la cueva donde aún está la camilla pudriéndose. Intento no volver hasta después de que mamá haya llegado a casa. No es que sea más fácil pasar tiempo con ella, sino que cuando están juntos es más fácil que se olviden de mí y pueda irme discretamente a mi cuarto y cerrar la puerta.

Papá me dice que debería empezar a ahorrar para los libros de texto universitarios. Yo, en cambio, me gasto mis primeros dos sueldos en una cámara digital y, en mis días libres, me tomo autorretratos en el bosque, con vestidos florales y calcetines que me llegan a las rodillas. En las fotos, los helechos rozan mis muslos y la luz del sol atraviesa mi cabello, lo cual me da un aspecto de ninfa de bosque, como Perséfone merodeando por su prado esperando la llegada de Hades. Redacto un borrador de correo electrónico para enviárselo a Strane con una docena de fotos adjuntas pero, cuando estoy a punto de clicar sobre «enviar», me imagino el desastre que eso podría causarle, y desisto.

A mediados de verano, él vuelve a aparecer convertido en un expediente por archivar, enviado desde el oeste de Maine. STRANE, JACOB. FECHA DE NACIMIENTO: NOVIEMBRE 10, 1957. Dentro está el registro de la vasectomía que se hizo en 1991, anotaciones de la primera consulta escritas por el doctor de su puño y letra: *33 años, paciente soltero, pero insiste en que no quiere tener hijos.* Hay anotaciones de la operación y de la cita de seguimiento: *Dio instrucciones al paciente de ponerse hielo en el escroto una vez al día y llevar un suspensorio escrotal durante dos semanas.* Tras «suspensorio escrotal», cierro el expediente de golpe, abochornada por esa frase a pesar de no saber realmente lo que significa.

Lo abro nuevamente y lo leo de principio a fin: sus signos vitales, sus estadísticas, uno noventa y tres, ciento veintisiete kilos. Su firma aparece en tres lugares distintos. Separo dos páginas que estaban pegadas a causa de una mancha vieja de tinta e imagino la tinta manchándole también la mano.

Puedo ver sus dedos, sus callos, sus uñas comidas. Tal como las vi posadas sobre mi muslo la primera vez que me tocó.

Su expediente es banal, aunque para mí es increíble, su recuperación describe cómo tuvo que aplicarse una bolsa de hielo en la ingle. Intento imaginármelo: la cirugía en julio, así que el hielo debió derretirse y gotear, mojando sus calzoncillos, a su lado tendría seguramente el vaso empañado de un refresco frío, un frasco anaranjado de analgésicos que haría «clic» cuando Strane lo abriera y dejara caer algunas pastillas sobre una mano. Entonces, ¿cuántos años tenía yo? Hago la cuenta en mi cabeza: seis, estaba en primer grado, era apenas una persona y estaba a nueve años de encontrarme en la cama con él, retorciéndome bajo sus manos mientras me tranquilizaba diciéndome que no puedo quedar embarazada porque se ha hecho una vasectomía.

Quiero robar el expediente, pero cuando me contrataron me hicieron firmar unos acuerdos de confidencialidad con frases en negritas sobre las consecuencias legales de compartir con terceros los expedientes médicos. Me conformo con leer su expediente todos los días, sacándolo del lugar donde está, en el estante inferior, y transcribiendo las anotaciones en mi diario, subrayando la frase: *soltero, pero insiste en que no quiere tener hijos.* Me recuerda a la única escena que detesto de *Lolita*, el párrafo donde Humbert primero se imagina teniendo hijos con Lo y después teniendo hijos con sus nietas. Me recuerda, además, algo que ya casi había olvidado: él pidiéndome que lo llamase papi por teléfono mientras se pajeaba al otro lado de la línea.

Pero esos pensamientos son como esas piedras alisadas que recojo y estudio con detenimiento antes de volver a lanzarlas al lago. En el silencio del hospital, el ventilador oscilante agita mi cabello y mis pensamientos se hunden en las profundidades de mi cerebro y desaparecen bajo el fango. Cierro la carpeta, me acerco otra pila de expedientes y me pongo a archivarlos.

2017

Uno de los recepcionistas está enfermo e Inez se ha quedado sola un sábado por la noche con el hotel lleno, así que dejo mi puesto en conserjería para ayudarla. Cuando me contrataron hace ocho años, fue para un puesto en recepción y todavía me acuerdo de lo básico. Inez me enseña cómo funciona el nuevo sistema informático; su voz adquiere un tono interrogativo cuando me explica la secuencia para hacer una reserva o registrar a un huésped. No sé si la pongo nerviosa o sencillamente está irritada. Si hago autocrítica después de equivocarme, suelta una rápida sucesión de «vas bien, vas bien, vas bien».

Las horas pasan volando a pesar de mi niebla mental, o tal vez gracias a ella. El camarero me trae un *Dark and Stormy* y a Inez se le ilumina el rostro cuando le ofrezco un sorbo. Nos agachamos juntas detrás del escritorio y nos lo pasamos una a otra. Había olvidado cómo es trabajar con alguien, la camaradería que surge al tratar con los clientes. La huésped habitual que insiste en que la hemos cambiado de habitación desde la última vez, a pesar de que la dejamos pasar al otro lado del mostrador, ver su historial de reservas y comprobar que siempre se ha alojado en la habitación 237; la pareja que ignora nuestra advertencia de que la habitación con vistas a la calle principal que han escogido es más barata, pero también ruidosa y, una hora más tarde, vuelven al vestíbulo a quejarse porque les molesta el ruido. Inez es buena gestionando quejas: bate las pestañas,

se pone la mano sobre el corazón y dice «Lo siento mucho.
De verdad, lo siento *muchísimo*». Sus gestos son tan exager-
ados que toma por sorpresa a los huéspedes, que casi siempre
terminan asegurándole que no hay ningún problema, que
no era para tanto. Cuando se van, Inez suelta una retahíla
de obscenidades entre dientes.

—Pensaba que sólo eras la hija del jefe —le digo—, pero
esto se te da bien de verdad.

Entorna los ojos intentando decidir si sentirse insultada o
no. Agrego:

—Se te da mejor que a mí. No sé fingir amabilidad. —Se
le dibuja una sonrisa en el rostro; me la he ganado con el
cumplido.

—Cuando la gente se enfada, busca pelea —dice—. Si
pareces sumisa, retroceden.

—Sí. Es la misma estrategia que uso con los hombres.
—Observo su reacción para ver si encuentro una sonrisa de
complicidad pero, en su lugar, sólo arruga la frente, algo confusa.

La veo trabajar con la computadora, la pantalla ilumina
su cara. Tiene diecisiete años, pero parece mucho mayor, im-
pecablemente maquillada y con el cabello planchado terminado en línea recta. Con el collar de perlas y la blusa de seda
blanca debajo del traje, se la ve pulcra, ya se le da mejor que
a mí ser mujer.

—Eres muy perspicaz —le digo—. Eres madura para tu
edad.

Me mira de reojo, todavía algo en guardia.

—Eh, gracias. —Se vuelve hacia la computadora y se encorva sobre la pantalla para que no pueda verla.

A las nueve y media, cuando ya todo es más tranquilo,
un hombre se acerca al mostrador: cuarenta y tantos, guapo,
bajito. Su reserva es para una noche, una *suite* con *jacuzzi*
frente al patio. Ha solicitado un servicio especial para su lle-

gada: luces tenues, baño de burbujas, pétalos de rosa en la cama, *champagne* enfriado en hielo.

Mientras llevo a cabo el registro, le informo de que todo está listo y esperándolo en la habitación.

—Asumiendo que todavía desea el servicio especial —le digo, mirando alrededor del vestíbulo. Parece haber venido solo.

El hombre le sonríe a Inez. A pesar de que yo soy quien lo atiende, no ha dejado de sonreírle desde que ha llegado al mostrador.

—Sí, perfecto —dice. Se guarda la llave en el bolsillo, se dirige hacia los ascensores. Inez se da la vuelta para archivar su comprobante de registro y veo que el hombre se detiene a mitad de camino y le hace una señal a alguien. Una mujer se levanta de una de las butacas orejeras. Mira por encima del hombro a la recepción, sus ojos se encuentran con los míos y veo que no es para nada una mujer. Es una adolescente con zapatillas Converse y un jersey largo cuyas mangas le sobrepasan las muñecas. Mientras esperan un ascensor, el hombre le hunde la cara en el cuello y la chica ríe juguetona.

—¿Has visto eso? —le pregunto a Inez cuando entran en el ascensor—. La chica que iba con él. Parecía que tenía catorce años.

Ella sacude la cabeza.

—No he visto nada. —Revisa la lista de registros, todos en verde. Los huéspedes ya están en sus habitaciones; podemos relajarnos—. Me voy a comer algo —dice.

Pienso en la habitación arreglada, los pétalos de rosa sobre la cama, las burbujas en el baño, la risita incómoda de la chica cuando él le quite el jersey holgado. Mientras Inez va camino de la cocina, me imagino que subo a la habitación, irrumpo y le clavo las uñas al hombre sacándolo de encima de la chica. ¿Pero qué lograría con eso más allá de montar una escena y hacer que me despidan? Parecía dispuesta, feliz. No parecía que la estuviera arrastrando hasta ahí. De pie tras el escritorio, apuro mi copa y veo a Inez volver con un plato de pasta. Va comiendo mientras camina, motas de salsa de tomate sobre la blusa blanca.

Mientras come en la oficina trasera, un hombre se acerca al mostrador y dice tener una reserva. Rastreo el sistema mientras él se inclina sobre mí con los brazos cruzados, todo cejas tupidas y nariz roja y bulbosa por el alcohol. Suspira ruidosamente, para asegurarse de que sé lo molesto que está, y lo incompetente que soy. *¿Te das cuenta de que hay una chica siendo violada en el piso de arriba*, pienso, *y nadie puede hacer nada al respecto?*

—No hay ninguna reserva a su nombre —le digo—. ¿Está seguro de que no está en el hotel equivocado?

—Claro que estoy seguro. —Se saca del bolsillo una hoja de papel doblada—. Aquí lo tienes, ¿ves? —La miro y veo que es una confirmación para un hotel en Portland, Oregón. Cuando le señalo su error, disculpándome como si fuera culpa mía, el hombre mira el papel, luego a mí, y luego a su esposa, sentada al otro lado del vestíbulo, rodeada de maletas.

—Hemos venido desde Florida —murmura—. ¿Qué vamos a hacer?

Todos los hoteles de la ciudad están llenos esta noche, sin embargo, me las arreglo para encontrar una habitación en un hotel junto al aeropuerto. El hombre, demasiado aturdido como para darme las gracias, se lleva de vuelta a su esposa por el vestíbulo hasta el servicio de aparcacoches. Mientras veo cómo se alejan, dejo que mi cuerpo se desplome contra el mostrador. Hundo la cabeza en mis manos. Respiro hondo.

Cuando suena el teléfono, contesto sin abrir los ojos, recito el saludo del hotel.

—Hola —dice la voz, vacilante y femenina—. Estoy buscando a Vanessa Wye.

Abro los ojos y miro hacia el silencioso vestíbulo. Inez sale de la oficina trasera y me hace un gesto —*un segundo*—, mientras se dirige al baño del personal.

—¿Hola? —La voz espera—. ¿Eres Vanessa?

Busco la centralita del teléfono, el botón rojo para cortar la llamada.

—No me cuelgues —dice la voz—. Soy Janine Bailey, de *Femzine*. Te he enviado un par de correos con la esperanza de contactar contigo. He pensado que debía llamarte al trabajo como último intento.

Mantengo el dedo sobre el botón de colgar, pero no lo presiono. Mi voz se quiebra al decir:

—Ya has intentado llamarme. Me dejaste un mensaje.

—Tienes razón —dice ella—. Lo hice.

—Y ahora me estás llamando otra vez. Ahora a mi trabajo.

—Lo sé —responde—. Sé que estoy siendo insistente, pero déjame hacerte una pregunta. ¿Has estado siguiendo esta historia?

No digo nada, sin saber a qué se refiere.

—Taylor Birch. Conoces a Taylor, ¿no? Ha vivido un infierno durante las últimas semanas. ¿Has visto el abuso al que ha sido sometida? Los activistas por los derechos de los hombres, los *trolls* de Twitter. Ha recibido amenazas de muerte…

—Sí —digo—. Algo he visto.

Se escucha un clic, y luego su voz suena más alta, más cercana, como si me hubiera quitado del altavoz.

—Voy a ser clara contigo, Vanessa —dice—. Conozco tu historia. Y, aunque no puedo forzarte a hacerla pública, quiero asegurarme de que entiendes hasta qué punto tu historia puede ayudar a Taylor. En realidad, tienes la oportunidad de ayudar al movimiento entero.

—¿Qué quieres decir con que sabes mi historia?

Su voz se agudiza media octava y contesta:

—Bueno, Taylor me dijo lo que sabía… Rumores, detalles que Jacob Strane compartió con ella a lo largo de los años.

Siento una sacudida en la cabeza, ¿*años*?

—Y, bueno... —Janine deja escapar una risa—. Taylor también me envió un enlace a un blog. Me dijo que era tuyo. Me lo leí. No podía dejar de leerlo, en realidad. Eres una escritora buenísima.

Anonadada, tecleo la antigua URL en mi navegador. Después de todo lo que pasó en la universidad, hice que el blog fuera privado y sólo se pudiera acceder a él con una contraseña. Ahora aparecen todas las publicaciones; se ha revertido a la configuración pública por defecto. No recuerdo la última vez que comprobé que siguiera bloqueado, podría haber estado abierto a cualquiera durante años. Bajando por la página, veo varias «S.», mi evidente código para Strane, en todos los párrafos.

—No debería ser público —digo mientras cargo la pantalla de inicio de sesión e intento recordar la contraseña de diez años atrás—. No sé qué ha pasado.

—Me gustaría citarlo en el artículo.

—No —digo—. Puedo negarme, ¿verdad?

—Preferiría tener tu permiso —dice ella—, pero el blog estaba abierto al público.

—Bueno, pero lo voy a borrar ahora mismo.

—Y eres libre de hacerlo, pero tengo capturas de pantalla.

Miro fijamente la pantalla de la computadora; las opciones de recuperación de contraseña me piden que revise mi antigua dirección de correo electrónico de Atlántica, a la que no he tenido acceso en años.

—¿Qué has dicho?

—Preferiría tener tu permiso —repite—, pero tengo la obligación de escribir el mejor artículo que pueda. Podemos trabajar juntas en esto, si te parece bien. Dime con qué te sientes cómoda y empezaremos ahí. ¿Te parece aceptable, Vanessa?

Las palabras se acumulan en mi boca: *deja de llamarme, deja de enviarme correos y deja de decir mi nombre como si me conocieras.* Pero no puedo ladrarle, y mucho menos ahora que ha visto el blog y las publicaciones que cuentan nuestra historia con mis propias palabras.

—Tal vez —le digo—. No lo sé. Necesito pensármelo.

Janine exhala una bocanada de aire contra mi oído.

—Vanessa, de verdad espero que lo hagas. Nos debemos las unas a las otras hacer todo lo que podamos. Estamos todas juntas en esto.

Fulmino el vestíbulo con la mirada y me obligo a darle la razón.

—Claro, absolutamente, tienes toda la razón.

—Créeme, sé lo difícil que es esto. —Janine baja la voz—. Yo también soy una superviviente.

Esa palabra, con su empalagosa empatía; esa condescendiente palabra que hace que todo mi cuerpo se estremezca sin importar el contexto en que se utilice, lo lleva todo demasiado lejos.

Mis labios se doblan sobre mis dientes y le espeto:

—No sabes nada de mí —y cuelgo el teléfono, cruzo el vestíbulo corriendo, entro al baño de personal y vomito en un váter, abrazando la taza hasta que mi estómago se vacía y sólo escupo bilis.

Cuando aún estoy recuperando el aliento en el suelo y revisando mi americana en busca de vómito, se abre la puerta del baño y oigo mi nombre. Es Inez.

—¿Vanessa? ¿Estás bien?

Me limpio la boca con el dorso de la mano.

—Sí, estoy bien —le digo—. Es sólo un problemita de estómago. —La puerta se cierra, se abre de nuevo.

—¿Estás segura? —pregunta.

—Estoy bien.

—Porque podría cubrir...

—¿Puedes dejarme un poco de puto espacio? —Apoyo la mejilla contra la puerta de metal y oigo cómo sus pasos se alejan rápidamente, de vuelta al mostrador donde, durante el resto del turno, sus ojos vidriosos amenazan con llorar.

Hace unos años, vi el rostro de Taylor mirándome desde una farola cuando iba a cruzar la calle Congress. Era un volante, el anuncio de una lectura de poesía en un bar. Sabía que escribía poemas y publicaba algunos. Leí todo lo que pude encontrar, encargando ejemplares de revistas literarias, revisando constantemente su página web, rara vez actualizada. Buscaba trazas de Strane en sus escritos, pero todo lo que encontré fueron plácidas imágenes de mariposas luna contra la luz incandescente, una meditación de seis estrofas sobre su útero. Nunca entenderé que ella pueda ir por la vida escribiendo sobre algo que no sea Strane, si lo que le hizo fue de verdad tan malo.

Nunca ha sido capaz de entenderla, por mucho que lo intente. Hace unos años, averigüé dónde trabajaba, el barrio donde vivía. Basándome en una publicación en Instagram de la vista desde la ventana de su cocina, descubrí exactamente cuál era su edificio. Nunca la aceché, al menos estrictamente hablando; todo lo que me permití fue pasar frente a su lugar de trabajo a la hora del almuerzo, buscándola entre todas las rubias que me cruzaba. Pero, ¿cuándo no estoy buscándola? ¿Cuándo dejo de escanear rostros en restaurantes, cafeterías, supermercados y tiendas de barrio? A veces, caminando por la ciudad, la imaginaba detrás de mí. La idea de que ella me observara hacía mi cuerpo vibrar; la misma sensación que me producía imaginar los ojos de Strane sobre mí.

Cuando fui a su lectura de poemas, me quedé en el fondo poco iluminado del bar. Llevaba mi pelo rojo recogido y escondido debajo de un gorro. Sólo me quedé el tiempo suficiente como para verla ir hacia el micrófono y empezar a hablar. Tenía una enorme sonrisa y unas manos vivaces que no dejaban de gesticular. *Está bien*, me dije de camino a casa, mis mejillas sonrojadas por una mezcla de celos y alivio. Parecía normal, feliz, intacta. Esa noche, busqué entre viejas carpetas y encontré trabajos universitarios corregidos, poemas de la escuela. Un ensayo que escribí sobre el rol de la violación en *Tito Andrónico* con los comentarios de Henry Plough al final: *Vanessa, tu escritura es asombrosa*. Recuerdo que me burlé de la nota, sabiendo que no debía tomarme el cumplido en serio, que sólo se trataba de otra ronda de elogios por parte de un profesor que quería que me acercara a él. Aunque quizá lo decía en serio. Y tal vez Strane también lo decía en serio, con todos aquellos elogios, y su insistencia en que mi manera de ver el mundo era extraordinaria, también lo decía en serio. A pesar de todos sus defectos, era un buen profesor, entrenado para detectar el potencial de sus estudiantes.

Busco en Twitter el nombre de Strane, y encuentro mayormente el de Taylor en una mezcla de defensas feministas y ataques sexistas. Un tuit incluye una foto de ella a los catorce años, delgada y sonriente, con aparatos en los dientes, con su uniforme de *hockey*, junto a un texto que grita, ESTA ES LA EDAD QUE TENÍA TAYLOR BIRCH CUANDO JACOB STRANE ABUSÓ DE ELLA. Intento imaginar esa misma frase acompañando las Polaroids que Strane me hizo a los quince, yo con los ojos entrecerrados y mis labios hinchados; o las fotos que me hice a mí misma a los diecisiete años, de pie ante un fondo de abedules, con la falda levantada y mirando la cámara, como una Lolita, y sabiendo exactamente lo que quería, lo que era. Me pregunto cuán dispuestos estarían a conceder el estatuto de víctima a una chica como yo.

2002

Empieza el último año de escuela secundaria. Durante la primera semana, me presento en la oficina de la asesora universitaria con mis solicitudes de acceso a la universidad rellenadas y un borrador de mi carta de presentación en el que he trabajado todo el verano. Me he ceñido a la lista de universidades que Strane me preparó, pero la asesora me pide que amplíe la lista. Tengo que asegurar el tiro, dice. ¿Qué te parece si le echamos un vistazo a alguna universidad estatal?

El restaurante del centro comercial cerró durante el verano, así que me quedo a comer en el comedor, sentada con Wendy y María, compañeras de mi clase de Literatura. María es una estudiante de intercambio de Chile y vive con la familia de Wendy. Son exactamente el tipo de chicas que mis padres querrían como amigas mías: estudiosas, agradables, solteras. En el almuerzo, comemos yogures bajos en grasas y rodajas de manzana con dos cucharaditas de mantequilla de maní, mientras nos hacemos rondas de preguntas con tarjetas, comparamos tareas y nos obsesionamos con las solicitudes para la universidad. Wendy quiere entrar en la Universidad de Vermont y María quiere poder ir a la universidad también en Estados Unidos. Su sueño es ir a alguna de las universidades de Boston.

La vida sigue su curso. Obtengo el permiso de conducir, pero no el coche. Babe llega a casa con púas de puercoespín por todo el hocico y mamá y yo tenemos que sujetarla mientras papá las saca una por una con unas pinzas. Papá es

elegido representante sindical en el hospital. Mamá obtiene
una A en su clase de Historia en el centro de estudios profesio-
nales. Las hojas cambian de color. Obtengo una puntuación
digna en el examen de ingreso universitario y completo otro
borrador de mi carta de presentación. En Literatura, tenemos una clase sobre Robert Frost, pero la profesora no hace
alusión al sexo. María y Wendy comparten un *bagel* durante
el almuerzo, partiéndolo con los dedos. Un chico de mi clase
de Física me invita al baile de otoño y le digo que sí por curiosidad, pero le huele el aliento a cebolla y la idea de que me
toque me da ganas de morir. En el oscuro auditorio, cuando
el chico se acerca para besarme durante una canción lenta,
le digo que tengo novio.

—¿Desde cuándo? —pregunta, con las cejas arqueadas.

Desde siempre, pienso. *No sabes nada de mí.*

—Es mayor —digo—. No lo conoces. Lo siento, debería
haberte avisado.

Durante lo que queda de baile, el chico no me dirige la
palabra y, al final de la noche, dice que no puede llevarme
a casa, que vivo demasiado lejos y que está muy cansado.
Tengo que llamar a papá para que venga a recogerme y, de
camino a casa, me pregunta qué ha ido mal, qué ha pasado,
¿el chico ha intentado algo, me ha hecho daño? Digo:

—No ha pasado nada. No ha sido nada —todo el tiempo,
esperando que no se dé cuenta de lo familiares que suenan
estas palabras, sus preguntas y mi negación.

Después de una serie de escuetas cartas de diversas universidades que me rechazan o me incluyen a regañadientes en
listas de espera, en marzo me llega un sobre abultado de
Atlantica College, una universidad que añadí por recomendación de la asesora. Rasgo el sobre, con mis padres mirando
con el orgullo dibujado en sus sonrisas. *Felicidades, estamos*

encantados. El sobre está lleno de folletos y formularios que me preguntan si quiero vivir en el campus, qué tipo de residencia prefiero y qué plan de comedor me conviene.

Hay una invitación para visitar el campus y una nota manuscrita de mi futura asesora, una profesora de Poesía con media docena de antologías publicadas. *Tus poemas son extraordinarios*, escribe, *tengo muchas ganas de trabajar contigo.* Me tiemblan las manos mientras hojeo todo. A pesar de que Atlantica es técnicamente una universidad estatal y no es prestigiosa, haber sido aceptada me recuerda a Browick, como si hubiese retrocedido en el tiempo.

Esa noche, cuando mis padres se han ido a la cama, agarro el teléfono inalámbrico y salgo al jardín cubierto de nieve, la luna iluminando el lago helado.

No me sorprende que Strane no conteste. Cuando salta el contestador, quiero colgar y volver a intentarlo. Tal vez, si sigo llamando, acaba contestando por pura exasperación. Incluso si me grita que lo deje en paz, al menos habré podido oír su voz. Me lo imagino mirando el identificador de llamadas, el intermitente WYE, PHIL & JAN. No tiene forma de saber que no son mis padres los que llaman para decirle que lo saben todo y se lo harán pagar enviándolo a la cárcel. Espero que esté aterrorizado, aunque sólo sea por un momento. Lo amo, pero cuando pienso en esa foto suya aceptando el premio en Nueva York, la Asociación de Internados de Nueva Inglaterra reconociendo a Jacob Strane como el distinguido profesor del año, me dan ganas de hacerle daño.

Oigo su voz grabada: «Ha llamado a Jacob Strane...». Y lo veo de pie en su sala de estar, con los pies descalzos y una camiseta, con el vientre rebosando sobre sus calzoncillos, mirando el contestador. Oigo el agudo pitido con la mirada perdida más allá del lago, la larga montaña púrpura contra el cielo azul oscuro.

—Soy yo —digo—. Sé que no puedes hablar conmigo,

pero quería decirte que me han aceptado en Atlantica College. A partir del veintiuno de agosto estaré ahí. Y tendré dieciocho años, así que...

Hago una pausa y escucho el ruidito de la cinta del contestador automático. Me imagino el mensaje siendo utilizado como prueba ante un tribunal, Strane sentado tras una mesa junto a un abogado, con la cabeza gacha por la vergüenza.

—Espero que me estés esperando —le digo—, porque yo te estoy esperando.

Suben las temperaturas y todo parece más fácil con la admisión de Atlantica en el bolsillo. Hace más tolerable el exilio, una luz al final de este túnel de mierda. A pesar de las advertencias de los profesores de que las admisiones pueden, hipotéticamente, ser revocadas, mis calificaciones caen a Bs y Cs de mínimo esfuerzo. Una o dos veces por semana, me salto las clases de la tarde para pasear por el bosque que hay entre la escuela y la carretera interestatal. El barro se filtra en mis tenis mientras observo los coches entre los árboles y fumo los cigarrillos que me compra un chico de mi clase de Matemáticas. Una tarde, veo cómo un ciervo se lanza a la carretera y causa un accidente en el que chocan cinco coches, uno detrás de otro. Ocurre en cuestión de segundos

Abril, dos días antes de mi cumpleaños, aparece una alerta mientras reviso mis correos: jenny9876 te ha enviado una solicitud de chat. ¿Aceptas? Hago clic en «Sí» con tanta fuerza que el ratón se escapa de mi mano.

jenny9876: Hola Vanessa. Soy Jenny.
jenny9876: ¿Hola?
jenny9876: Por favor, contesta si estás ahí.

Veo aparecer los mensajes, la línea de texto en la ventana del chat parpadea jenny9876 está escribiendo... jenny9876 está escribiendo. Después, se detiene. Trato de imaginármela, la silueta de su cuello, el lustroso cabello castaño. Son las vacaciones de abril en Browick; debe estar en su casa, en Boston. Mis dedos están suspendidos sobre el teclado, pero no quiero empezar a escribir hasta estar lista, no quiero que me vea comenzar y parar y comenzar de nuevo, no quiero que vea cuánto me molesta.

> sombría_vanessa: qué
> jenny9876: ¡Hola!
> jenny9876: Me alegro de que estés ahí
> jenny9876: ¿Cómo estás?
> sombría_vanessa: ¿por qué me escribes?

Dice que sabe que seguramente la odio por lo que pasó en Browick. Que ha pasado mucho tiempo y tal vez ya me da igual, pero todavía se siente culpable. Al acercarse la graduación, ha estado pensando mucho en mí. Y en el hecho de que yo ya no estoy ahí y él sí. En lo injusto que es eso.

> jenny9876: Quiero que sepas que, cuando fui a hablar con la Sra. Giles, no sabía lo que iba a pasar.
> jenny9876: Puede sonar ingenuo, pero de verdad pensaba que lo despedirían.
> jenny9876: Sólo hice lo que hice porque estaba muy preocupada por ti.

Me dice que lo siente, pero lo único que me importa es Strane. Mientras se disculpa, intento escribir preguntas. Ya no me preocupa que pueda ver mis comienzos en falso, mi lucha con las palabras. Empieza a contarme de la universidad, que la han aceptado en Brown, que ha oído hablar bien sobre Atlantica, pero no me interesa la universidad; quiero preguntarle sobre la longitud del cabello de Strane, sobre si le ha crecido mucho y está descuidado, sobre si su ropa está desaliñada, los únicos marcadores visibles de su estado mental que se me ocurren, porque es impensable que me diga lo que realmente necesito saber: ¿Estará deprimido? ¿Me echa de menos? Al final, sencillamente pregunto: ¿Lo ves a menudo? Y su odio emerge, casi palpable a través de la pantalla.

jenny9876: Sí, lo veo. Ojalá no lo hiciera. No lo soporto. Camina por el campus como si fuera un hombre derrotado, pero no tiene motivos. Tú eres la que sufrió.

sombría_vanessa: ¿qué quieres decir? ¿tiene un aspecto triste?

jenny9876: Miserable. Lo que es bastante ridículo teniendo en cuenta cómo te traicionó.

sombría_vanessa: ¿qué quieres decir?

jenny9876 está escribiendo... jenny9876 está escribiendo...

jenny9876: A lo mejor no lo sabes.

sombría_vanessa: ¿no sé qué?

jenny9876: Que fue él quien hizo que te echaran. Presionó a la Sra. Giles para que lo hiciera.

jenny9876: Probablemente no debería estar hablando de esto.

jenny9876: Ni siquiera debería saberlo.

sombría_vanessa: ???

jenny9876 está escribiendo... jenny9876 está escribiendo...

jenny9876: Ok. El año pasado, creamos con otros alumnos un nuevo club llamado Estudiantes a Favor de la Justicia Social, y uno de los temas por los que queríamos luchar era que Browick tuviera una política de verdad en contra del acoso sexual en sus estatutos, porque hasta entonces no la tenía (lo que además de irresponsable es técnicamente ilegal). Entonces, el invierno pasado, me reuní con la Sra. Giles porque la administración no hacía nada para ayudarnos y, cuando hablé con ella, te utilicé como ejemplo del tipo de incidente que queríamos evitar que pudiera volver a ocurrir.

jenny9876: Porque, aunque hubo una reunión en la que tuviste que responsabilizarte de todo, todos saben lo que ocurrió en realidad. Saben que la víctima fuiste tú.

jenny9876: En todo caso, cuando me reuní con la Sra. Giles, dijo que yo estaba equivocada, que el trato había sido correcto y que la escuela no había hecho nada mal. Me mostró un par de notas que Strane había escrito sobre ti en las que básicamente decía que te lo habías inventado todo.

jenny9876: Y eso es muy frustrante, porque yo sé que no lo hiciste. No sé qué pasó exactamente entre ustedes dos, pero yo vi cómo te agarraba.

sombría_vanessa: ¿notas?

jenny9876: Sí. Había dos. En una decía que habías destruido su reputación y que Browick no era lugar para mentirosos. Recuerdo que te describía como «una niña inteligente, pero emocionalmente desequilibrada». Decía que habías violado el código ético de la escuela y que debías ser expulsada por ello.

jenny9876: La otra nota era anterior. ¿Tal vez enero de 2001? Decía que te habías enamorado de él y pasabas mucho tiempo en su aula. Mencionaba que quería dejar constancia por escrito en caso de que tu comportamiento se saliera de control. Parecía una coartada ya prevista en caso de que lo atraparan.

Después de leer aquello, mi mente vuela hacia el bosque, buscando distancia para entender. Enero de 2001. Cuando él y yo íbamos conduciendo a través de semáforos en ámbar intermitente camino a su casa, cuando me dio el pijama de fresas, le mintió a la escuela sobre mí. Alucino, todavía incapaz de comprender lo que está pasando. Él ya tenía una estrategia e iba diez pasos por delante. Al final, cuando todo

salió a la luz y me convenció para ponerme frente a esa sala
llena de gente y llamarme a mí misma mentirosa, ¿qué fue
lo que dijo?: «Vanessa, han decidido que tienes que irte y no
van a cambiar de opinión. Está hecho». Pensé que se refería a
la Sra. Giles, a la administración, a la institución de Browick.
Pensé que éramos él y yo contra ellos.

Antes de salir del chat, Jenny me pregunta qué sucedió en
realidad. Con las manos temblorosas, empiezo a escribir, Me
utilizó y luego se deshizo de mí, pero me lo pienso mejor y lo borro.
Todavía me aterroriza imaginarme el despido, la policía y a
Strane en la cárcel.

sombría_vanessa: no pasó nada

🐝

El día después de mi cumpleaños, les digo a mis padres que
tengo que ir a la biblioteca del pueblo para preparar un trabajo de la escuela que en realidad no existe. Es la primera vez
que les pido llevarme el coche sola. Están fuera, preparando
el jardín para sembrar las plantas anuales, con los brazos
sucios de tierra hasta los codos. Mamá duda, pero papá hace
un gesto. *Adelante.*

—En algún momento tendrás que salir por tu cuenta
—dice.

Cuando ya estoy a mitad de camino del coche, con las
llaves en la mano, mamá me llama. Me da un vuelco el corazón, casi esperando que me diga que no.

—¿Puedes comprar leche, ya que sales? —pregunta.

Mientras conduzco, la explicación lógica que construí
mientras estaba en el exilio se resiente bajo el peso de estos
nuevos datos y amenaza con hundirse. No estoy segura de
qué otra razón, además de la desesperación, me hizo creer
que él quería ponerse en contacto conmigo, y que estaba

esperando hasta que cumpliera los dieciocho años. No me prometió nada explícitamente, ni siquiera durante nuestra última conversación. Me aseguró que todo iba a salir bien y entendí que «bien» significaba una cosa, pero quién sabe lo que significaba para él. «Bien» podría significar simplemente salir indemne, no ser despedido y no ir a la cárcel. Me sudan las manos en el volante. Qué fácil es que te engañen y te montes una historia de la nada.

Al llegar al pueblo, tomo la pequeña carretera sentido oeste hacia Norumbega, buscando entre mis recuerdos algo que pudiera ser real. Todas aquellas veces que les dije a mis compañeros que tenía un novio secreto mayor... mi cuerpo se estremece con sólo recordarlo. Sabía que no era del todo cierto, pero parecía lo suficientemente real como para mentir. Me estaba esperando, incluso si la etiqueta de novio no encajaba del todo. Todo este tiempo, había sido descartada, no deseada. Quizá ha pasado página, está enamorado y acostándose con otra mujer, una alumna.

Mi cerebro cortocircuita al pensarlo, un destello de luz brillante y dolor. El coche se desvía hacia el arcén, luego regresa a la calzada.

Norumbega no ha cambiado nada: el río bordeado de árboles, la librería, el estanco, la pizzería, la panadería, y el campus de Browick reluciente sobre una colina. Aparco en el camino de entrada a su casa, detrás de su coche. El mismo en el que fuimos desde el campus hasta su casa, y más tarde a través de los bosques del este, con su mano libre entre mis piernas. Ha pasado mucho tiempo, pero me siento igual que hace dos años; llevo la misma ropa, tengo el mismo aspecto... o tal vez me he hecho mayor y no me he dado cuenta. ¿Hay alguna posibilidad de que él no me reconozca? Recuerdo la sombra de decepción en su rostro cuando cumplí dieciséis años. *Ya eres prácticamente una mujer.* Tal vez me he curtido y he envejecido. Me siento fuerte, o al menos más fuerte que antes. Pero, ¿por qué? En realidad, no he pasado por nada. He visto un accidente a través de los árboles, he chateado con algunos hombres por internet, estuvo a punto de secuestrarme un patán con un arsenal y he comido muchas raciones de pastel sola en un restaurante. Tal vez la suma de todo eso equivale a cierta sabiduría. Me pregunto si volvería a caer en su trampa si fuera mi profesor ahora.

Como la policía, golpeo la puerta de su casa en lugar de llamar al timbre porque quiero asustarlo. Casi espero que no responda, que permanezca inmóvil en medio de su sala de estar y aguante la respiración hasta que me rinda y me vaya. Es posible que no quiera verme nunca más, tal vez ese era su objetivo cuando hizo que me echaran, expulsarme de su vida junto con todas las posibilidades de ruina que personifico.

Pero no, abre la puerta de inmediato, como si hubiera estado esperando al otro lado. La abre de par en par, se pone al descubierto, con un aire a la vez más viejo y más joven, la barba más gris, y el pelo más largo. Tiene los brazos bronceados. Lleva una camiseta y pantalones cortos, zapatos náuticos sin calcetines, piernas pálidas cubiertas de vello oscuro.

—Dios mío —dice—. Mírate.

Me lleva adentro, su mano en mi espalda. El olor de su casa, algo que no sabía que había extrañado, me inunda la cabeza y me hace levantar las manos para protegerme. Me pregunta si quiero beber algo, hace un gesto hacia la sala y me dice que me siente. Abre la nevera, saca dos botellas de cerveza. Apenas es mediodía.

—Feliz cumpleaños —dice, dándome una botella.

No la acepto.

—Sé lo que hiciste —digo, tratando de aferrarme a la ira, pero las palabras salen como grititos. Soy un ratón al borde de las lágrimas. Me pone la mano en la cara para calmarme. Me aparto y recuerdo una frase de *Lolita*, cuando Humbert encuentra a Lo después de tantos años: «Si me tocas, moriré».

—Hiciste que me echaran —digo.

Espero que palidezca y se le descomponga la expresión, ver la mirada de alguien atrapado, pero apenas reacciona. Parpadea un par de veces, como buscando un punto débil por el que rasgar mi ira. Cuando finalmente lo hace, sonríe.

—Estás molesta —dice.

—Estoy cabreada.

—De acuerdo.

—Tú eres quien me echó. Te deshiciste de mí.

—No me deshice de ti —contesta con suavidad.

—Pero hiciste que me echaran.

—Lo hicimos juntos. —Sonríe con el ceño fruncido, como si yo estuviera confundida, como si estuviera diciendo algo absurdo—. ¿No te acuerdas?

Trata de refrescarme la memoria, dice que le dije que me encargaría de todo, que todavía puede ver la expresión determinada en mi rostro, decidida a cargar con la culpa.

—No podría haberte detenido, aunque hubiese querido —dice.

—No recuerdo haber dicho eso.

—Bueno, aun así lo hiciste. Lo recuerdo perfectamente. —Toma un trago de cerveza, se limpia la boca con la muñeca y agrega—: Fuiste muy valiente.

Intento recordar la última conversación que tuvimos antes de irme, en su jardín trasero, caía la noche a nuestro alrededor. Lo asustada que estaba, cómo le rogaba que me dijera que todo iba a salir bien, que no lo había estropeado todo. Strane miraba espantado; eso es lo que mejor recuerdo de esa conversación: su repulsión cuando me vio desmoronarme, con hipo y la nariz moqueante. No recuerdo haber dicho que me ocuparía de nada. Sólo recuerdo que dijo que todo iría bien.

—No sabía que iban a expulsarme —le digo—. No me dijiste que pasaría eso.

Se encoge de hombros. Culpa mía entonces, qué le vamos a hacer.

—Aunque no lo dijéramos, era evidente que esa era la única manera en que íbamos a salir del infierno que se nos venía encima.

—Quieres decir que era la única forma en que tú ibas a librarte de ir a la cárcel.

—Bueno, sí —acepta—. Por supuesto que pensé en ello. Sin duda alguna.

—Pero ¿qué hay de mí?

—¿Qué hay de ti? Mírate. ¿No estás bien? Tienes muy buen aspecto. Estás preciosa.

Mi cuerpo reacciona contra mi voluntad. Aspiro con tanta fuerza que el aire silba entre mis dientes.

—Mira —dice—, entiendo que estés enojada, que te sientas herida. Pero hice lo que pude. Estaba aterrorizado, ¿sabes? Me dejé llevar por el instinto. Quería protegerme, claro, pero en todo momento tú también eras una prioridad. Alejarte de Browick te salvó de una investigación que podría haber acabado contigo. Tu nombre en los periódicos, una notoriedad sobre la que no hubieses tenido ningún control y que habrías tenido que llevar a cuestas como una cruz. Es lo último que habrías querido. No hubieses sobrevivido. —Me recorre con los ojos—. Todo este tiempo, he asumido que entendías por qué lo hice. Incluso pensaba que me habías perdonado. Una ilusión, supongo. Puede que te creyera más sabia de lo que eres. Sé que lo hice más de una vez.

Algo frío me recorre la espalda: remordimientos, vergüenza. Tal vez estoy siendo básica, simple.

—Toma. —Me pone una botella de cerveza en la mano. Entumecida, digo que no tengo edad. Él sonríe y añade—: Claro que sí.

Nos sentamos en la sala de estar, en extremos opuestos del sofá. Algunos pequeños detalles han cambiado: la pila de correo basura ha pasado de la encimera de la cocina a la mesa de café, hay un nuevo par de botas tiradas en el suelo junto a la puerta. Por lo demás, todo sigue igual: los muebles, las láminas en las paredes, la posición de los libros en los estantes, los olores. No puedo dejar de pensar en su olor.

—Así que —dice—, pronto irás a Atlantica. Será un buen lugar para ti.

—¿Qué significa eso? ¿Que soy demasiado estúpida para entrar a una buena universidad?

—Vanessa.

—No me han aceptado en ninguna de las que escogiste para mí. No todos podemos ir a Harvard.

Me observa dar un largo trago de cerveza. Una efervescencia familiar recorre mi garganta. No he bebido alcohol desde que Charley se mudó.

—¿Y qué estás haciendo durante el verano? —pregunta.

—Trabajar.

—¿Dónde?

Me encojo de hombros. El hospital ha reducido su presupuesto, así que no puedo volver ahí.

—Mi padre tiene un amigo que me ha ofrecido trabajar en su depósito de recambios de coche.

Trata de ocultar su sorpresa, pero veo cómo se le arquean las cejas.

—Es un trabajo digno —dice—. No hay nada malo en ello.

Bebo otro largo trago.

—Estás callada —dice.

—No sé qué decir.

—Puedes decir lo que quieras.

Niego con la cabeza.

—Siento que ya no te conozco.

—Siempre sabrás quién soy —dice—. No he cambiado. Soy demasiado viejo para eso.

—Yo sí he cambiado.

—Estoy seguro de que lo has hecho.

—No soy tan ingenua como cuando nos conocimos.

Ladea la cabeza.

—No recuerdo que fueras nunca ingenua.

Vuelvo a beber, llevo un tercio de la botella de dos tragos. Termina la suya y va a la nevera a por otra. Trae una más para mí.

—¿Cuánto tiempo vas a estar enojada conmigo? —pregunta.

—¿No te parece que debería estarlo?

—Quiero que me expliques por qué te sientes así.

—Porque he perdido cosas que eran importantes para mí —le digo—. Mientras que tú no has perdido nada.

—Eso no es cierto. He perdido mi reputación ante muchas personas.

—Gravísimo —me burlo—. Yo también he perdido eso, y mucho más.

—¿Como qué?

Acomodo la cerveza entre mis piernas y cuento con los dedos.

—He perdido Browick, la confianza de mis padres. Aparecieron los rumores en mi nueva escuela tan pronto llegué. En ningún momento tuve la oportunidad de ser normal. Me ha traumatizado.

Hace una mueca cuando escucha «traumatizado».

—Suena a que has estado viendo a un psiquiatra.

—Sólo intento que seas consciente de lo que he pasado.

—De acuerdo.

—Porque no es justo.

—¿Qué no es justo?

—Que haya pasado por todo eso y que tú no hayas sufrido ninguna consecuencia.

—Estoy de acuerdo en que no es justo que hayas sufrido, pero que yo hubiese sufrido junto a ti no lo hubiese hecho más justo. Sólo habría significado más sufrimiento.

—¿Y qué pasa con la justicia?

—Justicia —se burla, su expresión repentinamente arisca—. ¿Quieres llevarme ante la justicia? Para hacer eso, cariño, tienes que creer que te hice daño indebidamente. ¿Crees eso?

Clavo los ojos en la botella de cerveza sin abrir que suda sobre la mesa de café.

—Porque si crees eso —continúa—, dímelo ahora y me entregaré. Si crees que debería ir a la cárcel, perder la libertad y ser marcado como un monstruo por el resto de mi vida sólo porque tuve la mala suerte de enamorarme de una adolescente, por favor, házmelo saber ahora mismo.

No es eso lo que creo. No me refería a eso con «justicia». Sólo quiero saber si se ha sentido triste, roto, como dijo Jenny. Porque aquí, frente a mí, no parece un hombre derrotado. Parece feliz, el premio al educador del año decorando su estantería.

—Si crees que a mí no me ha dolido, te equivocas —dice, como si me leyera la mente. Tal vez lo hace, siempre lo ha hecho—. Ha sido una agonía.

—No te creo —contesto.

Se inclina hacia mí, me toca la rodilla.

—Déjame mostrarte algo. —Se levanta, sube las escaleras. El techo cruje mientras camina por el pasillo hacia su habitación. Regresa con dos sobres, uno con una carta dirigida a mí, fechado en julio de 2001. Las primeras líneas me revuelven el estómago: *Vanessa, me pregunto si recuerdas cuando, el noviembre pasado, gimiendo en tu suave y cálido regazo, te dije «voy a ser tu ruina». Ahora, quiero preguntarte, ¿lo he sido? ¿Te sientes destruida? No hay una forma segura de enviarte esto, pero la culpa hace que esté dispuesto a correr el riesgo. Necesito saber que estás bien.* Dentro del otro sobre, hay una tarjeta de cumpleaños, firmada «*Con amor, JS*».

—Estaba reuniendo el valor para enviarte la tarjeta esta

semana —dice—. Mi plan era ir a Augusta y echarla a un buzón ahí, para que tus padres no vieran un sobre con matasellos de Norumbega.

Arrojo ambos sobres sobre la mesa de café como si no me impresionaran; me obligo a poner los ojos en blanco. Eso no es suficiente. Necesito más pruebas de su agonía, páginas y páginas de agonía.

Se sienta a mi lado y dice:

—Nessa, piensa en esto. Al irte, lograste escapar. En cambio, yo tuve que pasar los días en un lugar que sólo me recordaba a ti. Todos los días tenía que enseñar en el aula donde nos conocimos, ver a otros alumnos sentarse en tu lugar en la mesa. Ya ni siquiera utilizo mi oficina.

—¿No la usas?

Sacude la cabeza.

—Ahora está llena de trastos. Está así desde que te fuiste.

No puedo ignorar ese detalle. Que haya dejado de usar su oficina me parece una prueba del poder que ha ejercido mi fantasma. Lo ha acosado a diario. Y tiene razón cuando dice que yo pude escapar; los pasillos y aulas de la escuela pública no guardan ningún recuerdo de él, algo que me llenaba de un dolor infinito. Quizá lo he tenido más fácil al estar en un ambiente nuevo y desconocido. Quizá lo que he vivido tiene algunas ventajas respecto a lo que él ha tenido que pasar.

Me termino la segunda cerveza. Cuando deja una tercera sobre la mesa de café, protesto, digo que tengo que conducir de vuelta a casa, pero le doy un largo trago de todas formas. Tengo poca tolerancia al alcohol; después de sólo dos cervezas, el rubor me ha llenado la cara y la habitación empieza a moverse. Cuanto más bebo, más me alejo de la ira que sentía al llegar. La rabia se queda en la costa y yo nevego lentamente hacia las aguas profundas, flotando boca arriba, notando cómo las pequeñas olas rompen en mis orejas.

Me pregunta qué he hecho durante los últimos dos años y, para mi horror, me oigo a mí misma hablarle de Craig, de los hombres con los que chateé, del chico que me llevó al baile.

—Todos me daban asco —le digo.

Sonríe ampliamente. No hay ningún indicio de celos en su reacción; parece complacido de que lo intentara y fracasara.

—¿Y tú? —pregunto, hablo demasiado alto y a trompicones.

No responde. Es todo sonrisas mientras intenta evadir la pregunta.

—Sabes qué he estado haciendo —dice—. Lo mismo de siempre. Aquí mismo.

—Te estoy preguntando *con quién* lo has estado haciendo —Doy un sorbo, mis labios acarician la botella . ¿Sigue aquí la Srta. Thompson?

Me mira con aquella mirada tierna y condescendiente. Estoy siendo encantadora. Le parece adorable que exija respuestas.

—Me gusta tu vestido —dice—. Creo que lo reconozco.

—Me lo he puesto para ti. —Me odio a mí misma al decirlo. No es necesario ser tan honesta y, sin embargo, no puedo parar. Le cuento que hablé con Jenny, que dijo que es un hombre derrotado—. Ella es quien me contó que hiciste que me echaran. Lo sabía todo. Hasta leyó la nota que le escribiste a la Sra. Giles sobre cómo yo estaba «emocionalmente desequilibrada». —Hago comillas con los dedos en esto último.

Me mira fijamente.

—¿Que leyó qué?

Sonrío, no puedo evitarlo. Por fin, algo lo ha incomodado.

—¿Cómo es que leyó ese documento? —pregunta. Me hace gracia la forma en que dice «documento».

—Me dijo que la Sra. Giles se lo mostró.

—Es escandaloso. Totalmente inaceptable.

—Bueno, creo que está bien —le digo—. Porque ahora sé qué clase de manipulador eres.

Me estudia, intentando sopesar cuánto sé, y si voy en serio.

—Me llamaste «desequilibrada» en esa carta. ¿No es cierto? Como si estuviera loca. Una niña estúpida. Entiendo por qué lo hiciste. Era una forma sencilla de protegerte a ti mismo, ¿no es cierto? Las adolescentes están locas. Lo sabe todo el mundo.

—Creo que ya has bebido suficiente —dice.

Me limpio la boca con el dorso de la mano.

—¿Sabes qué más sé?

Una vez más, se limita a mirarme fijamente. Veo la impaciencia en su mandíbula apretada. Si sigo presionándolo, puede que dé por terminada la conversación, me arranque la botella de la mano y me eche de su casa.

—Sé que hay otra nota. La que escribiste cuando empezó todo. Yo estaba enamoradísima de ti y querías dejar pruebas documentales en caso de que hiciera algo inapropiado y el asunto se te fuera de las manos. Apenas me habías follado y ya estabas pensando en cómo cubrirte las espaldas. —Es posible que Strane haya palidecido, me cuesta enfocar la vista—. Pero supongo que también soy capaz de entenderlo —digo—. Para ti, yo era desechable...

—Eso no es verdad.

—... como la basura.

—No.

Espero que diga algo más, pero eso es todo. *No*. Me levanto y logro dar media docena de pasos hacia la puerta antes de que me detenga.

—Deja que me vaya —le digo. Es claramente una mentira, ni siquiera tengo los zapatos puestos.

—Cariño, estás borracha.

—¡Qué más da!

—Tienes que tumbarte. —Me guía por las escaleras, por

el pasillo, hacia el dormitorio, el mismo edredón de color caqui y las sábanas de cuadros escoceses.

—No deberías usar sábanas de franela en verano. —Me dejo caer de espaldas, de nuevo flotando en el lago, la cama meciéndose con las olas—. No me toques —ladro cuando intenta deslizar el tirante del vestido por mi hombro—. Moriré si me tocas.

Me pongo de lado, lejos de él, de cara a la pared, y oigo cómo se queda ahí de de pie. Minutos interminables de suspiros, «mierda, mierda» susurrado entre dientes. Entonces, cruje la madera del suelo. *Vuelve a la sala.*

No, pienso. *Quiero que vuelvas.*

Quiero que siga vigilándome, pendiente a mi lado. Considero levantarme y fingir un desmayo, desplomarme en el suelo. Me imagino que corre hacia mí, me levanta y me acaricia las mejillas para revivirme. O quizá podría ponerme a llorar. Sé que vendría tras oír el llanto, lo enternecería, aun que esa ternura se endureciese después, convertida en una erección que se clava contra mi muslo. Añoro los momentos que preceden el sexo. Quiero que me cuide. Pero estoy demasiado adormilada. Me pesa demasiado el cuerpo como para hacer otra cosa que no sea dormir.

Me despierto cuando se mete en la cama. Abro los ojos de golpe y me doy cuenta de que el reflejo de la luz solar y las sombras se han desplazado. Me muevo ligeramente, se detiene, parpadeo sin llegar a abrir los ojos, y él se acomoda lentamente en el colchón. Permanezco ahí, escuchando y sintiéndolo todo: su respiración, su cuerpo.

Cuando me despierto nuevamente, estoy boca arriba con el vestido arremangado alrededor de la cintura, sin bragas. Él está arrodillado en el suelo con la cabeza entre mis piernas, con la cara hundida en mí. Los brazos aferrándose a mis muslos para que no pueda escapar. Levanta la mirada y nuestros ojos se encuentran. Dejo caer la cabeza y él continúa.

Observo mi pálido cuerpo desde arriba, pequeño como una hormiga, flotando en el lago, con el agua sobrepasándome las orejas. Ya me llega a las mejillas, casi a la boca, ahogándome casi. Debajo de mí hay monstruos, sanguijuelas y anguilas, peces dentados y tortugas con mandíbulas lo suficientemente fuertes como para partir un tobillo en dos. Él sigue. Quiere que me venga, aunque tenga que frotar hasta dejarme en carne viva. Una película empieza a reproducirse en mi cabeza, un desfile de imágenes proyectadas en los párpados: hogazas reposando sobre la cálida encimera de una cocina, una cinta transportando la compra mientras mi madre mira a lo lejos, con su chequera en mano, unas raíces que se hunden en la tierra a cámara lenta. Mis padres lavándose el barro sucio de los brazos, mirando el reloj, ninguno de ellos sin preguntar aún «¿dónde está Vanessa?» porque reconocer que llevo fuera demasiado tiempo significaría sentir la primera punzada del miedo.

Cuando Strane se sube a la cama y se acomoda sobre mí, guiando su pene con una mano, la película se detiene. Abro los ojos de golpe.

—No.

Se detiene.

—¿No quieres?

Mi cabeza cae sobre la almohada. Espera un instante y después empieza a penetrarme lentamente.

Las olas me alejan de la orilla. Su vaivén me ayuda a reanudar la película. ¿Ha sido siempre tan lento y pesado? Perlas de sudor caen de sus hombros a mis mejillas. No recuerdo que fuera así.

Cierro los ojos y vuelvo a ver las hogazas en la encimera, la compra siendo transportada hacia el infinito, las interminables bolsas de azúcar, las cajas de cereales, las cabezas de brócoli y los cartones de leche desapareciendo en el horizonte. *¿Puedes comprar leche ya que vas a salir?* A mamá le gustó pedirme por primera vez que le hiciera un recado. Quizá así se sintió más tranquila al prestarme el coche. Todo irá bien, volveré a casa sana y salva. Cómo no, si sólo he salido a comprar leche.

Strane gime. Se había estado apoyando con las manos; ahora se deja caer sobre mí. Sus brazos reptan bajo mis hombros, su aliento en mi oído.

Entre jadeos, dice:

—Quiero que te vengas.

Quiero que te detengas, pienso. Pero no lo digo en voz alta. No puedo. No puedo hablar, no veo nada. Incluso si me obligo a abrir los ojos, no enfocan. Mi cabeza es de algodón, mi boca de gravilla. Tengo sed, tengo náuseas, no soy nada. Él sigue follándome, ahora más deprisa, lo cual indica que le falta poco, sólo queda un minuto o así. Un pensamiento me taladra: ¿es esto una violación? ¿Me está violando?

Cuando termina, dice mi nombre una y otra vez. Retira su pene y se echa, se pone boca arriba. Cada parte de él está cubierta de un sudor brillante, incluso sus antebrazos, sus pies.

Increíble —dice—. No esperaba que mi día terminara así.

Me inclino a un lado y devuelvo en el suelo, el chorro de vómito golpea contra el parqué. Es cerveza y bilis. Había estado demasiado ansiosa durante todo el día como para comer.

Strane se apoya sobre los codos y mira el vómito.

—Por el amor de Dios, Vanessa.

—Lo siento.

—No, tranquila. No pasa nada.

Se levanta de la cama, se pone los pantalones y rodea la zona manchada. Entra en el baño, regresa con una botella de *spray* y un trapo, se pone de rodillas y limpia el suelo. Cierro los ojos con fuerza por el olor a amoníaco y pino, mi estómago todavía revuelto, la cama ondulando debajo de mí.

Cuando vuelve a la cama, se pega a mí a pesar de que he vomitado y de que sus manos huelen a desinfectante.

—Te pondrás bien —dice—. Estás borracha, eso es todo. Quédate aquí y duerme hasta que se te pase.

Sus manos y su boca me inspeccionan, buscando los cambios en mí. Pellizca mi estómago donde ha engordado y mi cerebro recupera un recuerdo fracturado, quizá sólo un sueño: en la oficina detrás del aula, yo, desnuda en el sofá, él completamente vestido, inspeccionando mi cuerpo con el interés imparcial de un científico, apretándome el estómago, recorriendo con el dedo el recorrido de mis venas. Dolía entonces y duele ahora, sus pesados miembros y manos de papel de lija, una rodilla separando mis piernas. ¿Cómo puede volver a estar listo? La botella de Viagra en el gabinete del baño, el vómito endureciendo un mechón de mi cabello. Él sobre mí, su cuerpo tan grande que podría aplastarme si no tiene cuidado. Pero tiene cuidado y es bueno y me ama y yo quiero esto. Todavía me siento partida por la mitad cuando se introduce en mí con un empujón, probablemente siempre me sienta así, pero lo quiero. Tengo que hacerlo.

No llego a casa hasta las doce menos cuarto de la noche. Entro en la cocina y mamá me está esperando. Me arrebata las llaves de la mano.

—Nunca más —dice.

Me detengo frente a ella con los brazos colgando, el pelo enmarañado y los ojos enrojecidos.

—¿No vas a preguntar dónde he estado? —le digo.

Me mira fijamente. Lo ve todo.

—Si lo hiciera —dice—, ¿me dirías la verdad?

Lloro durante la graduación igual que los demás, pero mis lágrimas son producto del alivio de haber sobrevivido a lo que todavía considero mi penitencia. Nuestra graduación se lleva a cabo en el gimnasio, y la luz de los fluorescentes nos hace parecer ictéricos. El director no permite que nadie aplauda cuando cruzamos el escenario, dice que alarga demasiado la ceremonia y que no sería justo porque algunos estudiantes recibirían ruidosos vítores y otros ninguno en absoluto. La graduación de Browick es el mismo sábado por la tarde y, en la mía, me imagino la suya: las sillas colocadas en el césped de fuera del comedor, director y profesorado de pie en la arboleda de pinos blancos, el ruido de las campanas de la iglesia en la lejanía. Cruzo el silencioso escenario para recibir mi diploma y cierro los ojos, me imagino el sol en mi rostro, llevo puesta la gruesa toga blanca de Browick con la banda carmesí. El director me estrecha la mano con desgano y repite el mismo «bien hecho» que a los demás. Nada de esto tiene sentido pero ¿qué importa? En realidad, no estoy en este gimnasio sofocante, entre los chirridos de sillas plegables y gargantas aclaradas y el susurro de programas abanicando caras perladas de sudor. Recorro la alfombra de anaranjada pinaza seca, aceptando los abrazos del profesorado de Browick, incluso de la Sra. Giles. En mi fantasía, nunca me echó, no tiene ningún motivo para pensar mal de mí. Strane me entrega mi diploma, de pie frente al mismo árbol bajo el que, hace dos años y medio, me dijo que quería acostarme y darme un beso de buenas noches. De forma imperceptible para los demás, sus dedos tocan los míos cuando me lo da y la emoción del contacto me lanza por los aires hacia esa sensación de nada-en-ninguna-parte-nadie que tenía al salir de su aula, al rojo vivo de secretos.

En el gimnasio, regreso a mi silla apretando mi diploma. Zapatos que bregan contra el suelo. El director fulmina con la mirada al padre solitario que se atreve a aplaudir.

Después de la ceremonia, todos salen al *parking* y se hacen fotos colocando la cámara de manera que el centro comercial no salga de fondo. Papá me pide que sonría, pero no puedo obligar a mi cara a obedecer.

—Vamos, al menos finge que eres feliz —dice. Separo los labios y muestro los dientes y al final parezco un animal a punto de morder.

Durante todo el verano, trabajo en el depósito de piezas de repuesto, rellenando pedidos para motores de arranque y amortiguadores mientras la emisora de *rock* clásico ahoga el ruido blanco de las cintas transportadoras. Dos veces a la semana, al final de mi turno, Strane me espera en el *parking*. Intento quitarme la suciedad de debajo de las uñas antes de subirme a su coche. Le gustan mis botas con puntera de acero, los músculos de mis brazos. Dice que un verano de trabajo manual me sentará bien, me hará valorar más la universidad.

De vez en cuando, me invade la ira, pero me digo a mí misma que lo hecho, hecho está: Browick, su papel en mi expulsión, todo es cosa del pasado. Hago lo que puedo para no sentir rencor cuando recuerdo lo que solía decirme sobre ayudarme a solicitar prácticas de verano en Boston, o cuando veo su toga de Harvard colgada en la puerta de su armario desde el día de graduación en Browick. Atlantica es una elección respetable, dice, nada de qué avergonzarse.

Un viernes por la tarde en el trabajo, estoy en el almacén. Suena Jackson Browne mientras empiezo a trabajar en un palé de piezas de chasis. El hombre que rellena los pedidos en la siguiente sección canta a gritos el verso de una canción entre el final de «The Load-Out» y el principio de «Stay». Abriendo un envoltorio de plástico, se me resbala el cúter, y me hago un corte de quince centímetros en el antebrazo que, antes de empezar a sangrar, sólo es piel cuidadosamente separada, una indolora ojeada entre bambalinas. El hombre de la sección de al lado echa un vistazo en mi dirección y ve mi mano apretada sobre la herida, la sangre colándose entre mis dedos y goteando sobre el suelo de cemento.

—¡Joder! —lucha por desabrocharse la sudadera mientras corre. La ata alrededor de mi brazo.

—Me he cortado —le digo.

—¡No me digas! —El hombre sacude la cabeza ante mi impotencia, aprieta la sudadera. Tiene los nudillos cubiertos de hollín—. ¿Cuánto tiempo ibas a quedarte ahí antes de decir algo?

Los días en que Strane me recoge del trabajo, conducimos como adolescentes que no tienen a dónde ir y, cuando me lleva de vuelta a casa, me deja en el inicio del camino de tierra. Mi madre pregunta dónde he estado y le digo: «Con María y Wendy». Las chicas con las que solía sentarme en el almuerzo, con las que no he hablado desde la graduación.

—No sabía que eran tan buenas amigas —dice mamá. Podría insistir, preguntar por qué nunca entran cuando me traen, por qué no las ha conocido nunca. Tengo dieciocho años y me mudaré a Atlantica a finales de agosto, le diría si se atreviera a preguntar. Pero no lo hace. Dice que muy bien y se olvida del asunto. Esa libertad me descoloca, no sé qué sabe, qué sospecha.

—No quiero abrir heridas del pasado —dice cuando su hermana llama para comentar algo que les ocurrió de niñas. Tiene un muro a su alrededor. Y yo también he construido uno.

Strane me pregunta si sigo enojada. Estamos en su cama, las sábanas de franela empapadas bajo nuestros cuerpos sudorosos. Miro fijamente hacia la ventana abierta, escucho los sonidos del tráfico y los peatones, la absoluta quietud de la casa. Estoy cansada de esa pregunta, de su insaciable necesidad de reafirmación. *No, no estoy enojada. Sí, te perdono. Sí, quiero esto. No, no creo que seas un monstruo.*

—¿Estaría aquí si no quisiera esto? —pregunto, como si la respuesta fuera obvia. No le presto atención a todo lo que flota sobre nosotros, mi ira, mi humillación y mi dolor. Estos son los verdaderos monstruos, todas esas cosas innombrables.

2017

En mi siguiente sesión con Ruby, antes de sentarme, le pre-
gunto si alguien se ha puesto en contacto con ella buscando
información sobre mí. Llamé a Ira anoche para preguntarle
lo mismo y su nueva novia siseaba de fondo: «¿Es ella? ¿Por
qué te llama? Ira, cuelga el teléfono».

—¿Quién querría información sobre ti? —pregunta Ruby.

—Una periodista. —Me mira desconcertada, mientras
saco mi teléfono y abro los correos—. No estoy siendo para-
noica, ¿eh? Esto está pasando de verdad. Mira.

Agarra el teléfono, comienza a leer.

—No lo entiendo...

Se lo quito de la mano.

—Quizá no parezca grave, pero no son sólo correos. Ha
estado llamándome, me está acosando.

—Vanessa, respira.

—¿No me crees?

—Te creo —dice—. Pero necesito que te calmes y me ex
pliques qué está pasando. —Me siento, apoyo las manos contra los ojos y hago lo que puedo por explicar los correos y las
llamadas, el blog olvidado que por fin he conseguido borrar,
aunque todavía hay capturas de pantalla en el teléfono de la
periodista. No puedo pensar con claridad, no puedo concentrarme ni para terminar las frases. Aun así, Ruby entiende
lo necesario y me mira compasiva—. Eso es tremendamente
entrometido —dice—. Estoy segura de que no es ético por
su parte. —Sugiere que le escriba al jefe de Janine, o incluso

que vaya a la policía pero, cuando menciona a la policía, me agarro a la silla y grito:

—¡No! —Por un momento, Ruby parece asustada—. Lo siento —le digo—. Estoy muy asustada. No soy yo misma.

—No pasa nada —contesta—. Es una reacción comprensible. Se está haciendo realidad uno de tus mayores miedos.

—¿Sabes? La he visto. Afuera del hotel.

—¿A la periodista?

—No, a la otra. A Taylor, la que acusó a Strane. Ella también me está acosando. Debería aparecer yo en su trabajo, a ver si le gusta. —Describo lo que vi anoche al atardecer, la mujer al otro lado de la calle, cómo observaba el hotel, hacia la ventana del vestíbulo por la que miraba yo, me observaba a *mí*, con el pelo rubio golpeándole la cara. Mientras hablo, Ruby me mira con expresión de dolor, como si quisiera creerme pero no pudiera—. No lo sé. Tal vez me lo imaginé. A veces pasa.

—¿Te imaginas cosas?

Me encojo hombros.

—Es como si mi cerebro superpusiera en desconocidos las caras que quiero ver.

Dice que suena difícil y vuelvo a encogerme de hombros. Me pregunta cada cuánto me ocurre y le digo que depende. Pasan meses sin que pase ni una vez y luego hay meses en que es a diario. Lo mismo pasa con las pesadillas, vienen en oleadas, provocadas por algo que no siempre es fácil predecir. Sé que debo mantenerme lejos de cualquier libro o película que ocurra en un internado, pero entonces me desplomo a causa de algo tan benigno como una referencia a un arce o la sensación de la franela contra mi piel.

—Hablo como una loca —digo.

—No, no estás loca —contesta Ruby—. Estás traumatizada.

Pienso en otras cosas que podría contarle, como beber y fumar para aguantar el día, las noches en que mi apartamento

parece un laberinto en el que es tan imposible orientarse que
termino durmiendo en el suelo del baño. Sé cuan fácilmente
podría hacer que mis comportamientos más vergonzosos su-
maran un diagnóstico. He perdido noches enteras leyendo
sobre el estrés postraumático, tachando mentalmente cada
síntoma, pero siento una extraña decepción ante la idea de
que todo lo que hay en mi interior puede resumirse de forma
tan sencilla. Y, ¿después qué? ¿Tratamiento, medicación y superarlo? Para algunos, esto debe parecer un final feliz, pero
para mí sólo existe el borde del precipicio, las aguas turbu-
lentas a mis pies.

—¿Crees que debería dejar a esa periodista escribir sobre mí?

—Sólo tú puedes tomar esa decisión

—Está claro. Y ya he tomado una decisión. No voy a
aceptar de ninguna manera. Sólo quiero saber si crees que
debería hacerlo.

—Creo que te causaría estrés severo —dice Ruby—. Me
preocupa que los síntomas que has descrito empeoren tanto
que te cueste funcionar.

—Quiero decir a nivel moral. Porque, ¿no se supone que
todo ese estrés debería valer la pena? No paro de oír eso, que
hay que hablar sin que importen las consecuencias.

—No —dice con firmeza—. No es verdad. Es una presión
demasiado alta para alguien con un trauma.

—Entonces, ¿por qué no dejan de repetirlo? Porque no es
sólo la periodista. Son todas las mujeres que cuentan su historia. Pero si una no quiere hablar ni contarle al mundo todo
lo malo que le ha pasado entonces, ¿qué es? ¿Débil? ¿Egoísta?

—Sacudo la mano—. Odio este puto asunto. Todo esto es
una mierda.

—Estás enojada —dice Ruby—. Creo que nunca te había
visto enojada de verdad.

Parpadeo, respiro por la nariz. Le digo que me siento un

poco a la defensiva y ella me pregunta a qué me refiero.

—Me siento acorralada —le digo—. Como si, de repente, no querer exponerme significara que apoyo a los violadores. ¡Y ni siquiera debería formar parte del debate! No abusaron de mí, no como lo han sido otras mujeres.

—¿Entiendes que alguien podría haber estado en una relación similar a la tuya y considerar que fue un abuso?

—Claro. No me han lavado el cerebro. Sé por qué una adolescente no debe tener relaciones con un hombre de mediana edad.

—¿Por qué? —pregunta ella.

Pongo los ojos en blanco y enumero las razones:

—El desequilibrio de poder, que los cerebros de los adolescentes no están completamente desarrollados y todo eso. Toda esa mierda.

—¿Y por qué esas razones no no son válidas en tu caso?

Miro de soslayo a Ruby para que sepa que veo hacia dónde me está llevando.

—Mira —digo—, es la verdad, ¿queda claro? Strane fue bueno conmigo. Fue cuidadoso y amable y bueno. Pero obviamente no todos los hombres son así. Algunos son depredadores, especialmente con chicas jóvenes. Y aun así, cuando era joven, estar juntos fue defícil, a pesar de lo bien que se portó.

—¿Por qué fue difícil?

—¡Porque teníamos a todo el mundo en contra! Tuvimos que mentir y escondernos, y hubo cosas de las que no pudo protegerme.

—¿Como qué?

—Como cuando me expulsaron.

Cuando digo eso, Ruby entorna los ojos, frunce el ceño.

—¿Expulsada de dónde?

No me acordaba de que no se lo había contado. Sé que «expulsada» suena chocante y puede dar una impresión equivocada. Hace que suene como si yo no hubiese tenido ninguna influencia en la situación, como si me hubiesen atrapado haciendo algo malo y me hubiesen pedido que hiciera las maletas. Pero tuve elección. Elegí mentir.

Así que le digo a Ruby que era una situación complicada, que quizá «expulsada» no es la mejor manera de describirlo. Le cuento la historia: los rumores y las reuniones, la lista de Jenny, la última mañana en el aula llena, de pie frente a la pizarra. Nunca lo había relatado con tanto detalle, ni siquiera sé si había pensado en ello de esta forma hasta ahora, cronológicamente, cada evento la causa del siguiente. Normalmente es algo fracturado, un recuerdo como cristales rotos.

Ruby me interrumpe un par de veces. «¿Que hicieron qué?» pregunta «¿Cómo?». Está horrorizada por cosas a las que nunca antes había prestado atención como, por ejemplo, que fuera Strane quien me sacó de la clase para la primera reunión con la Sra. Giles, o el hecho de que nadie informara a las autoridades.

—¿A los servicios de protección infantil? —pregunto—. Anda ya. No era para tanto.

—Siempre que un profesor sospeche que pueden estar abusando de un niño, tiene la obligación de denunciarlo.

—Trabajé en los servicios de protección infantil cuando acababa de llegar a Portland —digo—, y los niños que entraban en el programa habían sufrido abuso real. Cosas horribles. Lo que me pasó no tiene nada que ver. —Me recuesto en la silla y cruzo los brazos—. Por esto odio hablar del tema. Siempre acaba pareciendo mucho peor de lo que fue.

Me examina, arruga la frente.

—Conociéndote, Vanessa, creo que es más probable que minimices, no que exageres. —Empieza a hablar en un tono autoritario que no le conocía, prácticamente reprendiéndome. Dice que lo que Browick me obligó a hacer fue humillante. Que ser forzada a degradarte frente a tus compañeros es suficiente para causar estrés postraumático, independientemente de cualquier otra cosa por la que haya pasado—. Ser empujada a la indefensión por otra persona es terrible —dice—, pero ser humillada ante una multitud... No me atrevo a decir que sea peor, pero es diferente. Es severamente deshumanizante, especialmente para una niña. —Cuando empiezo a corregir su uso de «niña», matiza—: Para alguien cuyo cerebro no estaba completamente desarrollado. —Entonces, me mira a los ojos, esperando para ver si contradigo mis propias palabras. Como no lo hago, me pregunta si Strane siguió en Browick después de aquello, si supo lo que ocurrió en aquella reunión.

—Lo sabía. Fue quien me ayudó a preparar lo que iba a decir. Era la única manera de limpiar su reputación.

—¿Sabía que iban a expulsarte?

Me encojo de hombros, no quiero mentir, pero tampoco decir que sí, que lo sabía y quería que sucediera.

—Sabes —dice Ruby—, antes me has dicho que él no tenía poder para protegerte en este asunto, pero parece que, en realidad, lo provocó él mismo.

Pierdo el aliento por un momento, pero me recupero rápidamente y me encojo de hombros como si no fuera nada.

—La situación era complicada. Hizo lo que pudo.

—¿Y se sintió culpable?

—¿Por hacer que me expulsaran?

—Por eso —dice—, y por hacerte mentir y cargar con toda la culpa.

—Creo que le pareció desafortunado, pero que algo había que hacer. ¿Qué alternativa había? ¿Que fuera a la cárcel?

—Sí —dice con firmeza—, eso hubiese sido una alternativa. Y muy justa, porque lo que te hizo es un crimen.

—Ninguno de los dos hubiese soportado que lo encarcelaran.

Ruby me mira y veo a su mente trabajar tras sus ojos, el

apunte de una nota mental. Es más sutil que los garabatos en la libreta de los terapeutas de las series, pero es perceptible. Me observa con detenimiento, pone todo lo que digo y hago en un contexto más amplio, cosa que, por supuesto, me recuerda a Strane, ¿cómo no? Cómo sus ojos se clavaban en mí durante sus clases, calibrando constantemente. Ruby me dijo una vez que soy su cliente favorita porque siempre hay otra capa que pelar, algo más que desenterrar, y oír eso fue tan emocionante como *Eres mi mejor alumna*. O como Strane llamándome preciosa y rara, o Henry Plough diciendo que soy un enigma, imposible de entender.

Entonces, me pregunta lo que creo que ha querido preguntarme desde el principio.

—¿Crees a las chicas que lo acusaron?

No dudo al decir no. Dirijo la vista a su expresión, la sorprendo parpadeando con rapidez por la sorpresa.

—Crees que mienten —dice.

—No exactamente. Creo que se han dejado llevar.

—¿Cómo que se han dejado llevar?

—Por la histeria colectiva de los últimos tiempos —le respondo—. Las acusaciones constantes. Es un movimiento, ¿no? Así es como la gente lo llama. Y, cuando ves un movimiento con tanto ímpetu, es natural querer formar parte de él, pero para que te acepten tiene que haberte pasado algo horrible. Es imposible no exagerar. Además, todo es muy ambiguo. Son ideas fáciles de manipular. El abuso puede ser cualquier cosa. Puede ser una palmadita en la pierna o cualquier otra cosa.

—Pero si era inocente, ¿por qué iba a quitarse la vida? —pregunta.

—Siempre dijo que prefería estar muerto a vivir como un pedófilo. Cuando estas acusaciones salieron a la luz, sabía que todo el mundo lo declararía culpable.

—¿Estás enojada con él?

—¿Por suicidarse? No. Entiendo por qué lo hizo y sé que tengo una parte de culpa.

Empieza a decir que no, que no es verdad, pero la interrumpo.

—Ya lo sé, ya lo sé, no es culpa mía, lo entiendo. Pero Strane no hubiese cargado con todos esos rumores si no fuera por mí. Si no hubiese tenido la reputación de ser un profesor que se acostaba con sus alumnas, dudo que Taylor le hubiese acusado de nada y, si ella no hubiese dicho nada, el resto de chicas tampoco lo hubiesen hecho. En cuanto se acusa a un profesor de algo así, todo lo que dice y hace pasa por un filtro hasta el punto en que cualquier comportamiento inocuo es interpretado como algo siniestro. —Y sigo repitiendo como un loro sus argumentos; la parte de él todavía dentro de mí ha despertado viva y coleante—. Piénsalo, si un hombre normal le da una palmadita en la rodilla a una chica, no pasa nada. Pero ¿y si lo hace un hombre acusado de pedofilia? La gente reaccionará desproporcionadamente. Así que, no, no estoy enfadada con él. Estoy enfadada con ellos. Estoy enfadada con el mundo que lo convirtió en un monstruo cuando lo único que él hizo fue tener la desgracia de enamorarse de mí. —Ruby se cruza de brazos y mira su regazo, como si estuviera tratando de calmarse—. Sé cómo suena todo esto. Estoy segura de que piensas que soy una persona horrible.

—No creo que seas horrible —dice en voz baja sin levantar la vista de su regazo.

—Entonces, ¿qué crees?

Respira hondo, su mirada se encuentra con la mía.

—Sinceramente, Vanessa, lo que te estoy oyendo decir es que era un hombre muy débil y que, incluso de niña, sabías que eras más fuerte que él. Sabías que no soportaría que todo saliera a la luz y, por eso, decidiste cargar tú sola con la culpa. Todavía intentas protegerlo.

Me muerdo la mejilla porque no dejo que mi cuerpo haga

lo que realmente quiere: retorcerse hacia adentro, encogerse tanto que se le rompan los huesos.

—No quiero hablar más de él.

—De acuerdo.

—Todavía estoy de luto, ¿sabes? Además de todo lo que me está pasando, estoy llorando su pérdida.

—Debe ser difícil.

—Lo es. Es insoportable. —Trago el nudo de mi garganta—. Lo dejé morir. Es importante que lo sepas antes de empezar a sentir pena por mí. Me llamó justo antes de hacerlo y sabía lo que iba a hacer y no hice nada para detenerlo.

—No fue culpa tuya —dice Ruby.

—Sí, claro. No paras de decir eso. Nunca nada parece ser culpa mía.

Se queda callada, mirándome con la misma expresión de dolor. Sé lo que piensa, que soy patética, obcecada en buscarme la ruina.

—Lo torturé —digo—. No sé si entiendes cuánto he tenido que ver con todo esto. Su vida se convirtió en un infierno por mi culpa.

—Él era un hombre adulto y tú tenías quince años —dice ella—. ¿Qué poder ibas a tener tú para torturarlo?

Por un momento, me quedo sin palabras. Soy incapaz de encontrar una repuesta más allá de: *Entré a su aula. Existí. Nací.*

Echo la cabeza hacia atrás y le digo:

—Estaba tan enamorado de mí que se sentaba en mi silla cuando salía del aula. Apoyaba la cabeza en la mesa e intentaba respirarme. —Es un detalle que he mencionado otras veces como prueba de su irrefrenable amor por mí pero, al decirlo ahora, me suena como debe sonarle a ella, como le sonaría a cualquiera, ilusorio y trastornado.

—Vanessa —dice con suavidad—, tú no buscaste esto. Sólo intentabas ir a la escuela.

Miro por la ventana, hacia el puerto, las bandadas de gaviotas, el gris pizarra del agua y el cielo, pero sólo me veo a
mí misma con apenas dieciséis años y lágrimas en los ojos, de
pie frente a una sala llena de gente, llamándome mentirosa
a mí misma, una chica mala que merece un castigo. La voz
lejana de Ruby me pregunta a dónde me he ido, pero sabe
que la verdad me ha asustado, su amplitud, su crudeza. No
hay dónde esconderse.

2006

Estamos a principios de septiembre, a punto de empezar mi último año en la universidad, y estoy limpiando mi apartamento con las ventanas abiertas de par en par. Puedo apreciar la melodía del cambio de estación que asciende de las calles del centro: el altavoz del trolebús se entremezcla con los gemidos de un camión de mudanza, la última oleada de turistas que quieren aprovechar el clima cálido y los hoteles a buen precio. El centro se ha desplazado hacia el campus y, hasta mayo, Atlantica le pertenecerá a la universidad. Bridget, mi compañera de cuarto, está previsto que llegue de Rhode Island el día siguiente y las clases empiezan un día después. He vivido aquí todo el verano, limpiando habitaciones de hotel para ganar dinero, fumando hierba y perdiendo tiempo online por las noches, excepto cuando Strane viene, lo cual ha hecho sólo un puñado de veces. Le echa la culpa al largo viaje en coche, pero en realidad no soporta nuestro sucio apartamento. La primera vez que me visitó, le echó un vistazo a todo y dijo: «Vanessa: este es el tipo de lugar donde la gente viene a suicidarse». Tiene cuarenta y nueve y yo tengo veintiuno, y las cosas siguen más o menos igual a como estaban hace seis años. Los peligros mayores han desaparecido —nadie va a ir a la cárcel o perder su trabajo— pero aún le miento a mis padres sobre él. Bridget es la única amiga que sabe que él existe. Cuando estamos juntos es en su apartamento o en el mío, con las persianas cerradas. A veces me saca a pasear en público, pero sólo a sitios en los que las probabilidades de que nos conozcan sean mínimas: el secretismo, que en su momento fue necesario, ahora parece ser el resultado de nuestra vergüenza.

Estoy limpiando la ducha, algo que sólo hago cuando sé que vendrá de visita, y mi teléfono empieza a sonar: JACOB STRANE.

Clico sobre «contestar» con los dedos arruados por efecto del detergente:

—Hola, ¿estás...?

—No podré ir esta noche —dice—. Tengo demasiadas cosas que hacer aquí.

Me mudo a la sala mientras él balbucea algo sobre su nombramiento como jefe de departamento, y sus nuevas responsabilidades.

—El departamento está hecho un caos —dice—. Tenemos a una que está de baja por maternidad y la profesora que han contratado no tiene ni idea. Encima de eso, están implementando un nuevo programa de orientación psicológica, y han contratado a una chica no mucho mayor que tú para instruirnos en cómo manejar los sentimientos de los alumnos. Es vergonzoso. Llevo dos décadas dedicándome a esto.

Empiezo a caminar a lo largo de la sala, siguiendo el ritmo del ventilador oscilante. Los únicos muebles que tenemos son una butaca de mimbre reparado con cinta adhesiva, una mesa de centro hecha con cajas de plástico y la antigua tele de mis padres. El sofá nos llegará pronto; Bridget me ha dicho que conoce a alguien que nos lo dará gratis.

—Pero esta era la última oportunidad para vernos.

—¿Te vas de viaje sin haberme avisado?

—Mi compañera de cuarto llega mañana.

—¡Ah! —Da un chasquido de lengua—. Bueno, tienes tu propia habitación. La puerta se cierra.

Dejo escapar un pequeño suspiro.

—Ahora no te enfades, por favor —dice.

—No me enfado. —Pero no es verdad: mi cuerpo se siente pesado, y mi labio inferior sobresale. Pasé toda la mañana recogiendo las botellas vacías y las tazas de café de mi cuarto, he lavado los platos, he quitado los pelos de la bañera. Además, quiero estar con él. Ese es la verdadera fuente de mi decepción. Ya han pasado dos semanas.

Por teléfono, murmuro:

—Tengo mis necesidades. —Es la fórmula más cercana que encuentro para expresar lo que siento, y no me refiero a que estoy excitada, porque no tiene que ver con el sexo. Es que quiero que me mire, que me adore, que me diga lo que soy y que me dé lo que necesito para sobrellevar el día a día mientras finjo ser como los demás.

Siento que sonríe: exhala de inmediato, un sonido suave que proviene de la parte posterior de la garganta. *Tengo mis necesidades*. Le gusta.

—Te veré pronto —dice.

Bridget tarda en llegar la tarde siguiente, dejando caer sus maletas en medio de la sala. Con los ojos brillosos, pregunta:

—¿Está aquí? —Tiene ganas de conocer a Strane; no estoy segura de que crea que existe. Le conté la historia por encima la primavera pasada, en un bar, tras firmar nuestro contrato de arrendamiento. Ella estudió Literatura, como yo, y habíamos tomado las mismas clases durante tres años, pero no éramos muy amigas. Vivir juntas nos convenía a las dos. Ella había encontrado un apartamento de dos dormitorios; yo necesitaba un lugar donde vivir. Pero durante el transcurso de la noche en el bar, pasé de mencionar que había ido a Browick durante «casi un año» —que es lo más que suelo contar al respecto— a darle un inconexo recorrido de todo el desastre tras cinco copas. Le conté que se fijó en mí y se enamoró, que fui expulsada porque no quería traicionarlo, pero que terminamos juntos nuevamente porque no somos capaces de estar lejos uno del otro, a pesar de la diferencia en edad, a pesar de todo. Ella fue la oyente ideal, abriendo los ojos cuando se intensificaba la historia, asintiendo con la cabeza durante los momentos difíciles, sin mostrar ni pizca de prejuicio en ningún momento. Desde ese entonces, nunca ha sido la primera en mencionar a Strane, siempre sigue mi pauta. Incluso ahora, pregunta *¿Está aquí?* porque le había escrito la noche anterior: Espero que no te sorprendas demasiado si te encuentras a un hombre de mediana edad cuando llegues aquí mañana. Fue la primera vez que lo convertí en una broma y la verdad es que me gustó

¿Está aquí? Niego con la cabeza, pero tampoco le doy una explicación de por qué. Bridget no me pregunta.

Mudamos el resto de sus cosas, las bolsas de basuras llenas de ropa y almohadas y ropa de cama, un contenedor de basura lleno de zapatos, y una olla llena de DVDs. Vamos a recoger el sofá, y lo cargamos entre las dos, durante cuatro cuadras mientras los coches nos pasan por el lado y nos tocan bocina. Descansamos a mitad de camino, colocando el sofá en la acera y nos recostamos sobre él, estirando las piernas y tapándonos los ojos del sol. Una vez lo hemos subido al apartamento, lo empujamos hasta la sala y pasamos el resto de la tarde bebiendo vino dulce y disfrutando de la serie *The Hills*. Bebemos directo de nuestras respectivas botellas, nos limpiamos la boca con el dorso de la mano y cantamos al son del tema musical, episodio tras episodio.

Una vez que el cielo se oscurece y el vino se nos acaba, salimos rumbo a la tienda de la esquina para comprar más de beber antes de salir al bar. Rilo Kiley retumba desde el cuarto de Bridget al otro lado del apartamento mientras me aliso el cabello y me delineo los ojos. En un momento dado, entra a mi cuarto con unas tijeras.

—Te voy a hacer un flequillo —dice.

Me siento al borde de la bañera mientras ella me corta el cabello con las tijeras salpicadas de pintura, su laptop abierto con una foto de Jenny Lewis descargada como referencia.

—¡Perfecto! —dice haciéndose a un lado para que yo pueda mirarme en el espejo. Parezco una niña pequeña, con los ojos asomándose bajo un flequillo recto—. Te ves increíble.

Me giro de un lado a otro y me pregunto qué pensará Strane sobre él.

En el bar, me siento en un taburete y trago pintas de cerveza mientras que Bridget se distrae con los chicos que le ofrecen abrazos con la excusa de poder tocarla. Es hermosa: tiene los pómulos marcados y el pelo largo color miel y una ligera separación entre los dientes que enloquece a los hombres. Yo, mientras tanto, soy atractiva, pero no hermosa, inteligente, pero no *cool*. Soy desabrida, cortante e intensa. Cuando el prometido de Bridget me conoció, dijo que estar alrededor mío era como una patada en los huevos.

Atlantica College amanece rodeada de niebla y aire salado, las focas asoleando sus moteados cuerpos en la orilla de granito rosado, sus antiguas mansiones balleneras convertidas en aulas con el cráneo de ballena colgado en la cafetería. La mascota de la escuela es el cangrejo cacerola, y todos estamos al tanto de lo ridículo que es, la librería está llena de sudaderas que dicen *GOT CRABS?* estampado al dorso jugando con el doble sentido de *crabs*, es decir «ladillas». No tenemos equipos deportivos, los alumnos llaman a la presidenta por su nombre de pila, y los profesores llevan sandalias Teva y camisetas y llevan a sus perros a clase. Me encanta la universidad, no quiero graduarme, no quiero tenir que irme.

Strane dice que necesito contextualizar mi reticencia a madurar, que todos los de mi edad tendemos a victimizarnos.

—Y a las jóvenes se les hace particularmente difícil resistirse a esa mentalidad. —dice—. El mundo tiene un interés establecido en mantenerte indefensa. —Dice que en nuestra cultura tratamos el victimismo como una extensión de la niñez. Así que cuando una mujer elige el victimismo, está, por ende, librándose de sus responsabilidades, lo cual invita a que los demás la cuiden y que ella elija el victimismo una y otra vez.

Me sigo sintiendo diferente a las demás, sombría e inherentemente mala, igual que a los quince, aunque he intentado encontrar las razones de ello. Me he convertido en una experta en el tema de la brecha de edad, consumiendo todo tipo de libros, películas, y todo lo que tenga que ver con un adulto y un menor de edad. He intentado identificarme con alguna de ellas, pero jamás he encontrado algo realmente preciso. Las niñas en esas historias siempre son víctimas, y yo no lo soy: y no tiene que ver con Strane ni lo que me hizo o dejó de hacer cuando era más joven. No soy víctima porque no he querido serlo, y si no lo quiero ser, no lo soy. Así es como funciona. La diferencia entre una violación y el sexo es la perspectiva que uno tenga. *No se puede violar al que consiente, ¿verdad?* Mi compañera de cuarto de primer año de universidad me dijo eso cuando intenté evitar que se fuera borracha con un tipo que conoció en una fiesta. No se puede violar al que consiente. Es una frase terrible, por supuesto, pero tiene sentido.

Y aunque Strane me hubiese hecho daño, toda niña guarda viejas heridas. Cuando llegué a Atlantica, viví en un dormitorio de mujeres que se parecía al de Browick, pero más comprometido: se podía conseguir alcohol y hierba fácilmente y apenas nos supervisaban. Las puertas siempre estaban abiertas a lo largo del pasillo, y las chicas se paseaban de un cuarto a otro hasta muy adentrada la noche, confesando secretos, revelando su intimidad. Chicas que apenas había conocido unas horas antes lloraban al lado mío en la cama, contándome sobre sus madres desentendidas y padres malvados y sus novios infieles y cómo el mundo era un lugar terrible. Ninguna de ellas había tenido una aventura con un hombre mayor y aun así estaban jodidas emocionalmente. Si no hubiese conocido a Strane, quizá, hubiese la misma persona. Algún chico se habría aprovechado de mí y me habría partido el corazón. Strane, al menos, me dio una mejor historia que contar.

A veces es más fácil pensarlo de esa manera: como una historia. El otoño pasado, tomé un curso de escritura creativa de ficción y me la pasé entregando textos sobre Strane. Mientras criticaban mis historias en clase, anotaba lo que decían junto con sus comentarios, incluso los más tontos e hirientes. Si alguien decía: «Bueno, es obvio que es una puta. ¿Qué tipo de persona se acuesta con un profe? ¿Quién hace ese tipo de cosas?», lo anotaba en mi libreta y añadía mis propias preguntas: (*¿Por qué lo hice, porque soy una puta?*).

Terminé la clase sintiéndome maltratada y magullada, pero me pareció una especie de penitencia, una merecida humillación. Quizá hay algo parecido entre haberme mantenido sentada y callada cuando me criticaban salvajemente y cuando me tuve que poner de pie en el aula en Browick mientras me soltaban todo tipo de preguntas, pero intento no quedarme pensando en ello durante demasiado tiempo. Mantengo la cabeza baja, y sigo caminando.

El profesor que me toca para mi proyecto final de Literatura es nuevo. Henry Plough. Me había fijado en su placa de identificación en la oficina al lado de la de mi tutor el otro día, la puerta estaba entreabierta, permitiéndome ver el cuarto vacío con la excepción de un escritorio y dos sillas. Durante nuestra primera clase, me siento al otro extremo de la mesa, con resaca, o quizá aún borracha, mi piel y mi cabello apestando a cerveza.

Observando a los demás alumnos entrar, todas las caras conocidas, mi cerebro sufre una especie de espasmo, veo un destello de luz y me rodea una muralla de ruido, siento un dolor de cabeza tan intenso que me tapo los ojos con las manos. Cuando los vuelvo a abrir, Jenny Murphy está allí: Jenny, mi excompañera de cuarto, mi mejor amiga fugaz, la que me arruinó la vida. Se sienta en la mesa, con la barbilla apoyada en el puño, su cabello corto y castaño y su esbelto cuello están idénticos. ¿Se habrá transferido?

Mi cuerpo tiembla mientras que espero que se fije en mí. Qué curioso que ninguna de las dos parecen haber envejecido. Yo tampoco parezco tener más de quince, y tengo el mismo rostro pecoso y el cabello largo y rojizo.

Sigo fijándome en ella cuando Henry Plough entra al aula con su libro de texto y un bolso de cuero colgando del hombro. Dejo de mirar a Jenny y me concentro en él, este nuevo profesor. A primera vista, es Strane, con barba y gafas, con pasos pesados y hombros anchos. Después se revelan los cambios: no es tan alto, sino de altura promedia, su cabello y barba son rubios en vez de negros, tiene los ojos oscuros en vez de grises, y las gafas con marco de carey, y no de alambre. Es más delgado, menos corpulento, y es joven, es lo último en lo que reparo. No tiene canas, tiene la piel lisa bajo la barba, un treintañero. Es Strane en estado pupal, aún blando.

Henry Plough coloca su ejemplar en la mesa de golpe, y todos hacemos una mueca.

—Lo siento, no era mi intención. —Lo levanta y lo sujeta un momento, sin saber qué hacer, y después lo vuelve a colocar suavemente sobre la mesa—. Supongo que deberíamos empezar —dice— ahora que hemos sobrepasado mi incómoda entrada.

Desde el principio, algo en su especto no encaja: es amable y autocrítico; nada de él nos intimida como Strane el primer día de clases, llenando la pizarra de anotaciones sobre un poema que nadie quería admitir no haber leído. A pesar de ello, Henry Plough toma asistencia, sus ojos moviéndose de un estudiante a otro a lo largo de la mesa, interiorizando nuestros rostros, y siento que estoy de vuelta en el aula de Strane, sintiendo que sus ojos me beben. Una brisa se cuela desde la ventana abierta, y el aire salado me recuerda el olor al radiador quemado de la oficina de Strane. El grito de la gaviota se transforma en las campanadas de la iglesia de Norumbega, señalando la media hora.

Al otro extremo de la mesa, Jenny por fin mira en dirección hacia mí. Nuestras miradas se encuentran y me percato de que no es Jenny, sólo una chica con el rostro redondo y cabello castaño con la que he compartido clases anteriormente.

Henry Plough llega al final de la lista. Siempre soy la última.

—¿Vanessa Wye?

Suena como una queja en el primer día de clases del primer semestre: ¿Vanessa, *why*? (*Vanessa, ¿por qué?*).

Alzo dos dedos, demasiado nerviosa como para levantar el brazo. Al otro extremo, la chica que pensaba que era Jenny destapa su bolígrafo y la tormenta de preocupación que había surgido en mi cabeza desaparece, dejando a su paso un rastro de basura y algas podridas. Estoy tan ensimismada que transformo a cualquier desconocido en un fantasma.

Henry Plough me mira durante un largo rato como si estuviese memorizando mi rostro. Añade una marca al lado de mi nombre en su libreta de calificaciones.

Durante el resto del curso, me siento encorvada en mi asiento, y apenas me atrevo a echarle un vistazo. Mi cerebro sigue escapándose por la ventana; ya no sé si intenta escaparse o lograr captar una mejor perspectiva. Después de la clase, camino sola de regreso a casa por un camino que bordea la costa, y la bruma de mar encrespa mi pelo. La noche está muy oscura y llevo puestos mis auriculares con la música tan alta que no sería capaz de protegerme si alguien me agarrara por detrás; un comportamiento estúpido y sin sentido. Jamás lo admitiría, pero la idea de sentir el aliento de uno de esos monstruos en la nuca me excita. Me impulsa hacia delante, es el perfecto ejemplo de alguien que se lo está buscando.

Strane viene a verme el viernes por la noche. Lo espero frente a mi edificio, sentada en la entrada de una tienda de *bagels* que inunda nuestro apartamento con el olor a levadura y café todas las mañanas. Hace calor: las chicas llevan vestidos veraniegos de camino a los bares; un chico de mi clase de poesía navega por la acera en patineta cerveza en mano. Cuando aparece el coche de Strane, gira hacia el callejón en vez de entrar al *parking* donde podría ser visto más fácilmente. Sigue estando paranoico, a pesar de que en Atlantica no hay ningún antiguo alumno de Browick.

Un minuto después, emerge del oscuro callejón y sonríe bajo el resplandor de la farola, extendiendo sus brazos.

—¡Ven aquí!

Lleva unos *jeans* desteñidos y zapatillas blancas. Viste como un papá. A veces, cuando transcurren semanas sin vernos, me toma desprevenida y hundo mi rostro en su pecho para no tener que ver su nariz rojiza y canosa barba, la barriga que le sobresale de la cintura.

Me guía por las lóbregas escaleras hacia mi apartamento como si fuese él quien vive ahí y no yo.

—Ah, tienes un sofá —dice cuando entramos—. Vas progresando.

Se vuelve hacia mí y sonríe, pero su rostro se suaviza cuando me mira. Fuera en la calle, en la oscuridad, no podía ver lo guapa que me veo con mi vestido, con mi nuevo flequillo, con los ojos de gato y labios color bermellón.

—Mírala —dice—. Pareces una francesita del mil novecientos sesenta y cinco.

Su aprobación es lo único que hace falta para rendirme y hacer que su ropa me parezca menos fea, o algo menos importante.

Antes de abrir la puerta de mi habitación, le advierto:

—No tuve tiempo para ordenar, así que no seas malo conmigo.

Enciendo las luces y él capta todo el desorden: las montañas de ropa, las tazas de café, las botellas vacías de vino al lado de mi cama, y la paleta de sombras de ojos agrietadas sobre la alfombra.

—Jamás entenderé cómo lo haces —dice.

—Me gusta —le digo, usando ambas manos para cambiar de sitio la ropa que está encima de mi cama. No es cierto, pero no quiero que me sermonee sobre cómo los ambientes desordenados reflejan mentes desordenadas.

Nos recostamos, él está boca arriba y yo de lado acurrucada entre él y la pared. Me pregunta sobre las clases y voy por orden, titubeando a la hora de llegar a la de Henry Plough.

—Y después tengo la de Literatura.

—¿Quién es el profesor?

—Henry Plough. Es nuevo.

—¿Dónde se doctoró?

—Ni idea. Eso no lo suelen poner en los programas de estudio.

Strane frunce el ceño, desaprobando levemente.

—¿Has pensado en qué harás después?

Qué haré después de graduarme. Mis padres quieren que me mude al sur, a Portland, Boston, por ahí abajo. «Aquí no hay nada para ti», bromea papá, «sólo hogares de ancianos y centros de rehabilitación, porque todos los que viven al norte de Augusta son viejos o adictos». Strane también quiere que me vaya, dice que debería de explorar mis opciones y ver el mundo, pero después siempre dice algo como: «No sé qué haré sin ti. Probablemente rendirme ante mis instintos más básicos».

Hago un gesto con la cabeza que no me compromete a nada.

—Sí, un poco. Oye, ¿quieres fumar? —Gateo sobre él y agarro el joyero donde escondo mi hierba en la mesita de noche. Frunce el ceño mientras preparo la pipa, pero cuando se la ofrezco le da una larga calada.

—Nunca pensé que tener una novia de veintiún años significaría abusar de sustancias no controladas a mi edad —dice con voz áspera al exhalar—, aunque quizá debería haberlo visto venir.

Le doy una calada tan intensa que me quemo la garganta. Odio lo emocionada que me pongo cuando dice que soy su novia.

Nos fumamos toda la pipa y nos bebemos una botella casi entera de vino que había dejado en el suelo junto a la cama. Enciendo mi pequeña televisión y, durante cinco insoportables minutos, empezamos a ver un *reality* sobre hombres que son arrestados tras chatear con jóvenes que en realidad son policías encubiertos. Decido poner una película. Pero todas las películas que tengo también se asemejan a mi realidad —*Lolita, Niña bonita, Belleza americana, Perdidos en Tokio*— pero al menos resaltan la belleza, se consideran historias de amor.

Strane me desviste y me coloca boca arriba, estoy tan fumada que veo borroso, veo humo arremolinado, hasta que pone su cabeza entre mis piernas, y entonces vuelvo a enfocarme. Cierro las piernas de golpe.

—No quiero.

—Nessa, por favor. —Apoya su rostro contra mis muslos apretujados—. Déjame hacértelo.

Miro al techo y niego con la cabeza. No he dejado que me

lama durante, al menos, un año, quizá más. No me mataría que lo hiciera desde luego, pero representaría una especie de derrota.

Continúa:

—Estás rechazando el placer. —Tenso cada músculo de mi cuerpo. Ligera como una pluma, tiesa como una tabla—. ¿Te estás castigando?

Mis pensamientos se hunden por una especie de agujero de gusano. Veo el cielo nocturno, las olas golpeando la costa rocosa. Strane está ahí, de pie sobre un bloque de granito rosado, gritándome: *Déjame hacértelo. Déjame darte placer.* Sigue llamándome, pero ya estoy lejos. Soy una de esas focas moteadas nadando más allá de donde rompen las olas, un ave marina con una envergadura tan grande que puedo volar durante muchos kilómetros. Soy la luna nueva, escondida y protegida de él, de todos.

—Qué terca eres —dice, montándose sobre mí, separando levemente mis piernas con la rodilla—. Qué estúpidamente terca. —Intenta penetrarme, pero después tiene que bajar la mano y tocarse para no perder la erección. Podría ayudarlo, pero sigo ligera como una pluma, tiesa como una tabla. Además, no es mi problema. Si un cuarentón no puede ponerse duro por una veinteañera, ¿será aún capaz de empalmarse por alguien? Quizá por una de quince. A veces en su casa en Norumbega jugamos a que vuelve a ser la primera vez. *Tienes que relajarte, cariño. Respira hondo.*

Empieza a moverse dentro y fuera de mí, y cierro los ojos para ver las imágenes de siempre en bucle: la hogaza de pan, las compras desplazándose por la cinta transportadora, unas raíces blancas extendiéndose bajo tierra en cámara lenta. Cuanto más dura, más escalofríos tengo. Mi pecho empieza a levantarse. Incluso con los ojos abiertos, puedo ver todas las imágenes. Sé que está sobre mí, follándome, pero no puedo verlo. Esto sigue sucediendo. La última vez que intenté explicarle lo que se sentía, me dijo que sonaba como una histérica demente. *Tienes que relajarte, cariño. Respira hondo.*

Me agarro la garganta. Necesito que me ahogue; es lo único que me traerá de vuelta.

—Agárrame fuerte —le digo—. Bien fuerte. —Lo hace sólo si se lo suplico, jadeo varios «por favor» hasta que cede, y me agarra débilmente por la garganta. Es suficiente para que regrese al apartamento y ver su rostro justo sobre mí, el sudor deslizándose por las mejillas.

Después, dice:

—No me gusta hacer eso, Vanessa.

Me incorporo, me deslizo al borde de la cama y agarro mi vestido del suelo. Tengo ganas de hacer pis y no me gusta caminar desnuda frente a él, tampoco sé cuándo regresará Bridget.

Añade:

—Me parece bastante perturbador.

—Define *perturbador* —ordeno, deslizando el vestido sobre mi cabeza.

—La violencia a la que quieres que te someta, es... —Hace una mueca—. Tiene algo muy sombrío, incluso para mí.

Antes de quedarnos dormidos, con las luces apagadas y *Nina bonita* silenciada, Bridget regresa del bar. La oímos caminar alrededor de la sala y después entrar en su baño tambaleando levemente. Abre el grifo a tope, sin encubrir del todo el sonido de sus vómitos.

—¿La ayudamos? —susurra Strane.

—No hace falta —le digo, aunque si él no estuviera aquí, iría a ver cómo está. No sé si es que no quiero que él esté alrededor de ella o viceversa.

Después de un rato, se va a la cocina. Abre la puerta de la alacena y oímos un ruido de envoltorio plástico cuando mete la mano en una caja de cereal. Es la típica noche en la que solemos acampar en el sofá y ver publirreportajes hasta quedarnos fritas.

Bajo las mantas, la mano de Strane acaricia mi muslo.

—¿Sabe que estoy aquí? —susurra con una mano entre mis piernas. Me frota mientras oímos a Bridget moverse por el apartamento.

La mañana siguiente, me despierto sola en la cama. Creo que se ha ido hasta que oigo unos pasos en la sala y la puerta de baño que se abre. Después la voz alta y sorprendida de Bridget:

—¡Oh, perdona! —Y la respuesta apresurada de Strane:

—No, no, está bien. Ya me iba.

Oigo cómo se presentan. Él se presenta como «Jacob», como si fuese una persona normal, como si algo de esto fuese normal, mientras me quedo helada en la cama, sintiéndome aterrada de repente, lo que siente la chica de una película de horror cuando las garras se asoman de debajo del armario. Cuando regresa al cuarto, me hago la dormida. Incluso cuando me toca el hombro y me llama, no abro los ojos.

—Sé que estás despierta —dice—. He conocido a tu compañera de apartamento. Parece buena chica. Me gusta esa sonrisa de dientes separados.

Entierro mi rostro aún más en el edredón.

—Me voy. ¿Me das un beso de despedida?

Asomo mi brazo de debajo de las mantas y se lo acerco para chocarle la mano, pero me ignora. Oigo sus pesados pasos moverse por el apartamento, y cuando se despide de Bridget, me cubro el rostro con las manos.

Abro los ojos y ella está parada en el umbral de mi cuarto, con los brazos cruzados en el pecho.

—Aquí huele a sexo —dice.

Me incorporo, arrastrando las sábanas conmigo.

—Sé que da asco.

—No da asco.

—Es que es viejo. Es *tan* viejo.

Ella se ríe, se arregla el pelo.

—De veras, no está tan mal.

Me visto y vamos a la cafetería a para comprar *bagels* con huevos y tocino, y café. En la mesa al lado de la ventana, me quedo mirando a una pareja que pasea a un perro enorme de pelaje rizado, con la lengua fuera, jadeante.

—¿Así que has estado con él desde que tenías quince años? —dice Bridget.

El café se desliza entre los dientes y me quemo la lengua. Ella no suele hacer ese tipo de preguntas. Nos damos mucho espacio, y lo llamamos en broma como «la zona anti-prejuicio», un lugar donde la veo acostarse con chicos a pesar de que su comprometido esté en Rhode Island. Y donde yo hago eso que hago con Strane.

—De manera intermitente —respondo.

—¿Fue el primero con el que te acostaste?

Asiento con la cabeza, sigo observando a la pareja con el perro de pelaje rizado por la ventana.

—El primero y el único.

Después de eso, se le salen los ojos.

—Espera, ¿en serio? ¿Con nadie más?

Encojo los hombros y bebo más café, quemándome la garganta. Me siento satisfecha de que mi vida provoque esa reacción de *shock* y asombro en los demás, pero un minuto después su asombro se convierte en una mirada embobada.

—No me lo puedo ni imaginar —dice.

Intento ocultar mis ojos brillosos. No debería de sentirme afectada. No pasa nada. Tiene curiosidad. En eso consiste tener una amiga. Hablas de chicos, de los años atrevidos al final de la adolescencia.

—¿Estabas asustada?

Desmenuzo mi *bagel* y niego con la cabeza. ¿Por qué iba a estar asustada? Fue cuidadoso conmigo. Pienso en la escuela pública, en Will Coviello, que llamó basura blanca a Charley y nunca más le habló después de que se la mamara. En como regresó a la bolera con esa sonrisa pintada en el rostro, tan contento de haber conseguido lo que quería. Estar sujeta a ese tipo de humillación hubiese sido aterrador. Strane no, él se arrodilló ante mí, y me dijo que era el amor de su vida.

Dirijo mis ojos hacia Bridget, y me la quedo mirando fijamente.

—Me adoraba. Fui afortunada.

El otoño llega de repente repentinamente. Los hoteles cierran sus puertas y los trabajadores con visado se van. Las hojas de los árboles empiezan a cambiar de color la segunda semana de septiembre, montones de hojas amarillas contrastadas con el cielo nublado. Las mañanas son frías y húmedas a causa de la niebla, y me despierto con mis sábanas húmedas enroscadas en el tobillo.

A finales de mes, antes de que empiece una de las clases de Henry Plough, una chica con la que he tenido cursos de escritura creativa desde primer año se sienta a mi lado y coloca una montaña de libros sobre la mesa. Lleva botas de vaquero, minifalda y envía sus escritos a revistas literarias. Mi tutor una vez aseguró que ella estaba «destinada a asistir al prestigioso programa de escritura creativa en Iowa». Arriba del todo, estaba *Pálido fuego*, Vladimir Nabokov. Me paralizo al ver la novela. «Ven a que te adore, ven a que te acaricie, / Mi sombría Vanessa».

—Excelente elección —dice—. Es uno de mis preferidos.

Ella se sonríe. Sus mejillas se enrojecen de inmediato tras la atención.

—Es para la clase de Literatura del siglo XX. Estoy escribiendo un ensayo sobre él, una tarea... —abre mucho los ojos— intimidante.

El chico de al lado pregunta de qué va el libro y los escucho, nerviosa y acalorada, mientras ella intenta de explicarlo y fracasa. Henry empieza a hablar, pero los interrumpo.

—No tiene trama realmente —digo—. O, al menos, no se supone que sea leído de esa manera. La novela es un poema con notas al pie de la página, y éstas cuentan su propia historia, pero el narrador es poco fiable, lo cual hace que todo sea poco fiable. Es una novela que resiste a la definición y requiere que el lector renuncie al control...

Me callo, sintiendo la ansiedad que suelo sentir cuando empiezo hablar así, como si Strane estuviese poseyéndome, canalizando su voz a través de mí. Viniendo de él, esta manera de hablar suena brillante, pero hace que parezca una bruja, brusca y arrogante.

—Bueno, de todos modos —dice la chica—, no es mi favorito de Nabokov. Leí *La vida real de Sebastian Knight* y me gustó mucho más.

—*La verdadera vida...* —la corrijo en silencio.

Pone los ojos en blanco y se vuelve hacia mí, pero al frente de la mesa, mientras todos los demás entran y toman asiento, Henry me observa con una leve sonrisa.

Cuando regreso a casa, me preparo la cena y leo *Tito Andrónico* para la semana que viene, el inicio de la unidad dedicada a Shakespeare. Es una obra bestial y sangrienta sobre cabezas y manos cortadas cocinadas en pasteles. Lavinia, la hija del general, es violada en grupo y posteriormente mutilada. Los hombres le cortan la lengua para que no pueda hablar y las manos para que no pueda escribir. A pesar de ello, está desesperada por contar lo que le ha ocurrido, así que aprende a sostener un palo con los dientes y escribe los nombres de los responsables en la tierra.

Cuando llego a esa parte de la obra, dejo de leer y agarro el ejemplar de *Lolita* en mi estantería y busco hasta encontrar el párrafo al que quería llegar en la página 165: «Lo se ríe de la columna del periódico en la que advierten a los niños sobre los hombres extraños que ofrecen dulces, que deberías decirles que no y anotar su número de placa en el lateral de la carretera». Escribo en lápiz *¿Lavinia?* en el margen y marco la página. Intento agarrar *Tito Andrónico* de nuevo, pero no logro concentrarme.

Abro mi laptop y busco el blog que creé hace tres años. Es técnicamente público, pero anónimo: usó seudónimos y cada tanto busco mi nombre real en Google para estar segura de que no aparece en los resultados. Mantener el blog es como caminar a solas por la noche con auriculares puestos, como ir al bar con la única intención de emborracharme hasta no poder mantenerme de pie. El término para ello, según recuerdo del libro de texto de Psicología Básica, es «comportamiento arriesgado».

28 de septiembre de 2006

Hoy mencionó a Nabokov, así que siento que debería de documentar esto que está floreciendo.

No sé qué nombre ponerle. La realidad es que «esto» no es nada más que una historia nacida de mi cerebro depravado: pero ¿cómo no iba a llegar a esa conclusión cuando los personajes, el escenario, y tantos otros detalles son idénticos? (En el aula, los ojos del profesor se desvían hacia el final de la mesa, a la pelirroja a la que le tiembla la voz cuando le piden que lea en voz alta).

Esto es absurdo. Yo soy absurda, proyectando todo esto en un hombre que ni conozco, con la excepción de su aspecto frente a la pizarra y los los datos más superficiales que puedas encontrar tras una búsqueda de Google.

Siento que lo he sacado del aula y que le estoy haciendo lo que S. me hizo a mí. Pero ¿no es el profesor quien debería de reemplazar a S. en este nuevo escenario?

He empezado a vestirme como cuando tenía quince años los días que sé que lo veré —llevo vestidos baby doll *con zapatillas Converse y el cabello trenzado— como si mi imitación de nínfula podría ayudarlo a darse cuenta de lo que soy, es decir... que probablemente, legítimamente y verdaderamente soy una DESQUICIADA.*

«Es uno de mis preferidos», dijo hoy sobre Pálido fuego *(no* Lolita*: ¿te imaginas lo que diría sobre* Lolita*?). No pasa nada. Fue un comentario inocuo. Todos los profes de Literatura aman esa novela. Pero escucho a mi profesor decirlo, el que he decidido es tan especial, y de repente se convierte en un comentario revelador.*

Oigo Pálido fuego *y sólo puedo pensar en cuando S. me dio su ejemplar, diciéndome que lo abriera en la página 37. En cómo me sentí cuando encontré mi nombre en la página:* Mi sombría Vanessa.

Y es así como mi mente traza una nueva conexión entre los personajes. A veces realmente se siente como una maldición, el significado que puedo atribuirle a cualquier cosa.

❦

Tenemos tres bares en Atlantica: uno a donde van los estudiantes, con cervezas artesanales de barril y suelos limpios; una taberna con mesas de billar y frascos de huevos encurtidos; y un bar que es también un restaurante de ostras al pie del muelle, donde los pescadores borrachos van a meterse en peleas de navajas. Bridget y yo sólo vamos al de estudiantes, aunque ella ha oído que en la taberna se baila los sábados por la noche.

—Allí no conocemos a nadie —dice ella—. Seríamos libres.

Tiene razón; somos las únicas estudiantes de Atlantica, y mucho más jóvenes que los demás, aunque las luces están tan atenuadas que es difícil confirmarlo. Nos tomamos unos chupitos helados de tequila y nos llevamos nuestras botellas de cerveza hasta la pista de baile, moviéndonos al son de Kanye, Beyoncé y Shakira. Estamos tan contentas que nos tocamos, nuestros cabellos rojos y color miel tapando nuestros rostros y metiéndose en nuestras copas. Un hombre nos pregunta si hacemos todo juntas, y nos estamos divirtiendo tanto que ni nos ofende; nos reímos y decimos «¡Quizá!». Cuando el *DJ* empieza a poner techno, nos vamos de la pista para airearnos un poco y volvemos al bar donde aparecen más chupitos ante nosotras, cortesía de un hombre que lleva una gorra de los Red Sox y un abrigo de camuflaje.

—Me gusta la forma en que se mueven —dice, y por un aterrador segundo, es Craig, ese asqueroso de la bolera en la escuela superior; después parpadeo y veo que es un desconocido con mejillas llenas de marcas de viruela y mal aliento. Se nos pega hasta que volvemos a la pista sólo para escapar de él. Hacia el final de la noche, mientras Bridget está en el bano y yo estoy recostada de la barra con tanto tequila en el cuerpo que no logro enfocar la mirada, el hombre reaparece. No lo puedo ver, pero lo huelo: cervezas, cigarrillos y algo más, un olor a podrido que me pega en la cara mientras desliza su mano por mi culo.

—Tu amiga es más guapa —dice—, pero tú pareces ser más divertida.

Espero uno, dos, tres segundos y siento que me inunda la misma sensación impasible de cuando a los diez años me pillé el dedo con la puerta del coche de mamá y, en vez de gritar de dolor, me quedé pensando *¿cuánto tiempo podré mantenerme así?* Después doy una sacudida a la mano del tipo y le digo que se vaya a la mierda: me llama puta. Bridget sale del baño, saca sus llaves, tintinea su frasco de gas pimienta y la llama puta loca. De camino a casa, nos sentimos mareadas del miedo, agarradas de la mano y mirando sobre nuestros hombros.

De vuelta en el apartamento, Bridget se queda frita en el sofá con el brazo acunando un bol medio vacío de macarrones con queso. Me encierro en el baño y llamo a Strane. Salta su buzón de voz, así que lo llamo hasta que contesta con voz soñolienta.

—Sé que es tarde —le digo.

—¿Estás borracha?

—Define «borracha».

Suspira.

—Estás borracha.

—Alguien me tocó.

—¿Qué?

—Un hombre. En un bar. Me agarró el trasero. —Hay silencio al otro lado de la línea, como si estuviese esperando a que terminase la frase—. No me pidió permiso. Simplemente lo hizo.

—No me tienes que explicar nada —dice—. Eres joven. Te puedes divertir.

Me pregunta si estoy a salvo, me dice que lo llame por la mañana, me cuida como un padre, me conoce más incluso que los míos, con los que hablo únicamente los domingos durante veinte minutos.

Recostada sobre el suelo de azulejos, con una toalla debajo de mi cabeza, murmuro:

—Lo siento, soy un desastre.

—No pasa nada —dice. Pero quiero que me asegure que no soy un desastre en absoluto. Que soy hermosa, preciosa y única.

—Bueno, es tu culpa. Lo sabes, ¿no?

Una pausa.

—Está bien.

—Todos mis problemas vienen de ti.

—No hagamos esto.

—Tú creaste este lío.

—Bebé, vete a la cama ya.

—¿Me equivoco? —pregunto—. Dime que estoy equivocada. —Me quedo mirando a la mancha de humedad que hay en el techo.

Finalmente, dice:

—Sé que eso es lo que tú crees.

Durante la discusión de clase dedicada a *La tempestad*, Henry nos pide que nos pongamos por parejas. En segundos, todos han encontrado la suya a través de gestos inapreciables y miraditas. Juntan sus asientos mientras sigo buscando a alguien que siga sin pareja. Mientras registro toda el aula, noto que Henry me observa con el rostro enternecido.

—¡Psst, Vanessa, por aquí! —Amy Doucette agita su mano. Cuando me siento, ella se inclina hacia mí y susurra—: No la leí. ¿Tú sí?

Encojo los hombros y miento:

—Sí, le he echado un vistazo. —Cuando en realidad la he leído dos veces y he llamado a Strane para hablar sobre ella. Me dijo que si quería impresionar al profe, debería definirla como poscolonial o bromear y decir que cualquiera diría que la escribió Francis Bacon. Cuando le pregunté que quién era, no me quiso decir. «No voy a hacer todo el trabajo por ti», dijo. «Búscalo».

Mientras le cuento la intriga a Amy, me fijo de reojo que Henry pasa por cada mesa para supervisar a las parejas. Y cuando está lo suficientemente cerca, elevo la voz a un tono anormalmente alto y entusiasta:

—Pero en realidad no importa nada eso, porque Shakespeare no fue el que la escribió, ¡sino Francis Bacon!

Henry deja escapar una carcajada, sincera que le nace del vientre.

Al terminar la clase, me detiene de camino a la puerta y me entrega mi ensayo sobre Lavinia de *Tito Andrónico*. Escribí sobre su lengua y manos desgarradas, su subsiguiente silencio y el fracaso del lenguaje ante una violación.

—Excelente trabajo —dice—. Y me gustó tu broma. La de la clase, no del ensayo. —Se sonroja, y continúa—: No encontré ninguna broma en tu ensayo, pero quizá la pasé por alto.

—No, no había broma.

—Bien —dice, enrojeciéndose hasta el cuello.

Estoy tan nerviosa a su alrededor que lo único que mi cuerpo quiere es correr. Me meto el ensayo en el bolsillo de la cazadora, y me coloco la mochila sobre el hombro, pero me detiene y pregunta:

—Este es tu último año, ¿no? ¿Vas a solicitar plaza en alguna escuela de posgrado?

Es una pregunta tan repentina que me río tras la sorpresa.

—No sé. No lo tenía en mente.

—Deberías considerarlo —dice—. Basado sólo en ese trabajo —hace un gesto hacia el ensayo que tengo en el bolsillo—, serías una buena candidata.

Releo el ensayo de camino a casa, leyendo primero sus comentarios en los márgenes y después las frases a las que se referían, intentando descifrar su supuesto potencial. Lo escribí apresuradamente, había tres erratas en el primer párrafo, y una endeble conclusión. Strane me habría dado una «B».

La primera semana de noviembre, Strane nos reserva una mesa en un lujoso restaurante de la costa junto con una habitación. Me pide que me vista, así que me pongo mi vestido negro de seda de tirantes delgados, lo única prenda de vestir que tengo. El restaurante tiene una estrella Michelin, me cuenta Strane, y yo me hago la que sabe lo que significa eso. Está en una granja remodelada con paredes de madera desgastada y vigas expuestas, manteles blancos y asientos de piel marrón. El menú está lleno de cosas como vieras con flan de espárragos, filete encostrado con *foie gras*. Nada tiene precio.

—No sé qué es todo esto. —Lo digo de manera malcriada, pero se lo toma como inseguridad. Cuando se acerca el mesero, Strane ordena para ambos: solomillo de conejo envuelto en *prosciutto*, salmón y salsa de granada, *panna cotta* de champán de postre. Todo llega en enormes platos blancos, una edificación perfecta en el centro, apenas reconocible como comida.

—¿Qué te parece? —pregunta.

—Bien, supongo.

—¿Supones?

Me mira con cara de que estoy siendo una ingrata, que es cierto, pero tampoco tengo las energías para actuar como una niña de campo, asombrada ante el mundo de la clase alta. Me llevó a un restaurante como este en Portland para mi cumpleaños. Fui muy dulce en aquella ocasión, gimiendo al probar la comida, susurrando *me siento tan elegante* desde el otro lado de la mesa. Ahora, pincho la *panna cotta* con la cuchara y tiemblo en mi vestido de verano, mis brazos desnudos con piel de gallina.

Vierte más vino en nuestras copas.

—¿Ya has pensado en lo que vas a hacer después de graduarte?

—Qué pregunta más terrible.

—Es sólo una pregunta terrible si no tienes un plan.

Saco la cuchara de entre mis labios.

—Necesito más tiempo para estar segura de lo que quiero hacer.

—Tienes siete meses para pensarlo —dice.

—No, me refiero a un año más. Quizá debería de reprobar todas mis clases a propósito para ganar más tiempo.

Me vuelve a mirar como antes.

—Estaba pensando —digo lentamente, revolviendo la cuchara en la *panna cotta,* convirtiéndola en papilla—, si no encuentro algo, ¿podría quedarme contigo? Sería sólo un plan B.

—No.

—Ni siquiera lo pensaste.

—No necesito pensarlo. La idea es absurda.

Me recuesto en mi silla y cruzo los brazos.

Se inclina hacia mí, agacha la cabeza y en voz baja dice:

—No puedes *mudarte* a mi casa.

—No dije mudarme.

—¿Qué pensarían tus padres?

Encojo los hombros.

—No tendrían por qué saberlo.

—No tendrían por qué saberlo —repite, negando con la cabeza—. La gente en Norumbega se daría cuenta, sin duda alguna. ¿Y qué pensarían si te vieran viviendo conmigo? Sigo tratando de escapar de lo que me ocurrió esa vez, no quiero ser arrastrado de nuevo a eso.

—Bien —le digo—. Está bien.

—Saldrás adelante —dice—. No me necesitas.

—Está bien. Olvídalo.

La impaciencia hierve bajo sus palabras. Le molesta que le haya preguntado algo así, que yo pueda querer algo así e incluso yo estoy molesta: de que siga tan dedicada a él, que siga siendo una niña. No he llegado ni de lejos a cumplir lo que profetizó hace años, una docena de amantes antes de cumplir los veinte, una vida en la que él sería uno de muchos. Tengo veintiún años, y sólo he estado con él.

Cuando llega la cuenta, la agarro yo primero sólo para ver el total: 317 dolares. La idea de que se nos haya ido tanto dinero en una cena me parece nauseabunda, pero me quedo callada y la deslizo a través de la mesa.

Después de la cena, vamos a una coctelería que está en la esquina del hotel. El bar tiene las ventanas oscurecidas y puertas pesadas, luces atenuadas dentro. Nos sentamos en una esquina que tiene una pequeña mesa, y el mesero se queda mirando mi tarjeta de identidad durante tanto tiempo que Strane se enfada y le dice: «Bueno, bueno, ya es suficiente». Al lado nuestro tenemos a dos parejas de mediana edad que hablan sobre viajes al extranjero, a Escandinavia, a los países bálticos, a San Petersburgo. Uno de los hombres sigue diciéndole al otro: «Tienes que ir allí. No es nada como aquí. Esto es un mierdero. Necesitas ir *allí*». No puedo discernir a qué se refiere, a Maine, Estados Unidos, o a la coctelería.

Nos sentamos cerca el uno del otro, rozando rodillas. Mientras escuchamos las conversaciones de las parejas, desliza su mano hacia mi muslo.

—¿Te gusta tu bebida? —Ha pedido Sazerac para los dos. Todo me sabe a *whisky*.

Su mano se adentra en mi entrepierna, su pulgar rozando mi ropa interior. Tiene una erección. Lo sé por cómo desplaza ligeramente las caderas y se aclara la garganta. Me consta que le gusta tocarme cerca de hombres de su edad con sus esposas mayores.

Me tomo otro Sazerac, y otro, y luego otro. La mano de Strane sigue en mi entrepierna en todo momento.

—Tienes piel de gallina —murmura—. ¿Qué clase de chica no usa calzas en noviembre?

Tengo ganas de corregirlo y decirle: *Son medias, nadie dice «calzas», estamos en el siglo XXI*, pero antes de que pueda, contesta su propia pregunta.

—Una chica mala.

En el vestíbulo, me quedo atrás mientras él hace el *check-in* de nuestra habitación. Inspecciono el vestíbulo de consejería del hotel y tumbo sin querer unos folletos al suelo. En el ascensor de camino al cuarto, Strane dice:

—Creo que el hombre de la recepción me guiñó el ojo.

—Me besa tan pronto se oye el timbre de llegada, como si quisiese que hubiera alguien al otro lado, pero las puertas del ascensor se abren hacia un pasillo desolado.

—Voy a vomitar. —Agarro la manija, y empujo fuerte hacia abajo—. ¡Vamos, abre!

—Esa no es nuestra habitación. ¿Por qué te dejas llegar a este punto? —Me guía por el pasillo hasta nuestro cuarto, y voy directo al baño, dejándome caer en el suelo y abrazando el inodoro. Strane me mira desde la puerta.

—Una cena de ciento cincuenta dólares tirada por el sumidero —dice.

Estoy demasiado borracha para el sexo, pero Strane lo intenta de todas formas. Mi cabeza cae en las almohadas mientras él pone la cabeza entre mis piernas. Lo último que recuerdo es decirle que no quiero que haga lo que va a hacer. Debió haberme hecho caso; despierto con las bragas puestas.

En la mañana, de camino de regreso a Atlantica, suena «Red Headed Woman» de Bruce Springstreen en la radio. Strane me ojea, sonriendo tímidamente, intenta sacarme una sonrisa.

Well, listen up, stud
Your life's been wasted
Till you've got down on your knees and tasted
A red headed woman.

Me inclino hacia delante y la apago.

—Qué asco.

Después de unos cuantos kilómetros de silencio, dice:

—Se me olvidó decirte que la nueva orientadora de Browick está casada con un profesor de tu universidad.

Tengo demasiada resaca para que me importe.

—Qué emocionante —murmuro, mi mejilla presionada contra la ventanilla fría, viendo pasar la costa.

La oficina de Henry está en el cuarto piso del edificio más grande del campus, de concreto y estilo brutalista, el engendro de Altantica. La mayoría de las facultades están ahí; el cuarto piso les pertenece a los profesores de Literatura, las oficinas revelan escritorios, butacas y estanterías atiborradas. Cada una de ellas me recuerda a la de Strane: el sofá incómodo y el vidrio color espuma de mar. Cada vez que camino por este pasillo, el tiempo se detiene, como si se hubiese doblado en dos una y otra vez, como un papel convertido en grulla.

Su puerta está entreabierta unos centímetros y veo que está sentado en su escritorio, con la mirada fija en su computadora. Cuando toco débilmente en el marco de la puerta, se sobresalta y le da a la barra de espacio para pausar el vídeo.

—Vanessa —dice, abriendo la puerta. El timbre de su voz sugiere que está contento de que esté ahí y no en cualquier otro sitio. Su oficina sigue igual de vacía que a principios del semestre. Sin alfombra, nada en las paredes, pero se empieza a acumular desorden. Papeles sueltos esparcidos sobre el escritorio, libros que descansan aleatoriamente en las estanterías, y una mochila negra polvorienta colgada del archivador.

—¿Estás ocupado? —pregunto—. Puedo volver en otro momento.

—No, no, intentando adelantar algo de trabajo. —Ambos nos quedamos mirando el video que tiene pausado en su computadora: un tipo con guitarra congelado en pleno rasgueo—. Con énfasis en el «intentando» —añade, señalando a la silla. Antes de sentarme, calculo la distancia entre la silla y su escritorio: están cerca, pero lo suficientemente lejos para que no pueda acercase y tocarme repentinamente.

—Tengo una idea para mi trabajo final —le digo—, pero tiene que ver con un libro que no hemos leído en clase.

—¿Qué tienes en mente?

—Em, a Nabokov. En cómo hay elementos de Shakespeare en *Lolita*.

Durante mi primer año, en una clase sobre los narradores poco fiables, definí a *Lolita* como una historia de amor y la profesora me interrumpió diciendo que «Definirla como historia de amor indica una lectura irrazonable y fallida de tu parte». No me dejó terminar lo que intentaba decir. No he vuelto a sacar el tema en ninguna otra clase.

Pero Henry cruza los brazos en el pecho y se reclina en su asiento. Me pregunta qué conexiones percibo entre *Lolita* y las obras que hemos leído, así que le explico las similitudes que he encontrado: Lavinia, de *Tito Andrónico*, escribe el nombre de sus violadores en la tierra y Lo, la niña violada y huérfana burlándose de la idea de que ella hubiese hecho lo mismo si un hombre desconocido le hubiera ofrecido dulces; cómo Falstaff de *Enrique IV* consigue alejar a Hal de su familia de la misma manera en que un pedófilo consigue llevarse a un niño caprichoso; el simbolismo virginal del pañuelo de fresa en *Otelo* y el pijama con estampado de fresas que Humbert le regala a Lo.

Tras la última observación, Henry frunce el entrecejo.

—No recuerdo ese detalle del pijama.

Me detengo a repasar la novela en mi mente, intentando recordar la escena exacta, si es antes de que falleciera la madre de Lo, o si es en el primer hotel en el que se hospedan Lo y Humbert al principio de su primer viaje en coche. De repente, me sobresalto. Recuerdo a Strane sacando el pijama del cajón del armario, su textura entre mis dedos, habérmelo probado por primera vez en su cuarto de baño, las luces cegadoras y el frío suelo de azulejos. Como la escena de una película que vi hace años, algo observado desde una distancia prudente.

Parpadeo. Henry me contempla con una mirada amable, con los labios apenas separados.

—¿Estás bien? —pregunta.

—Puede ser que me esté equivocando con ese detalle —le digo.

Me dice que está bien y que todo suena genial, excelente, que es el mejor tema, pero por mucho, que ha oído hasta el momento, y ya ha hablado casi todos los otros alumnos.

—Sabes —dice—, mi frase preferida de *Lolita* es sobre los dientes de león.

Me quedo pensando un momento, intento ubicarla… los dientes de león, los dientes de león. Puedo imaginarme la frase en la página, hacia el principio de la novela, cuando están en Ramsdale, la madre de Lo seguía viva. «Casi todos los dientes de león habían pasado de soles a lunas».

—Las lunas —le digo.

Henry asiente con la cabeza:

—Cambiado de soles a lunas.

Por un segundo, es como si nuestros cerebros estuviesen conectados, como si un hilo saliera del mío y se conectara con el suyo, ambos viendo la misma imagen sembrada y contundente. Me parece curioso que su frase preferida de toda la novela sea algo tan inocente. No es una de las descripciones del pequeño cuerpo ágil de Lo o los intentos de autojustificación de Humbert, sino una inesperada y bella imagen del jardín delantero.

Henry niega con la cabeza y el hilo entre nosotros se parte, el momento ha terminado.

—En fin —dice—. Es una buena frase.

17 de noviembre de 2006

Acabo de volver de hablar con el profesor sobre Lolita durante media hora. Me contó cuál era su frase preferida («La mayoría de los dientes de león habían cambiado de soles a lunas», pág. 73). En un momento dado, dijo «nínfula» y al escuchar esa palabra me dieron ganas de desgarrarlo y comérmelo.

Él captó algo extraño acerca de mi persona, lo mucho que conozco la novela. Cuando me referí a un pequeño detalle —el hecho de que a Humbert lo atrajese su primera esposa por cómo se veía su pie en una zapatilla de terciopelo negro— el profesor preguntó: «¿Estás leyéndolo para otra clase o...?». Es decir, ¿cómo es que me conozco tan bien el libro? Le dije que es mío. Que me pertenece.

Le pregunté: «¿Sabes como a veces tienes un libro que te pertenece?». Y él asintió, como si me entendiera perfectamente.

Estoy segura de que sus intenciones son puras, que piensa que soy una chica inteligente con buenas ideas, pero luego hay momentos como éste: antes de que saliera de su oficina, contemplaba cómo me ponía el abrigo. No podía encontrar la manga, forcejeé un poco al intentar encontrarla. Hizo un pequeño movimiento, como si estuviese a punto de ayudarme, pero después se detuvo y se controló. Su mirada, sin embargo, era tierna, muy tierna. S. es la única otra persona que me ha mirado de esa manera.

¿Estoy siendo codiciosa o delirante? Liarme con otro profesor, por favor. Este tipo de cosa ocurre sólo una vez en la vida, etc. Pero si fuese a ocurrir, ¿sería lo mismo? Los hechos son más admisibles: una chica de veintiún años en lugar de quince, un profesor de treinta y cuatro en lugar de cuarenta y dos. Ambos mayores de edad. ¿Sería un escándalo, o una relación? Quién sabe.

*Obviamente me estoy adelantando, pero también sé lo
que soy, lo que podría llegar a ser.*

Estoy de prácticas en una editorial de poesía y nos preparamos para la llegada de un poeta muy conocido que viene a la
ciudad para el lanzamiento de su libro. Jim, el otro becario,
y yo pasamos dos semanas diseñando las notas de prensa,
enseñándoselas a nuestro jefe y al subdirector de la revista
para después seguir rediseñando. Cuando me preguntaron
si quería conducir hasta Portland para recogerlo en el acropuerto, aproveché la oportunidad. Pienso en qué ponerme,
preparo una lista de temas de conversación para el viaje de
regreso. Imprimo incluso copias de mis mejores poemas por
si se da el escenario de ensueño de que le interese, aunque la
idea me parezca vergonzosamente presuntuosa.

El día antes de que llegue el poeta, Eileen, la directora
de prensa, me encuentra en la cocina llenando el hervidor
eléctrico.

—Vanessa, hola —dice ella, estirando sus vocales durante
tanto tiempo que suena como si estuviera ofreciéndome las
condolencias. No sabía que conocía mi nombre. No me ha
hablado desde mi entrevista la primavera pasada.

—Bueno, Robert llega mañana —dice—, y sé que dijiste
que lo recogerías en el aeropuerto, pero Robert puede ser un
poco, ya sabes... —Me mira con la esperanza de que capte la
indirecta. Al notar que la sigo mirando, susurra—: Puede ser
un poco difícil. Ya sabes, es manisuelto.

Parpadeo sorprendida, sosteniendo aún el hervidor eléctrico.

—Ah, de acuerdo.

—Tuvimos un incidente en el último evento que organizamos para él, aunque «incidente» puede que sea una palabra
demasiado fuerte. No pasó nada, la verdad. Pero sería mejor

que mantuvieras cierta distancia. Para asegurar. ¿Entiendes lo que quiero decir?

Mi rostro arde de la vergüenza, asiento con la cabeza tan bruscamente que el agua chapotea dentro del hervidor. Ella también se sonroja. Parece sentirse avergonzada de contarme esto.

—Entonces, ¿no debería recogerlo en el aeropuerto? —pregunto, asumiendo que ella dirá que no, que no sea tonta, que por supuesto que debería, pero Eileen hace una mueca, como si no quisiera decir que sí, pero tiene que hacerlo de todos modos.

—Creo que eso es lo mejor. Pensé en preguntarle a James si estaría dispuesto a hacerlo. —Casi le pregunto ¿A James?, pero me doy cuenta de que se refiere a Jim—. Gracias por ser tan comprensiva, Vanessa. Lo apreciamos mucho.

Durante el resto de la tarde, reviso las propuestas, leyendo, pero sin retener nada, con el corazón acelerado y los dientes castañeteando. La forma en que ella dijo «sería mejor que mantuvieras cierta distancia» me eriza la piel. No puedo dejar de oírlo. La forma en que dijo «cierta distancia», como si yo fuera un peligro.

Durante el resto del semestre dejo que se me acabe la hierba, y dejo de beber tanto. La constatación de que llevo dos semanas y media sin beber sin ni siquiera proponérmelo me llega por accidente. Lavo los platos, limpio el cuarto de baño. Incluso lavo la ropa con regularidad sin tener que llegar a usar mi bikini como ropa interior.

Veo a Henry Plough en el campus todo el tiempo. Tres veces a la semana nos cruzamos en el centro de estudiantes. Mientras guardo libros en mi trabajo en la biblioteca, se aparece en una esquina y casi choca con el carrito. Está a tres personas delante de mí en la fila de la cafetería que está debajo de mi apartamento y mi estómago da un vuelco al constatar lo cerca que está de donde duermo. A veces, cuando nos cruzamos, me abalanzo sobre él y le hago preguntas tontas sobre su clase, para las cuales ya tengo respuestas. Un día, pasando por su lado, me acerco y le golpeo juguetonamente el brazo, y sonríe sorprendido. En otras ocasiones, cuando siento que he estado actuando demasiado desesperada, lo ignoro, finjo que no lo conozco. Si me saluda, entrecierro los ojos.

El trabajo final para su clase es el último que tengo para el semestre, y lo termino el viernes por la tarde durante la semana de exámenes finales. Con el trabajo recién acabado, me apresuro por el campus, pasando por el *parking* y los edificios vacíos, tratando de alcanzar a verlo en su oficina. Adentro, el pasillo de la facultad de Literatura es una fila de puertas cerradas, incluso la de Henry, pero sé que está ahí. Lo comprobé antes de entrar y vi que su ventana estaba iluminada.

En lugar de tocar la puerta, deslizo mi ensayo debajo de las puertas con la esperanza de que vea mi nombre en la primera página y se dirija hasta la puerta. Aguanto la respiración, el pomo gira, y la puerta se abre.

—Vanessa. —Pronuncia mi nombre con asombro. Levanta mi ensayo del suelo, y pregunta—: ¿Qué tal te ha ido? Tengo muchas ganas de leerlo.

Encojo los hombros.

—No debería de tener expectativas muy altas.

Ojea las primeras páginas.

—Por supuesto que sí. Todo lo que entregas es maravilloso.

Me mantengo de pie en el umbral sin saber qué hacer. Ahora que mi trabajo está listo y que el semestre ha terminado, no tengo ninguna excusa para hablar con él. Se sienta, inclinándose ligeramente hacia delante, el lenguaje corporal de alguien que quiere que te quedes. Necesito que me lo diga. Nos miramos fijamente.

—Puedes sentarte —dice. Es una invitación, pero aún me permite que sea yo quien decida.

Elijo sentarme, quedarme, y seguimos en silencio durante unos instantes, hasta que sonrío y señalo, simpáticamente, creo, hacia los estantes atiborrados sobre su escritorio.

—Tu oficina está hecha un desastre.

Se relaja.

—Es cierto.

—No debería criticar —le digo—. Yo también soy desordenada.

Mira alrededor a la pila de carpetas manila que amenaza con caerse y la impresora desinstalada que descansa en el borde de su escritorio y su nido de cables.

—Me convenzo de que lo prefiero de esa manera, pero quizá es una ilusión.

Me muerdo el labio inferior, recordando todas las veces que le dije lo mismo a Strane. Mis ojos deambulan la oficina, y se detienen en el estante más alto donde descansan dos cervezas sin abrir entre los libros.

—Tienes alcohol escondido aquí.

Mira hacia donde estoy señalando.

—Si estuviera ocultándolo, estaría haciendo un muy mal trabajo. —Se pone de pie y gira las botellas para que pueda leer las etiquetas: SHAKESPEARE STOUT.

—¡Ah! —le digo—. Cerveza para estudiosos. —Sonríe.

—Bueno, también diré que fueron un regalo.

—¿Para qué las estás guardando?

—No estoy seguro de que las esté guardando para un momento en concreto, la verdad.

Lo próximo que diré es bastante obvio. Parece estar esperando a que lo diga:

—¿Y si nos las bebemos ahora?

Lo digo en tono de broma, debería ser fácil responder, *Vanessa, no creo que sea una buena idea.* Quizá si lo hubiese hecho otro alumno lo sería. Pero ni siquiera parece estar deliberando. Levanta sus manos, como si no le quedase más remedio.

—¿Y por qué no? —dice.

Acto seguido, saco mis llaves porque tengo un abridor en el llavero, brindamos con las botellas, las burbujas de cerveza tibia me llegan a la nariz. Verlo beber es como verlo detrás de una cortina. Me lo imagino en un bar, en su casa, sentado en el sofá, recostado en la cama. Me pregunto si corregirá ensayos hasta muy adentrada la noche, dejando el mío, a propósito, para lo último.

No, no es así. Es bueno, aniñado, mostrándome una sonrisa tímida antes de tomar otro sorbo. Yo soy la que tiene intenciones ocultas. *Yo* soy la corrupta, engatusándolo hacia la trampa. Casi le digo que se espabile, que deje de ser tan confiado. *Henry: no puedes estar bebiéndote cervezas con una estudiante en tu oficina. ¿Entiendes lo estúpido que es, lo fácil que sería meterte en problemas?*

Me pregunta si tomaré su clase sobre literatura gótica el próximo semestre y le digo que no estoy segura, que aún no me he inscrito.

—Deberías hacerlo cuanto antes —dice—. Se te acaba el tiempo.

—Siempre lo dejo para lo último. Soy una mierda. —Recuesto la botella y bebo un largo sorbo. *Una mierda.* Me gusta cómo me siento cuando me describo así frente a Henry, que ha pasado tanto tiempo alabando mi cerebro.

—Perdona que sea tan directa —agrego.

—No pasa nada —dice y veo un cambio ligero en su cara, una sombra de preocupación.

Pregunta sobre mis otras clases, mis planes futuros. ¿He pensado en lo del posgrado? Es demasiado tarde para postularme para el otoño, pero podría empezar a prepararme para solicitar el año siguiente.

—No lo sé —le digo—. Mis padres ni siquiera fueron a la

universidad. —No estoy segura de que eso tenga algo que ver con esto, pero Henry asiente como si entendiese.

—Los míos tampoco —dice.

Si decidiera solicitar, me ayudaría a navegar todo ese proceso. Mi cerebro se concentra en el verbo que ha decido usar: *navegar*. Veo un mapa extendido sobre su escritorio, nuestras cabezas acurrucadas. *Ya lo iremos resolviendo, Vanessa. Tú y yo.*

—Recuerdo lo abrumador que fue cuando decidí solicitar por primera vez —dice—. Sentía que navegaba en aguas desconocidas. Sabes, antes de venir aquí trabajé en un internado durante un año y fue raro enseñar a esos niños. Era como si les hubieran programado el privilegio desde que nacieron.

—Yo estudié en uno de esos —le digo—. Por un par de años, en todo caso.

Me pregunta en qué escuela y cuando digo Browick, parece estar agitado. Coloca su botella de cerveza en el escritorio y junta las manos.

—¿La Escuela Browick? —pregunta—. ¿En Norumbega?

—¿La conoces?

Asiente.

—Qué curioso. Yo, eh… —Espero a que termine. La cerveza se asienta en mi boca, por un momento me cuesta tragar—. Conozco a alguien que trabaja allí.

El vómito me sube hasta la garganta y me tiemblan las manos, tanto que se me cae la botella al intentar dejarla en el suelo. Está casi vacía, pero se derrama un poco sobre la alfombra.

—¡Ay, perdón! —le digo, incorporando la botella, tumbándola de nuevo, después dándome por vencida y tirándola a la basura.

—No pasa nada.

—Se derramó.

—Está bien. —Se ríe como si estuviera siendo tonta, pero

cuando me aparta el cabello de la cara, se da cuenta de que estoy llorando, aunque no es un llanto normal. Son lágrimas que siguen apareciendo en mis mejillas. Ni siquiera sé si brotan de mis ojos cuando lloro así. Es como si me estuvieran exprimiendo, como una esponja.

—Qué vergüenza —le digo, limpiándome la nariz con el dorso de la mano—. Soy una idiota.

—No. —Niega con la cabeza, desconcertado—. No digas eso. No has hecho nada mal.

—¿Qué hace tu amigo? ¿Es profesor?

—No ella es...

—¿Es mujer?

Asiente, se ve tan preocupado que siento que podría confesarle cualquier cosa y me escucharía. Presiento su bondad, antes de siquiera decir algo.

—¿Conoces a alguien más que trabaje allí? —pregunto.

—Nadie —dice—. Vanessa, ¿qué pasa?

—Fui violada por un profesor allí —le digo—. Tenía quince años. —Me sorprende lo fácil que me sale la mentira, a pesar de no saber si estoy mintiendo o no diciendo la verdad—. Sigue trabajando allí —agrego—. Así que cuando dijiste que conocías a alguien... entré en pánico.

Henry se lleva las manos a la cara, a la boca. Recoge su cerveza de nuevo, la vuelve a colocar. Finalmente, dice:

—Me has dejado pasmado.

Abro la boca para aclararlo, para explicarle. Estoy exagerando, no debería usar esa palabra, pero se me adelanta.

—Tengo una hermana —dice—. A ella le pasó algo parecido.

Me mira con ojos afligidos, cada uno de sus rasgos versiones más tiernas que las de Strane. Es fácil imaginarlo hundiéndose hasta estar de rodillas, bajando la cabeza hacia mi regazo, no para lamentarse sobre como arruinará mi vida, sino para lamentar lo que otro ya me ha hecho.

—Lo siento, Vanessa —dice—. Sé que quizá es inútil decirlo. Pero lo siento mucho.

Nos quedamos en silencio, se inclina hacia delante como si quisiera consolarme: su bondad se siente como un buen baño, con el agua hasta mis hombros, lechosa y tibia. Esto es más de lo que merezco.

Con los ojos fijos en el al suelo, digo:

—Por favor, no le cuentes esto a tu amiga.

Henry niega con la cabeza.

—Jamás se me ocurriría.

El día después de Navidad, conduzco a la casa de Strane con Fiona Apple puesto a todo volumen, cantando hasta que siento mi garganta en llamas. Me encojo en mi asiento mientras recorro las calles del centro de Norumbega, dejo el coche en el *parking* de la biblioteca que está al frente de su casa, corro hasta su puerta con la capucha de la sudadera puesta para esconder mi reconocible cabello, precauciones que él me ha dictado durante tanto tiempo que las sigo observando sin pensarlo dos veces.

Una vez dentro, me siento acongojada, huyo de sus manos y evito sus ojos. Me preocupa que sepa lo que le conté a Henry. Existe la posibilidad de que Henry le dijese a su amiga y que su amiga se lo dijese a alguien más de Browick; el chisme no tardaría mucho en llegar a oídos de Strane. También está lo que sé es imposible, pero que creo a medias: qué él sabe todo lo que digo y hago y que puede leerme la mente.

Me sorprende con un regalo envuelto, pero no lo acepto al principio, preocupada de que sea una trampa, de que cuando abra la caja encuentre una nota que diga: *Sé lo que hiciste.* Nunca me había regalado nada para Navidad.

—¡Ábrelo! —dice con una risa, empujando suavemente el regalo contra mi pecho.

Lo contemplo, una caja como de ropa, envuelta en un grueso papel dorado y una cinta roja: lo habrá empaquetado una empleada de una tienda.

—Pero yo no te traje nada.

—No esperaba que lo hicieras.

Arranco el papel, dentro hay un suéter grueso estilo *Fair Isle* azul oscuro con una cenefa color crema alrededor del cuello.

—Oh. —Lo saco de la caja—. Me encanta.

—Pareces sorprendida.

Me deslizo el suéter por la cabeza.

—No sabía que te fijabas en la ropa que llevo. —Es una observación muy tonta. Por supuesto que presta atención. Sabe todo sobre mí, todo lo que he sido y lo que seré.

Nos prepara pasta con salsa de tomate —para variar de los huevos y las tostadas— coloca nuestros platos en la barra, organiza los cubiertos y las servilletas dobladas como si tratase de una cita. Me pregunta qué clases tomaré el próximo semestre, absteniéndose de criticar las descripciones de cursos y las listas de lectura. Cuando le cuento sobre los exámenes finales y el trabajo que escribí para la clase de Henry, me interrumpe.

—Ese es el profesor que se especializa en literatura británica, ¿no? ¿El de Texas? Sí, ese mismo. Su esposa es la nueva orientadora que han contratado para los alumnos.

Me muerdo la lengua con brusquedad.

—¿Esposa?

—Penélope. Recién salida de la escuela de posgrado. Tiene un título de esos que les dan a los trabajadores sociales.

Mi respiración se detiene, interrumpida entre las inhalaciones y exhalaciones.

Strane golpea su tenedor contra el borde de mi plato.

—¿Estás bien?

Asiento con la cabeza y me obligo a tragar. Tengo una amiga que trabaja allí. Amiga. Eso fue lo que dijo. ¿O lo recuerdo mal? Pero ¿por qué iba a mentirme? Quizá le di tanta pena que no quiso traer a otra mujer a colación. Pero sí mencionó a su hermana, y, además, la mentira ocurrió antes de que yo confesara lo de la violación. Entonces, ¿por qué iba a mentirme?

Le pregunto cómo es ella, la pregunta más banal que se me ocurre, porque no me atrevo a preguntar lo que de verdad quiero saber —¿qué aspecto tiene, si es inteligente, qué tipo de ropa usa, si lo menciona mucho a él?—, pero, aunque me abstengo, Strane se da cuenta. Lo percibe en mí, en mis orejas erguidas y mi vello erizado.

—Vanessa, mantente alejada de él —dice.

Hago una mueca de falsa indignación.

—¿De qué estás hablando?

—Compórtate como una niña buena —dice—. Sabes de lo que eres capaz.

Después de comer y de dejar los platos en el fregadero, me detiene camino a las escaleras, hacia su habitación.

—Tengo que contarte algo —dice—. Ven.

Mientras me lleva a la sala, pienso que ha llegado el momento, el momento de confrontarse con él por lo que dije. Por eso seguramente mencionó a Henry: está optando por ser precavido, atrayéndome lentamente. Pero al sentarse me comenta que lo que me va a decir sonará peor de lo que realmente es, que es un malentendido, una circunstancia desafortunada.

Lo que dice no concuerda con lo que estoy anticipando, así que lo interrumpo:

—Espera, ¿no se trata de nada que yo hice?

—No, Vanessa —dice—. No todo se trata de ti. —Suspira

y se pasa la mano por el pelo—. Lo siento —añade—. Estoy nervioso, aunque no sé por qué. Si alguien va a comprenderlo, eres tú.

Dice que ha habido un incidente en Browick. Sucedió en octubre, en su aula durante la hora de servicio de docentes. Estaba reunido a solas con una alumna que tenía preguntas sobre un ensayo. Siempre preguntaba sobre todo. Al principio, pensó que padecía de ansiedad, que se preocupaba por sus notas, pero cuando empezó a venir más al aula, se dio cuenta de que estaba enamorada de él. Para ser muy sincero, le recordaba a mí: su actitud frívola, su adoración irreflexiva.

Aquella tarde de octubre, estaban sentados uno al lado del otro en la mesa mientras él revisaba el borrador de su ensayo. Estaba aturullada, casi temblaba de la ansiedad —por su nota, al estar tan cerca de él— y en algún momento dado durante la reunión, estiró su mano y le dio una palmadita en la rodilla. Su intención era tranquilizarla. Estaba tratando de ser amable. Pero la chica malinterpretó ese gesto como algo inapropiado. Empezó a decirle a sus amigos que él se había propasado, y que quería acostarse con ella, que la estaba acosando sexualmente.

Levanto la mano, y lo interrumpo.

—¿Qué mano usaste?

Parpadea sorprendido.

—Cuando la tocaste. ¿Con qué mano fue?

—¿Y eso qué importa?

—Enséñame. Quiero ver cómo lo hiciste.

Ahí, en el sofá, lo obligo a que me enseñe. Me alejo un poco de él, dejando una distancia prudente, junto las rodillas y me siento con la espalda erguida, la postura que mi cuerpo adoptaba cuando nos sentábamos juntos al principio de todo. Observo cómo estira su mano, palmadita en la rodilla. Es lo suficientemente familiar para revolverme el estomago.

—No fue nada —dice.

Aparto su mano.

—Sí es algo. Así fue que empezó todo conmigo, contigo tocándome la pierna.

—Eso no es cierto.

—Sí que lo es.

—No lo es. Lo nuestro empezó mucho antes de que te tocase.

Lo dice tan con tanta convicción que sé que se lo ha repetido muchas veces a sí mismo anteriormente. Pero si todo no empezó cuando me tocó la primera vez, ¿entonces cuándo lo hizo? ¿Cuando me dijo, ebrio en la fiesta de Halloween, que quería acostarme a dormir con el beso de buenas noches, o cuando empecé a inventarme excusas para hablar con él después de clase y acaparar toda su atención? ¿Cuando escribió esa nota en el borrador de uno de mis poemas, *Vanessa: éste asusta un poco*, o en el primer día de clases, cuando dio aquel discurso en la reunión de convocatoria, con el rostro empapado de sudor? Quizá el comienzo no puede ser precisado del todo. Quizá el universo nos ha unido, despojándonos de todo poder y culpabilidad.

—No se puede comparar —dice—. Esa estudiante no es nadie para mí, el supuesto contacto físico no existió. Fue cuestión de unos segundos. Y no merezco que mi vida sea destruida por ello.

—¿Por qué destruiría tu vida?

Suspira, se reclina sobre el sofá.

—La administración se enteró. Están diciendo que necesitan abrir una investigación. ¡Por una palmadita en la rodilla! Es la histeria puritana. Cualquiera diría que vivimos en Salem.

Le dedico una mirada intimidatoria, intentando que dé un paso atrás, pero parece ser inocente con su frente arrugada de preocupación y sus ojos enormes tras sus gafas. Aun así, quiero estar enojada. Dice que el gesto fue insignificante, pero sé bien lo mucho que puede llegar a significar.

—¿Por qué me lo cuentas, por cierto? —pregunto—.
¿Quieres que te diga que está bien? ¿Que te perdono? Porque
no puedo hacerlo.

—No —dice—, no te estoy pidiendo que me perdones. No
hay nada que perdonar. Estoy compartiendo esto porque
quiero que entiendas que sigo viviendo con las consecuencias
de amarte.

Por una fracción de segundo, empiezo a poner mis ojos en
blanco. Me detengo, pero ya me ha visto.

—Búrlate todo lo que tú quieras —dice—, pero antes de
ti, nadie habría saltado a conclusiones como ésta. Nunca le
habrían creído a ella sobre mí. Son mis colegas, personas con
las que he trabajado durante veinte años. Nada de eso importa ahora que mi nombre ha sido desprestigiado. Me tienen
vigilado a todas horas, una sospecha constante. ¡Y ahora esto
causa todo un alboroto! Dios mío, una dichosa palmadita en
la rodilla es algo que hago sin pensarlo dos veces. Ahora es
evidencia de mi perversión.

¿A cuántas chicas has tocado, exactamente? La pregunta
arde en mi boca, pero no la comparto. Me la trago, quemándome la garganta hasta el fondo, otra brasa en el estómago.

—Amarte me ha marcado como depravado —dice—.
Nada más importa. Una transgresión me definirá por el resto
de mi vida.

Nos sentamos en silencio, los sonidos de su casa se amplifican: el zumbido del refrigerador, el silbido del radiador.

Le pido perdón, no quiero decirlo, pero siento que debo hacerlo, porque le hace tanta falta oírlo que intenta arrancarme
las palabras. *Lamento esta sombra que he proyectado sobre ti
de la cual nunca podrás escapar. Lamento que lo que hicimos
haya sido tan fatídico que no haya vuelta atrás.*

Me perdona, dice que está bien, luego se acerca y me da
una palmadita en la rodilla, hasta que se da cuenta de lo que
está haciendo, se detiene y cierra la mano en un puño.

Cuando nos recostamos en sus sábanas de franela, seguimos vestidos y pienso en la chica que tocó, sin rostro ni cuerpo, un espectro de acusación y un presagio de lo obvio: que me hago mayor y que cada día que pasa nacen chicas que son más jóvenes que yo y que terminarán, quizá, algún día en su aula. Me las imagino, con sus cabellos brillantes y brazos mullidos, hasta el cansancio, pero tan pronto mi mente se tranquiliza, recuerdo lo que dijo de Henry, lo de su esposa. Se abre una nueva ala en el laberinto en el cual perderse, recordando lo que le conté a Henry sobre Strane. Que utilicé la palabra que empieza con «v», cómo debió habérselo contado a su esposa esa noche. Le hice prometer que no diría nada, pero la promesa fue una mera extensión de su mentira. Por supuesto que se lo contaría a su esposa. Se lo tendría que haber dicho, y si era así: ¿ella, a quién se lo habría dicho? Mi boca se seca ante la probabilidad de que vuelva a repetirse. No puedo salir de ello. Fui tonta al pensar que podía decir algo sin que llegase hasta Strane.

Alrededor de la medianoche, oímos unas sirenas. Al principio débilmente, pero después más y más cerca hasta parecer que están justo fuera de la casa. Por un momento estoy segura de que vendrán por nosotros, que la policía está a punto de irrumpir por la puerta. Strane se levanta de la cama y mira por la ventana hacia la noche.

—No puedo ver nada. —Agarra un suéter y sale del cuarto, baja las escaleras hacia la puerta principal. Cuando la abre, entra un humo del aire helado, un olor tan intenso que se cuela e inunda la casa.

Me llama:

—Hay un incendio en la cuadra. Uno grande. —Después de un par de minutos, regresa con su abrigo de invierno y sus botas—. Ven, vamos a verlo de cerca.

Nos ponemos tantas capas que nos convertimos en personas anónimas, sólo se perciben nuestros ojos entre las bufandas. Caminando por las aceras nevadas, él y yo podríamos ser cualquiera, personas comunes. Seguimos las sirenas y el humo, no encontramos el fuego hasta que doblamos la esquina y vemos el templo masónico de cinco pisos ardiendo y envuelto en hielo. Seis camiones de bomberos se estacionan alrededor del edificio, con todas las mangueras a toda potencia, pero hace demasiado frío. El agua, hasta la última gota, se congela al entrar en contacto con los muros de piedra caliza del edificio mientras las llamas arrasan el interior. Cuanto más intentan empapar el edificio con agua, más gruesa se hace la capa de hielo.

Mientras miramos, Strane alcanza mi mano y la sujeta con fuerza. Los bomberos finalmente se rinden e, igual que nosotros, retroceden y contemplan cómo se quema el edificio: una pequeña multitud se reúne, llega un camión de noticias. Strane y yo nos quedamos durante un largo rato cogidos de la mano, parpadeando para contener las lágrimas que se acumulan como cristales en nuestras pestañas.

Después, en su cama, con cuerpo y mente agotados, le pregunto:

—¿Hay algo más que no me estés contando sobre esa chica? —Cuando él no responde, le pregunto claramente—: ¿Te la follaste?

—Por el amor de Dios, Vanessa.

—Está bien si lo hiciste —le digo—. Te perdonaré. Pero necesito saberlo.

Se rueda hacia mí, sostiene mi cara con ambas manos.

—La toqué. Eso es todo lo que hice.

Cierro los ojos mientras él me acaricia el cabello, y se refiere a ella con terribles insultos: *una mentirosa, una puta, una niña con problemas emocionales*. Me pregunto cómo me llamaría a mí si supiese todas las cosas que lo he llamado yo a lo largo de los años, si descubriese lo que le he contado a Henry. Pero no digo nada. Puede confiar en mi silencio. No tiene razón alguna para desconfiar de mí. A las tres de la mañana, me despierto y me escapo de su brazo pesado, me desplazo de puntillas descalza por el suelo frío de madera de la habitación, bajo las escaleras hasta la sala donde descansa su laptop sobre el mostrador. La abro y se descargan todos sus correos del buzón de mensajes de Browick. *Newsletters*, minutas de las reuniones de docentes; me desplazo hasta que veo el asunto «Informe de acoso estudiantil». Me quedo quieta tras oír un ruido, con una mano sobrevolando el teclado y la otra sobre el laptop para poder cerrarlo de golpe. Cuando se vuelve hacer el silencio, abro el correo y leo el texto. Es de parte del Consejo de administración y está escrito en un lenguaje formal casi incomprensible, pero no me interesan los pormenores. Sólo busco un nombre. Me desplazo hacia arriba y hacia abajo, mis ojos recorren la pantalla de un lado a otro, y lo encuentro en la segunda frase: Taylor Birch, la estudiante que sostiene estas declaraciones. Cierro su correo y regreso de hurtadillas a la habitación, y me meto en la cama, debajo de su brazo.

Taylor trabaja en un nuevo edificio a cinco cuadras del hotel,
en un destacado bloque de cristal y acero entre la caliza y el
ladrillo. Conozco el nombre de la empresa, Creative Coop,
y sé que se define como un espacio de trabajo creativo, pero
no logro averiguar a qué se dedican. En el interior hay sólo
luz natural, vigas a la vista y sofás de cuero y mesas amplias
donde la gente se sienta con sus laptops. Todos sonríen y son
jóvenes o son *cool* de manera que esconden su edad con sus
cortes de pelo hípsters, gafas excéntricas, y ropa *normcore*.
Estoy de pie aferrada a mi bolso hasta que una chica con
gafas redondas me pregunta:

—¿Estás buscando a alguien?

Mis ojos recorren la habitación. Es demasiado grande y
hay demasiada gente. Me oigo decir su nombre.

—¿Taylor? A ver. —La chica se da vuelta y registra la
sala—. ¡Ahí está!

Miro hacia donde señala: inclinada sobre un laptop, con
los hombros delgados y el cabello pálido. La chica grita
«¡Taylor!» y ella levanta la cabeza. La conmoción de su rostro
me hace retroceder hacia la puerta.

—Disculpa —le digo—. Cometí un error.

Ya estoy afuera y a media cuadra cuando oigo que me
llama. Taylor se encuentra en medio de la acera con una
trenza rubia pálida sobre el hombro. Lleva un suéter de cuello
alto con mangas tan largas que sobrepasan sus muñecas, no
lleva abrigo. Mientras nos miramos, extiende una mano,

sus dedos sobresalen de las mangas, y tira levemente de su trenza. De repente, la visualizo a través de los ojos de Strane: una chica de quince, insegura de sí misma, jugando con las puntas de su cabello mientras él la mira desde su escritorio.

—No puedo creer que seas tú —dice ella.

Vine preparada con frases ensayadas, algunas mordaces. Quería partirla en dos, pero estoy demasiado agitada. Mi voz se vuelve temblorosa y aguda cuando le pido que me deje en paz.

—Tanto tú como esa periodista —le digo—. Que me sigue llamando.

—Está bien —dice Taylor—. Ella no debería haber hecho eso.

—No tengo nada que decirle.

—Lo siento. Créeme. Le pedí que no fuera insistente.

—No quiero aparecer en el artículo, ¿de acuerdo? Dile eso. Y dile que no escriba sobre el blog. No quiero estar implicada.

Taylor me mira, algunos mechones sueltos enmarcan su rostro.

—Sólo quiero que me dejen en paz —le digo. Aunque he empeñado todas mis fuerzas ha sonado a plegaria. Todo esto está mal; sueno como una niña pequeña.

Me doy la vuelta para marcharme. Pero me llama una vez más.

—¿Podemos hablar, sin más? —pregunta.

Vamos a una cafetería, a la misma donde me reuní con Strane hace tres semanas. Mientras hacemos la cola, contemplo sus facciones, los delgados anillos de plata que lleva, la mancha de rímel que tiene bajo el ojo izquierdo. El olor a sándalo que desprende su ropa. Me invita al café, sus manos tiemblan al sacar su tarjeta de crédito.

—No tienes por qué hacerlo —le digo.

—Sí, tengo —responde.

El barista enciende la máquina de café exprés, se oye el chirrido del molido y el vapor y un minuto después llegan nuestros cafés, uno al lado del otro, con idénticos tulipanes dibujados en la espuma. Nos sentamos cerca de la ventana, protegidas por las mesas vacías a nuestro alrededor.

—Así que trabajas en ese hotel —dice ella—. Debe ser divertido.

Se me escapa una carcajada y un rubor se apodera de su rostro de inmediato.

—Lo siento —dice ella—. Acabo de decir una estupidez.

Dice que está nerviosa, se llama torpe a sí misma. Sus manos todavía tiemblan, sus ojos miran a todas partes menos a mí. Me tengo que esforzar para contener el impulso de extender el brazo y decirle que todo está bien.

—Y tú, ¿qué? —pregunto—. ¿Para qué tipo de empresa trabajas?

Sonríe, aliviada ante una pregunta fácil.

—No es una empresa. Es un espacio de trabajo cooperativo para artistas.

Asiento como si entendiese lo que eso significa.

—No sabía que eras una artista.

—Bueno, no soy artista plástica. Soy poeta. —Levanta su café y toma un sorbo, dejando una mancha de labios rosa pálido en el borde.

—¿Así que te dedicas a la poesía? —pregunto—. O sea, ¿para ganar dinero?

Taylor se lleva la mano a la boca, como si se hubiera quemado la lengua.

—Oh, no —dice ella—, no hay dinero en eso. Tengo otros trabajos. Proyectos *freelance* de escritura, diseño web, consultoría. Muchas otras cosas. —Deja el café en la mesa, y junta las manos—. Bueno, te lo preguntaré sólo una vez. ¿Cuándo terminaron?

La pregunta me toma por sorpresa, tan directa y banal.

—No lo sé —le digo—. Es difícil precisar. —Sus hombros caen tras su aparente decepción.

—Bueno, él me dejó en enero de 2007 —dice—, cuando el rumor empezó a realmente circular por la escuela. Siempre me he preguntado si también había cortado contigo.

Intento mantener una sonrisa en el rostro en lo que retrocedo a ese año. ¿En enero? Recuerdo su confesión, el edificio en llamas recubierto de hielo.

—Obviamente, no me pasó nada peor que lo tuyo —continúa Taylor—. No me expulsaron ni nada. Pero, aun así, me obligó a transferirme de su clase, me ignoró. Me sentí abandonada. Fue terrible, y muy traumatizante.

Asiento con la cabeza, sin saber qué hacer de ella, de lo que dice, de lo dispuesta que está a hablar. Le pregunto:

—Entonces ¿no te mantuviste en contacto con él durante los últimos diez años? —Ya conozco respuesta, que por supuesto que no, pero ella estruja la cara y responde:

—¡No, Dios! —Me pregunta—: ¿Tú sí? —Y eso es lo que quiero, la oportunidad de asentir, de diferenciarme, de trazar una línea y dejar claro que no estamos en la misma situación en absoluto.

—Estuvimos en contacto hasta el final —le digo—. Me llamó justo antes de saltar. Estoy bastante segura de que fui la última persona que habló con él.

Se inclina; la mesa vibra.

—¿Y qué te dijo?

—Que sabía que había sido un monstruo, pero que me amaba. —Espero a que se dé cuenta de que ha estado equivocada sobre él, sobre mí y sobre lo que fuera que le hizo a ella, pero sólo resopla.

—Sí, eso suena a algo que él diría. —Se bebe el resto del café de golpe, como si fuera un chupito. Se seca los labios, detecta mi expresión—. Lo siento —dice—. No quiero bur-

larme. Pero es tan típico, ¿sabes? La manera en que se auto-
degradaba para que uno sintiese lástima por él.

Mi cabeza se inclina hacia atrás como si el peso de mi
cerebro hubiera cambiado repentinamente. Él hacía eso. Lo
hacía todo el tiempo. No estoy segura de haberlo resumido de
manera tan precisa jamás.

—¿Puedo hacerte otra pregunta? —dice Taylor.

Apenas la oigo; mi cerebro está ocupado tratando de resta-
blecer el equilibrio después de que me haya desestabilizado
de esa manera. Debe haber sido una conjetura, su comentario, algo que extrapoló tras haberlo visto salir de su papel
de profesor y revelarse a sí mismo. Describirlo de esa manera
es superficial. Victimizarse con la esperanza de ganar simpatía, ¿quién no lo hace de vez en cuando?

—¿Cuánto sabías sobre mí entonces? —pregunta.

Aún lejos, respondo:

—Nada.

—¿Nada?

Parpadeo y su imagen empieza a enfocarse, tanto que
cuesta mirarla.

—Sabía que existías. Pero dijo que eras... —casi vuelvo a
decir *nada*— un rumor.

Ella asiente.

—Dijo lo mismo sobre ti al principio. —Agacha la barbilla, baja su voz para imitar a Strane—: «Un rumor que me
sigue como una nube gris».

Me impresiona lo mucho que suena como él, ha captado
su cadencia a la perfección y ha usado la misma metáfora
que, creo recordar, eligió para describirme, aquella imagen impuesta en mi cabeza de él siendo perseguido por una
amenaza de lluvia.

—¿Así que conocías mi existencia?

—Claro —dice ella—. Todos sabíamos de ti. Eras prácticamente una leyenda urbana, la chica que se había liado con

un profesor y que desapareció tras conocerse la verdad. Pero tu historia siempre fue muy difusa. Nadie sabía la verdad. Así que le creí al principio, cuando dijo que la historia no era cierta. Me da vergüenza admitirlo ahora porque sí era cierto, por supuesto. Claro que lo había hecho anteriormente. Es que yo era... —se encoje de hombros— tan joven.

Ella sigue contando cómo fue que él finalmente le dijo la verdad sobre mí, pero que esperó hasta que ella hubiera sido totalmente «entrenada». Se refirió a mí como su secreto más oculto, y dijo que me amaba pero que lo había superado, que ya no encajábamos juntos como cuando yo tenía la edad de Taylor.

—Parecía estar genuinamente descorazonado —dice—. Lo que te voy a contar es muy jodido, me hizo leer *Lolita* al principio. Lo has leído, ¿verdad? La forma en que hablaba de ti me recordó a la primera niña de la que Humbert Humbert se enamora, la que muere y lo convierte en un supuesto pedófilo. En ese momento, pensaba que un hombre que se sentía herido así era *romántico*. Pero ahora, todo esto me parece una locura.

Intento alzar mi café, pero estoy temblando tanto que repiquetea y se derrama un poco en mis manos. Taylor se sobresalta y agarra unas servilletas, sigue hablando a la vez que limpia la mesa. Me explica cómo fue que empezó a sospechar de que Strane y yo seguíamos juntos, que husmeó en su teléfono y vio todas las llamadas y mensajes, descubrió la verdad.

—Solía ponerme tan celosa cuando sabía que te iba a ver. —Se pone de pie y limpia la mesa con una servilleta. El extremo de su trenza roza mi brazo.

—¿Te acostaste con él? —pregunto.

Me mira fijamente sin pestañear.

—O sea, ¿se acostó contigo? ¿Te forzó? O... —Niego con la cabeza—. No sé cómo debería llamarlo.

Arroja las servilletas a la basura y vuelve a sentarse.

—No —dice—. No lo hizo.

—¿Lo hizo con las demás?

Niega con la cabeza.

Exhalo ruidosamente, aliviada.

—Entonces, ¿qué fue exactamente lo que te hizo?

—Abusó de mí.

—Pero... —Miro alrededor de la cafetería, como si las personas sentadas en las otras mesas pudiesen ayudarme—. ¿Qué significa eso? ¿Te besaba, o...?

—No quiero enfocarme en los detalles —dice Taylor—. No sirve de nada.

—¿No sirve de nada?

—Para la causa.

—¿Para qué causa?

Ella inclina la cabeza y entrecierra los ojos, la misma mirada que solía poner Strane cuando debatíamos. Por un momento pienso que ella lo imita nuevamente.

—La causa que hará que él responda por sus actos.

—Pero está muerto. ¿Qué quieres hacer con él, arrastrar su cadáver por las calles?

Sus ojos se ensancharon.

—Lo siento —le digo—. Me ha salido más fuerte de lo que pensaba.

Cierra los ojos e inhala, retiene el aliento y luego lo suelta.

—Está bien. Es difícil hablar de esto. Las dos estamos haciendo lo mejor que podemos.

Empieza a hablar sobre el artículo, sobre cómo el objetivo es sacar a la luz todas las formas en que el sistema nos falló.

—Todos lo sabían —dice—, y no hicieron nada para detenerlo. —Supongo que se refiere a Browick y la administración, pero no hago preguntas. Habla tan rápidamente; es difícil mantener el hilo de la conversación. Otro objetivo del artículo, dice, es conectar con otras sobrevivientes.

—¿Quieres decir en general? —pregunto.

—No —dice ella—. Que lo hayan sobrevivido a él.

—¿Hay otras?

—Tiene que haber. Quiero decir, fue profesor durante treinta años. —Coloca sus manos alrededor de su taza vacía, frunce los labios—. Sé que dijiste que no querías aparecer en el artículo. —Abro la boca, pero ella continúa—: Puedes participar anónimamente. Nadie sabría que eres tú. Sé que da miedo, pero piensa en el bien que haría. Vanessa: lo que te ocurrió... —Agacha la cabeza, me mira directamente—. Es el tipo de historia que puede cambiar la forma en que la gente piensa.

Niego con la cabeza.

—No puedo.

—Sé que da miedo —repite—. La idea me aterrorizó al principio.

—No —digo—, no se trata de eso.

Espera a que me explique, sus ojos clavados en mí.

—No considero que me hayan abusado —digo—. Definitivamente no como ustedes piensan.

Sus pálidas cejas se levantan.

—¿No crees que abusó de ti?

El aire parece haber sido succionado de la cafetería, los ruidos se amplifican, los colores se apagan.

—No me considero una víctima —le digo—. Sabía en lo que me estaba metiendo. En lo que yo quería.

—Tenías quince años.

—Incluso a los quince.

Continúo, justificándome, las palabras emanan de mí, las mismas frases de siempre. Que éramos dos personas sombrías que ansiaban las mismas cosas, que nuestra relación era terrible, pero nunca abusiva. Cuanto más alarmada se torna la expresión de Taylor, más me adentro. Cuando digo que lo nuestro tuvo todo lo que tienen las grandes historias de amor, se lleva la mano a la boca, como si estuviese a punto de vomitar.

—Y ya que estoy siendo honesta —le digo—, creo que lo que tú y esta periodista están haciendo es una mierda.

Su cara se arruga con incredulidad.

—¿Lo dices en serio?

—Me parece deshonesto. Hay cosas que dices de él que no coinciden con lo que sé que era verdad.

—¿Crees que estoy mintiendo?

—Creo que lo estás convirtiendo en algo peor de lo que fue.

—¿Cómo puedes decir eso sabiendo lo que me hizo?

—Pero no sé lo que te hizo —le digo—. No me lo has contado.

Sus ojos se cierran. Presiona sus palmas sobre la mesa, como si intentase calmarse. Lentamente, dice:

—Sabes que era un pedófilo.

—No —digo—, no lo era.

—Tenías quince —dice—. Yo tenía *catorce*.

—Eso no es pedofilia —digo. Me mira, atónita. Me aclaro la garganta y digo con cuidado—: El término más cercano es efebofilia.

Tras eso, el hilo que nos conectaba se afloja. Levanta las manos como para decir: *No puedo más*. Dice que necesita volver al trabajo, no me mira mientras recoge su taza de café vacía y su teléfono.

La sigo fuera, tropezando un poco en la puerta. De repente siento ganas de estirar un brazo, agarrar su trenza y no dejar que se vaya. Afuera, la acera está vacía, excepto por un hombre con las manos metidas en los bolsillos del abrigo y los ojos fijos en el suelo, silbando una melodía mientras camina hacia nosotras. Taylor lo mira, está tan furiosa que creo que le gritará para que se calle, pero cuando pasa, ella se da vuelta y me señala con el dedo.

—Solía pensar en ti todo el tiempo mientras él abusaba de mí. Pensé que eras la única persona que podía entender lo que yo estaba pasando. Pensé... —Inhala y deja caer su brazo—. Olvídalo. Estaba equivocada, muy equivocada.

Comienza a alejarse, se detiene y agrega:

—Me amenazaron de muerte después de haber confesado lo mío. ¿Sabías eso? La gente publicó mi dirección en internet y amenazaron con violarme y asesinarme.

—Sí —le digo—, lo sé.

—Me parece egoísta que veas cómo no nos creen y no quieras hacer nada para ayudar. Si confiesas, nadie podría ignorarte. Tendrían que creerte y creernos a nosotras también.

—Pero no entiendo qué conseguirías con eso. Él está muerto. No se va a disculpar. Nunca admitirá que hizo algo malo.

—No se trata de él —dice—. Si confiesas, Browick tendría que admitir que sucedió. Tendrían que responsabilizarse. Podría cambiar cómo se hacen las cosas en esa escuela.

Me contempla, expectante. Encojo los hombros y ella resopla.

—Me das pena —dice.

Cuando comienza a alejarse, estiro el brazo. Mis dedos rozan su espalda.

—Dime lo que te hizo —le digo—. No digas que él abusó de ti. Cuéntame qué pasó.

Se voltea, sus ojos feroces.

—¿Te besó? ¿Te llevó a su oficina?

—¿A su oficina? —Repite y cierro los ojos con alivio cuando percibo su confusión—. ¿Por qué te importa tanto? —pregunta.

Abro la boca, la palabra «porque» está a punto de salir, *porque... porque lo que sea que te haya pasado no puede haber sido tan malo, porque es ridículo que exijas tanto cuando la que más sufrió fui yo. Me marcó de por vida.*

—Me manoseó ¿está bien? —responde—. En el aula, detrás de su escritorio.

Exhalo y me vuelvo inerte, tambaleando aún de pie. Como Strane bajo el árbol de pino en la fiesta de Halloween. *¿Sabes lo que quiero hacerte?* Hasta ese punto, sólo me había tocado, manoseado detrás de su escritorio.

—Pero me violó de otras maneras —dice ella—. No tiene que ser físico para que sea maltrato.

—¿Y el resto de las chicas? —pregunto.

—También las manoseó.

—¿Eso es todo lo que hizo?

Se burla:

—Sí, supongo que eso es todo.

Así que las tocó. Era lo que me había confesado desde un principio, a partir de esa noche en su casa, cuando sostuvo mi cabeza en sus manos y dijo: *La toqué. Eso es todo.* Me sentí aliviada entonces. Espero que el alivio resurja en este momento, pero no ocurre nada, ni siquiera siento indignación ni *shock*. Porque al oírla decir esto, nada ha cambiado. Ya lo sabía.

—Sé que fue diferente contigo —dice—. Pero empezó de la misma manera, ¿verdad? Llamándote a su escritorio. Lo escribiste en tu blog. Recuerdo cuando lo leí por primera vez. Leerlo fue como leer sobre mí misma.

—¿Lo leíste entonces?

Asiente.

—Lo encontré marcado en en el navegado de su computadora. Yo te dejaba comentarios anónimos a veces. Estaba demasiado asustada para usar mi nombre.

Le digo que no tenía ni idea, sobre los comentarios, ni que me estuviese leyendo.

—Bueno, ¿y qué sabías? —pregunta—. ¿Realmente no sabías nada de mí? —Ya me ha hecho esta pregunta y la he contestado, pero ahora significa algo diferente. Me pregunta si sabía lo que él le hizo.

Digo la verdad.

—Sí, lo sabía —le digo—. Sabía de ti.

Él me lo dijo, pero dijo que no era nada y no discutí. Lo perdoné, y lo perdoné por algo mucho peor, algo que ni siquiera había hecho. ¿Qué era una mano sobre una pierna en comparación a lo que me hizo a mí? No pensaba que importase, incluso ahora, con ella de pie frente a mí, es difícil entender el daño ocasionado. *¿Fue realmente tan malo lo que te hizo? ¿Valió la pena al final?*

—Puede que te parezca algo pequeño —dice ella—. Pero fue lo suficiente para destruirme.

Me deja de pie en medio de la acera, su trenza rebotando contra su espalda al alejarse. Camino a casa por la plaza, tras el enorme árbol de Navidad que está siendo adornado, los estudiantes de la escuela secundaria que merodean en los alrededores durante la hora de comer, los chicos con sus capuchas puestas y grupos de chicas con cazadoras y tenis desgastadas. Con sus esmaltes desconchados, sus colas de caballo y risas y... aprieto los ojos con tanta fuerza que veo chispas y estrellas. Él sigue dentro de mí, intentando hacer que las perciba de la misma manera que él lo hacía, como una serie de chicas sin nombre sentadas en una mesa. Necesitaba recordar que no eran nadie. Apenas podía diferenciarlas. Nunca le importaron. No eran nadie comparadas conmigo.

Yo te amaba, dice. *Mi sombría Vanessa.*

En la oficina de Ruby, le pregunto:

—¿Crees que soy egoísta?

Es tarde, no es nuestro día ni hora de sesión de costumbre. Le envié un mensaje de texto, estoy teniendo una emergencia, algo que ella siempre me ha dicho que podía hacer, pero que nunca imaginé que necesitaría.

—Creo que hay formas en las que puedes avanzar sin tener que exponerte —dice—. Mejores formas.

Desde su butaca, me observa y espera con su paciencia infinita. Por la ventana, el cielo es una gama de azules que va de celeste, a cobalto a marino. Reclino mi cabeza hacia atrás para quitarme los pelos de la cara, miro al techo y digo:

—No respondiste a la pregunta.

—No, no creo que seas egoísta.

Enderezo la cabeza.

—Pues, deberías. Durante todo este tiempo he sabido lo que le hizo a esa chica. Hace once años me dijo que la había tocado. No mintió. No me lo ocultó. Simplemente no me importó.

Su expresión no cambia; sus pestañas parpadeantes son la única prueba de que la he impactado.

—También sabía sobre las otras chicas —digo—. Sabía que las estaba tocando. Solía llamarme tarde en la noche durante años para hablar sobe cosas que hacíamos cuando yo era más joven. Cosas sexuales. Pero también hablaba sobre las demás chicas, de las de su clase. Me describía cómo las llamaba a su escritorio. Me decía lo que les estaba haciendo. Y no me importó.

Ruby sigue impávida.

—Podría haberlo detenido —le digo—. Sabía que no podía controlarse. Si lo hubiera dejado tranquilo, probablemente habría podido detenerse. Lo obligué a revivirlo cuando él no quería hacerlo.

—Lo que te hizo a ti o a cualquier otra persona no fue tu culpa.

—Pero yo sabía que él era débil. ¿Te acuerdas? Tú misma me lo dijiste. Y tienes razón, lo sabía. Me dijo que no podía estar cerca de mí porque yo sacaba a relucir su lado sombrío, pero fui incapaz de dejarlo en paz.

—Vanessa, escúchate a ti misma.

—Podría haberlo detenido.

—Está bien —dice ella—, quizá podrías haberlo detenido, pero no era tu responsabilidad y no habría cambiado nada para ti. Porque detenerlo no habría cambiado el hecho de que abusó de ti.

—Yo no fui abusada.

—Vanessa...

—No, escúchame. No actúes como si yo no supiera lo que estoy diciendo. Jamás me obligó, ¿de acuerdo? Siempre se aseguró de que yo dijera que sí a todo, sobre todo cuando era más joven. Fue tan cuidadoso. Era bueno. Me amó. —Lo digo una y otra vez, un estribillo que pierde sentido enseguida. *Me amó, me amó.*

Sostengo la cabeza en mis manos y Ruby me pide que respire. Oigo la voz de Strane en lugar de la de ella, diciéndome que respire hondo para que pueda entrar. *Así está bien*, decía, *Muy bien.*

—Estoy tan jodidamente cansada de todo esto —susurro. Ruby se agacha en el suelo delante de mí, con las manos sobre mis hombros, la primera vez que me ha tocado.

—¿Cansada de qué? —pregunta.

—De oírlo, de verlo, todo lo que hago está atado a él.

Nos quedamos en silencio. Mi respiración se estabiliza y ella se pone de pie, sus manos se alejan de mí. Suavemente, dice:

—Si recuerdas el primer incidente...

—No, no puedo. —Tiro la cabeza contra el respaldo de la silla y me hundo en el cojín—. No puedo volver allí.

—No tienes que volver —dice—. Puedes quedarte en esta habitación. Sólo piensa en un momento, el primer momento que podría considerarse como íntimo. Cuando regresas a ese momento, ¿quién lo inicia? ¿Tú o él?

Ella espera, pero no puedo decirlo. *Él.* Me llamó a su escritorio y me tocó mientras el resto de la clase hacía su tarea. Me senté a su lado, miré por la ventana y le dejé hacer lo que quería. Y no lo entendí, no lo pedí.

Exhalo, agacho la cabeza.

—No puedo.

—Está bien —dice—. Ve con calma.

—Es que me siento… —Me entierro las manos entre los muslos—. No puedo perder la cosa a la que me he aferrado durante tanto tiempo, ¿sabes? —Mi cara se retuerce del dolor al expresarlo—. Realmente necesito que sea una historia de amor, ¿sabes? Realmente necesito que sea eso.

—Lo sé —dice.

—Porque, si no es una historia de amor, ¿entonces qué es?

Contemplo sus ojos a través de sus lentes, su rostro lleno de empatía.

—Es mi vida —le digo—. Esto ha sido toda mi vida.

Ella se inclina hacia mí y le digo que estoy triste, tan triste, palabras pequeñas y sencillas, las únicas que tienen sentido mientras me aferro a mi pecho como una niña y le señalo dónde me duele.

2007

Vuelvo a beber cuando empieza el segundo semestre, multitud de botellas se acumulan en mi mesita de noche. Cuando no estoy en clase, estoy en la cama con mi portátil acompañada del zumbido del ventilador y del brillo de la pantalla hasta altas horas de la madrugada. Miro fotos de Britney Spears en medio de una crisis, afeitándose la cabeza, atacando a los paparazzis con un paraguas y ojos de animal enjaulado. Los blogs de chismes publican las mismas fotografías una y otra vez con titulares como «La exprincesa del pop ha tocado fondo», seguidos de páginas llenas de comentarios maliciosos: ¡Qué desastre!… Es muy triste cómo siempre acaban así… Apuesto a que estará muerta antes de final de mes.

Por la noche, dejo el teléfono en el alféizar de la ventana junto a mi cama y, por la mañana, lo primero que hago es mirar cuántas veces me ha llamado Strane. Cuando salgo al bar con Bridget y noto vibrar el teléfono, lo saco del bolso y se lo enseño para que vea su nombre en la pantalla.

—Me siento culpable —le digo— pero no me veo capaz de hablar con él. —Le he hablado de la investigación, la he llamado «caza de brujas» como hace Strane, he dejado claro que no ha hecho nada malo, pero sigo enojada. ¿Acaso no tengo derecho a estar enojada? *Claro que sí*, dice Bridget.

Empiezo a visitar diariamente el perfil de Facebook de Taylor Birch, haciendo clic en sus fotos públicas, asqueada y complacida a la vez por lo ordinaria que se ve con aparatos y su rubia melena descuidada. Sólo hay una foto que me hace dudar: ella sonriendo vestida con el uniforme de *hockey*, la falda cubriendo la mitad de sus muslos bronceados, su pecho plano atravesado por BROWICK en letras de color granate. Pero, entonces, recuerdo a Strane describiendo mi cuerpo adolescente, cómo decía que estaba bastante desarrollada, más mujer que niña. Pienso en la Srta. Thompson, en su cuerpo femenino. No debería convertirlo en un monstruo tan deprisa.

No necesito los créditos, pero me inscribo al seminario de Henry sobre literatura gótica. En clase, se dirige a mí cuando el resto de los alumnos se muestran reacios a participar. Cuando se hace el silencio en la sala, sus ojos se mueven por todos ellos, pero terminan siempre en mí. «¿Vanessa?» me interpela «¿Qué piensas de esto?». Confía en que siempre tengo algo que decir sobre las historias de mujeres obsesivas y hombres monstruosos.

Después de clase, siempre hay algún pretexto para acompañarlo a su oficina: tiene algún libro que prestarme, me ha nominado para algún premio del departamento, quiere hablarme de un trabajo de asistente para el año que viene, algo para mantenerme ocupada mientras preparo las solicitudes para el posgrado. Pero, en cuanto estamos a solas, siempre terminamos hablando y riendo. ¡Riendo! Río más con él de lo que nunca hice con Strane, a quien sigo ignorando, cuyas llamadas han empezado a llegar cada noche, mensajes de voz pidiendo que, por favor, por favor lo llame, pero no quiero oír lo de que todo pende de un hilo. Quiero a Henry, sentarme en su despacho y señalar una postal en la pared, lo único que ha colgado, y preguntarle por la historia tras ella y escuchar cuando me cuenta que viene de Alemania, que fue a una conferencia ahí y perdió su equipaje y tuvo que andar por ahí en pantalones de deporte. Quiero oírlo llamarme divertida, encantadora, brillante, la mejor alumna que ha tenido nunca; que me diga qué cree que me depara el futuro.

«Cuando estés en el posgrado, serás una de esas profesoras asistentes en la onda, de esas que imparten las tutorías en una cafetería». No es mucho, pero lo suficiente como para sentir que he vuelto a la vida. Puedo imaginarme dando mi propia clase, diciéndoles a mis propios alumnos qué leer y escribir. A lo mejor, siempre se ha tratado de eso, no de desear a estos hombres, sino de desear ser ellos.

Documento en mi blog todo lo que me dice, cada mirada, cada sonrisa. Obsesionada con qué significa, llevo la cuenta de todo como si eso fuera a darme una respuesta. Comemos juntos en la asociación de estudiantes, responde a mis correos a la una de la madrugada, contestando a cada una de mis bromas y firmando como «Henry» cuando, en los correos para toda la clase, es «H. Plough». En mi blog, escribo podría no significar nada, pero debería significar algo una y otra vez, hasta que la frase llena toda la pantalla. Me cuenta que memorizó «Jabberwocky» por diversión cuando tenía diez años y puedo imaginarlo de niño como nunca pude con Strane. Pero eso es lo que es: infantil, como mínimo; por no decir directamente un niño que sonríe y se sonroja cuando lo provoco. Hace referencia a episodios de *Los Simpson* en sus correos, menciona canciones populares de sus tiempos en el posgrado. «¿No conoces a Belle and Sebastian?», me pregunta sorprendido. Me graba un CD y escudriño las letras en busca de pistas, revelando la versión de mí que vive en su cabeza.

Pero no me toca. Ni nada que se acerque al contacto, ni siquiera un apretón de manos. Sólo es una sucesión interminable de miradas, en su oficina, durante las clases. Tan pronto como abro la boca para decir algo, su mirada se enternece y alaba todo lo que digo hasta el punto en que otros alumnos intercambian miradas de irritación, como diciendo *Ya estamos otra vez*. Todo esto me resulta familiar, una trayectoria que recuerdo tan bien que tengo que apretar los puños para impedirme devorarlo cuando estamos a solas. Me digo a mí misma que está todo en mi cabeza y que así es como los profesores normales tratan a sus mejores alumnos, con cierta atención especial, nada por lo que preocuparse. Lo que pasa es que soy una depravada con la mente tan invadida por Strane que confundo un favoritismo inocente con un interés sexual. Aunque, entonces, ¿grabarme un CD? ¿Pedirme que vaya todos los días a su oficina? No me parece normal, no a mi cuerpo, y mi cuerpo sabe lo que pasa aunque mi mente esté confusa. A veces pienso que está esperando a que yo dé el primer paso, pero no tengo el valor que tenía a los quince, le tengo miedo al rechazo y, además, no me está dando suficiente, no hay palmaditas en la rodilla ni hojas comparadas a mi pelo. Mi actitud más descarada: ir un día sin sujetador con un top de seda, pero luego me da asco cuando me mira. Entonces, ¿qué es lo que quiero? No lo sé, no lo sé.

A altas horas de la noche, cuando voy demasiado borracha para censurarme, enciendo la portátil, escribo la dirección de Browick en el navegador y abro los perfiles del profesorado. Penélope Martínez se graduó por la Universidad de Texas en 2004, lo que significa que tiene veinticuatro años. Esa es la edad que tenía la Srta. Thompson cuando Strane y ella hicieron lo que sea que hicieran. ¿Por qué, en aquel momento, a nadie le pareció mal una chica de veinticuatro años y un hombre de cuarenta y dos? «Chica» porque, por aquel entonces, era más como una chica que como una mujer, con sus gomas elásticas y sudaderas. Penélope también parece una chica: lustrosos cabellos negros, nariz de botón y hombros delgados. Se ve fresca y juvenil, el tipo de Strane. Me lo imagino paseando a su lado por el campus, las manos agarradas a su espalda, haciéndola sonreír. Me pregunto qué haría si intentara tocarla. Qué hizo la primera vez que Henry la tocó. No sé cuándo empezaron pero, en todo caso, él era una década mayor, manos grandes y torpes, aliento cálido bajo la barba.

Una tarde, el teléfono de Henry suena cuando estamos hablando en su oficina. Sé que es ella tan pronto como contesta. Me da la espalda, responde escuetamente a sus preguntas, cierta incomodidad en su voz que me hace sentirme como una intrusa pero, cuando me levanto para irme, levanta una mano y vocaliza, *Espera.*

—Tengo que colgar —dice, exasperado, al teléfono—. Estoy con una alumna. —Cuelga sin despedirse y lo siento como un triunfo.

Nunca ha aclarado que sea su esposa y no una «amiga». Nunca la menciona, ¿por qué iba a hacerlo? ¿Por qué no? No hay rastro de ella, ni anillo de casado, ni fotografía en su oficina. A lo mejor es mala con él, a lo mejor es aburrida, a lo mejor él es infeliz. A lo mejor, desde que me conoció, ha habido momentos en que ha pensado, *Debería haber esperado.* Me obligo a pensar en ella porque parece lo más moral, pero sólo es una figura borrosa en la periferia. Penélope. Me pregunto si Henry la llama así o con un mote. Miro de nuevo su perfil de profesora en Browick, me imagino la posibilidad de que esté hablando con Strane en el mismo momento en que estoy hablando con Henry. Strane, que llama y llama, que dice que me necesita, que este silencio administrativo es cruel y está fuera de lugar. A lo mejor mi abandono lo está haciendo sentirse tan solo que ha tenido que recurrir a flirtear con la joven y guapa consejera. Estoy segura de que es fácil hablar con ella, más de lo que nunca fue hablar conmigo. Me la imagino escuchándolo despotricar con una sonrisa firme y paciente. La oyente perfecta. Eso le encantaría. Mi cerebro continúa con la fantasía hasta el punto en que casi olvido dónde tengo la cabeza: Strane haciendo reír a Penélope a la vez que hago reír a Henry; Henry en casa, despierto hasta tarde en la sala, escribiéndome un correo a la vez que Penélope está escribiéndole a Strane en su habitación.

Sin embargo, siempre termino volviendo a la dura realidad: Henry tiene que saber que lo dejaría tocarme y, sin embargo, nunca lo intenta. Sé que ese es el detalle más importante. Invalida todo lo demás.

13 de febrero de 2007

   Han pasado seis semanas desde que hablé con S., cuando me dijo que había gente que iba a por él y que uno de sus enemigos podría intentar ponerse en contacto conmigo. Le juré lealtad y me mantendré firme en ella para siempre (¿qué alternativa hay? ¿Entregarlo? Impensable), pero desde aquella noche en su casa, no he sido capaz de soportarlo. Tengo el buzón lleno de mensajes. Quiere llevarme a cenar, quiere saber cómo me va, quiere verme, me quiere a mí. Escucho algunos segundos de cada uno y después lanzo el teléfono por la habitación. Es la primera vez que me persigue de verdad. No es casual que ocurra después de la confesión de un mal comportamiento por su parte.

   No me atrevo a escribir lo que hizo, aunque mi actitud evasiva haga que su acción parezca terrible. No es que haya matado a nadie. Ni siquiera le ha hecho daño de verdad a nadie, aunque «hacer daño» es algo muy subjetivo. Pensemos en todo el dolor que infligimos inconscientemente. Ni siquiera dudamos en matar a un mosquito en nuestro brazo.

Después de clase, Henry quiere preguntarme algo.

—Pensé en enviarte un correo —dice—, pero he creído que sería mejor hacerlo en persona. —Cuando llegamos a su oficina, cierra la puerta. Se frota la cara, respira hondo—. Esto es incómodo —dice.

—¿Debería estar nerviosa? —pregunto.

—No —dice rápidamente—. O, no lo sé. Es sólo que me

ha llegado un rumor sobre tu antigua escuela, algo sobre un profesor de Literatura que se propasó con una alumna. He oído la historia de terceros, no sé nada factualmente, pero he pensado que... bueno. No sé qué pensar.

Trago saliva.

—¿Te ha dicho eso tu amiga? ¿La que trabaja allí?

Asiente.

—Ha sido ella, sí.

Dejo una larga pausa, tiempo más que suficiente como para que me diga la verdad.

—Supongo que me siento algo responsable —dice—, sabiendo lo que sé.

—Pero no tienes que meterte. —Me mira sorprendido y agrego—: No lo digo con mala intención. No tienes que preocuparte por eso. No es tu problema. —Intento sonreír como si mi garganta no estuviera cerrada como un puño, cortándome la respiración. Me imagino a Taylor Birch llorando en un sofá, confesándole a Penélope, la empática consejera: «El señor Strane me ha tocado, por qué lo ha hecho, por qué no vuelve a hacerlo», pero mi cerebro se va lejos y acaba de vuelta en la oficina de Strane. El silbido del radiador, los cristales de espuma de mar—. Además, es un internado. Hay rumores como éste constantemente. Si tu amiga acaba de llegar, todavía no sabe qué tomar en serio y qué no. Ya aprenderá.

—Lo que me ha contado suena bastante serio —dice Henry.

—Pero me has dicho que lo sabes de terceros —digo—. Yo sé lo que pasó de verdad, ¿entiendes? Me lo contó. Dijo que lo único que hizo fue tocarle la pierna.

—Oh —dice Henry, sorprendido—. No creía que... Quiero decir, no me había dado cuenta... ¿sigues en contacto con él?

Se me seca la boca cuando me doy cuenta de mi paso en falso. Una buena víctima no seguiría en contacto con su violador. El hecho de que Strane y yo todavía estemos en contacto pone en tela de juicio todo lo que le he contado a Henry.

—Es complicado —le digo.

—Claro —dice—. Por supuesto.

—Porque lo que me hizo no fue una violación violación.

—No tienes por qué darme explicaciones —dice.

Nos quedamos en silencio, yo miro al suelo y él me mira a mí.

—De verdad, no tienes de qué preocuparte —le digo—. Lo que le ha pasado a esa chica no se parece en nada a lo que me pasó a mí.

Dice que de acuerdo, que me cree, y olvidamos el asunto.

La primera semana de marzo, me llega por correo un sobre de papel de manila con la letra de Strane. Dentro, hay una carta de tres páginas y un montón de documentos grapados: una fotocopia de la declaración que firmamos el día en que nos descubrieron, fechada el 3 de mayo de 2001; notas manuscritas de la reunión que tuvieron él y la Sra. Giles con mis padres; un poema sobre una sirena y una isla llena de marineros naufragados que sólo recuerdo vagamente haber escrito; una copia del documento de dimisión de clases con mi firma abajo; una carta sobre mí, Strane y nuestra presunta aventura, dirigida a la Sra. Giles y escrita con una caligrafía que no reconozco hasta que veo el nombre del firmante: Patrick Murphy, el padre de Jenny, la carta con la que empezó todo.

Pongo todos los documentos sobre la cama, un papel tras otro. En la carta dirigida a mí, Strane escribe:

Vanessa:

Las cosas no van bien por aquí. No sé cómo tomarme tu silencio, si intentas decir algo no diciendo nada, si estás enojada, si quieres castigarme. Deberías saber que ya me estoy castigando lo suficiente.

El lío del acoso sigue adelante. Tengo la esperanza de que se solucione pronto, pero podría empeorar antes de mejorar. Todavía cabe la posibilidad de que alguien intente ponerse en contacto contigo para usarte contra mí. Espero que todavía pueda contar contigo.

Tal vez soy estúpido dejando esto por escrito. El poder que tienes sobre mi vida es inmenso. Me pregunto cómo debe ser vivir tu vida, hacerte pasar por una estudiante universitaria normal, sabiendo que podrías destruir a un hombre con una sola llamada. Pero todavía confío en ti. No enviaría una carta incriminatoria si no lo hiciera.

Mira los documentos que te he adjuntado, el desastre de hace seis años. Fuiste muy valiente entonces, más guerrera que niña. Fuiste mi Juana de Arco, negándote a rendirte incluso cuando las llamas te lamían los pies. ¿Existe todavía ese coraje en ti? Lee estos papeles, la prueba de cuánto me querías. ¿Te reconoces en ellos?

Transcribo la carta y la publico en mi blog sin contexto o explicación excepto, al final de la publicación, en mayúsculas: ¿PUEDEN IMAGINAR CÓMO SERÍA ENCONTRAR ESTA CARTA EN EL BUZÓN? Una pregunta retórica que no dirijo a nadie, o a nadie en particular. Rara vez recibo comentarios en mis publicaciones, no tengo lectores habituales pero, a la mañana siguiente, me levanto con un comentario anónimo, dejado a las 2:21 a.m.: Expúlsalo de tu vida, Vanessa. No te mereces esto.

Borro la publicación, pero empiezan a aparecer más comentarios, siempre en mitad de la noche, esperándome por la mañana. Una crítica verso a verso cuando cuelgo el borrador de un poema; *Hermosa* en respuesta a una serie de selfis. Respondo ¿Quién eres? Pero nunca me contesta. Tras esto, los comentarios dejan de llegar.

Desde el quicio de la puerta de mi habitación, Bridget pregunta:

—¿Vienes?

Es el primer día de las fiestas de primavera, una semana de borracheras diurnas y saltarse las clases. Esta tarde, hay una fiesta en el muelle.

Levanto la mirada de la portátil.

—Mira esto. —Giro la pantalla, y le muestro la última foto de Taylor Birch: una selfi en primer plano, con el mentón hacia abajo y los ojos pintados con delineador negro. Ante la falta de respuesta de Bridget, añado—: Es la chica que lo está acusando.

—¿Y?

—Es ridícula —me burlo—. ¡La cara que pone! Tengo ganas de comentar y decirle que anime esa cara.

Bridget me mira largamente con los labios fruncidos. Finalmente, dice:

—Vanessa, es una niña. —Aparto la portátil de ella, con las mejillas ardiendo—. No deberías mirar tanto su página —dice—. Sólo te pondrá peor. —Cierro de un golpe la pantalla—. Y burlarte de ella me parece cruel.

—Ya, lo he entendido —le digo—. Gracias por la contribución.

Me mira salir de la cama y andar pesada por la habitación, revolviendo las pilas de ropa en el suelo.

—Entonces, ¿vienes? —pregunta.

Sólo estamos a dieciocho grados pero, para ser abril en Maine, eso es como si fuera verano. Hay cajas de cerveza apiladas en el muelle, perritos calientes cocinándose en pa-

376 Kate Elizabeth Russell

rrillas portátiles. Las chicas toman el sol con el sujetador del bikini y tres chicos en pantalones cortos se suben a las rocas de granito rosa y se meten hasta las rodillas en el agua helada. Bridget encuentra una bandeja de chupitos de gelatina y nos bebemos tres cada una, sorbiéndolos entre los dientes. Alguien me pregunta sobre mis planes después de la graduación y me encanta tener una respuesta:

—Seré la asistente de Henry Plough mientras preparo las solicitudes de posgrado. —Al escuchar el nombre de Henry, una chica se da vuelta y me toca el hombro: Amy Doucette, del seminario.

—¿Estás hablando de Henry Plough? —pregunta. Está borracha, sus ojos vagan de un lado a otro—. Dios, es súper atractivo. No físicamente, claro, sino intelectualmente. Me encantaría abrirle su cabeza y darle un bocado a su cerebro. ¿Sabes? —Se ríe, me golpea el brazo—. Vanessa sabe de qué hablo.

—¿Qué se supone que quieres decir con eso? —le pregunto, pero ya se ha ido, y ahora le presta atención a una enorme sandía que están abriendo como ella querría hacer con el cráneo de Henry.

—Le han vaciado dos botellas de vodka dentro —dice alguien. Nadie tiene un cuchillo o platos, así que la gente arranca puñados de sandía con las manos, zumo alcohólico goteando por el muelle.

Agarro una lata de cerveza tibia y observo las olas a través de los huecos entre las tablas de madera. Bridget se acerca con un perrito caliente en cada mano y me ofrece uno. Cuando niego con la cabeza y digo que me voy, deja caer los hombros.

—¿Por qué no puedes divertirte por una vez en la vida? —pregunta, pero ve el dolor en mi rostro y entiende que ha ido demasiado lejos. Mientras me alejo, la oigo decir—: ¡Iba en broma! ¡Vanessa, no te enfades!

Primero, pensaba ir a casa, pero la idea de pasar otra tarde borracha en la cama me hace cambiar bruscamente de rumbo hacia el edificio de Henry, sabiendo que pasa los lunes por la tarde en el campus. Tengo todo su horario memorizado: cuándo está en el campus, cuándo está en clase y cuándo está en su oficina, probablemente solo.

La puerta está entreabierta, su oficina vacía. En el escritorio, hay una pila de trabajos y su laptop abierto de par en par. Me imagino sentándome en su silla y abriendo los cajones del escritorio, revisando todo lo que hay dentro.

Me encuentra de pie junto a su escritorio.

—Vanessa.

Me doy la vuelta. Está cargado con un montón de cuadernos, libretas de alumnos de la clase de Redacción, lo que más odia calificar. Sé mucho de él. No es normal saber tanto.

Mientras coloca las libretas sobre el escritorio, me hundo en la otra silla y apoyo cabeza en las manos.

—¿Te ha pasado algo? —pregunta.

—No, sólo estoy borracha. —Levanto la cabeza y veo una sonrisa en su cara.

—¿Te emborrachas y tu instinto te dice que vengas aquí? Me halagas.

Gimo, presiono las manos contra mis ojos.

—No deberías ser amable conmigo. Me estoy comportando de manera inapropiada.

En su expresión, veo que le ha dolido. No tendría que haber dicho eso. Sé mejor que nadie que verbalizar demasiado lo que estamos haciendo puede arruinarlo todo.

Me meto la mano en el bolsillo, saco mi teléfono, lo aguanto para que lo vea y le muestro todas las llamadas perdidas.

—¿Ves esto? Estas son todas las veces que me ha llamado. No me deja en paz. Me estoy volviendo loca.

No le digo a quién me refiero porque no hace falta. Probablemente, no pueda evitar pensar en Strane cada vez que me mira. Me pregunto si se han visto alguna vez. Me los he imaginado estrechándose la mano, rastros de mí en el cuerpo de Strane transmitidos a Henry, lo más cerca que habría estado de su cuerpo.

Henry mira fijamente el teléfono.

—Te está acosando —dice—. ¿Puedes bloquear su número?

Niego con la cabeza, aunque no tengo idea. Es probable que pueda, pero quiero que las llamadas sigan llegando. Son el aliento en mi nuca. También sé que la simpatía de Henry depende de que yo haga y quiera las cosas correctas, de que tome todas las medidas posibles para protegerme.

—¿Quieres saber lo que es acoso? —digo—. Hace unas semanas, me envió un montón de papeles. Todo eran documentos de cuando me expulsaron de Browick...

—¿Qué? —Henry me mira boquiabierto—. No sabía que te habían expulsado.

¿Otra mentira? Técnicamente, me fui voluntariamente, incluso había una copia del formulario de dimisión de clases en el sobre que me envió Strane, pero suena más cercano a la verdad decir que me expulsaron, porque no fue mi decisión, aunque fuera mi culpa.

Me oigo empezar a contar la historia, cómo cargué con la culpa para que Strane no fuera a la cárcel, las reuniones y la vez que tuve que presentarme ante una sala llena de gente para llamarme a mí misma mentirosa, y contestar a las preguntas como si se tratara de una conferencia de prensa. A medida que hablo, la boca de Henry se descuelga, emana compasión y, cuanto más afectado parece, más quiero hablar. Gano inercia, una nueva honradez, la sensación de que viví algo horrible, un desastre tan duro que me partió la vida por la mitad. Y ahora, sufriendo las secuelas de la supervivencia, tengo ganas de contar mi historia. ¿No debería poder hacerlo si quiero? Incluso si manipulo la verdad y omito ciertos detalles, ¿no merezco reconocer lo que me hizo Strane en la compasión de otra persona?

—¿Por qué haría esto? —pregunta Henry—. ¿Está pasando algo ahora como para que te envíe todo eso?

—Lo he estado ignorando —digo—, por lo que está pasando.

—¿La denuncia contra él?

Asiento.

—Tiene miedo de que lo delate.

—¿Te planteas hacerlo? —pregunta.

No contesto, que es lo mismo que decir que no. Jugueteando con el teléfono entre las manos, digo:

—Seguro que crees que soy una mala persona.

—No creo eso.

—Todo es muy complicado.

—No necesitas darme explicaciones.

—No quiero que pienses que soy una egoísta.

—No lo pienso. A mis ojos, eres muy fuerte, ¿entendido? Eres muy fuerte, tremendamente fuerte.

Dice que Strane está mentalmente enfermo. Dice que el paquete es una bomba. Dice que lo que me ha enviado Strane es una tortura sin sentido para intentar controlarme, hacer que me sienta de nuevo como una chica de quince años, que lo que me hizo y sigue haciéndome es intolerable. Cuando Henry dice esto, veo un cielo blanco desolado y una extensión interminable de tierra quemada, una silueta apenas visible tras un muro de humo, a Strane repasando venas azules sobre piel pálida, motas de polvo arremolinándose bajo el débil sol de invierno.

—Nunca lo delataré —le digo—, no importa lo malo que sea.

Las facciones de Henry se suavizan, se vuelven suaves y muy, muy tristes. En ese momento siento que, si fuera hacia él, me dejaría hacer lo que quisiera. No se negaría. Está tan cerca que puedo tocarlo, su rodilla en dirección hacia mí, esperando. Imagino sus brazos abriéndose a mí, llamándome. Mis labios a pocos centímetros de su cuello, su cuerpo estremeciéndose cuando poso los labios en él. Me dejaría. Me dejaría hacer lo que quisiera.

No me muevo; suspira.

—Vanessa, estoy preocupado por ti —dice.

El viernes antes de las vacaciones de primavera, Bridget llega a casa con una gatita tricolor de ojos verdes envuelta en una toalla. La barriga llena de pulgas y la cola torcida.

—La he encontrado en el callejón junto al contenedor de basura de la tienda de *bagels*.

Llevo los dedos al morro de la gatita y dejo que me muerda el pulgar.

—Huele a pescado.

—Tenía la cabeza en una lata de salmón ahumado.

Le damos un baño y la llamamos Minou. Al atardecer, vamos al Wal-Mart de Ellsworth a comprar una caja de arena y comida de gato, arropando a la gatita en una bolsa de tela que Bridget se cuelga del hombro porque no nos atrevemos a dejarla sola. En el camino de vuelta, con Minou maullando en mi regazo, empieza a sonarme el teléfono: es Strane.

Bridget ríe cuando rechazo la llamada por cuarta vez consecutiva.

—Eres malísima —dice—. Casi me da lástima.

El teléfono vibra con un nuevo mensaje de voz y Bridget ahoga un grito sarcásticamente. Estamos tan entusiasmadas con la gatita que todo es motivo de risa, podríamos decirnos las cosas más incómodas una a otra e igualmente nos causaría risa.

—¿Ni siquiera vas a escucharlo? —dice ella—. Podría ser una emergencia.

—Te prometo que no lo es.

—¡No lo sabes! Escúchalo.

Para demostrarle que tengo razón, lo escucho en altavoz, esperando que me suplique con la voz rota que le devuelva la llamada, molesto porque no ha sabido nada de mí, ¿recibí el paquete que me envió? En su lugar, me encuentro con un muro de ruidos distorsionados, viento y crujidos superpuestos con su voz enojada:

—Vanessa, voy de camino a tu apartamento. Atiende el puto teléfono. —Luego, un clic, fin del mensaje.

Con cuidado, Bridget dice:

—Eso suena a emergencia.

Marco su número y contesta en medio timbre.

—¿Estás en tu casa? Estoy a media hora.

—Sí —le digo—. O no. No estoy en casa ahora mismo. Hemos adoptado una gatita. Hemos tenido que comprarle una caja de arena.

—¿Qué has hecho qué?

Niego con la cabeza.

—Nada, olvídalo. ¿Por qué vienes?

Ladra una risotada.

—Creo que ya sabes por qué.

Bridget me lanza una mirada, con los ojos yendo de mí a la carretera y luego de vuelta a mí. Iluminada por el tablero del coche, veo que vocaliza, ¿*todo bien*?

—No, no sé por qué —le digo—. No tengo idea de qué está pasando. Pero no puedes decidir presentarte...

—¿Ya te ha contado él lo que ha pasado?

Mis ojos escudriñan el parabrisas, el túnel que forman las farolas a lo largo de la oscura carretera. Siento un pinchazo en la nuca por la forma en que Strane ha escupido ese «él».

—¿Quién?

Strane ríe otra vez. Puedo verlo, la mirada endurecida, la mandíbula apretada y una amarga rabia que sólo he visto dirigida a otros. La idea de esa ira focalizada en mí es como tierra suelta que cede bajo mis pies.

—No te hagas la tonta —dice—. Estaré ahí en diez minutos.

Intento señalar que acaba de decir que está a media hora, pero ya ha colgado, la pantalla muestra el LLAMADA TERMINADA. A mi lado, Bridget pregunta:

—¿Estás bien?

—Va de camino al apartamento.

—¿Por qué?

—No lo sé.

—¿Ha pasado algo?

—No lo sé, Bridget —grito—. Estoy segura de que has oído toda la puta conversación. No ha sido precisamente generoso con los detalles.

Conduce en silencio, la camaradería relajada ha sido succionada fuera del vehículo. Desde mi regazo, Minou maúlla, lastimeros ruiditos que sólo enfadarían a un monstruo; pero eso es lo que debo ser porque lo único que quiero es agarrar la cara de la gatita y gritarle, también a Bridget, a todos, para que se callen un segundo y me dejen pensar.

Bridget me dice que saldrá esta noche para que Strane y yo podamos tener el apartamento para nosotros. En realidad, está claro que lo que quiere es alejarse de mí y de mi viejo novio raro y de las nubes de tormenta que siempre cuelgan sobre mí. Es como lo que le oí decirle a un chico que se trajo a casa hace un par de semanas:

—Oh, Vanessa siempre está en modo crisis, es el tipo de chica que atrae el drama.

Cuando se va, me siento en el sofá, Minou en mis rodillas y mi portátil sobre la mesa de café. Cada pocos minutos, actualizo la página como si fuera a aparecer un correo explicando todo esto. Cuando oigo la puerta del edificio abrirse y las fuertes pisadas subiendo las escaleras, empujo a Minou y agarro mi teléfono. Golpea en la puerta del apartamento, la gatita desaparece tras el sofá y mi pulgar acaricia el teclado, la idea de llamar a emergencias tan fantasiosa como la de que me vaya a llegar un correo de Henry a mi bandeja de entrada. Llamar no arreglaría nada. Pedir ayuda implicaría contestar las preguntas sin respuesta del operador, pedirme que explique lo inexplicable. «¿Quién es ese hombre golpeando la puerta de su apartamento?», «¿De qué lo conoce?», «¿Qué relación tienen exactamente?», «Necesito que me lo cuente todo, señorita.». Mis opciones: vadear a través de los siete años de este lodazal y ponerme en manos de un tercero escéptico que puede que ni siquiera me crea o abrir la puerta y esperar que no vaya muy mal.

Cuando lo dejo entrar, está sin aliento y se dobla tras atravesar la puerta, las manos apoyadas en los muslos, cada respiración un silbido. Doy un paso hacia él, preocupada por que esté a punto de desplomarse. Él levanta una mano.

—No te acerques a mí —dice.

Se endereza, arroja su abrigo sobre la butaca de mimbre, mira a su alrededor hacia las toallas sucias que asoman por la puerta del baño, al cuenco con costra de macarrones con queso sobre la mesa de café. Va hacia la cocina y abre los armarios.

—¿No tienes ni un vaso limpio? —pregunta—. ¿Ni uno?

Señalo la pila de vasos de plástico en la encimera y me lanza una mirada furiosa —*niña derrochadora y perezosa*—. Llena uno de agua del grifo. Lo miro beber, contando los segundos hasta que se recargue su ira pero, cuando vacía el vaso, se apoya en la encimera, desanimado.

—¿De verdad no sabes por qué he venido? —pregunta.

Niego con la cabeza bajo su atenta mirada. No lo he visto desde Navidad, cuando me habló de Taylor Birch. A lo largo de estos meses ha habido un cambio en él, su cara está, en cierta forma, alterada. Busco hasta que lo encuentro: las gafas. Ahora las lleva sin montura, son casi invisibles. Siento una punzada en el corazón al pensar que ha cambiado algo tan integral sin decírmelo.

—Vengo directamente de un evento de profesores de Browick —dice—. O una recaudación de fondos. Mierda, no sé ni qué era. Ni siquiera pensaba ir. Sabes que odio esas cosas, pero he pensado que otra noche más en casa acabaría conmigo. —Suspira, se frota los ojos—. Estoy harto de que me traten como a un leproso.

—¿Qué ha pasado?

Deja caer la mano.

—Estaba sentado con algunos colegas, Penélope entre ellos. —Escudriña mi rostro en busca de una reacción, y se da cuenta de cómo contengo la respiración—. ¿Ves?, ya sabes lo que voy a decir. No te hagas la tonta conmigo. No lo hagas... —Da un golpe con las manos contra la encimera y avanza bruscamente hacia mí con las manos extendidas como si fuera a agarrarme por los hombros, pero se detiene en seco y cierra los puños.

Las cortinas están abiertas de par en par y tengo el reflejo de protegernos inculcado tan profundamente en mí que sólo puedo puedo pensar en eso, en que alguien podría pasar, mirar en nuestra dirección y tener una perspectiva clara de nosotros. Cuando me acerco a cerrar las persianas, me agarra del brazo.

—Le has dicho a su marido —dice—, a tu profesor... Le has dicho que te violé.

Me suelta de un empujón. No es para tanto, pero tiene la fuerza suficiente como para que trastabille hacia atrás contra la papelera que debería estar debajo del fregadero, pero que lleva no sé cuanto tiempo en mitad de la cocina. Me caigo y la campana del extractor retumba como en los días de viento. Strane no se mueve mientras intento ponerme en pie. Me pregunta si me ha hecho daño.

Niego con la cabeza.

—Estoy bien —le digo, aunque creo que me he hecho daño en el coxis. Miro de nuevo hacia la ventana, hacia la absorta audiencia de testigos que imagino afuera en la oscuridad—. ¿Por qué te hablaba de mí? La esposa. Penélope.

—Ella no ha dicho nada de ti. Ha sido su marido. Sí, su marido, que me ha fulminado con la mirada durante hora y media y luego me ha seguido al baño...

Hay un punto de inflexión en mí, un *shock* repentino.

—¿Henry estaba ahí? ¿Lo has conocido?

Strane queda quieto, sorprendido por cómo digo el nombre del otro hombre, la forma en que lo exhalo, como un suspiro después del sexo. Su rostro, por un momento, se debilita.

—¿Qué te ha dicho? —pregunto.

Con eso, se endurece de nuevo, ceño fruncido y ojos brillantes.

—No —dice rotundamente—. Yo hago las preguntas aquí. Dime por qué lo has hecho. Por qué te sentiste obligada a decirle a un hombre cuya esposa trabaja en la oficina contigua a la mía que te violé. —Su voz se atraganta en *violé*, la palabra tan repulsiva que le produce arcadas—. Dime por qué lo has hecho —dice.

—Estaba tratando de explicar lo que pasó cuando me fui de Browick. No lo sé. Simplemente salió.

—¿Por qué ibas a tener que explicarle eso?

—Dijo algo sobre haber enseñado en una escuela preparatoria, le dije que había ido a una y me dijo que tenía una amiga que trabaja en Browick. Surgió de manera natural, ¿sabes? No es como si hubiera ido a contárselo expresamente.

—¿Así que alguien menciona a Browick y tú empiezas a

hablar inmediatamente de violación? Por el amor de Dios, Vanessa, ¿qué pasa contigo?

Me repliego a mi interior mientras sigue hablando. ¿Acaso no entiendo lo que ese tipo de acusación podría acarrearle? Es una calumnia, literalmente un crimen, suficiente como para hundir a cualquier hombre, eso sin contar con que ya está pendiente de un hilo. Si las personas equivocadas oyeran eso, estaría acabado, en la cárcel para el resto de su vida.

—Y tú lo sabes. Eso es lo que no entiendo. Sabes lo que una acusación podría hacer conmigo, y aun así... —Levanta las manos—. No me cabe en la cabeza, lo manipuladora que hay que ser, lo cruel.

Quiero defenderme, sólo que no sé si nada de lo que dice es incorrecto. Incluso si la primera vez la palabra se me escapó por accidente, nunca la corregí. Seguí con la mentira, mostrándole a Henry los papeles de Browick, dejando que llamara a Strane «mentalmente enfermo», que dijera que era intolerable, todo porque preferí mostrarme herida y delicada, una chica merecedora de cariño. Pero también pienso en las notas que Strane escribió para cubrirse las espaldas. No tenía ni idea entonces, haciendo lo que podía para seguir sus normas, y no tuvo inconveniente en pintarme como una chica emocionalmente desequilibrada enamorada de él, sabiendo lo que eso me acarrearía. Si soy manipuladora y cruel, él también lo es.

Le pregunto:

—¿Por qué tardaste meses en contarme lo que pasó con esa chica?

—No —dice Strane—. No intentes darle la vuelta a esto.

—Pero es por eso, ¿no? Estás enojado porque ya tenías un problema por manosear a otra chica...

—¿Manosear? Por el amor de Dios, qué palabra.

—Así se le llama a tocar a una niña.

Agarra el vaso de plástico, abre el grifo.

—No vale la pena hablar contigo cuando estás así, decidida a pintarme como un villano.

—Lo siento —le digo—, es bastante difícil de evitar.

Bebe, se limpia la boca con el dorso de la mano.

—Tienes razón. Es fácil convertirme en el malo. Es la cosa más fácil del mundo. Pero la culpa es tan tuya como mía. A menos que te hayas convencido de verdad de que yo te violé.

—Arroja el vaso medio lleno en el fregadero y se apoya contra la encimera—. Violada mientras te retorcías de placer. No digas estupideces.

Aprieto los puños, me clavo las uñas, intentando que mi cerebro se quede en la habitación, en mi cuerpo.

—¿Por qué no querías tener hijos?

Se da la vuelta.

—¿Qué?

—Tenías unos treinta años cuando te hiciste la vasectomía. Eras muy joven.

Parpadea, tratando de recordar si alguna vez me dijo qué edad tenía cuando se operó, cómo iba yo a saberlo esto si nunca me lo ha contado.

—Vi tu historial médico —le digo—. Cuando trabajé en el hospital durante la escuela secundaria, encontré tus archivos. —Empieza a moverse hacia mí—. Las notas del médico decían que estabas convencido de no querer tener hijos.

Se acerca y me acorrala en mi habitación.

—¿Por qué me preguntas esto? —pregunta—. ¿Qué estás insinuando?

En mi habitación, mis piernas chocan contra un lado de la cama. No quiero decirlo. No sé cómo. No es una única pregunta, más bien una neblina de cosas innombrables: el no entender por qué tocó a otra chica como me había tocado a mí si no la deseaba igual que a mí. Por qué le temblaron las manos cuando me dio el pijama de fresas, por qué parecía que al dármelo me estaba revelando algo que había pasado su vida tratando de ocultar. Cuando me pidió que lo llamará papi al teléfono, parecía una de sus pruebas. Lo hice porque no quería fallar, no quería ser estrecha de mente o escandalizarme y, después, me colgó tan pronto como pudo, como si hubiera revelado demasiado de sí mismo. Aquella noche, sentí cómo él exudaba vergüenza, se coló a través del teléfono dentro de mí.

—No me conviertas en un monstruo porque estés buscando una salida —dice—. Tú sabes que no lo soy.

—No sé lo que sé —le digo.

Me recuerda lo que he hecho. No es justo pensar que soy inocente en todo esto. Soy la que regresó, apareciendo en su puerta tras dos años separados. Pude haberme olvidado de él y haber seguido con mi vida.

—¿Por qué volviste si te hice daño? —pregunta.

—No sentía que hubiera terminado —le digo—. Todavía me sentía atada a ti.

—Pero no te animé a ello, ni siquiera cuando me llamaste. ¿Te acuerdas? Tu vocecita salía del contestador automático y me quedé ahí sin permitirme hacer nada.

Empieza a llorar como si le hubieran dado una señal, con los ojos rojos y llenos de lágrimas.

—¿No te traté con cuidado? —pregunta—. ¿Siempre asegurándome de que estuvieras bien?

—Sí —le digo—, me trataste con cuidado.

—Luché contra eso. No tienes idea de cuánto. Pero estabas totalmente segura de ti misma. Sabías lo que querías. ¿Te acuerdas? Me pediste que te besara. Intenté estar seguro de que de verdad lo querías. Te molestó, pero aun así me aseguré.

Las lágrimas corren por sus mejillas y desaparecen en su barba. Intento mantenerme firme ante el enternecimiento de verlo llorar.

—Me diste permiso —dice.

Asiento.

—Sé que lo hice.

—Entonces, ¿cuándo te violé? Dime, ¿cuándo? Porque lo he estado... —Le tiembla la respiración, se frota los ojos—. Lo he estado intentando y no logro entenderlo...

Caemos sobre la cama y hunde la cara en mí, trabajosos y húmedos suspiros contra mi pecho, hasta que se le pasa la tristeza y otro sentimiento toma el control: sus labios suben por mi cuello, sus manos se cuelan bajo mi vestido. Dejo que haga lo que quiera —desnudarme, estirarme en la cama—, aunque todo lo que toca, duele. Me separa las piernas y hunde la cara entre ellas. Mis ojos se llenan de lágrimas que caen por mis mejillas. Mi cumpleaños es en dos días. Cumpliré veintidós. Siete años de mi vida definidos por esto. Cuando mire atrás, no veré nada más.

En mitad de todo esto, oigo cómo se abre la puerta del edificio y dos pares de pisadas fatigosas suben las escaleras. Oigo la risa de Bridget inundar la escalera, el ruido de un tropiezo.

—¿Estás bien? —pregunta un chico desde la puerta abierta del apartamento—. ¿Necesitas que te lleve en brazos?

—Estoy borrachísima —dice Bridget. Su risa llena la sala—. ¡Estoy borracha, borracha, borracha!

Se oye el ruido de llaves contra el suelo, al chico seguirla a su habitación, un portazo. Intento aferrarme al ruido de su risa, pero pone la música tan alta que no podrían oírme ni aunque gritara.

Mientras Strane se ocupa de mí, otra parte de mí sale de la habitación y vaga hasta la cocina, donde el vaso del que ha bebido yace tirado en el fregadero. El grifo gotea, la nevera zumba. La gatita entra desde la sala buscando cariño. De pie junto a la ventana, la parte de mí que ha huido toma a la gatita entre sus brazos y mira hacia la calle tranquila de abajo. Ha empezado a llover, el brillo anaranjado de una farola ilumina la cortina de agua y la parte rota de mí la observa caer, tarareando en voz baja para no escuchar el ruido que sale de la habitación. De vez en cuando, aguanta la respiración y presta atención para saber si ha terminado. Cuando oye el chirrido metálico del somier de la cama, el choque de piel contra piel, se aferra a la gatita y se vuelve hacia la lluvia.

Por la mañana, Strane baja a la tienda de *bagels* a buscar café. Me siento en la cama con la taza humeante entre las manos y la mirada perdida, mientras me cuenta con todo lujo de detalles todo lo que pasó en el evento de Browick: padres, antiguos alumnos, profesores, bebiendo vino y comiendo entremeses en el auditorio. Se había fijado en que Henry lo fulminaba con la mirada, pero no le prestó atención hasta que fue a mear y se encontró a Henry esperándolo en el pasillo a la salida, como un borracho buscando pelea en un bar.

—Me dijo que tenemos una alumna en común —dice—. Y entonces dijo tu nombre. Dijo que sabía que te estaba acosando y me empujó contra la pared. Dijo que sabía lo que te hice. Me llamó violador. —Después de pronunciar la última palabra, aprieta los labios y respira hondo.

Me llevo el café a los labios e intento imaginar a Henry tan fuera de control.

—Tienes que aclarar las cosas —dice.

—Lo haré.

—Porque si se lo cuenta a su esposa...

—Lo sé —digo—. Le diré la verdad.

Asiente, toma un sorbo de café.

—También debería decirte que sé lo de tu blog.

Parpadeo, al principio no lo entiendo. Dice que lo ha visto en mi portátil. Miro alrededor de la habitación y no lo veo por ninguna parte. Todavía está sobre la mesa de café. ¿Se ha levantado por la noche? No, explica. Fue hace un par de años. Lo sabe desde hace años.

—Sé lo propensa que has sido siempre a la confesión —dice—. Y me pareció una manera inofensiva de satisfacer esa necesidad. Solía mirarlo de vez en cuando, sólo para asegurarme de que no mencionabas mi nombre pero, sinceramente, se me había olvidado hasta hace poco. Debería haberte pedido que lo borraras cuando empezó en diciembre la tontería del acoso.

Niego con la cabeza.

—No puedo creerme que lo supieras y nunca me hayas dicho nada.

Confunde mi incredulidad con una disculpa.

—No pasa nada —dice—. No estoy enojado. —Pero quiere que me deshaga del blog—. Creo que es una petición razonable —dice.

Cuando nos terminamos los cafés, lo sigo a la sala sintiéndome fuera de mi cuerpo, fuera de mi mente. La puerta de Bridget sigue cerrada, es suficientemente temprano como para que todavía falten horas hasta que se despierte. Strane señala a la gatita acurrucada en el sofá.

—¿De dónde ha salido eso?

—Del contenedor de basura en el callejón.

—Ah. Se cierra el abrigo y se mete las manos en los bolsillos—. Sabes, para ser justos, probablemente has tocado una fibra sin querer con ese profesor. Creo que, hasta cierto punto, su reacción ha sido sobre su propio matrimonio. Ahí hay problemas sin resolver.

—¿Qué quieres decir?

—Penélope fue su alumna. De la universidad, no de la escuela, pero da lo mismo. Ella es sólo unos años mayor que tú y él... qué ¿ronda los cuarenta? Creo recordar que me dijo que empezaron cuando ella tenía diecinueve años. Si hubiera estado preparado, le hubiese señalado su hipocresía. Probablemente lo habría callado con eso.

Tal vez, si no acabara de decirme que había sabido lo del

blog durante años, o si no me sintiese tan sucia y magullada de la noche anterior, oír esto me hubiese sorprendido. Pero ahora, estoy tan agotada que me apoyo contra la pared y me río. Me río tanto que me cuesta respirar. Claro que era su alumna. Cómo no.

Strane me mira arqueando las cejas.

—¿Te hace gracia?

Muevo la cabeza sin dejar de reír y digo:

—No, no tiene ninguna gracia.

Lo sigo por la escalera hasta la puerta del edificio y, antes de que salga, le pregunto si todavía está enojado conmigo, por llamarlo violador, por no saber mantener la boca cerrada. Espero un suave chasqueo de su lengua, un beso en la frente. *Claro que no.* En cambio, se para a pensar y dice:

—Más triste que enojado.

—¿Por qué triste?

—Bueno —dice—, porque has cambiado.

Pongo la mano contra la puerta.

—No he cambiado.

—Claro que sí. Ya te quedo pequeño.

—No es verdad.

—Vanessa. —Toma mi cara entre sus manos—. Tenemos que terminar con esto. Al menos por un tiempo. ¿De acuerdo? Esto no es bueno para ninguno de los dos. —Me quedo aturdida, ahí parada, lo dejo sostener mi cara—. Tiene que construirte una vida —dice—. Una que no esté enfocada en mí.

—Has dicho que no estabas enojado.

—No estoy enojado. Mírame, no lo estoy. —Es cierto, no parece enojado, tiene los ojos en calma tras sus gafas sin montura.

Paso las siguientes dos semanas encerrada en mi apartamento, acampada frente al televisor con Minou acurrucada a mi lado. Veo toda la serie de *Twin Peaks* en DVD y luego vuelvo a ver varios episodios una y otra vez. A veces, Bridget la mira conmigo, pero cuando empiezo a rebobinar las escenas de violencia y gritos, en las que el personaje del hombre bueno es poseído por un espíritu sádico que lo obliga a violar y matar adolescentes, se va a su habitación y cierra la puerta.

Durante esas semanas, las noticias hablan de la desaparición en Oregón de una chica de catorce años llamada Katrina. Bonita, blanca y fotogénica, su cara está por todas partes, los titulares se confunde con la serie. «¿Quién secuestró a Katrina?», «¿Quién mató a Laura Palmer?». Ambas fueron vistas por última vez corriendo por sus vidas, desapareciendo en una arboleda de abetos Douglas. El culpable evidente de la desaparición de Katrina es su padre ausente, que tiene un historial de trastorno mental y del que nadie ha sabido nada en semanas. Comparado con la docena de fotos que tienen de Katrina, los medios sólo usan una de su padre, una foto policial en la que se lo ve desaliñado después de ser detenido en un control de alcoholemia. Al final, encuentran a ambos en Carolina del Norte, viviendo en una cabaña sin electricidad ni agua corriente. Cuando arrestan al padre, lo citan diciendo «Me alegro de que por fin esto haya terminado». Más adelante, se desvelan más detalles: lo frágil que se volvió Katrina mientras estaba a la fuga; que, mientras vivían en la cabaña, tuvo que recurrir a comer flores silvestres para sobrevivir. Sola en la sala iluminada por la luz azul del televisor, balbuceo cosas demasiado horribles para los oídos de nadie, que estoy segura de que a una parte de ella le gustaba y quisiera que nunca los hubieran atrapado.

Bridget se aventura fuera de su habitación y me encuentra en el sofá, colocada, tosiendo entre lágrimas. Da de comer a la gata, recoge mis botellas vacías, deja la factura de la luz en la mesa de café, junto con su mitad y un sobre con sello y dirección. Sabe que sucedió algo malo la noche que vino

Strane, pero me da espacio para lidiar con eso por mi cuenta. No pregunta, no quiere saber.

Para: vanessa.wye@atlantica.edu
De: henry.plough@atlantica.edu
Asunto: Ausencia del seminario

Vanessa, ¿estás bien? Te extrañé en clase hoy. Henry

Para: vanessa.wye@atlantica.edu
De: henry.plough@atlantica.edu
Asunto: Preocupado

Estoy empezando a preocuparme. ¿Qué está pasando? Puedes llamarme si te es más fácil que escribir. O podemos vernos fuera del campus. Estoy preocupado por ti. Henry

Para: vanessa.wye@atlantica.edu
De: henry.plough@atlantica.edu
Asunto: Grave preocupación

Vanessa, otra ausencia y voy a tener que ponerte una F o un Incompleto. Preferiría darte un incompleto y que luego decidamos cómo puedes recuperar el trabajo, pero tienes que venir y rellenar un formulario. ¿Puedes venir mañana? No estoy enojado, solo muy preocupado. Por favor, dime algo. Henry

Cuando me presento en su puerta, a Henry se le ilumina la cara.

—Aquí estás. He estado muy preocupado ¿Qué te ha pasado?

Apoyada contra el marco de la puerta, lo miro con desprecio. Esperaba una retahíla de disculpas tan pronto me viera. Es incomprensible que no haya hecho ya la conexión. La noche en Browick fue hace tres semanas, no ha pasado suficiente tiempo como para que la olvide.

Le enseño un formulario de renuncia al curso.

—¿Me firmas esto?

Echa la cabeza hacia atrás, sorprendido.

—Deberíamos hablar de esto primero.

—Me dijiste que voy a suspender.

—Has estado faltando a clase —dice—. Tenía que llamarte la atención de alguna forma.

—¿Así que me has manipulado? Maravilloso. Es genial.

—Vanessa, vamos. —Se ríe como si hubiese dicho una tontería—. ¿Qué te pasa?

—¿Por qué lo hiciste?

—¿Por qué hice qué? —Se balancea sobre la silla de su escritorio, fingiendo que no sabe de qué hablo. Parece un niño atrapado después de haber mentido.

—Lo atacaste. —Deja de balancearse—. Lo esperaste fuera de un baño y lo agarraste...

Se levanta de un salto y cierra la puerta de la oficina dando un portazo. Extiende las manos como si intentara tranquilizarme.

—Mira —dice—, lo siento. Obviamente, no debería haberlo hecho. No tengo excusa. Pero no puede decirse que lo atacara.

—Me dijo que lo empujaste contra la pared.

—¿Cómo iba a hacer eso? Ese hombre es un gigante.

—Me dijo que...

—Vanessa, apenas lo toqué.

Se me hace un nudo en la garganta. *Apenas lo toqué. La toqué. Eso es todo.* Ambos lo reducen a una reacción desproporcionada por mi parte, decidida a retratar a estos hombres como villanos.

A Henry le pregunto:

—¿Por qué nunca me has hablado de tu esposa? Tenías

que saber que en algún momento descubriría que es ella quien trabaja allí.

Parpadea, desconcertado por la pregunta.

—Soy discreto. No me gusta hablar de mi vida personal con los alumnos.

Pero eso es mentira. Sé muchísimo de su vida personal, detalles que me ha contado él mismo: dónde se crio, que sus padres nunca se casaron, que a su hermana le hizo daño alguien mayor como el que Strane me hizo a mí. Sé cuáles eran sus grupos de música favoritos en la secundaria y también los de ahora, que casi deja la universidad por el estrés, saltándose doce créditos en un solo semestre. Sé cuánto dura su trayecto en coche entre su casa y el campus y que, cuando evalúa trabajos de alumnos, deja el mío para cuando está agotado mentalmente y necesita un descanso. Lo único de lo que no sabía nada era su esposa.

—Sabes —le digo—, casarte con una alumna es de puto enfermo.

Baja la cabeza, respira hondo. Sabía que esto llegaría.

—Las circunstancias eran muy diferentes.

—Tú eras su maestro.

—Yo era un profesor.

—Nada que ver.

—No es lo mismo —dice—. Y lo sabes.

Quiero decirle lo mismo que a Strane: que no sé lo que sé. Hace unos meses, escribí sobre lo diferente que era todo con Henry, que esta vez no se aprovecharían de mí. Ahora, la diferencia es demasiado sutil como para percibirla. Necesito que alguien me muestre la frontera que separa una diferencia de edad de veintisiete años de una de trece, a un maestro de un profesor, al crimen de lo socialmente aceptable. O, a lo mejor, este es el momento en que se supone que debo aunar las diferencias. Han pasado años desde mi dieciocho cumpleaños, ya soy legal, una adulta que consiente.

—Debería denunciarte por lo que le hiciste —le digo—. La universidad tiene que saber qué tipo de personas tienen contratadas.

Ese comentario toca una fibra, su rostro enrojece y prácticamente me grita:

—¿Denunciarme *a mí*? —Y, por un momento, veo la ira que debió haber liberado sobre Strane. Pero luego, consciente de las voces tras la puerta cerrada de la oficina, baja la voz a un susurro—: Vanessa, sabías lo que ese hombre hizo a la otra chica y me hiciste sentir como un idiota cuando te lo conté. Entonces, vienes aquí y me dices que te está acosando, y haciéndote daño. ¿Qué esperabas?

—No le *hizo* nada a esa chica —digo—. Le tocó la rodilla, no es para tanto, joder.

Henry recorre mi rostro con la mirada y su ira se desvanece. Con delicadeza, como si le hablara a una niña, dice que le han contado otra cosa, que Strane hizo bastante más que tocarle la rodilla. No va más allá y yo no pregunto. ¿Para qué? Es imposible hablar de todo esto, e intentar hablar de ello sólo te hace parecer una loca, tan pronto llamándolo violación como diciendo que *Bueno, no fue una violación, violación*, como si esto fuera a hacer algo más que enturbiar las aguas.

—Me voy —le digo, y Henry se acerca a mí pero se detiene antes de tocarme. De pronto, está nervioso; preocupado, tal vez, de que pueda denunciarlo de verdad. ¿En serio quiero que me firme el formulario de renuncia al curso? Debería seguir yendo a clase. Sólo quedan un par de semanas. Podemos dejar pasar las ausencias.

—Sólo quiero que estés bien —dice.

Pero no estoy bien. Los días siguientes, me siento aturdida, incapaz de quitarme de encima la sensación de haber sido violada. En una reunión con mi consejera, me pregunta qué tal me va, esperando mi respuesta distante de siempre. En su lugar, me lanzo de lleno a contarle mi versión de los hechos. Intento ser poco concreta porque no quiero implicar a Strane, así que la historia suena inconexa e incoherente, me hace parecer una loca.

—¿Estamos hablando de Henry? —me pregunta la consejera, su voz apenas más alta que un susurro; las paredes de la oficina son delgadas—. ¿Henry *Plough*? —No lleva aquí ni un año y ya tiene fama de integro.

Juntando las manos, mi consejera mide las palabras mientras dice:

—Vanessa, a lo largo de los años, he visto en tus escritos que te pasó algo en la escuela secundaria. ¿Crees que este puede ser el verdadero problema?

Espera, sus cejas se alzan como para darme pie a darle la razón. Éste, pienso, es el precio de decir la verdad, incluso disimulándola tras una ficción: una vez lo has hecho, es lo único de ti que le importará a nadie. Te define, lo quieras o no.

Mi consejera sonríe, se acerca y me acaricia la rodilla.

—Aguanta.

Al salir de su oficina, le pregunto:

—¿Sabías que se casó con una de sus alumnas?

Al principio, creo que he lanzado una bomba. Entonces, asiente. Sí, lo sabe. Levanta las manos, un gesto de impotencia.

—A veces pasa —comenta.

❦

Le digo a Henry que lo perdono aunque en ningún momento me ha pedido disculpas. Durante lo que queda de semestre, quiere que las cosas sean como antes. Intenta apoyarse en mí en clase como lo hacía antes, pero no tengo nada que decir y, en su despacho, me muestro nerviosa y evasiva mientras busca la manera de recuperarme. Me dice que soy la mejor alumna que ha tenido nunca (*¿Mejor que tu esposa?* me pregunto), que hizo lo que hizo con Strane sólo porque se preocupa mucho por mí. Me enseña la carta de recomendación que ya tiene escrita para mis solicitudes al posgrado, dos páginas y media sin espaciado sobre lo especial que soy. Entonces, durante la última semana de clase, me pide que vaya a su oficina. Cuando entro, cierra la puerta y me dice que tiene que confesarme algo: solía leer mi blog. Lo leyó durante meses antes de que lo cerrara.

—Me preocupé cuando desapareció de repente y dejaste de venir a clase —dice—. No sabía qué pensar. Supongo que todavía no lo sé.

Le pregunto cómo pudo encontrarlo y dice que no se acuerda. A lo mejor buscó mi correo electrónico o alguna palabra clave, no está seguro. Me lo imagino encorvado sobre su computadora, en casa a altas horas de la noche, su esposa dormida en la habitación de al lado mientras escribe mi nombre en el buscador, buscando hasta encontrarme. Es el tipo de cosa con la que he fantaseado durante todo el año, una prueba de que he invadido su vida. Ahora, enfrentada a la realidad, se me revuelve el estómago; tengo náuseas.

Dice que lo leía para ir viendo si estaba bien. Se preocupaba por mí.

—Y porque parecías haber desarrollado un fuerte apego —dice—, también quería tener eso controlado.

—¿Apego a qué?

Henry levanta una ceja, como diciendo *Ya sabes a qué*. Como me limito a devolverle la mirada, dice:

—A mí.

No digo nada y se pone a la defensiva.

—¿Me equivoqué al asumir eso? —pregunta—. Te acercaste con mucho ímpetu. Me abrumaste.

Lo miro boquiabierta, al principio desconcertada, ¿no se

había fijado tanto en mí como yo en él? Pero el desconcierto se transforma en vergüenza porque probablemente eso es lo que hice. Lo he hecho antes.

—Entonces, ¿así es como gestionas a las alumnas que se enamoran de ti? —pregunto—. ¿Las espías por internet?

—No te espiaba. El blog era público.

—¿Qué creías que iba a hacer? ¿Tirar la puerta abajo y violarte?

—No tenía forma de saberlo —dice—. Después de que me contaras lo que pasó con ese profesor, empecé a cuestionarme tus intenciones.

—No tienes por qué llamarlo «ese profesor» —le digo—. Está claro que sabes cómo se llama.

Henry aprieta los labios, gira la silla y mira por la ventana. Se queda así tanto tiempo, mirando al patio, que creo que ha terminado pero, cuando voy hacia la puerta, dice:

—No te he contado esto para avergonzarte. —Me detengo, mi mano sobre el pomo de la puerta—. Pensé que contártelo sería una buena oportunidad para empezar a ser sinceros el uno con el otro. Porque creo que hay cosas que podrías querer contarme. —Se vuelve hacia mí—. Y tienes que saber que estoy dispuesto a escuchar lo que quieras decirme.

Niego con un gesto.

—No sé a qué te refieres.

—Basándome en lo que leí —dice—, creo que querías decirme algo.

Pienso en las entradas que escribí sobre él, mis descripciones de desearlo hasta doler, los comentarios que aparecían en mitad de la noche, ¿eran suyos? Trago saliva, me tiemblan manos y piernas. Incluso me tiembla el cerebro.

—Si ya lo has leído —le pregunto—, ¿por qué quieres que lo diga?

No contesta, pero sé por qué. Porque necesita saber que estoy dispuesta. Como cuando Strane insistía en que verbalizara lo que quería para desplazar la carga de la culpabilidad. *Hablarlo, Vanessa, es la única forma en que puedo vivir conmigo mismo. Nunca lo hubiese hecho si no hubieses estado tan dispuesta.*

—Eres un enigma —dice Henry—. Imposible de entender.

De nuevo, tengo la sensación de que podría tocarlo y me dejaría. Si le pusiera las manos encima, saltaría hacia adelante como si lo hubiese liberado de una jaula. *Por fin*, diría, *Vanessa, he querido esto desde la primera vez que te vi.* Veo el año que viene, a mí trabajando como su asistente, a ambos encerrados en su oficina, nuestra interminable aventura. Todavía no me he acostado con nadie más que Strane, pero puedo imaginarme fácilmente cómo sería Henry. El peso de su cuerpo, su respiración laboriosa, su mandíbula suelta.

Pero entonces, la niebla de disipa, se me despeja la vista y me parece repulsivo, ahí sentado intentando arrancarme una confesión. *Estás casado*, quiero decirle, *¿Qué mierda pasa contigo?*

Le digo que, al final, no estaré en Atlantica el año que viene.

—Deberías darle el puesto de asistente a otra persona.

Parpadea sorprendido. Pregunta:

—¿Y qué pasa con la escuela de posgrado? ¿Solicitarás plaza de todas formas?

Pienso en el futuro, y la historia se repite: otra aula, otro hombre a la cabeza de la mesa leyendo mi nombre de la lista, comiéndome con la mirada. La idea me hace sentir tan cansada que sólo puedo pensar que prefiero estar muerta que pasar otra vez por eso.

El día antes de la graduación, Henry me lleva a comer para despedirse, me da una novela de Brontë, una referencia a una broma nuestra, con una dedicatoria que firma como *H*. Tras mudarme de Atlantica, su nombre aparece en mi bandeja de entrada cada seis meses más o menos, y mi estómago se revuelve cada vez que sucede. Con el tiempo, nos agregamos en Facebook y veo destellos de la vida que pasé tanto tiempo imaginando: fotos de Penélope y su hija, del cabello encanecido y la cara envejecida de Henry, cada año que pasa más parecido a Strane. Cuando, un día, su perfil desaparece, asumo que lo ha desactivado, desencantado por el tiempo perdido en redes sociales, pero me escribe un correo para decirme que no quería bloquearme, que su esposa lo obligó. Lo he hecho para evitar el conflicto, escribe, Siento si parezco un cobarde. Dice que me recuerda como una de sus mejores alumnas y que siempre lo hará. Borro el correo y creo un filtro para que todo lo que me envíe a partir de entonces vaya directo a la papelera.

Una de mis mejores alumnas. Es un cumplido extraño cuando viene de un hombre que convirtió a una alumna en su esposa.

◆

Después de la graduación en Atlantica, Bridget vuelve a Rhode Island y se lleva la gata. Me postulo a cada trabajo administrativo en Portland y el Estado de Maine es el único que me contesta. Es un trabajo de sustitución en el Servicio de Protección Infantil, diez dólares la hora, aunque son más bien nueve después de pagar las tasas del sindicato. En la entrevista, una mujer me pregunta cómo aguantaré leer descripciones de abuso infantil todo el día, todos los días.

—No habrá problema —le digo—. No he sufrido nada parecido.

Encuentro un estudio en la península. Desde la cama, veo pasar por la bahía barcos petroleros y cruceros. El trabajo me entumece el cerebro y sólo puedo permitirme comer una vez al día si quiero pagar el alquiler, pero me digo a mí misma que es sólo un año, a lo sumo dos, hasta que sepa qué mierda quiero.

En el trabajo, organizo historiales con los auriculares puestos y es como volver al archivo del hospital, los mismos archivadores metálicos y códigos por colores, mi cabello revuelto por el aire acondicionado. Sin embargo, estos documentos contienen horrores peores que el cáncer, incluso peores que la muerte. Descripciones de niños durmiendo en camas llenas de mierda, de bebés cubiertos de lesiones por haber sido bañados en lejía. Procuro no alargarme en los expedientes; nadie me ha prohibido mirarlos, pero curiosear en los detalles me parece invasivo de una forma en que leer sobre hombres y sus pollas impotentes nunca fue. Los expedientes de algunos niños están compuestos de varias carpetas manila llenas de una cantidad interminable de documentos: audiencias judiciales, testimonios de trabajadores sociales, pruebas escritas del abuso.

Me encuentro con una niña cuyo caso está compuesto de diez carpetas a reventar unidas por gomas. De una de las carpetas, sobresalen trozos de cartulina púrpura descolorida y páginas de libretas de colorear, cosas de niños. Uno de los dibujos parece ser una familia pintada por un niño; otra cartulina describe lo que la niña quiere que sea su familia. *Se busca: una madre y un padre, un perro y un hermano pequeño.* En la parte de abajo, escrito en letras enormes, pone: POR FAVOR, NO PERSONAS HIPÓCRITAS.

Detrás de eso, hay también una carta manuscrita en papel blanco, la letra es pequeña, femenina y adulta. No puedo evitar leerla. Es de la madre de la niña, tres páginas de disculpas por ambas caras. Cita los nombres de varios hombres y explica cuáles siguen en su vida y cuáles no y, desde donde leo el expediente —de pie frente al archivador, entreabriéndolo porque no quiero que nadie me vea mirándolo tan de cerca— sólo puedo ver la mitad de las páginas.

Si hubiera sabido que estaban abusando de ti, escribe la madre, *especialmente abusando sexualmente, nunca hubiese...* El resto de la frase está fuera de mi alcance. En la última página de la carta, la madre firma, *Con océanos de amor, Mamá.* Debajo de *océanos de amor,* hay un dibujo de una niña llorando, sus lágrimas cayendo en un cuerpo de agua, y una flecha que señala: *océano.*

✽

Strane sólo me viene a ver una vez a Portland. Tenía que venir de todas maneras para asistir a un taller de desarrollo y estoy demasiado nerviosa para preguntarle si piensa pasar aquí la noche. Cuando llega, le muestro mi pequeño apartamento, muriéndome de ganas de que comente lo limpio que está, los platos guardados, el suelo aspirado. Dice que es *acogedor* y que le gusta la bañera de patas con garras. En la sala, hago un comentario estúpido y poco sutil sobre la cama.

—¿No parece que te invita a algo? —Hace casi un año que no me acuesto con nadie y necesito que me toquen y me miren. Voy desnuda bajo mi vestido, suave, lisa y sin medias. Debería ser capaz de ver esa señal. He pasado días imaginando el ruido que escaparía de su garganta cuando se diera cuenta de que no llevo ropa interior.

Dice que tenemos que irnos. Ha hecho una reserva en una marisquería en el puerto. Pide un guiso de pescador, cola de langosta sobre linguini, una botella de vino blanco. Es la cena más abundante que he comido desde la última vez que fui a casa de mis padres. Mientras me embuto la comida en la boca, Strane me mira con el ceño fruncido.

—¿Cómo va el trabajo? —pregunta.

—Es una mierda —le digo—. Pero es temporal.

—¿Qué plan tienes a largo plazo?

Mi mandíbula se tensa ante la pregunta.

—Estudiar un de posgrado —digo con impaciencia—. Ya te lo he dicho.

—¿Has presentado las solicitudes para entrar en otoño? —pregunta—. Deberían estar enviando las cartas de ingreso más o menos por estas fechas.

Niego con la cabeza, agito la mano.

—Lo haré el otoño que viene. Todavía tengo que poner algunas cosas en orden y ahorrar algo de dinero para las tasas.

Frunce el ceño y bebe un trago de vino. Sabe que miento y que no tengo ningún plan.

—Deberías estar haciendo más que eso —dice. Noto su culpabilidad. Le preocupa ser el responsable de que esté desperdiciando mi potencial, cosa que probablemente sea cierta. Pero, si se siente culpable, no querrá acostarse conmigo.

—Sabes cómo soy. Voy a mi ritmo. —Le muestro mi mejor sonrisa de niña valiente para tranquilizarlo. Es mi problema, no el suyo.

Me lleva a casa después de cenar pero, cuando lo invito a subir, me dice que no puede. Me parte por la mitad, mis entrañas se derraman sobre el asiento del pasajero. Sólo puedo pensar que dentro de un mes cumpliré veintitrés y que algún día serán treinta y tres, y cuarenta y tres y que esa edad es tan insondable como estar muerta.

—¿Ya soy demasiado vieja para ti? —le pregunto.

En un principio, me fulmina con la mirada, pensando que es una trampa. Pero, entonces, ve que lo miro expectante.

—Lo digo en serio —digo. Es la primera vez en toda la noche que me mira de verdad. Quizá, la primera vez desde aquella noche en mi apartamento de Atlantica, cuando me confrontó porque Henry lo había confrontado a él, cuando puede que me violara, todavía no estoy segura.

—Nessa, estoy intentando portarme bien —dice.

—Pero no hace falta que te portes bien. No conmigo.

—Lo sé —dice—. Ese es el problema.

Así, descubro, es como estaba destinado a terminar esto. Le di permiso para hacer conmigo las cosas innombrables que siempre había querido, le ofrecí mi cuerpo como escena del crimen, y se entregó a ello durante un tiempo pero, en el fondo, él no es el malo. Es un hombre que quiere ser bueno; y sé mejor que nadie que la manera más sencilla de serlo es eliminar lo que te hace malo.

Con la mano ya en el pomo, le pregunto si nos veremos pronto y me dice que sí con tanta dulzura que sé que está mintiendo. Sus ojos me evitan como si fuese la prueba de algo que quiere olvidar.

Pasan los años sin él. Mi papá tiene su primer infarto, Mamá finalmente obtiene su título. Una tarde de verano, estando de visita en casa, Babe sufre una aneurisma mientras corre por el patio; cae como si le hubieran disparado y Papá y yo intentamos salvarla como si fuese humana, comprimiendo su pecho e insuflando en su hocico, pero ya se ha ido. Tiene el cuerpo helado con las patas aún húmedas del lago. Dejo mi trabajo en los Servicios de Protección Infantil y paso de un trabajo de asistente administrativa a otro, detestando mis tareas, las oficinas estériles, los clips, las notas adhesivas y las alfombras bereberes. Cuando me descubro buscando en Google: «¿qué hago si mi trabajo me provoca ideas suicidas?», recapacito y me doy cuenta de que esta vida podría acabar conmigo y encuentro un trabajo en el vestíbulo de conserjería de un hotel de lujo. Me pagan poco, pero es la salida al ataque de nervios bajo los fluorescentes que se está gestando.

Hay hombres que nunca se convierten en novios, que contemplan el desastre que soy tras una cortina, literal y figuradamente: ven mi apartamento con el estrecho sendero que dejan la ropa y la basura desde la habitación hasta el cuarto de baño; las borracheras, interminables; las sesiones de sexo ebrio y las pesadillas. «Estás bastante jodida», dicen, al principio, riéndose con una actitud de *podría pasármelo bien un rato*, pero tan pronto les suelto mi historia —el profesor, el sexo, mis quince años, pero me gustó, lo echo de menos— se van. «Tienes un problema serio», dicen de camino a la salida.

He aprendido que es más fácil no decir nada, ser el recipiente en el que se vierten. En una aplicación de citas, conozco a un hombre de veintilargos años. Lleva cárdigan y pantalones de pana, tiene entradas y pelos gruesos en el pecho que asoman por el cuello de la camisa. Un clon de Strane. Durante nuestra primera cita, muevo los pies nerviosa y rasgo mi servilleta. Cuando apenas hemos bebido la mitad de nuestras copas, pregunto:

—¿Podemos dejarnos de gilipolleces e irnos a follar? —Se atraganta con la cerveza y me mira como si estuviera loca, pero dice que claro, si eso es lo que quiero.

En la segunda cita, vemos una película sobre sacerdotes pedófilos. Durante las dos horas, no se percata de mis manos sudorosas ni de los pequeños gemidos que se escapan por mi garganta. Normalmente, siempre me informo del argumento de las películas por si hablan de algo que pueda perturbarme, pero no estaba lista para esta. Más tarde, de camino a mi apartamento por la calle Congress, me dice:

—Los hombres así saben escoger a sus víctimas, ¿sabes? Son verdaderos depredadores. Saben cómo analizar una manada y seleccionar a las más débiles.

Mientras habla, recuerdo una escena: tengo quince años y los ojos desorbitados, separada de mis padres, corro atemorizada por un paisaje de tundra mientras Strane me persigue, atrapándome sin perder el ritmo. El océano ruge en mis oídos, acallando el resto de sus comentarios sobre la película, y pienso: *Quizá fui sólo eso.* Era presa fácil. No me eligió porque era especial, sino porque tenía hambre y yo no le costaría. De vuelta al apartamento, mientras follamos, abandono mi cuerpo como no había hecho en años. Él y mi cuerpo están en la habitación mientras mi mente deambula por el apartamento, se acurruca en el sofá y mira fijamente el televisor apagado.

Dejo de responder a sus mensajes, nunca vuelvo a verlo. Me convenzo de que estaba equivocado. A los quince, no era débil. Era inteligente. Era fuerte.

En ese momento, tengo veinticinco años. De camino al trabajo, vestida con mi traje y zapatos negros, cruzo la calle Congress y ahí está: de pie junto a una docena de niños frente a un museo de arte, con adolescentes, estudiantes, la mayoría son niñas. Los observo desde la distancia, aferrada a mi bolso. Entra con ellos al museo —debe ser una excursión, quizá para ver la exposición de Wyeth— y aguanta la puerta mientras enfilan dentro, una niña tras otra.

Justo antes de desaparecer, mira por encima del hombro y me ve, en mi desaliñado uniforme de trabajo, viejo y desgastado. Durante años, sólo quise que sus ojos volviesen a mirarme, pero ahora me avergüenzo demasiado de mi rostro, de mis finas arrugas y síntomas de la edad, como para acercarme.

Deja que la puerta del museo se cierre tras él y yo me voy al trabajo, me siento en el vestíbulo de conserjería y me lo imagino paseándose por las salas, siguiendo a las chicas de cabello lustroso. En mi imaginación, lo sigo, no lo pierdo de vista. Esto, creo, es lo que haré durante el resto de mi vida: perseguirlo a él y a todo lo que me dio. A estas alturas, ya debería haberlo superado. Nunca prometió amarme para siempre.

Me llama a la noche siguiente. Es tarde, de vuelta a casa desde el trabajo, cuando las únicas ventanas alumbradas en el centro son las de los bares y pizzerías al corte. Ante la imagen de su nombre en la pantalla, las piernas no me aguantan. Tengo que apoyarme contra un edificio antes de poder contestar.

El sonido de su voz me agarra del cuello.

—¿Te vi? —pregunta—. ¿O fue una aparición?

Me empieza a llamar todas las semanas, siempre tarde por la noche. Hablamos un poco sobre en quién me he convertido: mi trabajo en el hotel, el interminable desfile de chicos, lo mucho que decepciono a mi madre, la diabetes y el corazón débil de mi padre... pero, sobre todo, hablamos de quién solía ser. Recordamos juntos las escenas en la pequeña oficina detrás del aula, en su casa, en el coche estacionado en el arcén de una carretera secundaria, el campo de arándanos donde yo me subí sobre él, el chillido de los pájaros carboneros y el zumbido de la colmena a través de la ventana abierta del coche. Nuestros recuerdos se unen, los recreamos vívidamente, demasiado vívidamente.

—No me he permitido recordar todo esto por una razón —dice—. No puedo permitirme volver a perder el control.

Lo veo en el aula, sentado en el escritorio. Sus ojos recorren la mesa, de una chica a otra. Una de ellas se da cuenta de que la mira, y sonríe.

—Podemos parar —le digo.

—No —dice—, ese es el problema. No creo que podamos.

Cuando se aleja de los recuerdos y empieza a hablar sobre sus alumnas, le sigo. Describe el vello pálido de sus brazos cuando levantan la mano, los pelos sueltos que se escapan de sus colas de caballo, el rubor que se extiende hasta sus cuellos cuando les dice que son preciosas y únicas. Dice que es insoportable lo bellas que son. Me dice que las llama a su escritorio y les pone la mano sobre la rodilla.

—Finjo que eres tú —dice, y mi boca se hace agua, como si hubiese sonado la campana que revive el anhelo de mi cuerpo. Me pongo boca abajo, coloco una almohada entre mis piernas. *Sigue, no pares.*

2017

La semana antes de Acción de Gracias, publican el artículo de Janine, pero no trata sobre Strane. Un párrafo al principio contextualiza el acoso cibernético que sufrió Taylor. El resto trata sobre un profesor de un internado en Rhode Island que abusó sexualmente de estudiantes durante sus cuarenta años de carrera. Ocho víctimas aparecen en el artículo con sus nombres reales. Incluye fotos actuales y de cuando eran estudiantes, imágenes de páginas de sus diarios adolescentes y las cartas de amor del profesor. Durante años, utilizó las mismas frases con todas las chicas, los mismos sobrenombres. *Eres la única que me entiendes pequeña.* El titular del artículo cita el nombre de la escuela: uno reconocible, de prestigio y que garantiza generar clics. Me cuesta no ser cínica, asumir que todo ha quedado en esto.

Browick publica los resultados de su investigación interna contra Strane usando el mismo lenguaje impenetrable que parece querer enmascarar la verdad: «Concluimos que, si bien pudo haber incurrido en una conducta sexual indebida, no hemos encontrado evidencia creíble de abuso sexual». Publican, además, una declaración oficial que reitera su compromiso en fomentar un ambiente académicamente riguroso, a la vez que seguro y enriquecedor. Actualizarán voluntariamente el entrenamiento contra el acoso sexual para docentes. Han incluido un número de teléfono para cualquier padre preocupado. Siéntase libre de llamar con cualquier pregunta que tenga.

Mientras leo, me imagino a Strane en un entrenamiento de acoso sexual, irritado por tener que soportarlo —nada le hubiese impactado— junto con los demás profesores que me vieron, el que me llamó la favorita de Strane, la Srta. Thompson y la Sra. Antonova, que supo ver las pistas, pero que no protestó cuando éstas fueron usadas para demostrar que era una chica emocionalmente perturbada. Me imagino a todos ellos sentados durante el entrenamiento, asintiendo al unísono, diciendo que sí, esto es muy importante; necesitamos proteger a estos niños. Pero ¿qué han hecho ante situaciones en las cuales podrían haber marcado la diferencia? ¿Cuando sabían de las excursiones a las que nos llevaba el profesor de Historia cada año, o cuando algún docente invitaba a alumnos a su casa? Todo esto me parece puro teatro, porque he visto cómo funciona, qué poco tarda la gente en levantar la mano y decir: *Eso ocurre de vez en cuando,* o *Aunque hubiese hecho algo, no puede haber sido para tanto,* o *¿Qué podría haber hecho yo para detenerlo?* Las excusas que creamos para justificarlos son indignantes, pero no son nada comparadas con las que inventamos para justificarnos a nosotros mismos.

Le digo a Ruby que he pasado del luto de Strane al mío. Por mi propia muerte.

—Parte de ti murió con él —dice—. Me parece normal.

—No, no ha sido una parte —le digo—. He muerto entera. Todo lo que soy viene de él. Si extraigo el veneno, no quedará nada.

Dice que no puede dejarme decir eso cuando es evidentemente falso.

—Apuesto a que si te hubiese conocido a los cinco años, ya hubieses sido una persona compleja. ¿Recuerdas cómo eras cuando tenías cinco? —Niego con la cabeza—. ¿Y a los ocho? ¿A los diez?

—No creo que recuerde nada antes de él. —Suelto una carcajada y me froto la cara con las manos—. Es deprimente.

—Lo es —concuerda Ruby—. Pero esos años no se pierden. Sólo los has olvidado temporalmente. Puedes recuperarte a ti misma.

—¿Te refieres a encontrar a mi niña interior? Dios, llévame pronto.

—Pon los ojos en blanco todo lo que quieras, pero vale la pena hacerlo. ¿Qué alternativa tienes?

Me encojo de hombros.

—Seguir dando traspiés por la vida, sintiéndome como una cáscara vacía, emborracharme hasta desaparecer, rendirme.

—Claro —dice—. Podrías hacer eso, pero no creo que sea así como vayas a acabar.

Voy a casa a pasar Acción de Gracias y mamá se ha cortado el cabello en una media melena por encima de las orejas.

—Sé que es feo —dice—. Pero ¿a quién quiero impresionar? —Desliza los dedos por su nuca, por donde se lo cortaron a máquina.

—No es feo —le digo—. Te ves muy bien, en serio.

Se burla y agita la mano hacia mí. No lleva maquillaje y la piel desnuda hace que sus arrugas parezcan una parte de su cara, no algo que intenta disimular. Tiene la sombra de un bigote sin depilar sobre el labio superior y también le queda bien. Parece estar más relajada que nunca. Todo lo que dice viene tras una larga pausa. Lo único que me preocupa es su delgadez. Al abrazarla me ha parecido frágil.

—¿Estás comiendo suficiente? —le pregunto.

Parece no oírme, mira más allá de mi hombro, con una mano aún sobre la nuca. Después de un momento, abre el congelador y saca una caja azul de pollo frito congelado.

Comemos pollo con gruesas rebanadas de pastel de supermercado y tomamos licor de café con leche frente al televisor. Nada de películas navideñas, nada bonito. Nos limitamos a documentales sobre naturaleza y aquel programa británico de cocina del que me habló por mensaje. Recostadas en el sofá, dejo que apoye los pies sobre mí y no la pateo para que despierte cuando empieza a roncar.

Por dentro y por fuera, la casa está hecha un desastre. Mamá lo sabe, pero ya ha dejado de disculparse por ello. Las pelusas de polvo se alinean en los zócalos y la ropa desborda de la cesta del baño hasta bloquear la puerta. Ahora, el césped está seco y marrón, pero sé que dejó de cortarlo en verano. Lo llama «el pastizal». Dice que es bueno para las abejas.

La mañana de mi regreso a Portland, estamos en la cocina, bebiendo café y comiendo trozos de tarta de arándanos directamente de la bandeja de aluminio. Mira por la ventana, hacia la nieve que ha empezado a caer. Ya hay tres centímetros sobre los coches.

—Puedes quedarte otra noche —dice—. Llama al trabajo, diles que las carreteras están demasiado mal para conducir.

—Tengo neumáticos para la nieve. No tendré problemas.

—¿Cuándo fue la última vez que cambiaste el aceite del coche?

—El coche está bien.

—Tienes que ocuparte de eso.

—Mamá. —Levanta las manos. Está bien, está bien. Rompo un trozo de corteza de la tarta y lo hago migajas—. Creo que voy a adoptar un perro.

—No tienes patio.

—Lo llevaré a pasear.

—Tu apartamento es muy pequeño.

—Un perro no necesita una habitación propia.

Da un mordisco, saca el tenedor de entre sus labios.

—Eres como tu papá —dice—. Nunca era feliz a menos que estuviera cubierto de pelos de perro.

Contemplamos la nieve por la ventana.

—He estado pensando mucho —dice ella.

No aparto los ojos de la ventana.

—¿Sobre qué?

—Oh, ya sabes. —Deja escapar un suspiro—. Remordimientos.

Dejo que la palabra flote en el aire. Coloco mi tenedor en el fregadero, me limpio la boca.

—Tengo que hacer la maleta.

—Sabes, he estado siguiendo las historias —dice—. Sobre ese hombre.

Mi cuerpo empieza a temblar, pero mi cerebro se queda en su sitio, para variar. Escucho a Ruby decirme que cuente y respire: largas inhalaciones, largas exhalaciones.

—Sé que no te gusta hablar de eso.

—Tampoco has tenido nunca demasiadas ganas.

Hunde su tenedor en un trozo desigual de tarta que queda en la bandeja de aluminio.

—Lo sé —dice en voz baja—. Sé que podría haber actuado mejor. Debería haberte hecho sentir que podías hablar conmigo.

—No tenemos que hacer esto —le digo—. De verdad, está bien.

—Sólo déjame decir esto. —Cierra los ojos, ordena sus ideas. Respira hondo—. Espero que él haya sufrido.

—Mamá.

—Espero que esté pudriéndose en el infierno por lo que te hizo.

—También lastimó a otras chicas.

Sus ojos se abren de golpe.

—Bueno, a mí las otras chicas me dan igual —dice—. Sólo me importas tú. Lo que te hizo a ti.

Agacho la cabeza, hundo las mejillas. ¿Qué significará eso para ella? "Lo que me hizo" Hay tantas cosas que ella no debería saber: cuánto tiempo duró, el alcance de mis mentiras, las formas en que se lo permití. Pero las partes pequeñas sí las entiende —que se sentó en la oficina de la directora de Browick y lo escuchó decir que yo estaba afligida y perturbada y que después vio una prueba fotográfica de ambos caerse al suelo—, es suficiente para sentirse culpable una vida entera. Nuestros papeles se han invertido. Por primera vez en la vida, quiero decirle que lo olvide.

—Papá y yo solíamos hablar de vez en cuando sobre lo que esa escuela te hizo —continúa—. No creo que ninguno de los dos se arrepintiese tanto de nada como de permitir que te trataran así.

—No se lo permitieron —le digo—. No podían controlar esa situación.

—No quería hacerte pasar por un espectáculo tan horrible. De vuelta a casa, pensé: bien, sea lo que sea, ha terminado. No sabía...

—Mamá, por favor.

—Debí haber enviado a ese hombre a la cárcel donde pertenecía.

—Pero yo no quería eso.

—A veces creo que lo hice para protegerte. La policía, los abogados, el juicio. No quería que te destrozaran. Otras veces, creo que simplemente estaba asustada. —Su voz se rompe; se lleva una mano a la boca.

Miro cómo se limpia las mejillas, aunque no estén mojadas, aunque no esté llorando porque no se lo permite. ¿La he visto llorar de verdad alguna vez?

—Espero que me perdones —dice ella.

Una parte de mí quiere reírse y abrazarla. *¿Perdonar qué? Está bien, mamá. Mírame, se acabó. Está bien.* Escuchar a mi madre implicarse a sí misma me hace pensar en Ruby y en la frustración que debe sentir allí sentada, escuchándome mientras me echo toda la culpa. Después de un tiempo, ella deja de repetir las mismas palabras, sabiendo que llega un momento en el que ya no importan, que lo que necesito no es la absolución, sino hacerme responsable ante un testigo. Así que, cuando mi madre me pide que la perdone, le digo:

—Claro que sí. —No le repito que ella no tenía el poder para detenerlo, que no fue su culpa y que no se lo merecía. Me trago esas palabras. Quizá en algún lugar profundo de mi vientre, echarán raíces y crecerán.

Sigue nevando. Hago lo imposible para desenterrar mi coche y conducir por el camino de grava, pero cuando doy gas para subir la colina hacia la autopista, los neumáticos giran sin avanzar. Doy la vuelta y me quedo otra noche. Mientras vemos la televisión, aparecen anuncios de los Juegos Olímpicos de invierno, la nieve que levanta un esquiador de estilo libre, un trineo reluciente serpenteando por una pista helada, una patinadora lanzándose al aire con los brazos cruzados y los ojos cerrados.

—¿Te acuerdas de cuando patinabas? —pregunta mamá.

Intento acordarme: recuerdos difusos del cuero blanco agrietado, el dolor de tobillos tras una hora equilibrándome sobre las cuchillas de los patines.

—Durante un tiempo, no querías hacer otra cosa —dice—. Te negabas a volver a casa, pero yo no te podía dejar en el lago sin mi supervisión. Me daba miedo que te cayeras y atravesaras el hielo. Tu papá salió con la manguera e inundó el jardín delantero. ¿Te acuerdas?

Vagamente, sí: patinando en la oscuridad, esquivando las

raíces de los árboles que sobresalían a través del denso hielo, reuniendo el valor para intentar saltar.

—No le tenías miedo a nada —dice mamá—. Todo el mundo piensa eso de sus hijos, pero contigo era verdad.

Vemos cómo la patinadora se desliza por la pista. Gira la punta de sus cuchillas, dando marcha atrás de golpe, con los brazos extendidos, la coleta golpeando su cara. Otro cambio de dirección y está sobre una pierna, lanzándose a un giro cerrado, con los brazos extendidos sobre la cabeza, su cuerpo parece crecer cuanto más rápido gira.

Por la mañana, el cielo está azul y la nieve tan brillante que duele mirarla. Rociamos arena de gato y sal de roca por la carretera y los neumáticos ya puede agarrarse al suelo. En la cima de la colina, me detengo y veo a mamá caminar despacio hacia casa, tirando del trineo lleno de bolsas de arena y sal.

❧

El aire tiene un fuerte olor a amoníaco mientras me paseo entre las hileras de jaulas, el suelo de cemento pintado de gris y verde hospital. Un perro empieza a ladrar, invitando a los demás a acompañarlo; un canon de voces que retumban contra los bloques de cemento. Cuando era niña, papá y yo siempre bromeábamos diciendo que, cuando ladran, sólo dicen *¡Soy un perro, soy un perro, soy un perro!* Pero estos ladridos son de desesperación y miedo. Ahora suenan más bien a *por favor, por favor, por favor.*

Me detengo frente a una de las jaulas en la que hay un perro mestizo con la cabeza cuadrada y el pelaje gris fantasma. El cartel describe la raza como: *¿¿¿Pitbull, Braco de Weimar???* La perra adelanta las orejas rosadas cuando apoyo la mano contra la jaula. Huele la palma de mi mano, dos lamidas. Menea la cola con cautela.

Le pongo de nombre Jolene porque levanta la cabeza y

aúlla al son de Dolly Parton durante su primera noche en casa. Por las mañanas, la saco incluso antes de lavarme los dientes y paseamos de un extremo al otro de la península, de océano a océano. Cuando esperamos en los pasos de peatones, se apoya en mis piernas y me lame la mano de pura alegría, sus jadeos humeando en el aire helado.

Vamos por la calle Commercial, tras el muelle, cuando veo a Taylor saliendo por la puerta de una panadería con un café y una bolsa de papel. Tardo un momento en darme cuenta de que es realmente ella y no otra fantasía.

Ve primero a Jo; se le ilumina el rostro mirando su cola golpear rítmicamente contra mi pierna. Me mira dos veces después de fijarse en mí, quizá para asegurarse de que su mente tampoco la está engañando.

—Vanessa —dice—. No sabía que tenías perro. —Se arrodilla y sostiene el café sobre la cabeza cuando Jo se lanza hacia ella y le lame la cara.

—La acabo de adoptar —le digo—. Tiene una personalidad un poco fuerte.

—Oh, no pasa nada —se ríe—. Yo también puedo ser intensa. —Con su voz melodiosa repite «está bien, está bien». Hace que Jo arquee la espalda y retuerza todo su cuerpo. Taylor me sonríe, mostrando sus pequeños dientes rectos. Sus caninos son puntiagudos, como pequeños colmillos, igual que los míos.

—Perdona que no hiciera nada para detenerlo —le digo—. Sé que te fallé.

Este encuentro casual me impulsa a decirlo, teniéndola frente a mí sin esperármelo, sin estar preparada. Taylor frunce el entrecejo, pero no me mira. Sigue mirando a Jo, que se rasca las orejas. Por un momento, pienso que me ignorará, hará como si no hubiese dicho nada.

—No —dice—, no me fallaste. O, si lo hiciste, yo también lo hice. Yo sabía que había abusado de otras niñas y aun así tardé años en hacer algo al respecto. —Entonces levanta la mirada para encontrar la mía, sus ojos como dos estanques azules—. ¿Qué podíamos hacer? Éramos niñas.

Entiendo lo que quiere decir: no estábamos indefensas por elección, sino porque el mundo nos obligó a estarlo. ¿Quién nos hubiera creído? ¿A quién le hubiese importado?

—Leí el artículo —le digo—. Fue...

—¿Decepcionante? —Taylor se incorpora y acomoda su bolso—. Aunque quizá no para ti.

—Sé que invertiste mucho en él.

—Sí, bueno. Pensé que me ayudaría a terminar con esto, pero ahora estoy más indignada que antes. —Arruga la nariz, juguetea con la tapa del vaso de café—. Para serte sincera, era poco seria. Debería haberla visto venir.

—¿La periodista?

Taylor asiente.

—No creo que le importase de verdad. Sólo quería subirse a la ola, conseguir un buen titular. Yo estaba al tanto, pero aun así pensé que me haría sentir empoderada o algo así. En cambio, siento que se han aprovechado de mí otra vez. —Sonríe y rasca a Jo detrás de las orejas—. He estado pensando en ir a hablar con alguien. Lo he hecho antes y no me ayudó mucho, pero necesito hacer algo.

—A mí me está ayudando —le digo—. No lo soluciona todo, pero es lo que me ha motivado a adoptar a la perra.

Taylor le sonríe a Jo.

—A lo mejor debería hacer lo mismo.

Noto una fragilidad en ella que no había visto antes, ni cuando fuimos a la cafetería, ni en ninguna de sus publicaciones en línea. Ahora percibo lo que debería haber sido obvio, que estaba perdida y buscando la manera de entenderlo todo: a él, a sí misma, lo que hizo y por qué sigue importándole tanto a pesar de que haya sido algo aparentemente pequeño. Puedo oír a Strane preguntando, impaciente e impenitente, la pregunta que debe seguir rondándole la cabeza: *¿Cuándo vas a superar todo esto? Lo único que hice fue acariciarte la pierna.*

Taylor me mira.

—Al menos lo estamos intentando, ¿no?

Siento que este es el momento de tender los brazos y abrazarla, de empezar a pensar en ella como una especie de hermana. Quizá podría ocurrir si nuestras historias fuesen más similares, si yo fuese más simpática; aunque parece absurdo esperar que dos mujeres se quieran sólo porque fueron manoseadas por el mismo hombre. Tiene que haber un momento en que puedas definirte por algo que no sea lo que te hizo ese hombre.

Antes de irse, Taylor rasca a Jo otra vez detrás de las orejas y se despide con un gesto tímido de la mano.

La miro mientras se aleja, no como a un rumor, sino como a una persona de carne y hueso, una mujer que fue una niña. Yo soy de carne y hueso también. ¿Acaso he pensado en mí en términos tan simples? Es una revelación pequeñísima. Jo tira de la correa y, por primera vez, puedo imaginarme cómo es no ser suya, no ser él. Sentir que a lo mejor puedo ser buena.

Con el sol bañando mi rostro y la perra a mi lado, tengo mucha capacidad para hacer el bien.

No hay nada más que hacer sino empezar desde aquí, con la leve presión de la correa en la mano, el tintineo del metal y el chasquido de uñas sobre el ladrillo. Ruby dice que tardaré tiempo en sentir que de verdad he cambiado, que necesito darme la oportunidad de ver más mundo sin tenerlo a él presente. Ya empiezo a sentir la diferencia. Hay cierta claridad, cierta ligereza.

Jo y yo llegamos a la playa, vacía por la temporada baja, y hunde su hocico en la arena.

—¿Habías visto alguna vez el océano? —pregunto, y ella me mira con las orejas levantadas.

Suelto la correa. Al principio no se da cuenta, no lo entiende, pero le doy una palmadita en la espalda y le digo: «Ve»; corre por la arena hacia el agua, ladra a las olas que llegan a sus patas. Me ignora cuando la llamo, aún no sabe su nombre, pero, cuando ve que me siento, viene conmigo, con la lengua fuera y los ojos desorbitados. Se desploma a mis pies, soltando pequeños y felices jadeos.

Caminamos hacia casa bajo el pálido cielo invernal y cuando estamos en mi apartamento, ella revisa todas las habitaciones e inspecciona cada rincón. Aún se está acostumbrando a todo, a la libertad y al espacio. Me recuesto en el sofá y ella contempla el espacio vacío que hay al lado de mis piernas.

—Puedes subirte —le digo, y ella salta, se enrosca, y suspira.

—Él nunca te conocerá —le digo. Es una verdad difícil que conlleva tanto dolor como alegría. Jo abre los ojos, pero no alza la cabeza para mirarme. Está constantemente estudiando mi rostro, mi tono, aprendiendo todo lo que tenga que ver conmigo. Cuando empiezo a quedarme dormida, su cola golpea rítmicamente el cojín del sofá, como si fuese un redoble, un latido, un ritmo que te devuelve a la realidad. *Estás aquí*, dice ella. *Estás aquí. Estás aquí.*

Agradecimientos

Ante todo, debo darle las gracias a mi agente, Hillary Jacobson, y a mi editora, Jessica Williams, dos mujeres brillantes cuyo apoyo y amor a esta novela siguen asombrándome.

Gracias a quienes han trabajado para que esta novela vea la luz, a todos los miembros de William Morrow/HarperCollins, a Anna Kelly y a todo 4th Estate/HarperCollins UK, y a Karolina Sutton, Sophie Baker y Jodi Fabbri de Curtis Brown UK.

Gracias a Stephen King por apoyarme desde el principio y por decir que sí cuando mi padre le preguntó: «Hola, Steve, ¿podrías leerte la novela de mi hija?».

Gracias a Laura Moriarty, que leyó un borrador tras otro y cuya generosidad y aliento ayudaron a convertir esta vacilante y nebulosa historia en una novela.

Gracias a los programas de escritura creativa de la Universidad de Maine en Farmington, la Universidad de Indiana y la Universidad de Kansas por darme la oportunidad de estudiar y escribir. Estoy profundamente agradecida a los amigos que hice en esos programas y que leyeron y amaron las primeras versiones de Vanessa: Chad Anderson, Katie (Baum) O'Donnell, Harmony Hanson, Chris Johnson y Ashley Rutter. Especialmente, quiero darle las gracias a mi tutora de la licenciatura, Patricia O'Donnell, quien en 2003 anotó en los márgenes de un relato que escribí sobre una chica y su profesor: *Kate, esto me ha hecho sentir como si estu-*

viese leyendo ficción de verdad. Fue la primera vez que alguien me tomó en serio como escritora y ese comentario me cambió la vida.

Gracias a mis padres por no empujarme nunca a rendirme y buscar un trabajo de verdad; a mi padre, cuya respuesta inmediata al escuchar que había vendido mi libro fue «Nunca he dudado de ti ni un momento»; a mi madre, que llenó la casa de libros para que creciera rodeada de palabras.

Gracias a Jessica Townsend por ayudarme a ser de verdad.

Gracias a Tallulah por mantenerme con los pies en el suelo y salvarme la vida.

Gracias a Austin. Y aquí no tengo palabras porque, ¿qué puedo decirle a una pareja tan implacablemente alentadora y buena? «Por todo» es cuanto puedo acercarme.

Gracias a todos mis amigos por internet que han sido siempre mis primeros lectores, que me han apoyado y motivado durante los dieciocho años que he trabajado en *Mi sombría Vanessa*. Algunos siguen en mi vida y otros se han ido, pero estoy agradecida a todos por los años de aturdimiento, vulnerabilidad y amor duro. Son mis mejores y más queridos amigos.

Gracias, especialmente, a la brillante poeta, hermana por elección y mejor escritora que conozco, Eva Della Lana, que ha sido una constante fuente de inspiración y seguridad durante nuestra amistad. Nos conocimos como dos adolescentes atravesando cada una su propio camino sombrío y ambas hemos salido con vida y con nuestra voz, genio y corazón intactos. ¿Puedes creerte lo extraordinario que es eso, Eva? ¿Lo profundamente raro que es?

Y, para terminar, gracias a todas las autoproclamadas nínfulas, las Los que he conocido a lo largo de los años, que llevan dentro historias similares de abuso que parecía amor, que se ven a sí mismas como Dolores Haze. Este libro ha sido escrito sólo para ustedes.

Sobre la autora

Kate Elizabeth Russell nació en el este de Maine. Tiene un doctorado en Escritura Creativa por la Universidad de Kansas y una maestría en Bellas Artes por la Universidad de Indiana. *Mi sombría Vanessa* es su primera novela.